REINHARD ROHN

FALSCHE HERZEN

KÖLN KRIMI

Emons Verlag

Umschlagzeichnung: Heribert Stragholz
Druck und Bindung: CPI – Clausen & Bosse GmbH, Leck
Printed in Germany 2008
ISBN 978-3-89705-601-5
Köln Krimi 35
Originalausgabe

»Schrecklich ist das, dass die
Schönheit nicht nur etwas Furchtbares,
sondern auch etwas Geheimnisvolles ist.
Hier ringen Gott und Teufel, und der
Kampfplatz ist – des Menschen Herz.«

Fjodor M. Dostojewski,
»Die Brüder Karamasow«

1.

Er hasste die Stadt, er hasste den schmutzigen Regen, die engen Straßen, er hasste sogar die Leutseligkeit der Menschen in dieser Stadt, aber nirgendwo hatte er in letzter Zeit bessere Geschäfte gemacht. Vielleicht lag es auch nur am neuen Haus. Außer einer nagelneuen Küche, die er nicht brauchte, weil er überhaupt nicht kochen konnte, besaß er gerade mal ein großes französisches Bett mit eingebautem Radio, einen Glastisch, einen Laptop und ein Aquarium. Leider hatte Emma seine beiden Kois verhungern lassen, ein paar hundert Euro zum Teufel, aber das Aquarium war ohnehin zu klein für die beiden kostbaren Fische gewesen. Bei nächster Gelegenheit würde er sich neue Fische besorgen, für den Anfang würden ein paar Guppys reichen. Er musste nicht sofort wieder den Neureichen spielen. Dabei kannte er sich mit Fischen aus. Gab es etwas Beruhigenderes als ein Aquarium? Besonders bei Regenwetter konnte er stundenlang vor einem beleuchteten Aquarium sitzen. Allerdings brauchte er Musik dazu und Zigaretten und etwas zu trinken.

Er brauchte auch eine Putzfrau. Elke musste ihm gleich morgen, wenn er ins Büro kam, eine Putzfrau besorgen. Auch wenn er kaum Möbel hatte, war es wichtig, dass nirgendwo Staub lag, und er mochte es, wenn es im Bad nach Desinfektionsmittel roch. In Utrecht hatte er mit seinen Eltern in einem Mietshaus direkt an einem Kanal gewohnt. Da hatte es besonders im Sommer immer fürchterlich gestunken, und die Ratten waren sogar am helllichten Tag über die Straße gelaufen. Er wollte nie wieder arm sein.

Dass es mit Emma auseinandergegangen war, bedauerte er nicht wirklich. Achtzehn Monate waren eine verdammt lange Zeit. Außerdem hatte sie angefangen, von Kindern zu reden und auf sein Alter anzuspielen. Gut, er wurde nächstes Jahr fünfzig, aber was bewies das schon? Er hatte die Figur eines Dreißigjährigen, kein Gramm zu viel, und geraucht hatte er schon mit vierzehn. Trotzdem hätte er sie nicht schlagen müssen. Na, eigentlich war ihm nur kurz die Hand ausgerutscht. Nicht die feine Art, aber verzeihlich bei all dem Stress, den er hatte. Sie hatten sich immer schon ziemlich handfest gestritten, selbst wenn sie in Hotels abgestiegen war. In Berlin, als er für einen Fernsehpreis nominiert gewesen war, hatte Emma im Adlon einen ganzen Spiegelschrank zerlegt, weil sie eifersüchtig auf eine holländische Schauspielerin gewesen war, die er von früher gekannt hatte und mit der er nur einmal im Bett gewesen war. Zum Glück hatte der Sender den Schaden übernommen, damit das Ganze nicht an die große Glocke gehängt wurde.

Der neue Exklusivvertrag als Produzent brachte ihm sechs Millionen für vier Jahre. Nicht schlecht, und Ersatz für Emma würde sich auch bald finden.

Für zwei Show-Reihen hatte er schon das Konzept fertig, bei der dritten würde er richtig über die Stränge schlagen. »Torture« würde alles in den Schatten stellen, was man bisher im deutschen Fernsehen gesehen hatte. Das würde einen Aufschrei bis in höchste politische Kreise geben. Die Kandidaten dieser Show würden weit über ihre Grenzen gehen und sich und andere quälen müssen. Der Gedanke allein gefiel ihm. Er war immer ein Provokateur gewesen. Schon am Anfang, als er noch bei einem kleinen holländischen Sender nachts am Mikrofon gesessen und sich mit Leuten unterhalten hatte. Da hatten meistens Gestörte angerufen, denen er die Hölle heißgemacht hatte. Trost hatten sie jedenfalls nicht von ihm bekommen. Einem, der gedroht hatte, sich nach dem Telefonat aus dem Fenster zu stürzen, hatte er viel Spaß und einen guten Flug gewünscht.

Man musste sich das nehmen, was das Leben einem gab – das war immer sein Wahlspruch gewesen. Irgendwann lag man in einer Holzkiste, und dann war Ende, finis, aus, vorbei. Danach kam nichts mehr. Davon war er überzeugt. Aber bis dahin würde er alles mitnehmen, was sich ihm bot. Und diese Energie, mit der er an die Dinge ging, wirkte ansteckend und attraktiv, besonders auf Frauen – wie oft hatte er das schon bemerkt!

Der Regen war noch heftiger geworden, als Roger van Gaal von der Aachener Straße abbog. Der Porsche beschleunigte kurz, dann fuhr er in seine ruhige, vornehme Straße ein. Es war kurz nach dreiundzwanzig Uhr. Niemand war zu sehen. In der Garage hatten die Klempner noch ihr Werkzeug stehen, deshalb musste er ein Stück die Straße hinunter einen Parkplatz suchen. Er steckte sich eine Zigarette an. Nun hätte er Emma doch gebraucht. Er war kein bisschen müde, und jetzt so ganz allein in seinem leeren Haus in sein viel zu großes Bett zu kriechen ... Gab es in dieser verdammten Stadt keinen Begleitservice, der einem ein wenig Gesellschaft schicken konnte? Ritchie Moll hätte Bescheid gewusst, aber der lag wahrscheinlich schon neben seiner holden Iris, der er vor zwölf Jahren einen Ehering übergestreift hatte, und schlummerte selig. Moll, das Genie, konnte selbst im Schlaf Geld zählen. Nur dass seine brave Iris nicht immer so brav war, davon hatte er keine Ahnung. War allerdings auch besser so.

Roger van Gaal achtete nicht auf den Fahrradfahrer, der ohne Licht an ihm vorbeifuhr. Er öffnete die Pforte zu seinem Haus. Kaum hatte er sie geschlossen, sprang das Licht über der Tür an. Sonst war alles dunkel. Auf den nassen Steinen wäre er beinahe ausgerutscht, als er die vier Stufen zur Haustür hinaufging.

Er kramte in seiner Lederjacke nach dem Schlüssel. Ihm war kalt, und verdammt, er war einsam. Er hätte dieses Haus nicht kaufen dürfen. Er hatte es für Emma gekauft, damit sie beschäftigt war und ihn nicht nervte. Einkaufen und Räume einrichten machten ihr am meisten Spaß. Da dachte sie auch nicht mehr ans Kinderkriegen.

Als er den Schlüssel endlich gefunden und seine Zigarette in das Beet neben dem Eingang geschnippt hatte, hörte er, wie ihn jemand ansprach, merkwürdigerweise auf Englisch.

»Mister van Gaal?«

»Si«, antwortete er und fand sich plötzlich ausgesprochen witzig.

Es war der Radfahrer, eine schmächtige Gestalt. Er war herangekommen und hielt sich mit einer Hand an der Pforte fest. Mit der anderen machte er eine weit ausholende Bewegung.

Für einen Moment hielt Roger van Gaal es für einen Scherz,

dass der Radfahrer eine Waffe in der Hand hatte. He, wollte man ihn auf den Arm nehmen, nachdem er heute Abend den fetten Vertrag unterzeichnet hatte? War das die Rache seines Senders, ihn dabei zu filmen, wie er sich vor Angst beinahe in die Hose machte? Die »Versteckte Kamera« einmal auf die etwas brutalere Art? Auch keine schlechte Idee, könnte man vielleicht ein Konzept daraus machen. …

Doch eine Sekunde später zerriss ihm ein furchtbarer Schmerz die Brust. Er spürte noch, wie er gegen die Haustür geschleudert wurde, dann dachte er einen flüchtigen Augenblick an Emma. Er hatte ihr unrecht getan. Er hätte sie lieben müssen, einfach lieben …

Dann dachte er gar nichts mehr und bekam auch nicht mehr mit, wie der Radfahrer sich näherte, ihn vor der Haustür in eine sitzende Position brachte, ihm ein rotes, blinkendes Plastikherz in den toten Schoß legte und ihn dann noch mit seiner Handy-Kamera fotografierte.

2.

Jan Schiller fühlte sich fiebrig. Der Kopf schmerzte, der Rücken tat ihm weh. Schon in den letzten Tagen hatte er sich schlecht gefühlt. In der Nacht hatte er kaum geschlafen und war, leise und ohne Carla zu wecken, aufgestanden, um sich einen heißen Tee zu machen, obwohl er Tee eigentlich verabscheute. Es hatte leider nicht viel geholfen. Zu allem Überfluss musste er um spätestens zehn Uhr im Präsidium sein. Trump, der alte Kriminaltechniker, sein liebster Kollege von der Spurensicherung, wurde verabschiedet. Außerdem kam eine Neue in sein Kommissariat – Birte Jessen aus Hamburg. Er hatte sie einmal kurz gesehen, eine hübsche Blonde mit einer Vorliebe für seltsame Kleidung. Sie hatte eine Art schwarze Pluderhose und einen langen roten Pullover getragen und den typischen norddeutschen Dialekt gesprochen – wenn sie einmal ein Wort gesagt hatte.

Aber es gab noch einen dritten, ziemlich gewichtigen Grund, warum Schiller trotz Fieber ins Präsidium musste: Seit knapp einer Woche ermittelten sie in einem Mordfall und tappten, wenn sie ehrlich waren, vollkommen im Dunkeln: Harald Mundt, den alle nur »Harry« genannt hatten, ein Lehrer, war hinter einem kleinen Buchladen, bei dem er Teilhaber gewesen war, erschossen worden. Ein platzierter Schuss mitten ins Herz, und dann hatte der Täter ihn seelenruhig, als hätte er alle Zeit der Welt, an eine Hauswand gelehnt und ihm ein rotes, blinkendes Herz in den Schoß gelegt.

Gab es schlimmere Mordopfer als Lehrer? Ein Lehrer hatte am Tag alle möglichen Kontakte – Schüler, Kollegen, Eltern und möglicherweise ehemalige Schüler, die glaubten, sie wären nur deshalb Verlierer geworden, weil man ihnen in der Schule übel mitgespielt hatte. Sie waren noch dabei, Mundts Hintergrund auszuleuchten und ein Motiv zu finden. Er war ein ziemlich bunter Vogel gewesen, als Student erst bei den Kommunisten, dann bei den Grünen, dann hatte er die Buchhandlung aufgemacht, um revolutionäre Schriften unters Volk zu bringen, was ihn beinahe in die Pleite getrieben hatte. Erst später war er Lehrer geworden, nicht sonderlich beliebt und anscheinend auch sehr streng. Er hinterließ eine Frau, ebenfalls Lehrerin, und eine neunjährige Tochter.

Sie hatten nichts, keine Anhaltspunkte – nur das billige Plastikherz, das eine Firma in Holland herstellte und das auf jedem Jahrmarkt verkauft wurde, und den Bericht der Ballistiker, die als Tatwaffe eine Walther P38, 9 mm Parabellum, vermuteten, wie sie im Zweiten Weltkrieg verwendet worden war. Aber solche Waffen waren heute immer noch leicht zu bekommen.

Die Feier für Trump fand im großen Konferenzraum des Präsidiums statt. Man hatte sogar den Saal geschmückt, an den Wänden hingen Bilder von Trump, farbige Computerausdrucke von alten Fotos, die man eingescannt hatte. Auf den meisten saß er über ein Schachbrett gebeugt da, oder er trug den klassischen weißen Overall der Kriminaltechniker. Groß und dünn war Trump im Lauf der Jahre geworden. Mittlerweile, als Dreiundsechzigjähriger, hatte er die Figur eines Marathonläufers.

Bert Cremer, sein engster Kollege, kam Schiller am Eingang entgegen. Er fingerte nervös an einer Schachtel Zigaretten, der letzte hoffnungslose Raucher des Kommissariats.

»Du bist zu spät«, raunte er ihm zu. »Neuendorf ist schon weg, hat wieder eine jämmerliche Rede gehalten.« Neuendorf war der neue Polizeipräsident und für seine Versprecher und Räusperer gefürchtet. Bei ihm konnte es mitten in einem Vortrag fünf Sekunden Sendepause geben, aber er hatte anscheinend Fürsprecher im Innenministerium. Keiner wusste, warum.

Dann klingelte Cremers Mobiltelefon, und Schiller hörte noch, wie er verärgert den Namen seiner Frau ausstieß. Die beiden konnte sich nach drei Jahren permanenter Ehekrise immer noch nicht entscheiden, ob sie sich trennen sollten oder nicht.

Fast fünfzig Personen füllten den Saal. Die meisten standen in Gruppen zusammen, unterhielten sich und hatten einen Pappbecher mit Sekt oder Mineralwasser in der Hand. Schiller drückte sich in eine Ecke und ließ sich von einem jungen Mädchen, das sonst in der Kantine arbeitete, ein Glas Wasser geben. Dann schluckte er noch eine Kopfschmerztablette. Trump stand ein paar Meter entfernt mit einem großen Blumenstrauß im Arm und schaute ihn lächelnd an.

Sie mochten sich, auch wenn sie nie viel miteinander geredet hatten.

»Nun ist es zu Ende«, sagte Trump, während er sich neben Schiller stellte. Seine Blumen legte er wie ein lästiges Bündel auf dem Tisch neben sich ab. »Hat immerhin etwas Gutes. Ich werde nie wieder einen weißen Overall anziehen müssen.«

»Was wirst du jetzt machen?« Schiller spülte den Rest der Tablette hinunter. Er glaubte zu spüren, wie das Fieber allmählich nachließ.

»Ich werde jeden Tag ins Café gehen und Schach spielen, mich auf ein paar wichtige Turniere vorbereiten. Außerdem habe ich noch das Haus in der Eifel, das ich für Brigitte ausbauen wollte. Habe drei Jahre nichts dran gemacht.«

»Vielleicht besuche ich dich mal«, sagte Schiller, obwohl er schon wusste, dass er niemals kommen würde. Die Eifel war nichts für ihn, zu viel Landschaft, zu viele Bäume. Er hielt nicht mal den Stadtrand von Köln lange aus. Alles, was über den äußeren Ring hinausführte, war für ihn schon beinahe Ausland. Nicht mal zum Laufen verließ er die Stadt.

Trump nickte, dann ging er, ohne seine Blumen mitzunehmen.

»Wir waren verabredet. Ich habe um acht auf Sie gewartet.« Die Stimme, die ihn ansprach, klang eindeutig gereizt. Als Schiller sich umwandte, sah er Birte Jessen neben sich, die Neue. Blond, wie es sich für eine Norddeutsche gehörte, mit leicht vorstehenden Schneidezähnen und gefährlich blauen Augen.

»Ich bin krank«, entgegnete Schiller. »Grippe.«

»Man hat mir gesagt, Sie seien Gesundheitsapostel. Läufer, Marathon sogar.« Birte Jessen legte die Stirn in Falten, dann nahm sie sich einen Plastikbecher mit Orangensaft. Sie trug keinen Ring, nur eine große Männeruhr am rechten Arm und hatte eine schwarze, viel zu weite Hose an.

»Marathon laufe ich nur einmal im Jahr hier in Köln, und

zwar in drei Wochen, wenn ich noch mal Zeit zum Trainieren finden sollte. Bestzeit: drei Stunden und dreiundvierzig Minuten, falls es Sie interessiert.«

»Dann haben Sie sich vielleicht beim Training übernommen.«

»Das glaube ich kaum.« Schiller stellte sein Glas beiseite. Der Raum begann sich bereits zu leeren. Wer war nur auf die Idee gekommen, Trumps Verabschiedung auf zehn Uhr morgens zu legen?

»Wir können in mein Büro gehen«, sagte Schiller schließlich, als er den erwartungsvollen Blick seiner Kollegin bemerkte.

Birte Jessen nickte. »Aber nun ist es auch mein Büro. Ich habe mich schon ein wenig eingerichtet.«

Sie verließen den Saal und gingen zu den Fahrstühlen. Von Trump war nichts mehr zu sehen. Cremer stand noch immer in der Halle und telefonierte wild gestikulierend. Birte Jessen bedachte ihn mit einem spöttischen Blick.

»Er scheint auch Wichtigeres zu tun zu haben, als an unserem Mordfall zu arbeiten.«

»Hören Sie«, sagte Schiller. »Ich weiß nicht, was Sie so in Hamburg gemacht haben und warum es Sie ausgerechnet zu uns nach Köln verschlagen hat, aber wir tun hier unsere Arbeit. Da können Sie ganz sicher sein.«

Wortlos fuhren sie in die vierte Etage hinauf.

Birte Jessen hatte sich in der Tat schon eingerichtet. Frische Blumen standen da, orange und gelb. Die hatte sie sich wohl selbst geschenkt. Neuendorf oder Fitschen, als Kriminaldirektor ihr unmittelbarer Vorgesetzter, wäre so etwas nicht eingefallen. Außerdem hatte sie eine supermoderne Kaffeemaschine auf der Fensterbank platziert. Zum Glück hatte sie das große, gerahmte Foto nicht angerührt, das an der Wand hing: die Meistermannschaft vom 1. FC Köln aus dem Jahr 1978. War leider der letzte große Triumph seines Vereins gewesen. Noch immer kannte er den Namen jedes Spielers.

»Ich dachte, Fischköpfe trinken nur Tee«, sagte Schiller mit Blick auf die Maschine. Dann setzte er sich hinter seinen Schreibtisch. Das fing nicht gut an. Er sollte die ganze Sache leichter nehmen, sie war eben eine neue Kollegin aus einer anderen Stadt, aber der Schmerz hämmerte in seinem Kopf, und er mochte ihre wortkarge und zugleich ständig herausfordernde Art nicht. Sie hatte sich bereits dienstbeflissen die Akten zum Fall Harry Mundt von seinem Schreibtisch genommen. Er wollte schon wütend werden, aber sie gehörte nun dazu, war die Verstärkung, die man ihnen seit Monaten versprochen hatte.

Birte Jessen zog eine Schachtel Zigaretten aus ihrer Hosentasche und hielt sie unschlüssig in der Hand.

»Hier raucht niemand«, sagte Schiller. »Allgemeine Abmachung.«

Sie schaute ihn abschätzend an. Er war sicher, dass sie sich nun erst recht eine anstecken würde, dann jedoch sagte sie: »Ist ja auch vernünftiger. Ich habe es eigentlich längst aufgegeben.«

Für einen Moment sah sie irgendwie verletzlich aus, aber dann straffte sie sich wieder.

»Können wir mit der Arbeit anfangen – auch wenn Sie krank sind?« Ihre Augen schienen die Farbe wechseln zu können und wirkten nun beinahe grün.

Schiller wischte sich über das Gesicht. Vielleicht steckte ihm das Training für den Marathonlauf wirklich noch in den Knochen, außerdem der Stress mit Carla und dieser Fall, der nicht in Gang kam.

Als er sie anschaute, saß sie ihm gegenüber. Die Kaffeemaschine hinter ihm zischte. Er hatte gar nicht bemerkt, dass sie das Ding angeschaltet hatte. Ein MP3-Player lag neben den Akten auf ihrem Schreibtisch. Das erste Utensil, das sie ihm ein wenig sympathisch machte.

»Verraten Sie mir eins«, sagte er und legte einen deutlichen Hauch von Spott in seine Stimme, »was hören Sie für Musik? Oder haben Sie sich das Ding besorgt, um einen Sprachkurs in Kölsch zu machen?«

An der Musik erkannte man die Leute. Wahrscheinlich würde sie ihm sagen, dass sie Robbie Williams hörte oder allgemein, was so im Radio lief.

»Neil Young«, sagte sie. »Oder Händel und Wagner. Die Ouvertüre zu ›Tannhäuser‹ könnte ich dreimal am Tag hören. Tue ich auch manchmal.« Sie lächelte, und dann blickte sie an ihm vorbei, als würde sie sich voller Wehmut an etwas erinnern.

Schiller ahnte, dass sie ein Geheimnis umgab. Eine Affäre mit einem Musiker oder einem Opernsänger? War sie deshalb als Fischkopf in Köln aufgetaucht? Nein, Polizisten hatten mit berühmten Sängern und Künstlern meistens nichts zu tun – oder nur, wenn einer sie umgebracht hatte.

Sie stellte ihm keine Gegenfrage, sondern erhob sich und schob ihm einen Moment später einen dampfenden Milchkaffee hin. Sie hatte sogar eigene Gläser mitgebracht, die teuer und nagelneu aussahen, aber er kannte sich mit solchen Sachen nicht richtig aus.

Schiller trank einen Schluck und nickte anerkennend. Kaffee gehörte zu seinen Schwächen. Bei besonders intensiven Ermittlungen trank er drei Kannen am Tag, meistens schwarz und ohne Zucker, aber er konnte sich auch an Milchkaffee gewöhnen. Diese Maschine war ein echter Pluspunkt auf ihrem Konto.

»Ich könnte Sie ein wenig herumführen«, sagte er. »Die Kollegen vorstellen, die hier auf dem Gang sitzen, Einbruch, Drogen, Erkennungsdienst, dann könnten wir in die Kantine …«

»Vielen Dank, aber die Leute, die ich kennenlernen wollte, habe ich bereits getroffen«, entgegnete sie. »Ist Mundt schon beerdigt worden?« Sie zog eine Akte zu sich heran.

Schiller nickte. Der Kaffee tat ihm gut. »Vorgestern.«

»Und? Irgendetwas Auffälliges? Wo ist das Motiv?« Sie deutete auf die Akte vor sich. Dabei fiel ihm auf, dass ihr rechter kleiner Finger rot lackiert war.

»Fast tausend Leute waren da, die halbe Schule, ein paar Leute aus dem Stadtrat, weil Mundt bei den Grünen eine große Nummer war, dazu Verwandtschaft, Freunde, ein unübersichtlicher Haufen. Cremer hat einige Bilder gemacht, die wir uns aber noch nicht genau angesehen haben. Sind auf seinem Rechner.«

Birte Jessen zog die Fotos vom Tatort heraus. »Da hat jemand eine alte Rechnung beglichen, ohne Zweifel. Wahrscheinlich ist es auch kein Zufall, dass Mundt hinter der Buchhandlung erschossen worden ist. Und warum hat der Mörder ihm das Herz in den Schoß gelegt? Das Herz ist der Schlüssel.« Sie schaute ihn an, als erwartete sie eine Bestätigung ihres Verdachts.

»Oder ein gutes Ablenkungsmanöver«, sagte Schiller. »Mundt hat zwar vor zwölf Jahren eine hässliche Scheidung hinter sich gebracht, aber seine Ex-Frau hat ein Alibi.« Als er das billige Plastikherz gesehen hatte, war ihm sofort klar gewesen, dass sie bei diesem Fall nicht einfach die Ehefrau oder eine Geliebte verhören mussten, um ihren Täter zu finden.

»Sie war mit einer Freundin auf einer Vernissage?« Birte Jessen hatte sich bereits kundig gemacht.

»Ja, mit zweihundert anderen Leuten. Wir haben fünf Zeugenaussagen schriftlich.« Schiller trank seinen Kaffee aus und schluckte noch eine Tablette. Die Kopfschmerzen waren beinahe verschwunden, nun kam die Müdigkeit. Er hatte das Gefühl, seit Tagen nicht mehr geschlafen zu haben. Carla hat ihn gefragt, ob er mit ihr eine Woche in den Süden fliegen würde, Teneriffa, Gran Canaria, gleichgültig, eine Art Friedensangebot, aber nun hatte auch sie wieder einen akuten Fall, der ihren ganzen Einsatz forderte. Ein autistisches Mädchen, das bei ihr seit drei Jahren in Behandlung war, hatte begonnen, sich selbst zu verletzen. Mit einer Rasierklinge hatte sie sich drei tiefe Schnitte im Bauch beigebracht. Der Urlaub würde warten müssen; er hätte ja auch nicht fahren können, solange der Fall Mundt nicht aufgeklärt war.

»Wir brauchen eine lückenlose Biographie Mundts«, sagte Birte Jessen, und es klang fast, als würde sie Schiller einen Auftrag erteilen.

Schiller verzog das Gesicht. »Der Typ war einundfünfzig Jahre alt und hat wohl nichts ausgelassen. Wir haben noch nicht einmal herausgefunden, wo seine uneheliche Tochter wohnt. Sie hatte eine Schmuckwerkstatt in Kronenberg in der Eifel, aber da ist sie schon seit Monaten nicht mehr gewesen. Ihre Miete hat sie auch nicht mehr bezahlt.«

»Was ist mit persönlichen Unterlagen, Briefen, Fotos?«

»Cremer hat sich zwei Tage lang in seinem Arbeitszimmer umgesehen. Es ist immer noch versiegelt. Wenn Sie wollen, können wir der Witwe gerne noch einen Besuch abstatten.«

Er hatte diesen Vorschlag nicht wirklich ernst gemeint, doch Birte Jessen nickte entschlossen.

»Oder sind Sie zu krank?« Sie lächelte ihn scheinbar mitfühlend an, während sie sich erhob.

Bevor Schiller etwas erwidern konnte, stand Bert Cremer in der Tür. Er sah abgehetzt aus. Bei ihm wusste man nicht, was ihn mehr mitnahm: der Ärger mit seiner Frau oder die erfolglose Arbeit der letzten Woche.

»Schön, dass ihr hier gemütlich Kaffee trinkt«, sagte er ein wenig atemlos, »aber ich muss euch leider stören. Eben ist der Notruf eines Postboten eingegangen. Der Kerl mit dem Plastikherzen war wieder unterwegs. Ein zweiter Toter – diesmal in Müngersdorf.«

3.

Sie glaubte die kleine Narbe in ihrem Rücken zu spüren. Es war Unsinn, dennoch zuckte sie zusammen, als sie zu Schiller in den Wagen stieg. Sie dachte an Martin. Sie hatte vergessen, seine Mutter anzurufen. Martha würde sich ängstigen und wissen wollen, wie ihr erster Tag in Köln verlaufen war. In der Nacht hatte sie kaum geschlafen, weil sie wieder Martins Stimme im Kopf gehabt hatte. Außerdem hatten vor ihrem Fenster ein paar Jugendliche randaliert. Die Polizei war nicht aufgetaucht, obwohl die Randalierer sich erst nach einer Stunde beruhigt hatten. Etliche Flaschen waren zu Bruch gegangen, aber es schien niemanden zu stören. Immerhin konnte sie von ihrem kleinen Hotelzimmer direkt auf den Rhein sehen. Erstaunlich, wie viele Schiffe da vorbeifuhren. Sie hatte schon jetzt Heimweh nach Hamburg.

Schiller fuhr ohne Hast in die Stadt hinein. Einmal, als er die Spur wechselte, warf er ihr einen kurzen Blick zu, ohne jedoch etwas zu sagen. Höflichkeit schien nicht seine Sache zu sein, keine Frage, ob sie schon eine Unterkunft gefunden habe oder wie ihr die Stadt gefalle. Nun, dann musste sie auch nicht lügen. Köln war ein Schock für sie gewesen, eng und schmutzig, keine Bäume, keine Parks, nur der graue, gleichmütige Rhein, über dem die Möwen ihre Kreise zogen.

Warum bin ich nicht woanders hingegangen, dachte Birte Jessen, nach Bremen oder Rostock, dorthin, wo es zumindest ein wenig nach Heimat riecht? Aber so ging es ihr ja mit allem, seit Martin tot war. An allem zweifelte sie. Warum waren die Dinge nur so, wie sie waren?

Nein, nahm sie sich vor, sie würde sich von Schillers Schweigen nicht einschüchtern lassen, aber sie hatte Angst davor, die Leiche zu sehen. Der erste Arbeitstag in Köln, und gleich fiel ihr ein Toter vor die Füße.

Der letzte Tote, den sie gesehen hatte, war Martin gewesen, klein und aschfahl, vom Krebs gebissen. Sie spürte, dass ihr Tränen in die Augen traten. Es war viel zu früh, um wieder einen Toten zu sehen, auch wenn sie ihn nicht kennen würde.

»Ich bin sonst nicht so«, sagte Schiller plötzlich. »Es ist die Grippe. Stecken Sie sich bloß nicht an!« Er lächelte vor sich hin, als hätte er einen Witz gemacht.

»Alles klar«, sagte sie und versuchte die Tränen wegzublinzeln. Schiller würde sie für eine Psychotante halte, wenn sie schon auf dem Weg zu ihrem ersten Einsatz Tränen in den Augen haben würde. Plötzlich fragte sie sich, wie alt er war. Ende dreißig – Anfang vierzig? Er war ziemlich athletisch, aber am Hinterkopf wurde sein Haar bereits schütter. Seine Hände waren groß und klobig, kein Hobby-Koch, eher ein Handwerker.

Über Funk hörten sie, dass mittlerweile drei Polizeiwagen am Tatort eingetroffen waren.

»Fehlt uns noch, dass hier ein Irrer herumläuft, Leute erschießt und ihnen ein Plastikherz in den Schoß legt«, sagte Schiller vor sich hin.

Birte Jessen sah ihn an und wusste, woran er dachte. Zwei Morde in knapp einer Woche mit einem untrüglichen Erkennungszeichen – in Amerika würde man da schon von einem Serienkiller reden. Sie würde ihm den Vortritt lassen, sollte er sich die Leiche anschauen.

»Wenn wir Glück haben, finden wir so schneller das Motiv«, sagte sie. »Vielleicht hat der Tote eine Verbindung zu Mundt.«

»Ja, vielleicht.« Schiller starrte vor sich hin.

Er bog in eine schmale Wohnstraße ein, und da sahen sie die Streifenwagen mit laufendem Blinklicht. Zwei Polizisten sperrten den Tatort ab. Schiller ließ sein Fenster herunter und winkte ihnen lässig zu.

Birte Jessen zog sich Latexhandschuhe über und sprang aus dem Wagen, noch bevor er zum Stillstand gekommen war. Nun musste sie sich wieder in die Rolle der Ermittlerin einfinden, und vor allem durfte sie keine Schwäche zeigen. Sie hielt dem ersten Polizisten ihre Marke hin und ging durch die Pforte auf das Haus zu. Ein weißes Einfamilienhaus, keine Villa, aber dennoch strahlte es einen gewissen Prunk aus. Ein gepflegter Kiesweg, teure Marmorstufen, keine Gardinen vor den Fenstern.

Schiller tauchte hastig neben ihr auf. Er keuchte angestrengt. Anscheinend wollte er hier doch den Platzhirsch spielen.

Zwei Sekunden später bemerkte sie, dass sie viel zu forsch gewesen war. Da lag der Tote – ein Mann mittleren Alters mit dunklen lockigen Haaren. In Brusthöhe hatte es ihm seine teure Lederjacke zerrissen. Er saß gegen seine schmucke weiße Eingangstür gelehnt da, die Beine überkreuzt, wie bei einem Indianer, der am Lagerfeuer hockte. Deshalb hatte man ihn von der Straße nicht entdecken können. Der Mörder hatte ihn zurechtdrapiert. Das Plastikherz in seinem Schoß blinkte, aber die Batterie schien schon recht schwach zu sein. Wäre die hässliche Wunde nicht gewesen, hätte der Mann ein Betrunkener vom Schützenfest sein können.

Martin hatte anders ausgesehen, nach monatelanger Krankheit, nach Martyrium und letzten geflüsterten Worten.

Obwohl er keinen Overall trug, beugte Schiller sich über den Toten. »Sauberer Einschuss«, sagte er, »wie bei Mundt. Unser Täter muss ein echter Kunstschütze sein.«

Viel Blut war nicht zu sehen.

Birte Jessen wandte sich ab und blickte auf das Türschild. »Roger van Gaal, Genie«, stand da.

Sie hatte nach Martins Tod die Wahl gehabt, eine lange Segeltour zu machen, hinauf nach Norwegen, zwei Wochen auf See, keine Menschen sehen, nur die anderen vier an Bord, Freunde von Martin, die sie trösten wollten – oder aber einen neuen Job in einer neuen Stadt anzunehmen. Sie glaubte ihren Erinnerungen nur zu entkommen, wenn sie ging. Sie würde nie wieder einem Menschen wie Martin begegnen, einem verrückten Geigenbauer. Sie hatte ihn ausgelacht. Gab es so etwas wirklich, dass jemand Geigen baute – mitten auf St. Pauli? Wo die Huren herumliefen und wo es jeden Tag mindestens zehn Schlägereien gab. Er war ganz ernst geblieben und hatte sie nur angeschaut. Später hatte sie Martha, seine Mutter, kennengelernt und begriffen, dass es solche Menschen noch gab, die nicht Auto fuhren, allenfalls Radio hörten und die nach einer ganz anderen Zeit ihr Leben führten. Ihre Uhr schien immer eine gewisse Gelassenheit anzuzeigen. Bis in den Tod.

Schiller führte ganz routiniert Regie. Ohne sie zu beachten, überwachte er die Sicherung des Tatorts. Dann stellte er ihr einen bärtigen Mann mit Namen Roland Grauer vor, der zum Erkennungsdienst gehörte und die Tatortfotos machte, und wies ihn ein. Grauer streifte sich einen Papieranzug über und machte sich wortlos und ohne eine Miene zu verziehen an die Arbeit. Offenbar hatte Schiller seine Grippe in den Griff bekommen. Jedenfalls war ihm nichts mehr anzumerken. Der Tote schien tatsächlich der Bewohner des Hauses zu sein. Über Funk ließ Schiller sich die Daten geben. Es hatte einen Prominenten aus der zweiten Reihe erwischt. Einen holländischen Fernsehproduzenten, der seit einigen Jahren in Köln wohnte und gelegentlich in den Klatschspalten auftauchte, wenn er sich mal wieder irgendwo betrunken hatte. Schiller meinte, sein Foto auch schon in der Zeitung gesehen zu haben.

Birte Jessen ging um das Haus herum, weg von der Leiche, die im Blitzlicht schon seltsam wächsern aussah. Alles wirkte unbewohnt und unfertig. Auf der Terrasse standen keine Möbel, einen richtigen Garten gab es nicht, nur einen ungepflegten Rasen und ein paar alte verkrüppelte Bäume. Als sie durch ein großes Fenster blickte, entdeckte sie kein einziges Möbelstück, nur einen blanken Holzboden. Roger van Gaal besaß nicht einmal einen Fernseher. War er gerade erst eingezogen? Was wollte ein einzelner Mann mit so einem Haus? Und was hatte ein großprotziger Produzent aus Holland mit einem linken Lehrer gemeinsam?

Als Birte Jessen zur Straße zurückkehrte, sah sie einen Möbelwagen, der auf der Straße hielt. Hupend versuchte er einen Streifenwagen aus dem Weg zu scheuchen.

»He«, rief einer der Möbelpacker auf Kölsch, sodass sie ihn beinahe gar nicht verstehen konnte, »wir machen hier einen Umzug.«

Einer der Polizisten, die an der Pforte zum Grundstück standen, ruderte mit den Armen, doch der Möbelwagen blieb mitten auf der Straße stehen. Zwei Männer, ein junger mit Pudelmütze und ein älterer mit einem langen grauen Zopf, sprangen ab und machten sich an der hinteren Klappe zu schaffen. Den Polizisten ignorierten sie hartnäckig.

»Sie können hier nichts abladen«, sagte Birte Jessen mit fester Stimme und taxierte den Älteren mit dem Zopf.

Er schaute nur kurz auf. »Dauert nicht lange, Liebchen, ein paar Kisten für Herrn van Gaal. Eilauftrag. Kam heute Morgen.«

»Wann kam der Auftrag?« Schiller stand plötzlich neben ihr, was sie irgendwie ärgerte. Entweder wollte er sich immer in den Vordergrund schieben, oder er meinte, dass sie nicht einmal mit ein paar Möbelpackern fertig wurde.

»Seid ihr taub?«, fragte der graue Zopf. Er hatte die hintere Klappe nun geöffnet und machte Anstalten, auf die Ladefläche zu klettern. Ein riesiger Fernseher stand da, etliche braune Kartons, Stühle und ein paar zerlegte Möbel, ein Bett vielleicht. Kein großer Umzug.

Schiller packte den Mann am Arm, genau da, wo eine große, schon recht verblichene Tätowierung zu sehen war. Ein Schlange, die irgendwie aus einer blühenden Rose zu steigen schien. »Hör mal zu, mein Freund«, sagte er. »Du scheinst hier taub zu sein. Wer hat dir den Auftrag gegeben?«

Birte Jessen verzog das Gesicht. Offenbar war Schiller auch so einer, der jeden duzte. Sie nahm sich vor, bei ihm konsequent beim Sie zu bleiben.

Der Möbelpacker entschloss sich zu einem Lächeln. »Nun, mal langsam. Die Braut vom Meister hat uns angerufen. Wir sollten das Zeug bei ihr abholen. Sofort. Vielleicht war es auch die Ex-Braut. Keine Ahnung.«

Schiller ließ den Mann los und hielt seinen Ausweis hoch. »Wie heißt die Frau? Und wo wohnt sie?«

Der Möbelpacker lächelte verkniffen. »Ist was passiert, dass ihr hier so ein Aufmarsch macht? Aber am besten fragt ihr die Frau selbst.« Dann deutete er vor sich.

Birte Jessen wandte sich um. Eine gut frisierte, dunkelhaarige Frau mit Sonnenbrille, hochgeschoben ins Haar, stieg aus einem kleinen blauen Sportwagen. Ja, dachte sie, so sehen die Frauen von solchen Fernsehmenschen tatsächlich aus. Kurzes pinkfarbenes Plüschjäcken, enge teure Jeans und braune Lederstiefel mit hohen Absätzen. Neben sich hörte sie Schiller aufstöhnen. Dann stieß er sie ganz vertraut mit dem Ellbogen an und sagte lächelnd: »Da kommt ja unsere Mörderin!«

Sie hieß Emma Sahler, und sie brauchte ein paar Momente, um zu begreifen, was passiert war. Kein Einbruch, kein Streit mit Nachbarn, weil van Gaal doch manchmal sehr cholerisch sein konnte, sondern Mord.

Dann suchten ihre runden braunen Augen den Himmel ab, und die Beine knickten ihr ein, dass sie übel gestürzt wäre, wenn Schiller sie nicht aufgefangen hätte. Emma Sahler schnappte nach Luft, als hätte man ihr irgendwie die Kehle zugeschnürt. Sie führten sie zu einem Streifenwagen und betteten sie förmlich auf den Rücksitz.

»Ich habe ihn verflucht«, stammelte sie dann, »neulich abends.« Sie klang, als wäre sie überzeugt, ihm tatsächlich den Tod an den Hals gehext zu haben.

»Beruhigen Sie sich!«, sagte Birte Jessen sanft. »Soll ich Ihnen ein Glas Wasser besorgen?«

Emma Sahler sah sie an, als hätte sie in einer ganz anderen Sprache mit ihr gesprochen. Einen Moment später begann sie zu würgen. Schiller war nicht mehr da. Birte Jessen bemerkte aus den Augenwinkeln, dass ein Zinksarg auf die Straße getragen wurde. Da hatte man aber schnell gearbeitet. War der Rechtsmediziner schon da gewesen? Sie versuchte sich ein wenig vorzubeugen, aber Emma Sahler hatte die grau gekleideten Männer mit dem Sarg bereits registriert. Ihr Würgen ging in ein abgehacktes Husten über.

Schiller stand plötzlich mit einem Kaffeebecher in der Hand wieder da, aus dem zarte Dampfwölkchen aufstiegen. »Ich kann auch mitten in der Wüste Kaffee besorgen«, sagte er, als er Birtes erstaunten Blick bemerkte. Dann drückte er Emma Sahler den Becher in die Hand. »Trinken Sie das! Wir können nun auch ins Haus gehen«, fügte er ungerührt hinzu.

Wie ein kleines Kind, das eine bittere Medizin schlucken muss, nippte sie an dem Kaffee und ließ sich wenig später zum Haus führen. Schiller warf Birte Jessen einen triumphierenden Blick zu. Sie bemerkte, dass er im Vorbeigehen dem jüngeren Möbelpacker mit einem knappen Nicken den Kaffeebecher gab. Daher war also der Kaffee gekommen. Er hatte die Arbeiter angepumpt oder einen Becher konfisziert.

Auf der Treppe war kein Blut zu sehen. Der Schlüssel steckte. Wahrscheinlich hatte einer der Forensiker ihm dem Toten abgenommen. Schiller war da anscheinend nicht zimperlich. Vorsichtig drehte er ihn herum.

Es war ein leeres, trostloses Haus. Birte Jessen begriff gleich, dass sie einen Fehler gemacht hatten, mit der Freundin oder – wie es schien – Ex-Freundin des Toten einzutreten, aber Schiller schritt munter voran, fast wie ein forscher Makler, der glaubte, einen guten Kunden an der Angel zu haben.

Emma Sahler folgte ihm gehorsam und wirkte ein wenig gefasster, doch schon in der geräumigen Diele presste sie sich ein Papiertaschentuch vor das Gesicht und schluchzte wieder.

Schiller drehte sich nach ihr um. »Riecht noch ziemlich nach Farbe«, sagte er, als hätte sie nur deshalb das Taschentuch hervorgenommen. »Waren Sie schon mal hier?«

Emma Sahler nickte. »Natürlich«, flüsterte sie so leise, dass Birte Jessen, die neben ihr ging, sie kaum verstehen konnte. »Er hat das Haus ja für mich gekauft. Wir wollten hier zusammen einziehen.«

Es gab tatsächlich keine Möbel. Das riesige Wohnzimmer war leer, ebenso ein Nebenraum, der Büro oder Kinderzimmer sein konnte. Nicht einmal Lampen hingen von der Decke.

Schiller steuerte einen anderen Raum an – die Küche. Hier hatte sich ein teurer Innenarchitekt ausgetobt. Mitten im Raum befand sich eine Art Kochinsel mit einem riesigen Herd unter einer überdimensionalen silberfarbenen Abzugshaube, die noch in Zellophan eingepackt war. An den Wänden Metall- und Glasschränke und ein mannshoher runder Kühlschrank. Nur einen Tisch gab es noch nicht, aber vier Designerstühle, die aussahen, als würde man sich unweigerlich den Rücken verrenken, wenn man sich auf sie setzte.

Schiller schob Emma Sahler einen Stuhl hin. Sie schluchzte immer noch und nahm dann umständlich Platz. Ihre enge Jeans war für solche Stühle nicht gemacht. Birte Jessen zog es vor, stehen zu bleiben.

»Warum ist aus dem gemeinsamen Einzug nichts geworden?«, fragte Schiller.

Emma Sahler sah ihn an. Ihre Augen wirkten plötzlich viel größer. Ratlosigkeit und Unglauben spiegelte sich in ihnen. »Roger war ein Scheißkerl«, sagte sie mit einer Entrüstung, die gar nicht zu der Trauer passte, die sie eben noch an den Tag gelegt hatte. »Er war der Meinung, dass er alles tun und lassen könnte, was er wollte, aber das kann man nicht mehr, wenn man jemanden liebt.« Sie nickte ihren eigenen Worten nach, und Birte Jessen hatte plötzlich Mitleid mit ihr. Emma Sahler schien eine kleine Tragödie durchlebt zu haben, die aber wohl nichts mit dem Mord zu tun hatte.

»Er hat Sie also betrogen, und dann haben Sie ihn hinausgeworfen«, sagte Schiller ein wenig zu routiniert, wie Birte Jessen fand. »Wann haben Sie ihn denn zum letzen Mal gesehen?«

»Vor drei Tagen«, sagte Emma, und es klang, als wäre es schon eine Ewigkeit her. »Er hat mich geschlagen.« Sie zog ihr Jäckchen hoch, sodass man ihren Unterarm sehen konnte, und hielt ihn Schiller vorwurfsvoll hin. Birte Jessen musste die Augen zusammenkneifen, um etwas zu erkennen, aber wenn man genau hinsah, waren da zwei Fingerabdrücke zu erahnen, als hätte jemand ein wenig zu kräftig zugepackt.

»Ist das häufiger vorgekommen, dass Ihr Freund so rüde mit Ihnen umgesprungen ist?«, fragte Schiller. Er hatte ein schmales schwarzes Büchlein hervorgezogen.

Sie nickte und starrte nun mit Rehaugen wie ein verängstigtes kleines Mädchen vor sich hin. »Gestritten haben wir uns aber wegen dem Kind. Ich habe ihm gesagt, dass ich schwanger bin. Da ist er vollkommen ausgerastet.«

»Aber Sie sind nicht schwanger, nicht wahr?«, fragte Birte Jessen. Irgendwie waren solche Frauen so leicht zu durchschauen.

Emma Sahler schüttelte den Kopf, was sie noch kleinmädchenhafter aussehen ließ. »Ich wollte ihn auf die Probe stellen, ob er mich wirklich liebt. Da ist Roger noch wütender geworden. Er hat einen Aschenbecher nach mir geworfen.« Sie tupfte mit dem Taschentuch an ihren Augen herum, obwohl bisher gar keine Tränen zu sehen waren. »Eigentlich hatte ich gehofft, dass sich alles wieder einrenkt, aber er hat sich zwei Tage nicht gemeldet. Deshalb habe ich ihm jetzt den Möbelwagen geschickt. Sollte ein Zeichen sein.«

»Haben Sie eine Ahnung, wo er die zwei Tage gewesen ist? Hat er vielleicht eine Freundin gehabt?«, fragte Schiller, und er als merkte, dass diese Frage eine Spur zu hart ausgefallen war, fügte er milder hinzu: »Ich meine, irgendeine gute Bekannte, wo er unterschlüpfen konnte?« Er rieb sich über die Augen. Nun war ihm doch anzusehen, dass er nicht in Form war.

»Keine Ahnung«, sagte Emma Sahler. »Da müssen Sie in seinem Büro nachfragen. Elke, seine Managerin, weiß alles über ihn. Vielleicht war er bei ihr. Sie würde sogar seine Unterhosen bügeln, wenn es sein müsste.« Sie lachte, aber dann hob sie ihre Hand, als wollte sie dieses unpassende Lachen wieder einfangen. Ihre Fingernägel waren weiß und sahen unecht aus. Kann man mit solchen Händen jemanden töten, dachte Birte Jessen. Nein, das konnte man nicht. Schiller machte sich ein paar Notizen in sein Büchlein, aber für sie war schon klar, dass sie aus Roger van Gaals Ex-Freundin nicht viel herausbringen würden.

Als Schiller ihre Personalien aufnahm, klingelte ein Handy, eine schrille, nervtötende Fanfare, die irgendwie nach »Final Countdown« klang.

Schiller schaute Birte Jessen verärgert an, doch sie zuckte nur mit den Schultern.

»Es ist sein Handy«, sagte Emma Sahler. »Seine Fanfare, die bläst er sogar nachts auf einem Kamm, wenn er ...« Sie brach ab.

Überrascht blickte Schiller auf, dann griff er in seine Jackentasche und zog eine kleine Plastiktüte hervor. Ein winziges, silberfarbenes Mobiltelefon schwebte da und trompete vor sich hin. Tatsächlich, »The final Countdown«.

Schiller hielt Birte Jessen die Plastiktüte hin, was sie für einen Moment irritierte. Aber ja, er hatte keine Handschuhe an, der große Experte.

»Vermutlich irgendein vorlauter Journalist«, sagte Schiller verächtlich. »Aasgeier! Will wahrscheinlich von van Gaal wissen, ob er wirklich tot ist.«

Birte Jessen brauchte einen Moment, um sich an dem Gerät zurechtzufinden. Nokia – sah neu und ziemlich teuer aus.

»Ja?«, sagte sie dann und bemühte sich, möglichst tief zu klingen.

Schiller war herangekommen und beugte sich zum Apparat. Sie bemerkte zum ersten Mal, dass er nach Kölnisch Wasser roch. Gab es das noch – Männer in seinem Alter, die Kölnisch Wasser benutzten?

»Verdammt, Roger«, sagte eine Stimme, die eindeutig einer Frau gehörte. »Warum hast du mir diese SMS geschickt? Nur weil du Stress mit Emma hast? Du sentimentaler Idiot! Ritchie hat sie zufällig gesehen und dreht nun völlig durch! Am liebsten würde er dich erschießen.«

4.

Er fuhr mit dem Fahrrad nach Norden. Das war immer die Frage, nach Süden Richtung Rodenkirchen den Rhein hinauf oder nach Norden, am Dom vorbei bis nach Niehl zum Hafen. Es tat ihm gut, den Regen zu spüren, der ihm vom Rhein ins Gesicht wehte. Er trug eine Fahrradbrille und fuhr ziemlich schnell. Geschickt wich er den wenigen Touristen aus, die auf der Promenade entlangliefen, meistens Japaner, die wirklich alle drei Schritte ein Foto machten. Wahrscheinlich fand wieder irgendeine Messe statt. Nicht dass sich die Stadt dann herausputzte, Köln war und blieb schmutzig, aber dann wehten Fahnen auf den Brücken, als würde die Stadt mit ein paar Wimpeln im Wind internationaler aussehen. Es war so lächerlich.

Er liebte die Stadt und hasste sie gleichzeitig. Er hatte es nie geschafft, wegzukommen, aber nun hatte er seine Balance gefunden. Die ersten beiden Morde waren perfekt abgelaufen. Keine Zeugen, keine Spuren, außer der einen tödlichen Kugel und dem roten Plastikherzen. An dem Plastikherzen würden sie sich die Zähne ausbeißen. Im Advent gab es auf jedem Weihnachtsmarkt mindestens zwanzig Stände, die diesen billigen Plunder verkauften, und das allein in Köln.

Es tat ihm gut zu fahren, schnell und gleichmäßig, als hätte er ein Ziel. Niemand kannte ihn, keiner wusste, wer er war. Gut, er hatte nach wie vor seine Arbeit erledigt, er war ein Kollege, ein Nachbar, aber niemand kannte ihn wirklich.

Seht her, hätte er schreien können, ich sorge für Gerechtigkeit, ich kämpfe gegen den Dreck, aber ich bin noch nicht am Ziel.

Er hatte lange gedacht, dass er es nicht mehr ertragen konnte, das Leben, den Tod. Wie sollte er nur weiterleben, funktionieren, arbeiten, essen, atmen? Mehr als einmal hatte er an Selbstmord gedacht, wenn er dalag, in dem Raum, den er nur die »Herzkammer« nannte, ihr Zimmer, in das sie sich zurückgezogen hatte und in dem sie gestorben war. Er hatte mit ihr geredet, nüchtern und betrunken, morgens und in der Nacht. Sie sollte ihm irgendetwas sagen, ein Zeichen geben. Sein Leben war so nutzlos. In den düsteren Tagen nach der Beerdigung saß er nur da und starrte ihr Bild an. Dann begann er mit dem Kopf gegen die Wand zu schlagen. Ein hohles, dumpfes Geräusch entstand, von dem er glaubte, dass es durch das ganze Haus, durch die ganze Stadt klingen musste. Ein dumpfer Laut des Schmerzes, doch einen echten Schmerz spürte er gar nicht, nur Leere und Verlorenheit. Dann, als er drei Tage ununterbrochen in der Herzkammer gewesen war und sich den Kopf fast blutig geschlagen hatte, klingelte es an der Tür. Die alte Krall, die eine Etage über ihm wohnte, stand da. »Hören Sie das auch?«, fragte sie ihn verschwörerisch. »Diese merkwürdigen Geräusche? Sind das diese Computerleute im Hof? Machen die solche Geräusche? Sollte man die Polizei rufen?« Er schüttelte den Kopf, stammelte etwas von Klempnerarbeiten im Keller und hörte auf, den Kopf gegen die Wand zu schlagen.

Stattdessen zog er die Rasierklingen hervor, wenn er alles nicht mehr ertragen konnte, wenn die Erinnerungen ihn durchschüttelten und er Weinkrämpfe bekam. Zuerst ritzte er sich nur ganz leicht, ein Schnitt in den Finger, sodass ein paar Tropfen Blut hervorquollen. Irgendwie erleichterte es ihn zu sehen, wie das Leben aus ihm herauslief. So wurde alles leichter – so konnte er sich vorstellen, auch bald tot zu sein.

Doch nach ein paar Wochen reichte ein kleiner Schnitt nicht mehr. Er schnitt sich in den Oberschenkel, brachte sich eine klaffende Wunde bei. Der Schmerz war köstlich, tief und echt, und irgendwie glaubte er tatsächlich, etwas strömte aus ihm heraus, ein Ventil würde geöffnet. Seine Verzweiflung verging. Ein, zwei Wochen hielt die Erleichterung an, eine lange Woche ohne Albträume und fast ohne Selbstgespräche.

Dann musste er den nächsten Schnitt tun, obschon die Wunde noch gar nicht verheilt war. Die Erleichterung kam, aber sie war nicht mehr ganz so groß, und als er am nächsten Tag auf sein Fahrrad steigen wollte, konnte er sich kaum noch bewegen. Er wusste, dass er krank war. Nur kleine, pubertierende Mädchen taten so etwas – mit Rasierklingen an sich herumschnippeln und sich selbst verletzen. Fast wäre er aufgeflogen. Als er während einer Besprechung an sich heruntersah, bemerkte er Blut auf seinem Oberschenkel. Die Wunde war aufgebrochen und hatte seine Hose durchtränkt. Ein langer dunkelroter Streifen war zu sehen, der sich ausbreitete und durch den Jeansstoff fraß. Eilig war er hinausgestürzt und hatte eine unvermittelte Übelkeit vorgetäuscht.

Wenn die Verzweiflung ihn überwältigte, nahm er sich danach seine Waden vor, brachte sich nur hier und da kleine, unauffällige Schnitte bei, nichts Großes und Ernsthaftes, und daher währte die Erleichterung auch nie lange, ein paar Stunden Schlaf, ein ruhiger Fernsehabend ohne Gedanken und Erinnerungen.

Er hatte keine Ahnung, wie er ohne Funny weiterleben sollte. Funny – so hatte er sie genannt, weil sie das Leben und den Spaß zurückgebracht hatte. Ihr hatte der Name gefallen. Und dann war die Krankheit ausgebrochen – sie hatten erst drei unbeschwerte Monate miteinander gehabt. Es war so ungerecht gewesen. Zu Beginn hätte er am liebsten jeden alten grauhaarigen Kerl auf der Straße umgefahren, hätte jeder Rentnerin, die nutzlos herumkrauchte, einen Tritt versetzt. Warum lebten sie, wurden neunzig und hundert und schämten sich ihres Alters nicht, während Funny schwächer und schwächer wurde?

Ja, er hätte sich umbringen müssen, direkt nach der Beerdigung. Die Pistole in den Mund und abdrücken, aber er konnte es nicht, irgendetwas hielt ihn zurück. War es, weil Funny so gerne gelebt hatte? Er wusste es nicht.

Bis er eines Tages, fast neun Monate nach ihrem Tod, all seinen Mut aufgebracht hatte.

Er saß in der Herzkammer und hörte Musik, Mozart, laut und wild. Das war nicht ihre Musik gewesen, sondern seine; sie hatte sanfte Lieder bevorzugt, Leonard Cohen, Cat Stevens, James Taylor, solche Sachen, aber ohne Mozart wäre er nicht stark genug gewesen, sich ihre Tagebücher vorzunehmen. Er wollte sie gar nicht lesen, aber er begriff, dass Funny ihm viele Dinge nicht erzählt hatte. Ihre Niederlagen, wie oft sie betrogen, ausgenutzt und sogar geschlagen worden war. Krebs war eine

Krankheit der Psyche, das war erwiesen. Bei manchen Menschen, die zu viel aushalten mussten, reagierte der Körper auf die Niederlagen, indem er krank wurde. So war es auch bei Funny gewesen – nach außen lebensfroh und lustig, doch jede Enttäuschung fraß sie in sich hinein. Daher der Darmkrebs, die schrecklichen Metastasen.

In ihren Tagebüchern fand er die kleine Liste und begriff sofort, dass er nun eine Aufgabe hatte. Deshalb war er noch am Leben. Er musste noch etwas für Funny erledigen. Sie hatte eine Liste der Männer gemacht, die sie betrogen und dafür gesorgt hatten, dass sie krank geworden war.

Harry Mundt lautete einer der Namen auf der Liste. Der große Revolutionär und Angeber. Zehntausend Mark hatte er ihr abgeschwatzt, damit er seinen Buchladen aufmachen konnte. Kaum hatte sie ihm das Geld gegeben, hatte er sie fallen lassen und auch noch dreist behauptet, sie hätte ihm keine einzige Mark geliehen. Auf zwanzig Seiten hatte Funny alles haargenau berichtet – den Beginn der Liebe, die Illusionen, die Verletzungen, den Betrug.

Es war nicht schwer gewesen, Mundt zu finden. Zwei Wochen genaue Observation hatten ausgereicht, um alles vorzubereiten.

Nach achtzehn Jahren hatte er ihm dann die Rechung präsentiert für all die Schmerzen, die er Funny bereit hatte. Hinter seinem schmutzigen kleinen Buchladen hatte er ihm aufgelauert, wo Mundt immer noch den Chef mimte, obwohl er sich nun längst auf eine Beamtenstelle an einem Gymnasium gerettet hatte. Ein widerlicher Lügner und Heuchler, um den es nicht schade war.

Am liebsten hätte er ihm noch eine kurze Erklärung zugerufen, einen besonderen Gruß von Funny, bevor er schoss, aber er war kein Amateur. So viel Zeit hatte man nicht, wenn man jemanden umbringen wollte. Außerdem hatte er das rote Plastikherz dabei – das Herz war ihr Zeichen gewesen.

Zuerst schaute Mundt ihn wütend und aggressiv an, weil er glaubte, einen Penner vor sich zu haben, der sich in seinen Hinterhof gestohlen hatte, dann, als er die Pistole sah, bekam er

Angst, die ihm die Knie weich werden ließ. »Was soll das?«, rief er mit echtem Zittern in der Stimme, aber da war die Kugel schon auf dem Weg zu ihm und zerriss ihm einen Wimpernschlag später das Herz.

Es war ein Kinderspiel gewesen. Irgendwo in einer Seitenstraße fand mit lauter Musik ein Fest statt, und er konnte es sich sogar erlauben, Mundt noch das blinkende Plastikherz anzuheften. Als er wieder auf sein Fahrrad stieg, wusste er, dass Funny zufrieden mit ihm sein würde.

Danach legte er sich schlafen, schlief lange, wunderbare acht Stunden auf ihrem Bett in der Herzkammer, tief und voller Glück, genau wie vorher, als Funny noch neben ihm gelegen hatte.

Der Regen hatte aufgehört, als er den Niehler Hafen erreichte. Er fühlte sich gut, nicht erschöpft, aber er hatte sich einigermaßen gefordert. Er war gut in Form. Zwanzig Kilometer am Rhein waren eine Kleinigkeit für ihn. Außerdem hatte er noch einiges vor. Zwei Namen hatte von der Liste streichen können, ohne dass es ein größeres Problem gegeben hatte, aber noch war er nicht am Ziel. Und der letzte Name würde ihm Kopfzerbrechen bereiten – so viel war sicher. Er hatte gar nicht gewusst, dass Funny auch einen Mann gekannt hatte, der später Polizist geworden und in der Stadt so etwas wie eine Berühmtheit war. Von ihm hatte sie nie gesprochen.

Aber zuerst würde er sich den anderen vornehmen: diesen verdammten Arzt, der an ihr herumgepfuscht und ihre Krankheit nicht erkannt hatte. Er musste endlich mit seinen Vorbereitungen beginnen, musste ihm auflauern, seinen Tagesauflauf recherchieren, Tatort und Tatzeit festlegen und für ein Alibi sorgen. Mittlerweile hatte er ja beinahe Routine darin.

5.

Schiller hatte das Gefühl, dass mit ihr etwas nicht stimmte, dass sie auch krank war, aber nicht so wie er, bei ihm war es nur eine lästige Grippe, aber bei ihr ging die Krankheit tiefer, eine Krankheit, die sich vor allem in einem düsteren Schweigen ausdrückte. Liebeskummer, dachte er, sie hat Liebeskummer, eine gescheiterte Ehe, irgendetwas in der Art. Deshalb ist sie in Köln aufgetaucht.

Er hatte heimlich noch zwei Kopfschmerztabletten nachgeworfen und hatte nun das Gefühl, dass die Pillen sich zusammen mit einer Menge Kaffee daran machten, seinen Magen anzugreifen. Ihm war übel.

»Ich muss etwas essen«, sagte er mit Blick auf Birte Jessen. »Was dagegen?«

Sie schüttelte nur den Kopf und murmelte etwas wie »Ist schon in Ordnung«.

Emma Sahler hatten sie mit einem Streifenwagen nach Hause bringen lassen. Am Nachmittag sollte Cremer bei ihr vorbeifahren und sich ein wenig umschauen, ob es noch irgendwelche Unterlagen des Toten bei ihr gab. Was ein mögliches Motiv anging, hatte Emma Sahler keinen blassen Schimmer gehabt. Klar, beim Fernsehen machte man sich nicht nur Freunde, schon gar nicht ein Typ wie van Gaal, der im Studio schon mal ausflippte und Leute – egal ob Kabelträger oder Schauspieler – auf der Stelle feuerte, wenn ihm etwas nicht passte. Aber Mord? Nein, Mord kam nicht in Frage. Und der Name Harry Mundt hatte ihr auch nichts gesagt.

»Warum bringt derselbe Täter erst Harry Mundt und dann van Gaal um?« Es klang nicht, als hätte Birte Jessen ihm diese Frage gestellt, sondern als würde sie nur laut vor sich hin denken.

Schiller antwortete nicht. Er fuhr zu schnell und jagte den Ehrenfeldgürtel entlang, fast als wäre er im Einsatz. Ob Liebeskummer oder nicht – wenn Birte Jessen immer so schweigsam war, konnte er sich schon auf eine wunderbare Zusammenarbeit freuen. Er hielt auf dem Gehsteig vor Franks Café und schaute sie an.

»Wir sind da«, sagte er und stieg aus. Sie folgte ihm, die Stirn voller Zweifel. »Hier gibt es den besten Kaffee von Köln, und zwar Tag und Nacht«, rief er ihr über das Wagendach zu. »Wenn Frank nicht da ist, macht Niko, sein Zwillingsbruder, weiter.«

Draußen vor Franks Café hing immer eine Fahne vom FC Köln – bei Niederlagen ein Stück tiefer, auf Halbmast gewissermaßen. Zum Glück hatte der FC am letzten Wochenende mal wieder gewonnen. Stolz stand die Fahne im Wind.

Schiller grüßte kurz zum Wimpel hinauf, und von Birte Jessen war ein leises, abgehacktes Lachen zu hören. »Sagen Sie bloß, Sie sind Fußballfan?«

»Seit über dreißig Jahren gehe ich ins Stadion. Beinahe seit ich laufen kann«, antwortete Jan Schiller.

Sie lachte wieder, aber diesmal klang es eher mitleidig.

Frank grüßte ihn, indem er die Hand hob, als Schiller eintrat. Eigentlich hatte er zwei Läden in einem, vorne einen Kiosk mit Zeitungen, Bier und anderen Getränken, im rückwärtigen Teil hinter zwei Stehtischen eine Kaffeeröstmaschine, die über fünfzig Jahre alt war und irgendwie selbst gebaut aussah. Diese Abteilung stand nur Stammgästen offen; Leute, die Frank auf den ersten Blick unsympathisch waren, wurden hier nicht bedient. Angeblich hatte sogar einmal nachts der Oberbürgermeister mit Fahrer auf der Matte gestanden, und Frank hatte es abgelehnt, ihm einen Kaffee zu bringen.

»Was gibt es heute?«, fragte Schiller.

»Kolumbien – beste Qualität«, rief Frank. »Eben frisch geröstet.« Er sagte das verschwörerisch, als hätte er illegale Drogen im Angebot.

Schiller bestellte zwei Tassen vom Tageskaffee und dazu zwei Stücke Apfelkuchen. Das war Franks zweite Spezialität – riesige Stücke selbst gemachter Apfelkuchen.

»Eigentlich hätte ich gerne etwas anderes gegessen – Fisch, zum Beispiel«, sagte Birte Jessen ein wenig pikiert, vielleicht weil Schiller, ohne zu fragen, für sie bestellt hatte.

»Fisch gibt es hier nicht, nur Apfelkuchen. Frank ist da altmodisch – was anderes kriegt er in seiner winzigen Küche auch nicht hin«, sagte Schiller. Er lehnte sich an den Tisch und schloss die Augen. Alles roch nach frisch geröstetem Kaffee. Der Duft tat ihm gut. Das hatte er auch im Heim oft gemacht. Wenn er sich einsam fühlte und ihm der Sinn nicht danach stand, einfach loszulaufen, hatte er sich heimlich Kaffee gekocht, heiß und süß, und ihn dann in irgendeiner Ecke getrunken und gehofft, dass ihn niemand sah.

Frank brachte den Kaffee und den Kuchen an den Stehtisch. »Eine Neue an Bord?«, sagte er und zwinkerte Birte Jessen zu.

Sie lächelte nur, und Schiller öffnete die Augen wieder.

»Der erste vernünftige Moment heute«, sagte er, während er die Tasse zum Mund führte und Frank den Daumen entgegenreckte. Seine Grippe war auf dem Rückzug, da war er beinahe sicher.

»Wir sollten ins Präsidium fahren«, sagte Birte Jessen, nachdem auch sie einen Schluck getrunken hatte. »Arbeiten.«

»Wir arbeiten doch«, erwiderte Schiller. »Wir stehen hier und machen uns Gedanken über diesen verdammten Mordfall.«

»Zwei Fälle«, korrigierte sie ihn.

»Aber ein Täter.« Er begann seinen Kuchen zu essen, und die Übelkeit wich mit jedem Bissen. Am besten wäre er gleich am Morgen zu Frank gefahren, statt bei Trumps Abschied in der Ecke zu stehen.

Zwei Jungen, die vielleicht zwölf oder dreizehn waren, kamen in den Laden und verlangten Bier, aber Frank rief »Haut ab, ihr Schulschwänzer!« und verscheuchte sie mit einer Handbewegung.

Als sein Mobiltelefon klingelte, ahnte Schiller, dass es irgendwo schon wieder Ärger gab. Manchmal meinte er das schon am Klingeln spüren zu können. Birte Jessen warf ihm einen kurzen fragenden Blick zu, aß jedoch brav ihren Kuchen weiter.

»Es gibt einen zweiten Toten, habe ich im Radio gehört«, sagte Carla. Sie klang ruhig, aber angespannt. Schiller wunderte sich, dass sie ihn anrief. Sonst war seine Arbeit ein weites, freies Feld für sie, das sie so gut wie nie betrat.

»Kommt es also schon im Radio«, erwiderte er.

»Im Lokalfernsehen ist sogar eine Sondersendung angekündigt.« Er hatte das Gefühl, dass sie an einer Zigarette zog. In ihrer Praxis rauchte sie gelegentlich, wenn der Stress zu groß wurde. »Kommst du heute Abend nach Hause, oder bleibst du auf dem Boot? Ich habe Ariane, du weißt schon, das autistische Mädchen, das sich verletzt hat … ich muss sie mitnehmen. Sonst ist niemand da.«

»Ich weiß noch nicht«, sagte Schiller. »Aber es wird ohnehin ein langer Tag werden.« Er schaute Birte Jessen an, die angestrengt auf ihren Teller starrte und so tat, als würde sie nicht zuhören. »Carla, tut mir leid, ich melde mich später noch mal.«

Carla sagte »Bis bald« und legte auf. Manchmal war sie wie eine Tierpflegerin, die ihre Gorillababys mit nach Hause nahm, um sie da mit der Flasche aufzupäppeln. Ein autistisches Mädchen am eigenen Küchentisch war ein Grund mehr, ein paar Überstunden zu machen.

Birte Jessen sagte nichts, sondern schaute ihn lediglich an, als würde sie auf eine Erklärung für das Telefonat warten. Ihre blauen Augen sahen irgendwie unecht aus, wie falsche Diamanten. Schiller lächelte, ein wenig spöttisch, wie er hoffte. Er wurde nicht schlau aus ihr. Meistens wusste er schon in den ersten Momenten, in welche Kategorie ein Mensch gehörte – gehörte er zu den Opfern, war er ein stummer Dulder, der lieber die anderen machen ließ, oder gehörte er zu den Tätern, die am liebsten das Sagen hatten und vorausliefen. Bei ihr war noch nicht klar, wohin sie gehörte.

Er trank seinen Kaffee aus. »Können Sie schwimmen?«, fragte er unvermittelt, und ihm gefiel, wie sie vor Überraschung ihre Augen aufriss. »Ich habe ein Boot am Rhein liegen. Wenn Sie wollen, können wir gelegentlich mal eine kleine Tour machen. Den Fluss hinauf … ist nicht die Nordsee, aber …« Schon wieder klingelte sein Telefon.

»Schön, dass ihr beiden Superpolizisten da irgendwo sitzt und euch beschnuppert«, sagte Cremer und stieß ein Keuchen aus, das wohl seine Entrüstung verraten sollte. »Hier steht eine hysterische Frau und sagt, sie weiß, wer Roger van Gaal ermordet hat.«

6.

Birte Jessen bemerkte, dass er es nicht eilig hatte. Überhaupt hatte Schiller eine merkwürdige Arbeitsauffassung, aber davor hatten ihre Kollegen sie schon gewarnt. Köln ist anders, hatten sie gesagt, nicht nur wegen des Karnevals, sondern überhaupt ganz anders, und nicht so, wie sich etwa Hamburg von Berlin oder München unterschied.

»Ist sowieso blinder Alarm«, sagte Schiller. »Irgendeine Fernsehtante, die sich wichtig machen will. Eine richtige Spur haben wir erst, wenn wir eine Verbindung zwischen dem ersten Toten und van Gaal finden.«

»Was war Mundt für ein Typ, der erste Tote?«, fragte Birte Jessen. Sie war froh, dass er nun endlich über die beiden Fälle mit ihr redete.

»Ich würde sagen, der typische Lehrer, der sich für Superman persönlich hält. Große Klappe, Frauenschwarm und dann und wann ein linker Spruch, der zeigen soll, dass man noch Ideale hat. Seine Frau ist fast zwanzig Jahre jünger, würde mich gar nicht wundern, wenn er sie irgendwo an der Schule aufgerissen hätte.«

»Hatte Mundt eine Verbindung zum Fernsehen, zu Leuten wie van Gaal?«

»In Köln gibt es Leute, die sich schon für Jungfilmer halten, wenn sie nur eine Kamera gerade halten können. Ich könnte mir vorstellen, dass Mundt auch so ein Spinner war. Wir werden seiner Witwe noch einmal einen Besuch abstatten müssen.«

Schiller parkte den Passat direkt vor dem Polizeipräsidium. Lässig grüßte er den Pförtner.

Sie hörten die Frau schon von Weitem, aber das Erste, was Birte Jessen von ihr bemerkte, waren ihre langen, weißen, sehr gepflegten Fingernägel. Wie eine Waffe hatte sie ihre Hände erhoben. »Wann kommt Ihr verdammter Kollege endlich?«, rief sie. »Ist die Polizei immer so langsam?«

»Der verdammte Kollege ist endlich da«, sagte Schiller und

legte beinahe fürsorglich, auf jeden Fall ein wenig aufdringlich den Arm um die Schulter der Frau. »Kommen Sie bitte mit in mein Büro. Ich bin Hauptkommissar Schiller, und das ist meine Kollegin, Frau Hauptkommissarin Jessen. Sie kommt aus Hamburg«, fügte er beinahe wie eine Entschuldigung hinzu.

Die Frau schaute Birte Jessen gar nicht an, sondern folgte Schiller, den sie trotz seiner Aufdringlichkeit gleich als Autorität akzeptierte. Cremer tauchte in der Tür auf und schien aufzuatmen. Er machte Birte Jessen ein Zeichen, das sie nicht genau zu deuten wusste, aber es sollte wohl etwas heißen wie: Nun pass mal auf, was jetzt kommt!

Schiller bot der Frau einen Stuhl an und rückte ihn sogar für sie zurecht. Die Frau mochte Mitte dreißig sein. Sie hatte lange, rot gefärbte Haare, viel zu viel Make-up und einen knallroten Lippenstift auf ihre üppigen Lippen aufgetragen. Ihre Augen funkelten hinter einer Designerbrille. Man konnte an ihren rot geränderten Augen ablesen, dass sie sich vermutlich schon dreimal nachgeschminkt hatte, aber nach großer Trauer sah sie nicht aus. Sie trug ein cremefarbenes Kostüm, mit dem sie sich auch zur Businessfrau des Jahres hätte wählen lassen können.

»Sie sind Elke, Roger van Gaals Sekretärin, habe ich recht?«, sagte Schiller wie beiläufig. Ohne die Antwort der Frau abzuwarten, hob er den Telefonhörer ab und sagte: »Nele, meine Beste, bringst du uns drei Kaffee in mein Büro?«

Die Frau setzte sich geziert. »Ich bin Elke Winterscheid, seine Managerin«, sagte sie unfreundlich. »Ich bin immer an seiner Seite, wenn er etwas Neues macht. Schon seit fast acht Jahren.«

»Eine lange Zeit«, sagte Schiller und schnalzte übertrieben, wie Birte Jessen fand, mit der Zunge. »Dann können Sie uns vielleicht auch sagen, wo er die letzten beiden Nächte verbracht hat.«

»Er hatte Stress mit Emma, und da ist er zu mir gekommen. Ich habe ein Gästezimmer«, fügte sie nach einem kurzen Zögern hinzu, dann holte sie mit abgehackten, hektischen Bewegungen eine Schachtel Zigaretten aus einer kleinen Lederhandtasche und schaute sich hilfesuchend nach einem Aschenbecher um.

»Bedauere, absolutes Rauchverbot, Anweisung vom Polizeipräsidenten höchstpersönlich.« Schiller wies auf ein Schild an der Wand: eine rot durchgestrichene Zigarette. »Ich glaube, ich kenne Sie«, fuhr er fort. »Ich war mit meiner Freundin mal auf einem Filmball. Sind nur durch Zufall an die Karten gekommen, weil Carla die Tochter eines Filmtypen therapiert hat. Waren außer uns nur wichtige Leute geladen. Sogar Götz George lief da mit Cowboystiefeln wie ein Halbstarker durch die Reihen, und dann gab's irgendwann um Mitternacht eine Tangoaufführung. Ich könnte schwören, dass Sie eine der beiden Tänzerinnen waren. Sie haben übrigens ganz ausgezeichnet getanzt, nicht mit dem Kopf wie die meisten Europäer, die nur an ihre Schritte denken, sondern mit dem Körper wie eine richtige Südamerikanerin.«

Die Rothaarige lachte nun kurz auf, das heißt, ihr Mund verschob sich, entblößte große weiße Zähne und rosiges Zahnfleisch. Ein Lachen, das sie demaskierte. »Ja, das war ich – mit Roger. Ein kleiner Spaß zum fünfundvierzigsten Geburtstag von Richard Moll. Ich habe mal eine Zeit lang in Argentinien gelebt. Da ist Tangotanzen so wichtig wie atmen.« Für einen winzigen Moment huschte bei der Erinnerung Trauer über ihr Gesicht.

Nele Krach, die langhaarige blonde Assistentin der Abteilung, eine echte Schönheit, kam herein. Sie nickte Schiller verhalten zu und stellte die drei Tassen Kaffee ab. Dann zog sie sich sofort zurück.

Schiller nahm sich eine Tasse und schob die zweite Birte Jessen zu. So höflich war er allerdings nicht, dasselbe für Elke Winterscheid zu erledigen.

»Moll ist ... war van Gaals bester Freund – habe ich recht?« Er holte nun sein schwarzes Büchlein hervor, und Birte Jessen begriff zum ersten Mal, wie er seine Befragungen durchführte. Er redete, lullte die Leute ein, dann stellte er seine scheinbar abseitigen Fragen – und das alles ohne Diktiergerät.

Elke Winterscheid griff nach ihrer Tasse. »Sie sind dicke Freunde, seit Roger beim Fernsehen ist. Haben alle Konzepte zusammen geschrieben, zuerst, weil Rogers Deutsch nicht so gut war, aber dann waren sie einfach Partner ...«

»Und wie hat das Molls Ehefrau gefallen?«

»Iris? Ich glaube, sie war nur froh, dass Moll endlich genug Geld verdiente. Bevor er Roger kennenlernte, war er Englischlehrer und versuchte sich nebenbei als Storyliner für Vorabendserien. Ich glaube, Iris hat die größte Schuhsammlung von ganz Köln.« Sie führte ihre Tasse zum Mund, und Birte Jessen sah, wie ein großer roter Lippenabdruck am Rand zurückblieb.

Schiller schaute sie über die Tasse an. »Aber Streit wegen Iris gab es zwischen Ihrem Schützling und Moll nie?«

Die Rothaarige stöhnte auf. »Was wollen Sie damit sagen? Iris ist Richards Frau, das hat selbst Roger akzeptiert, auch wenn er sonst kein Kind von Traurigkeit war.«

»Alles klar«, sagte Schiller, »aber eigentlich haben Sie hier ja meinem Kollegen die Hölle heißgemacht, weil Sie wissen, wer van Gaal umgebracht hat. Oder habe ich da etwas falsch verstanden?« Er lehnte sich zurück und starrte zur Decke. Birte Jessen musste seine Arroganz gegen ihren Willen bewundern. Von seiner Grippe jedenfalls war nichts mehr zu spüren, oder er war ein verdammt guter Schauspieler, der sich einfach keine Blöße gab.

»Ja«, sagte Elke Winterscheid. Sie schlug die ansehnlichen Beine übereinander und fand in einen geschäftsmäßigen kühlen Tonfall zurück. »Ich habe einen Verdacht. Es hat vor zwei Wochen eine hässliche Szene im Studio gegeben. Roger macht eine neue Show, in der neue Komiker vor einer Jury Witze erzählen. Kafka war auch für die Jury vorgesehen, aber er konnte sich seinen Text nicht merken. Da hat Roger ihn an die Luft gesetzt, und Kafka ist beinahe handgreiflich geworden und hat gedroht, sich Roger einmal nachts vorzunehmen.«

»Der Mann heißt wirklich Kafka?«, fragte Birte Jessen und wunderte sich, dass man, um Witze zu beurteilen, im Fernsehen Texte auswendig lernen musste.

»Ja«, erwiderte Elke Winterscheid und wandte ruckartig ihren Kopf herum. »Was ist dabei? Ralf Kafka ist ein Name wie jeder andere. Er hatte mal eine eigene Show, die sie aber nach drei Folgen wieder abgesetzt haben. Deshalb war er ja so wütend auf Roger – es war seine letzte Chance. Eine Woche nach dem Vorfall im Studio hat jedenfalls jemand Roger den Porsche zerkratzt. Er war ziemlich wütend und hat Kafka gleich angerufen, aber der hat natürlich alles abgestritten. Haben sich ziemlich angeschrien am Telefon.«

»Und Sie trauen diesem Kafka wirklich einen Mord zu?«

Die Rothaarige nickte und fingerte wieder an ihrer Zigarettenschachtel herum. »Ich glaube, er ist ziemlich fertig. Kein Geld, kein Engagement in Sicht, und das alles, weil Roger ihn ausgebootet hat. Da kann man schon auf dunkle Gedanken kommen.«

Birte Jessen sah, dass Schiller sich immerhin den Namen »Kafka, Ralf« notiert hatte.

»Wahrscheinlich hat unser Täter aber noch einen anderen Mann getötet«, sagte Schiller. »Da passt ein einfacher Rachemord nicht ins Bild.«

»Ich wollte mich nicht aufdrängen«, erwiderte die Rothaarige in einem barschen Tonfall, der ahnen ließ, wie unfreundlich sie mit Untergebenen herumspringen konnte, »aber ich dachte, die Polizei ist vielleicht an Hinweisen interessiert, um die Sache aufzuklären. Außerdem ist es ja wohl schon vorgekommen, dass Täter durch einen ersten Mord eine falsche Spur gelegt haben.« Sie machte Anstalten, sich zu erheben. Nun standen ihr auf einmal Tränen in den Augen. »Ich muss zurück in unser Büro. Da geht alles drunter und drüber, wenn Roger und ich nicht da sind. Ich weiß gar nicht, wie es ohne ihn weitergehen soll.«

Schiller machte ihr ein Zeichen, sitzen zu bleiben. »Einen Moment noch, Frau Winterscheid. Wir brauchen Ihre Hilfe.« Er öffnete eine Schublade an seinem Schreibtisch und zog ein Foto hervor, das er der Rothaarigen hinschob. Es zeigte einen lächelnden Mann mit Schnauzbart und längeren schwarzen Haaren, die da und dort von grauen Strähnen durchzogen wurden. Ein ansehnlicher, wenn auch etwas in die Jahre gekommener Mann. Harry Mundt. »Haben Sie diesen Mann schon einmal gesehen, vielleicht in der Gesellschaft Ihres Schützlings?«

»Nein«, sagte sie. Ihre weißen Hände tappten unschlüssig an dem Bild entlang. »Bedauere, diesen Mann kenne ich nicht. Nie gesehen.«

Nun erhob sie sich doch, und Schiller lächelte ihr aufmunternd zu, als müsse er sich für ihre Hilfe bedanken. »Wir brauchen noch ein paar Adressen. Am besten schreiben Sie mir Ihre Privatadresse auf und die Anschrift Ihres Büros. Wir werden uns da leider ein wenig umsehen müssen.«

Er deutete auf das Büchlein, und Elke Winterscheid nahm widerwillig den Stift und notierte in riesigen, selbstbewusst daherkommenden Druckbuchstaben zwei Adressen.

»Hatten Sie eigentlich mit Herrn van Gaal ein Verhältnis?«, fragte Schiller scheinbar beiläufig.

Sie stockte nur kurz, aber ein leichter Hauch von Rot legte sich über ihre Wangen. Sie schaute verächtlich auf. »Ja«, sagte sie, »aber das ist sieben Jahre, drei Monate und sechs Tage her. Kein Grund für einen Mord also.«

Schiller lächelte sie an. »Schön, dann sind Sie ja aus dem Schneider, aber wenn Sie wieder mal Lust haben, einen Tango zu tanzen, rufen Sie mich an.«

Wie eine Spielkarte legte er seine Visitenkarte auf den Tisch und schickte ein noch breiteres Lächeln hinterher.

7.

Schiller hatte sich umgewandt und blickte zum Fenster hinaus. Fast schien es, als hätte er sie vergessen oder als würde er schlafen. Birte Jessen spürte auch, wie müde sie war, dabei war es erst halb vier nachmittags. Wenn es in der nächsten Nacht wieder so laut vor ihrem Fenster sein würde, würde sie ihre Polizeimarke zücken und auf die Straße laufen und einen Platzverweis aussprechen. Aber nein, damit würde sie sich wahrscheinlich in einer Stadt wie Köln nur Ärger einhandeln. Sie dachte an Martha und zog ihr Mobiltelefon heraus, um ihr schnell eine SMS zu schreiben, als das Telefon klingelte.

»Hinrichs, Pressestelle«, meldete sich eine nüchterne Stimme. »Sind Sie die Neue? Aus dem Osten? Aus Berlin?«, fragte er.

»Nein, aus Hamburg«, erwiderte sie unfreundlicher als beabsichtigt.

»Oh, tut mir leid«, sagte Hinrichs, nicht, als würde er sich für seinen Irrtum entschuldigen, sondern als bedauerte er sie, weil sie aus Hamburg kam. »Hat Schiller schon was zu dem Toten von heute Morgen zu sagen? Die Leute vom Express gehen mir total auf die Nerven. Irgendetwas muss ich denen zum Fraß hinwerfen.«

»Wir ermitteln noch im Umfeld des Toten. Keine Ergebnisse bisher«, sagte Birte Jessen routiniert. Zumindest Pressesprecher waren überall gleich.

»Heute Abend brauche ich aber etwas, oder Schiller muss selber mit denen reden«, sagte Hinrichs und legte auf.

Schiller hatte die Augen wieder geöffnet und schaute sie an. »Sie müssen sich nichts dabei denken, wenn hier am ersten Tag alles etwas seltsam verläuft. Diese Stadt ist so. Man sagt immer, dass man hier ganz schnell warm wird, aber das stimmt nicht unbedingt. Rheinländer belügen sich und andere ganz gern.« Er lächelte und deutete auf die Spitzen des Doms, die hinter ihm in der Ferne zu sehen waren. »Dass Sie hier richtig angekommen sind, merken Sie erst, wenn Sie morgens auf dem Weg zum Präsidium sind und den Dom suchen. Die Kölner sind alle verrückt wegen ihrer Kirchen. Wenn sie aus dem Urlaub kommen, würden sie am liebsten erst mal in den Dom rennen und eine Kerze anzünden, auch wenn sie überhaupt nicht katholisch sind. Und wissen Sie, was ich manchmal tue? Ich stelle mich abends vor die abgeschlossene Tür und höre zu, wie der Domorganist, ein berühmter Musikprofessor, innen in der leeren Küche übt und alle Register zieht. Verrückt, nicht wahr?«

»Und Sie tanzen Tango?«, fragte Birte Jessen und ärgerte sich beinahe über ihre Neugier.

Sie hatte eine spöttische Antwort erwartet, aber Schiller blieb völlig ernst. »Eine meiner Stärken. Manchmal, wenn ich so im Leben anderer Leute herumschnüffele und trotzdem nicht weiterkomme, denke ich sogar, meine einzige, aber leider ist die Welt nicht für professionelle Tangotänzer gemacht.«

Als das Telefon wieder klingelte, ging Schiller an den Apparat. Er schwieg einen Moment, dann sagte er: »Cremer soll endlich diese Emma zu Hause aufsuchen, und danach geht er zur Obduktion.« Er legte auf. »Die Kriminaltechniker sind schon abgezogen. Keine Spuren, nichts. Ein paar Kippen im Beet neben der Treppe, aber ich wette, dass van Gaal die da hingeworfen hat. Das Plastikherz ist baugleich mit dem, das unser Mann dem toten Mundt angeheftet hat. Wieder dasselbe holländische Fabrikat.«

»Unser Mann? Der Täter könnte auch eine Frau sein.«

»Schön, dass Sie die Fahne der Emanzipation so hochhalten, aber wir suchen einen Mann. Da bin ich mir ziemlich sicher.«

»Vielleicht sind Mundt und van Gaal in dieselben Clubs gegangen, um sich da auf eine ganz besondere Art und Weise zu vergnügen, und nun rächt eine Dame sich an ihnen«, entgegnete Birte Jessen.

»Und klebt ihnen rote Herzen an? So böse Mädchen gibt es in dieser Stadt nicht.« Schiller nahm aus einer Schreibtischschublade eine Tablette, die er sich trocken in den Mund warf und dann herunterschluckte, während er sich erhob. »Lassen Sie das Handy von van Gaal bei Nele! Sie soll sich alle gespeicherten Nummern ansehen. Und sie soll herausfinden, wo dieser Komiker Kafka wohnt, auch wenn uns das nicht weiterbringen wird.« Er stöhnte auf und griff nach seiner Jacke. »Ich gehe mir noch kurz die Nase pudern, und dann machen wir der tatverdächtigen Iris Moll und ihrem durchgedrehten Ritchie unsere Aufwartung. Wahrscheinlich werden wir schon sehnsüchtig erwartet.«

In den ersten Nächten nach Martins Tod hatte sie nicht schlafen können. Immer wieder war sie aufgeschreckt, weil sie glaubte, seine Schritte im Flur zu hören, dann das leise Knarren der Tür. Und gleich würde er sich über sie beugen, nach Leim und Öl riechen, weil er wieder viel zu lange in der Werkstatt gearbeitet hatte, ihr einen Kuss auf die Wange hauchen und sanft und fragend ihren Namen flüstern. Natürlich wartete sie vergeblich. Da waren keine Schritte, niemand sagte leise ihren Namen. Die Geräusche waren nur in ihrem Kopf. Aber wie kamen sie da wieder heraus? Sie wusste es nicht. Als Polizistin bei der Mordkommission sollte sie eine Spezialistin für den Tod sein. Sie hatte schon einige Leichen gesehen, mit hässlichen Schusswunden, eingeschlagenem Schädel oder Wasserleichen, die man völlig entstellt aus der Elbe gezogen hatte, aber nun war etwas eingetreten, das sie nicht fassen und begreifen konnte, obwohl sie Martins langsames Sterben jeden Tag hautnah miterlebt hatte.

Mitten in der Nacht war sie oft losgelaufen, aus Angst vor den Geräuschen in ihrem Kopf, oder sie war am frühen Morgen zum Bootshaus gefahren und hatte ein Skiff klargemacht. Bewegung, Anstrengung würde helfen, hatte sie gedacht. So würde sie die Geräusche vertreiben, aber es war ihr nicht gelungen. Wie wurde man mit dem Tod eines geliebten Menschen fertig? Auch nach über drei Monaten hatte sie diese Frage nicht beantwortet. Die Leere war wie eine Krankheit, die sie unvermutet überfiel. Eine Attacke, die ihr Herz aus dem Takt brachte.

Deshalb war es gut, in Köln zu sein, sagte Birte Jessen sich. In Köln würden die Geräusche aufhören, und nicht an jeder Ecke würde sie meinen, plötzlich Martin zu sehen.

Schiller im Auto neben ihr redete wieder, aber sie hörte ihm gar nicht zu, sondern starrte geradeaus. Am Abend würde sie sich ein Glas Rotwein gönnen. Mit Rotwein würde sie am ehesten einschlafen können.

Ich will es schaffen, sagte sie sich, ich werde keine Schwäche zeigen. Nicht wie in Hamburg, wo sie einmal einen fast tödlichen Fehler begangen hatte und wo sie bei einem Einsatz zufällig vor Martins Werkstatt halten musste und in Tränen ausgebrochen war.

Schiller parkte quer auf dem Gehsteig und schaute sie lächelnd an. »Sie haben recht«, sagte er. »Männer, die zu viel reden, sind mir auch nicht sympathisch. Man muss auch mal die Stille genießen können. Alles, was ich über Mundt gesagt habe, steht in der Akte. Natürlich etwas geschliffener. Können Sie also nachlesen, falls Sie mir nicht ganz aufmerksam zugehört haben sollten.«

»Habe ich schon nachgelesen«, sagte Birte Jessen.

Dann nickten sie sich zu und stiegen aus. Der Stadtteil hieß Klettenberg, so viel hatte sie von Schillers Worten noch mitbekommen. Offenbar einer der besseren Stadtteile, gepflegte Altbauten mit sauberen, teuren Autos vor der Tür. Schiller steuerte auf ein größeres Einfamilienhaus zu, öffnete die Pforte und ging an einem Fahrrad vorbei, das aussah, als könnte man damit Rennen fahren. Der Name »Moll« stand zweimal an der Tür. Als er auf den untersten Klingelknopf drückte, bemerkte Birte Jessen, wie sich an einem Fenster eine Gardine leicht bewegte. Dann wurde ihnen geöffnet.

»Beim Fernsehen müsste man arbeiten«, sagte Schiller, während sie hineingingen. Plötzlich wirkte er doch angestrengt und müde. Sie lächelte ihm zu.

In der Diele empfing sie eine schlanke, blonde Frau in einem dunklen Kleid, sehr elegant, nicht mehr ganz jung, mit blassen Wangen. Eine Fitnesskönigin, dachte Birte Jessen. Die Haarfarbe war unecht, aber nicht das dunkle Grün in ihren Augen.

Schiller zeigte seinen Dienstausweis und stellte sich und seine Begleiterin vor.

»Iris Moll«, erklärte die Frau in einem eher gehauchten Tonfall. »Es ist so schlimm, was mit Roger passiert ist. Unfassbar!«

Sie gab ihnen die Hand, als wären sie vertraute Geschäftspartner.

In der Diele stand ein alter Schrank, eine echte Antiquität, daneben hing eine große goldene Schallplatte an der Wand, und in einer Glasvitrine entdeckte Birte Jessen eine goldene Kamera und drei, vier andere Preise. Richard Moll gab gleich zu verstehen, dass man das Haus eines Siegers betrat. Allerdings nicht ohne Ironie. In einer Ecke stand ein schwarz-weiß gefleckter Porzellanhund und hob das Beinchen, als würde er ein Geschäft verrichten.

»Bitte kommen Sie doch herein«, sagte Frau Moll. Sie deutete auf eine Glastür und ging dann voraus. Im Wohnzimmer standen nur drei große schwarze Ledersessel und ein Glastisch. Man schien den minimalistischen Stil zu bevorzugen. Alle Sessel waren auf einen riesigen Fernseher ausgerichtet.

Sie waren erwartet worden. Gläser, eine Flasche Mineralwasser, Kaffeetassen und eine gläserne Thermoskanne standen schon bereit.

Schiller schaute sich interessiert um. Anscheinend hatte er sich entschlossen, die Befragung nun Birte Jessen zu überlassen.

»Wissen Sie schon etwas?«, fragte Iris Moll ein wenig verwundert, weil ihre Gäste sich so wortkarg zeigten. »Eine Spur?«

»Wir stehen erst ganz am Anfang der Ermittlungen«, sagte Birte Jessen.

Nun erst erkannte sie, dass das Wichtigste in diesem Raum die gerahmten Fotografien an der Wand waren. Fotos von Schauspielern und anderen Prominenten. Auf allen war auch ein untersetzter dicklicher Mann zu sehen. Auf einem Bild drückte er Roger van Gaal einen Kuss auf die Wange.

Sie setzten sich, und Iris Moll schenkte ihnen Kaffee ein.

»Wir würden sehr gerne genauer wissen, wie Sie zu dem Toten standen«, sagte Birte Jessen.

Schiller nahm sein schwarzes Notizbuch hervor und schaute ihre Gastgeberin forschend an.

»Ich kann mir vorstellen, dass mein Anruf auf Rogers Handy Sie etwas irritiert hat.« Iris Moll überkreuzte ihre Arme und legte sie in einer Büßergeste auf die Brust. »Aber ich kann Ihnen versichern, da war nichts. Roger ist der Freund und Partner meines Mannes. Manchmal nur bekam er so Anwandlungen. Ich sei die perfekte Frau – wenn er nur auch so jemanden gefunden hätte wie mich, dann würde ihm heute schon der halbe Sender gehören …« Sie verstummte abrupt.

»Anwandlungen?« Schiller betonte das Wort, als wäre es ihm vollkommen fremd. »Romantische Anwandlungen … Blumen schicken, Liebesbriefe …«

Iris Moll lachte kurz auf. »Nein, natürlich nicht. Nur Gerede. Sobald Roger etwas getrunken hatte, wurde er sentimental, wenn er gerade keine Frau hatte. Er hat immer nur geredet …«

»Und warum ist Ihr Mann dann so wütend geworden?«, fragte Birte. »Haben Sie nicht etwas von ›erschießen‹ gesagt?«

»Ja, so im Überschwang … Mein Gott, ich konnte doch nicht wissen, dass …« Sie blickte auf ihre gepflegten, ein wenig zu knöchernen Hände.

»Was genau hat Roger van Gaal denn in seiner SMS geschrieben?« Schiller schien ein wenig ungeduldig zu werden.

Iris Moll zögerte. Ihre Hand griff nach der Kaffeetasse, eindeutig um Zeit zu gewinnen. »Es war lächerlich«, sagte sie wieder hauchzart. »Er schrieb: ›Lass uns nach New York fahren. Nur für ein Wochenende. Ily.‹«

»Ily?«, wiederholte Birte Jessen fragend.

»I love you«, erklärte Schiller, und Iris Moll nickte. Plötzlich hatte sie Tränen in den Augen.

»Roger war so. Ihm war nichts ernst, er hatte seine Stimmungen und Einfälle. Deshalb war er ja so gut. Aber er konnte nicht allein sein. Da drehte er durch, und nun in dem neuen Haus ohne Emma …« Sie wischte sich über die Augen, und dann waren keine Tränen mehr da. »Wer tut so etwas?«, fragte sie. »Erschießt einen anderen Menschen?«

»Sind Sie einmal mit ihm in New York gewesen oder Paris oder sonst wo?«, fragte Schiller. Nun hatte seine Stimme einen strengen Unterton.

»Nein, natürlich nicht. Ich habe ihn gelegentlich privat getroffen, auch ohne meinen Mann, wie einen guten Freund eben, aber da war nie etwas. Wie die meisten Männer ist Roger ein großes Kind, er ist immer auf der Suche nach einem neuen Spielzeug. Emma war so ein Spielzeug, auch wenn Roger sich etwas anderes eingeredet hat.«

»Trotzdem war Ihr Mann wütend …«, sagte Birte Jessen.

Sie nickte wieder. »Ritchie ist sonst nicht so, aber ihm geht es im Moment nicht so gut.« Das Grün ihrer Augen wurde dunkler. Für einen Moment sah sie wie eine gefährliche Katze aus, dann vertrieb sie diesen Ausdruck mit einem traurigen Lächeln. »Wir haben wirklich einen Freund verloren«, sagte sie. »Unbegreiflich!«

Schiller zog das Foto von Mundt hervor und zeigte es ihr.

»Der andere Tote, auch vor seiner Tür erschossen«, hauchte sie. »Ich habe davon in der Zeitung gelesen, aber ich kenne ihn nicht.«

»Vielleicht könnte Ihr Mann uns helfen.« Schiller steckte das Foto wieder ein. Birte Jessen sah ihm an, dass er nicht enttäuscht war. So leicht ließ sich offenbar keine Verbindung zwischen den beiden Toten herstellen.

»Er ist ganz fertig, hat sich zurückgezogen und trauert. Auch wenn sie beim Fernsehen alle so tun, als wären sie eisenharte Jungs, geht ihm Rogers Tod sehr nahe.«

»Wir müssen ihn wirklich dringend sprechen«, sagte Birte Jessen mit so viel Mitgefühl, wie sie aufbringen konnte. Immer mehr hatte sie den Eindruck, dass Iris Moll ihnen etwas verschwieg. Hatte sie Angst, dass ihr Mann doch etwas mit dem Mord zu tun hatte, und wollte ihn schützen?

»Ich werde ihn holen, wenn Sie darauf bestehen«, erklärte sie eilfertig und erhob sich.

Schiller stand gleichfalls auf. »Wir begleiten Sie, wenn Sie nichts dagegen haben. Dann braucht sich Ihr Mann nicht herzubemühen.« Sein Tonfall war arglos, aber Iris Moll schien sich irgendwie ertappt zu fühlen, sie brachte jedenfalls nicht die Kraft auf, sich gegen diesen Vorschlag zu wehren.

Zu ihrer Überraschung schlug sie nicht den Weg in einen anderen Raum oder hinauf in die erste Etage ein, sondern ging über eine weiße Marmortreppe in den Keller hinunter. Es war nur eine Etage tiefer, doch auf eine gewisse Art hatten sie eine unsichtbare Grenze überschritten. Zuerst fiel Birte Jessen auf, dass die Temperatur anstieg. Hier unten war es deutlich wärmer. Dann sah sie einen schmucklosen Gang voller Bücherregale, dazwischen eine ausladende Glasvitrine. Sie erwartete wieder protzige Fernsehpreise und Auszeichnungen zu sehen, da lagen jedoch Waffen, Revolver, Pistolen, eine Maschinenpistole sogar. Sie warf Schiller, der ein Stück hinter ihr ging, einen Blick zu. Er hatte die Waffensammlung ebenfalls sofort bemerkt. Ritchie Moll war ein Waffennarr. Nur von einer vorschriftsmäßigen Aufbewahrung schien er wenig zu halten.

Iris Moll hielt abrupt inne. »Oh«, sagte sie und wandte sich um. »Mein Mann ist ein Sammler. Bücher, alte Vinylschallplatten und Waffen, aber die sind natürlich nicht echt, sondern Nachbildungen für den Film.« Sie beugte sich vor und schob eine Glasscheibe beiseite, dann nahm sie eine Beretta heraus. Birte Jessen spürte, wie sich ihre die Nackenhaare aufstellten. Das passierte immer, wenn jemand in ihrer Nähe mit Waffen hantierte. Auch Schiller neben ihr hatte eine Anspannung erfasst, die ihn beinahe erstarren ließ, doch Iris Moll ergriff die Waffe mit spitzen Fingern am Lauf, so als wüsste sie gar nicht, wie man mit so einer Pistole umging, und hielt sie ihnen hin. Birte Jessen packte die Waffe vorsichtig. Tatsächlich, sie sah zwar täuschend echt aus, war aber deutlich leichter und eindeutig aus Plastik.

»Immer wenn in Köln ein Krimi gedreht wird, fragt Ritchie nach, welche Waffen sie da verwenden – ob etwas dabei ist, das er für seine Sammlung gebrauchen kann.« Iris Moll lächelte unverfänglich. Sie hatte die Anspannung der beiden Polizisten offensichtlich nicht bemerkt.

Birte Jessen reichte ihr die Beretta zurück. »Besitzt Ihr Mann auch eine echte Waffe?«, fragte sie.

»Aber nein! Ritchie ist nur an Filmrequisiten interessiert. Was sollte er auch mit einer echten Waffe anfangen? Er ist doch kein Verrückter.« Sorgsam legte sie die Plastikberetta zurück.

Sie gingen noch ein paar Schritte weiter. Zwei nüchterne weiße Holztüren hatten sie schon passiert. An der dritten klopfte Iris Moll zaghaft an. »Ritchie, die Polizei möchte dir ein paar

Fragen stellen«, sagte sie in einem Tonfall, als würde sie mit einem Schwerkranken sprechen.

Als sie die Tür öffnete, ohne eine Antwort abzuwarten, nahm Birte Jessen Musik wahr. Eine Violine, die virtuos gestrichen wurde. Die Klänge trafen sie tief in den Magen, sodass sie tatsächlich zusammenzuckte und kurz und schmerzhaft ein Bild aus Martins Werkstatt auftauchte. War Ritchie Moll ein Schöngeist, der heimlich in seinem Keller Geige spielte? Nein, die Musik kam von der CD, erkannte sie. Eine zweite Violine fiel mit ein. Vielleicht Bach – sie wusste es nicht genau. So weit, dass sie sich wirklich mit klassischer Musik auskannte, war sie in den vier Jahren mit Martin nicht gekommen.

Der Raum, in den Iris Moll sie führte, war vollkommen überhitzt und stockdunkel. Nur am anderen Ende, in einiger Entfernung glühte in Augenhöhe ein helles Rechteck. Ein erleuchteter Computerbildschirm. Daher kam auch die Musik. Birte Jessen griff unwillkürlich nach ihrer Waffe. Gefahr, signalisierte ihr sechster Sinn. Dann flammte eine Lampe auf und tauchte alles in ein hartes weißes Licht.

»Schatz«, sagte Iris Moll, »was tust du?«

Ein Mann saß auf einem hohen Stuhl vor dem Computer und wandte sich um. Birte Jessen sah, während sie näher trat, dass Ritchie Moll eine besondere Art hatte, seine Trauer um den Tod seines Freundes zu verarbeiten. Eine Zahlreihe und ein Spruchband wanderten über den Bildschirm – die neuesten Börsenkurse – der DAX hatte in der letzten Stunde um sechsundachtzig Punkte zugelegt – VW kaufen – Telekom verkaufen …

»Ich habe gesagt, dass ich nicht gestört werden will«, sagte Ritchie Moll mit einer seltsam schrillen Stimme.

Im nächsten Moment hatte Birte Jessen abermals das Gefühl, ihr Magen würde sich zusammenkrampfen.

Ritchie Moll sah genauso aus wie auf dem Foto mit Roger van Gaal – halblange, ungepflegte Haare, ein fülliges Gesicht, keine Schönheit, absolut nicht. Nur hatte er gar kein Arme, oder doch: winzige, nackte Armstummel, die aus einem kurzen bunten Hawaiihemd herausragten.

Ein Contergan-Kind, dachte Birte Jessen zu ihrer eigenen

Verblüffung. Das große Fernsehgenie ist ein contergangeschädigter Mann.

Schiller hatte sich vor ihr gefangen, obwohl man auch ihm die Überraschung anmerkte.

»Tut mir leid, wenn wir Sie stören müssen, Herr Moll«, sagte er, »aber Sie können sich ja vorstellen, dass es dringend ist. Wir ermitteln im persönlichen Umfeld des ermordeten Roger van Gaal. Sie waren ja wohl sein bester Freund.«

Richard Moll wies mit seiner verkrüppelten rechten Hand auf zwei Stühle, die mitten im Raum standen. »Bitte sehr, wenn es sein muss.« Er zuckte nicht mit der Wimper. Kein Gruß, keine halbe Entschuldigung, dass man ihn statt in tiefer Trauer bei Börsengeschäften erwischt hatte. »Wenn Roger überhaupt zu Freundschaft fähig war, dann war ich wohl sein Freund.« Er bedachte seine Frau mit einem Blick, in dem eindeutig ein Vorwurf lag, dann ließ er mit einem Tastendruck die Musik verstummen. Das Violinkonzert brach jäh ab. Nur die Börsenkurse liefen weiter geschäftig über den Schirm.

Schiller holte aus einem Chaos von Bücherstapeln und Manuskripten, die mitten im Raum lagen, die beiden Holzstühle heran. Auch drei Fernseher sowie diverse Video- und DVD-Rekorder standen herum. Das Ganze hatte beinahe den Charakter einer Kunstinstallation. Das Arbeitsstudio eines Fernsehmachers. Nur volle Aschenbecher oder leere Rotweingläser waren nirgends zu sehen.

»Was wollen Sie wissen?«, fragte Moll, nachdem er seinen Gästen einen Moment der Orientierung gegönnt hatte. »Wenn Sie mich fragen wollen, ob ich Roger erschossen hat, dann lautet die Antwort: nein.« Aus seinem Tonfall konnte man nicht schließen, ob die Bemerkung spöttisch gemeint war.

»Schön, dass wir das zuerst geklärt haben«, sagte Schiller. Er setzte sich beinahe direkt vor Moll. Dann entschied er sich, in die Offensive zu gehen. »Würde es Ihnen etwas ausmachen, die Börsenkurse verschwinden zu lassen? Es macht mich ganz nervös zu sehen, wie meine zehntausend Telekom-Aktien immer mehr an Wert verlieren.«

»Minus zwei Prozent seit heute Mittag«, konterte Moll ungerührt. »Aber wer hat heute noch Telekom-Aktien? Wenn Sie wirklich interessiert sind, kann ich Ihnen nur raten, in den M-DAX zu gucken. Da sind die Underperformer. Beton – seit die Bauindustrie wieder angesprungen ist, muss man in Beton gehen.«

»Danke für den Tipp«, sagte Schiller. »Haben Sie van Gaal auch Tipps gegeben?«

»Klar«, erwiderte Moll. Nun lächelte er zum ersten Mal. Seine fleischigen Lippen zogen sich zurück, und er wirkte noch hässlicher. »Für alle Lebenslagen. Er hat aber fast nie auf mich gehört. Deshalb haben wir uns auch so gut verstanden.«

»Seit wie vielen Jahren waren Sie und van Gaal Partner?«, fragte Birte Jessen. Aus den Augenwinkeln registrierte sie, dass Iris Moll sich still und leise zurückzog, als wäre sie in ein Reich eingedrungen, in dem sie allenfalls für ein paar Minuten geduldet war.

Moll achtete nicht auf seine Frau. Mit einem weiteren Tastendruck seiner verkrüppelten rechten Hand verbannte er die Börsenkurse vom Bildschirm. Dann leuchteten seine braunen Augen Birte Jessen an.

»Seit fast fünfzehn Jahren. Er ist hier buchstäblich mit einem Pappkoffer aus Holland gekommen, ein Käskopp, der zum Fernsehen wollte; ich war ein frustrierter Englischlehrer, dem die immer gleichen Witze über seine Behinderung auf die Nerven gingen. Zuerst haben wir nur Sketche geschrieben und, wenn es mal ganz schlecht lief, Schlagertexte. Dann, als wir eine Comedy-Serie konzipieren sollten, weil ein Sender gerade nicht genug Material hatte, haben wir unsere eigene Firma gegründet, die wir Star Party nannten. Zugegeben, ein wenig großspurig für Leute, die eigentlich von nichts eine Ahnung hatten, aber so sollte unser Leben sein – jeden Tag Party und im Champagner baden.«

»Und hat es geklappt?«, fragte Schiller süffisant.

»Ich kann mich nicht beklagen«, erwiderte Moll. Dann rollte er seine Lippen zu einem Lächeln zurück. »Aber ich bin ja noch jung. Da kann gerne noch mehr kommen.«

»War Ihre Frau auch mit van Gaal befreundet?«, fragte Schiller.

Moll warf den Kopf zurück und lachte. Es klang kehlig und als hätte es nichts mit Heiterkeit zu tun, sondern als wäre es dazu gedacht, andere einzuschüchtern. Ein Lachen als Waffe. Zum ersten Mal wirkte er wie ein erfolgreicher Geschäftsmann. »Ja, sie waren befreundet, aber gelegentlich musste man Roger ein paar auf die Finger geben, wenn er wieder einmal nicht kapieren wollte, wo für ihn die Grenze war. Er naschte gerne von jedem Baum. Gestern war so ein Tag. Da hätte ich ihm einen zwischen die Hörner gegeben, wenn er mir unter die Augen gekommen wäre.«

»Das hat dann ja jemand anders besorgt«, erklärte Schiller lakonisch.

»Ja«, sagte Moll ernst, »und wenn es vielleicht nicht so aussieht: Er wird mir fehlen. Er fehlt mir jetzt schon. Ich sollte eigentlich im Büro sitzen, zusehen, wie ich allein all unsere Aufträge für die nächsten Monate hinbekommen, doch stattdessen …«

»… schauen Sie sich Börsenkurse an. Ist ja auch eine Art Trauerarbeit«, sagte Schiller.

»Zum Glück muss man keinen Polizisten fragen, wie man trauern soll«, entgegnete Moll. Nun hatte Schiller ihn doch ein wenig in die Defensive bekommen.

»Wir würden von Ihnen gerne wissen, ob Sie diesen Mann kennen«, fuhr Schiller fort. Er hielt das Foto von Mundt hoch.

Birte Jessen beobachtete, wie Moll die Augenbrauen in die Höhe zog, ein wenig theatralisch, als müsste er die Qualität der Aufnahme beurteilen.

»Sicher«, sagte Moll dann zu ihrer Überraschung. »Darf ich vorstellen, Harry Mundt, Großschwätzer, Möchtegern-Herzensbrecher, Mädchenanfasser und schlechter Pokerspieler.«

»Sie kennen Harry Mundt?« Birte Jessen warf Schiller einen erstaunten Blick zu.

»Klar, ich war ja mal Lehrer, Hansa-Gymnasium, und da kreuzte auch Mundt auf. Führte gleich das große Wort. Später hat er mal versucht, mich anzupumpen, meinte, er müsse heiraten, und wollte seine Braut beeindrucken.«

»Hat van Gaal ihn auch gekannt? Haben Sie die beiden vielleicht sogar zusammengebracht?«

»Warum hätte ich das tun sollen? Ich habe Mundt mit niemandem zusammengebracht. Keine Ahnung, ob Roger ihn kannte.«

»Sie wissen, dass Mundt auch ermordet worden ist?«

»Nein, das wusste ich nicht, stand nicht in der Süddeutschen oder im Handelsblatt. Bedauere, andere Zeitungen lese ich nicht, auch wenn ich nur ein Typ vom Fernsehen bin.«

Schiller hatte wieder sein Büchlein hervorgezogen und machte sich Notizen.

»Wieso glauben Sie, dass es einen Zusammenhang zwischen Rogers Tod und dem von Mundt gibt?«, fragte Moll. Wieder leuchteten seine braunen Augen auf. Birte Jessen konnte sich plötzlich vorstellen, dass er ein Besessener war, der verrückten Ideen und Konzepten hinterherjagte und deshalb beim Fernsehen erfolgreich geworden war. Hier gab es etwas, das ihn wirklich interessierte. »Hat man Mundt auch so ein blinkendes Herz ans Revers geheftet? Geht es darum?«

Für einen Moment trat Stille ein. Wie konnte Moll diese Frage stellen? Woher wusste er von dem roten, blinkenden Plastikherzen? Birte Jessen sah Schiller an. Er nickte ihr kaum merklich zu. Ja, plötzlich waren sie an einem entscheidenden Punkt angelangt. Täterwissen. Nirgendwo in ihren Pressemitteilungen hatte die Polizei das Herz erwähnt.

»Sie überraschen uns«, sagte Schiller. »Woher wissen Sie von dem blinkenden Herzen?«

Moll rutschte unruhig auf seinem Stuhl hin und her, und seine winzigen Arme ruckten aufgeregt auf und ab. Er schien sich zu freuen. »Hören Sie«, sagte er. »Wie ich Roger kenne, hätte er sich über seinen eigenen Tod gefreut. Titelseite im Express. Das kriegt unsereiner nicht alle Tage. Hoffentlich sieht auch die Ausgabe morgen früh am Kiosk so aus.« Er wandte sich dem Computer zu und tastete in rasender Geschwindigkeit mit seinen verkrüppelten Händen auf die Tastatur ein.

Ein Fenster öffnete sich. Die Homepage vom Express, wie Birte Jessen begriff, und da war er als Aufmacher zu sehen – ein wenig dunkel, aber in Farbe: der tote Roger van Gaal, beinahe friedlich an seine Haustür gelehnt, mit dem hell blinkenden Herzen im Schoß. »Kölns berühmtester Fernsehmacher ermordet«, stand in fetten Lettern daneben.

Schiller starrte ungläubig das Bild an.

»Ist ungefähr seit einer Stunde im Netz«, erklärte Moll nun weniger aufgeregt. »Ich habe natürlich sofort gecheckt, ob es irgendwo Nachrichten über Rogers Tod gibt. Scheint aber ein exklusives Foto zu sein. Die anderen Zeitungen haben es nicht gebracht.«

»Wir haben irgendwo ein Leck«, sagte Schiller zu Birte Jessen. »Verdammter Mist, da hat jemand unsere Tatortfotos an die Presse weitergereicht.« Mühsam unterdrückte er seine Wut und griff nach seinem Mobiltelefon.

Birte Jessen beugte sich zum Bildschirm vor. Moll sah sie an und lächelte. Ihm schien die Verwirrung zu gefallen, in die er die beiden Polizisten gestürzt hatte.

»Roger war immer geil auf eine Schlagzeile. Nun hat er sie bekommen. Morgen kennt jeder in der Stadt seinen Namen.«

Birte Jessen beachtete ihn nicht. Während Schiller eine Verbindung herstellte, sagte sie: »Schauen Sie sich das Gesicht des Toten an! Es wirkt beinahe lebendig, nicht fahl und starr. So haben wir ihn nicht gefunden.«

8.

Schiller spürte die Erschöpfung. Ihm ging die Luft aus. Irgendwo dumpf nistete die Grippe in seinem Körper. Er gehörte ins Bett, auch wenn er kein Fieber mehr hatte. Seine Glieder waren bleischwer, als hätte man ihn in einen Transmitter gesteckt, wo er um zehn Jahre gealtert war. Dann fiel ihm ein, dass Carla mit einem autistischen Kind zu Hause saß. Würde er sich da erholen können? Sich einfach in eine Ecke legen und eine Tangoplatte auflegen? Nein, ein Kaffee musste her, süß und mit viel Milch.

Er stellte das Radio im Auto an. Roxy Music – uralte Musik. Bei »Oh yeah« hatte er sich einmal furchtbar in eine Schauspielschülerin verliebt. Da war er noch auf die Polizeischule gegangen. Es war eine Ewigkeit her.

»Was halten Sie von Moll?«, fragte Birte Jessen.

Als Schiller sie von der Seite anschaute, fiel ihm ein, dass sie sogar ein wenig Ähnlichkeit mit dieser Schauspielschülerin von damals hatte. Blonde, halblange Haare, eine Nase, die einen winzigen Höcker hatte, und ein schmaler, schöner Mund. Nein, das Mädchen von damals war ganz anders gewesen, zarter, feingliedriger und zugleich viel forscher, eine, die immer ins Rampenlicht gewollt hatte. Er hatte sie irgendwann aus den Augen verloren. Ein Star war aus ihr jedenfalls nicht geworden.

»Keine Ahnung«, sagte Schiller. »Jetzt will ich erst mal wissen, was mit dem Foto los ist.«

Er startete den Wagen und versuchte erneut, Cremer zu erreichen, aber da meldete sich nur die Mailbox. Wütend rief er Nele an. Sie nannte mit Kleinmädchenstimme ihren Namen.

»Sieh dir die Homepage vom Express an!«, sagte er ein wenig zu barsch. »Ich will wissen, wie das Bild da hinkommt. War unsere Pressestelle zu voreilig und hat ihnen das Material gegeben? Oder verdient Grauer sich neuerdings ein paar Euro, indem er unter der Hand Tatortfotos verkauft?« Grauer war der Polizeifotograf, erinnerte sie sich, aber so dumm konnte niemand sein, dass er Aufnahmen weitergab, die dann eine Stunde später im Express standen.

»Geht in Ordnung«, sagte Nele. »Cremer ist bei der Freundin von van Gaal. Er hat sein Handy hier liegen lassen, falls du ihn schon …«

»Hat er wahrscheinlich mit Absicht gemacht, weil seine Frau wieder ständig anruft«, sagte Schiller und unterbrach die Verbindung.

»Würde mich wundern, wenn das Foto von uns stammt«, sagte Birte Jessen. Sie hatte die Hände gefaltet. Auch sie wirkte müde.

Schlafen Sie nicht gut?, hätte Schiller sie beinahe gefragt. Haben Sie auch irgendwelche Gespenster, die Sie quälen?

Dann sah er es, als er auf die Berrenrather Straße einfädeln wollte. Ein Fenster, aus dem dichter Rauch drang, dritte oder vierte Etage. Sein Herz geriet aus dem Takt. In Sekundenschnelle brach ihm der Schweiß aus. Er spürte den Impuls, das Gaspedal durchzutreten und davonzurasen, doch stattdessen zog er den Wagen an den Gehsteig, bremste hart und sprang heraus.

»Rufen Sie die Feuerwehr!«, rief er Birte Jessen zu. Dann lief er los.

Ein Mietshaus. Der Rauch quoll aus einem Fenster im dritten Stockwerk. Lodernde Flammen waren noch nicht zu sehen. Er rannte auf die Tür zu und drückte mit der ganzen Hand auf das Klingelbrett. Als nicht sofort geöffnet wurde, betätigte er erneut alle Klingeln auf einmal. Ein leises Summen ertönte, und die Tür ließ sich öffnen. Er stürmte die Treppe hinauf. »Feuer!«, rief er. »Laufen Sie alle auf die Straße!« Im Erdgeschoss und in der ersten Etage tat sich nichts, doch ganz oben im Treppenhaus hörte er Schritte und dann eine Stimme, die etwas rief, das er nicht verstehen konnte. Als er in der zweiten Etage angekommen war, spürte er Schmerzen in der Brust. Mein Gott, er war am Ende, total erschöpft. In seinem Kopf begann es zu hämmern, ein dunkler, zäher Schmerz. Schiller zog sich am Treppengeländer hoch und rief: »Feueralarm! Verlassen Sie sofort das Haus!« Eine alte Frau lugte durch einen Türspalt, dann kam ihm ein jüngerer Mann entgegen, der nur ein Unterhemd und eine Trainingshose trug.

»Wer wohnt in der dritten Etage?«, fragte Schiller. Mühsam ging er weiter hinauf.

Der Mann zuckte wortlos mit den Schultern. Als Schiller auf dem nächsten Treppenabsatz ankam, sah er, wie dichter Rauch unter der Tür her quoll. »Helfen Sie mir!«, schrie er dem Mann zu. »Laufen Sie hinauf und holen Sie alle heraus, die sich da noch aufhalten!«

Der Mann nickte. Nun schien auch er die Lage erfasst zu haben. Schiller spürte, wie ihm der Schweiß über den Rücken lief. Klingeln würde keinen Zweck haben. Er konnte nur hoffen, dass der Luftzug das Feuer nicht anfachen würde. Von der Straße meinte er schon Sirenen zu hören, als er sich gegen die Tür warf. Von seiner Schulter jagte ein furchtbarer Schmerz durch seinen Körper. Trotzdem versuchte er es gleich noch einmal, stemmte sich mit aller Kraft gegen das solide Holz, das jedoch zum Glück nicht zu dick war. Beim dritten Versuch gab die Tür nach und brach aus den Angeln. Schiller stürzte hinein und wäre fast gegen eine Kommode geschlagen. Die Wohnung war voller Rauch, kein Feuer, es roch angebrannt. Er presste sich ein Taschenbuch vor den Mund und lief einen schmalen Flur hinunter. Aus den Augenwinkeln bemerkte er eine altertümliche Garderobe mit zwei hellen Mänteln. Die Wohnung einer alten Frau oder eines alten Ehepaares. Immer dichter wurde der Rauch, aber nirgendwo loderten Flammen. Auch die Hitze hielt sich in Grenzen. Er konnte kaum noch etwas erkennen, dann jedoch hörte er einen Laut, ein Röcheln und Wimmern.

Das Atmen fiel ihm schwer. Eigentlich war die ganze Aktion ein Job, den nur Feuerwehrleute machen sollten. Von links, durch eine halb geöffnete Tür, drang Rauch auf ihn ein. Er hörte es zischen und knistern, seltsam unheimliche Geräusche. Dann sah er, dass sich der Boden verändert hatte. Kein Teppich mehr, weiße Fliesen. Er war in einem Badezimmer angelangt. Zwischen all den Rauchschwaden entdeckte er eine kleine, röchelnde Gestalt, eine alte Frau, die am Boden lag und vergeblich versuchte, sich an der Badewanne aufzurichten.

Schiller begann zu husten und hastete an ihr vorbei zum Fenster. Er riss es auf und tat einen tiefen Atemzug. Die Frau am Boden war kaum noch zu sehen. Schiller beugte sich vor und hob sie hoch. Sie war leicht wie ein Kind und röchelte schwach. Die Augen hatte sie geschlossen, und ihr Gesicht wirkte fahl, als würde sie im nächsten Moment sterben.

Schiller hielt sie für einen Moment ans offene Fenster, damit sie wieder einen Atemzug tun konnte. Sollte er hier auf die Feuerwehr warten? Er meinte, von draußen Kommandos und Sirenen zu hören. Dann entschied er sich, ins Treppenhaus zurückzulaufen. Die alte Frau sollte nicht in seinen Armen sterben. Vorsichtig und viel zu langsam, wie er fand, tastete er sich durch den Rauch zurück durch den Flur. Als er fünf Schritte getan hatte, glaubte er, die Orientierung verloren zu haben. Wo war der verdammte Ausgang? Die Frau in seinem Arm bewegte sich nicht mehr. Schiller hastete weiter. Da war die Garderobe mit den Mänteln, da die Tür. Seine Augen begannen zu tränen, und er hatte das Gefühl, nur noch trockenen Staub zu atmen.

Als er endlich im Treppenhaus angekommen war, hatte er keine Luft mehr in den Lungen. Das Letzte, was er sah, war ein schwarz gekleideter Mann mit einer Sauerstoffmaske, der wie ein Außerirdischer vor ihm stand und ihm Zeichen machte. Dann spürte Schiller, wie er ins Taumeln geriet. Er streckte seine Arme mit der alten sterbenden Frau nach vorn, und ihm wurde schwarz vor Augen.

Er konnte seinen Vater durch die halb geöffnete Tür im Badezimmer sehen. Im Unterhemd stand er da, der große, muskulöse Mann mit den kurz geschorenen Haaren, und fuhr mit einem altmodischen Rasiermesser über sein müdes Gesicht. Warum rasierte sein Vater sich?, dachte er. Wo er doch eben vom Dienst gekommen war und gleich ins Bett gehen würde. Johannes Schiller – der Streifenpolizist, der am liebsten auf einem Motorrad durch die Stadt fuhr. »Wir haben etwas zu besprechen«, sagte sein Vater gewichtig und starrte sich selbst im Spiegel an. »Wenn du aus der Schule kommst. Deine Mutter will uns verlassen.« Das waren die letzten Worte gewesen, die er aus dem Mund seines Vaters gehört hatte, kein Gruß, keine der üblichen scherzhaften Ermahnungen, in der Schule aufzupassen, sondern ein trauriges »Deine Mutter will uns verlassen«. Jan Schiller war vierzehn Jahre alt gewesen, zum ersten Mal verliebt, und als er aus der Schule zurückkehrte, ein wenig beunruhigt, aber nicht wirklich voller Sorge, dass sich sein Leben schlagartig ändern würde, hatte er vor einem ausgebrannten Haus gestanden. Seine Eltern waren bei dem Feuer, das in ihrer Wohnung in der dritten Etage ausgebrochen war, ums Leben gekommen. Seither verfolgten ihn die Worte seines Vaters, und manchmal war seine Angst vor einem wütenden Feuer, das ihn in seinen Träumen überfiel, so groß, dass er auf sein Boot im Rheinauhafen floh, um dort, eingehüllt vom Geruch des Wassers, zu schlafen.

Als Schiller die Augen aufschlug, lehnte er an einer Hauswand. Anscheinend hatten ihn irgendwelche Feuerwehrleute auf die Straße geschleppt. An die letzten Augenblicke im Treppenhaus konnte er sich nicht mehr erinnern. Birte Jessen kauerte neben ihm und hielt ihm eine Wasserflasche an die Lippen. Er versuchte zu lächeln.

»Alles in Ordnung?«, fragte sie.

Er nickte, und dann nahm er einen Schluck Wasser, der ihm wohltuend die Kehle hinunterrann. Die Feuerwehr hatte die ganze Straße abgeriegelt. Ein Einsatzwagen hatte mit dröhnendem Motor einen Gelenkarm mit einer Plattform ausgefahren. Schiller sah, dass die Plattform sich dem Fenster in der dritten Etage näherte. Aber zu seiner Überraschung drang kein Rauch mehr heraus.

»Was ist mit der alten Frau?«, fragte er heiser. Sein Hals schmerzte, und er trank noch einen Schluck.

Birte Jessen deutete auf einen Krankenwagen. »Sie wird behandelt. Ist wohl nicht lebensgefährlich. Wie es aussieht, ist sie im Bad gestürzt, während ihr Essen auf dem Herd stand. Die Sache hätte aber auch anders ausgehen können, wenn Sie nicht so schnell reagiert hätten.«

Schiller versuchte sich aufzurichten, doch Birte Jessen bedeutete ihm, noch sitzen zu bleiben.

»Der nächste Rettungswagen ist angefordert«, sagte sie. »Muss jeden Moment da sein.«

Er schüttelte den Kopf und stützte sich an ihrer Schulter ab. Dann kam er mühsam auf die Beine. »Eine kleine Schwäche, weil ich keine Luft mehr bekommen habe.« Tief sog er die Luft in die Lungen. Er spürte einen Hustenreiz und heftig pulsierende Kopfschmerzen, als würde sich etwas in seinem Gehirn zusammenziehen, aber deshalb würde er sich nicht in einen Krankenwagen legen.

Die ersten Feuerwehrleute kamen aus dem Haus und wirkten eher gelassen als geschäftig. Auch der große rote Schlauch, den sie von einem zweiten Wagen ins Treppenhaus gelegt hatten, wurde bereits wieder eingerollt. Einer der Männer nickte ihm zu. »Kein Feuer, nur Rauchentwicklung!« Er tippte sich an die Stirn, als hätte er Meldung gemacht.

Schiller nickte wortlos zurück. Er hatte ein seltsames Gefühl, als wäre plötzlich alles vollkommen unwirklich, sogar der Schmerz in seinem Kopf – als wäre er eben noch ein vierzehnjähriges Kind gewesen, das seinen Vater müde und erschöpft beim Rasieren vor dem Spiegel im Badezimmer beobachtet hatte. Ja, die Zeit hatte ein paar Herzschläge lang gar nicht existiert, hatte all ihre Bedeutung verloren. Er hatte noch einmal den wichtigsten und dunkelsten Moment seines Lebens durchlebt.

Mit Birte Jessen ging er zu dem Krankenwagen hinüber. Die alte Frau lag auf einer Trage. Man hatte ihr eine Sauerstoffmaske auf das Gesicht gestülpt. Ihre Augen hatte sie weit aufgerissen, und sie starrte an die Decke.

»Wahrscheinlich ein Oberschenkelhalsbruch«, sagte der Notarzt, den Schiller zu kennen glaubte. »Ansonsten eine leichte Rauchvergiftung. Hat Glück gehabt.«

»Eine gute Nachricht«, sagte Schiller. Dann fuhr mit Blaulicht der zweite Krankenwagen vor. Der Beifahrer sprang heraus und sah sich suchend um.

Schiller schob sich hinter Birte Jessen. »Mir geht es schon besser«, sagte er lächelnd.

Als sie wieder im Wagen saßen, klingelte Schillers Mobiltelefon. Nele war am Apparat.

»Habe alles gecheckt«, sagte sie. »Von uns ist das Foto im Express nicht. Grauer lässt dir ausrichten, ob du verrückt geworden bist, ihm zu unterstellen, er würde Fotos verkaufen. Er meint, dafür wärst du ihm etwas schuldig.«

»Das kann er alles auf meine große Rechnung bei ihm setzen«, sagte Schiller leise und ohne jeden Enthusiasmus. Manchmal traf er Roland Grauer beim FC, da waren nun ein paar Kölsch für den Kollegen fällig.

»Morgen um neun ist Teamsitzung«, fuhr Nele fort, »hat Fitschen angeordnet. Um zehn will er mit dir vor die Presse treten. Der Polizeipräsident und Staatsanwalt Dr. Soder werden auch dabei sein.«

»Großartig. – Wir fahren nun zum Express. Ich werde mich mal bei meinem alten Freund Göbel umsehen.« Er unterbrach die Verbindung und steckte sein Mobiltelefon ein.

»Sie müssen hier nicht den harten Kerl spielen«, sagte Birte Jessen, nachdem er den Wagen angelassen hatte. »War ein grandioser Auftritt. Ich hätte nichts von dem Feuer mitbekommen, Sie müssen einen sechsten Sinn haben, aber trotzdem …«

»Reden wir besser nicht mehr davon«, unterbrach Schiller sie unfreundlich. Nach fünfzig Metern, bevor er auf die viel befahrene Berrenrather Straße abbiegen musste, bremste er abrupt. »Am besten übernehmen Sie das Steuer!« Er stieg aus, während Birte Jessen im Innern des Wagens hinter das Steuer rutschte. Sie hatte recht. Er war nicht in der Verfassung, weiter zu ermitteln, aber er wusste, dass er zu Hause auch keine Ruhe finden würde. Er versuchte die Kopfschmerzen zu ignorieren und schloss die Augen. Dann jedoch sah er wieder seinen Vater vor sich, wie er traurig vor dem Spiegel stand. Er war nun genauso alt wie sein Vater damals. Was genau in der Wohnung passiert war, hatte man nie herausgefunden. Ein technischer Defekt eines Elektroheizkörpers, hieß es von einem Gutachter, ein anderer jedoch hatte widersprochen. Vermutlich waren seine Eltern, die sich im Schlafzimmer aufgehalten hatten, an einer Rauchvergiftung gestorben und hatten nicht lange gelitten.

Birte Jessen fuhr ziemlich hektisch. »Wäre schön, wenn Sie mir den Weg beschreiben würden.«

»Tut mir leid«, sagte er entschuldigend und dirigierte sie zur Amsterdamer Straße, wo Kölns größtes Zeitungshaus in einem riesigen Glaskasten residierte. Er nahm eines der Erfrischungstücher, die er im Handschuhfach hatte, und wischte sich damit über das Gesicht. Kölnisch Wasser – das hatte sein Vater auch immer benutzt. Nicht einmal Carla hatte ihm diese Angewohnheit austreiben können.

Eine Weile schwiegen sie.

»Wie kommt man eigentlich auf die Idee, aus dem schönen Hamburg nach Köln zu wechseln?«, fragte Schiller. Er wollte eigentlich ein wenig versöhnlicher klingen, aber ihn störte, dass sie zu spät schaltete und ständig die Spur wechselte.

»Private Gründe«, erwiderte Birte Jessen, nach einem kurzen Zögern fügte sie hinzu: »Es hat mit meinem Freund zu tun. Er ist gestorben.«

Schiller spürte, dass er einen Fehler gemacht hatte. Solch eine Frage stellte man nicht zwischen Tür und Angel. Er hatte meistens eine große Klappe, doch nun brachte er nur ein fades »Tut mir leid« heraus.

Sie fuhren direkt vor das Redaktionsgebäude. Mit einem kurzen Wink ging Schiller an dem Pförtner vorbei in Richtung Fahrstuhl. Er kannte sich hier aus. Manchmal gab er den Leuten vom Express einen Tipp. Es konnte nichts schaden, ein paar Reporter auf der eigenen Seite zu wissen.

»Wo ist Göbel?«, fragte er ein Mädchen, das ganz in Weiß gekleidet war und hüftlange schwarze Haare hatte, auf dem Gang.

»Max, Besuch für dich!«, rief die junge Frau, statt ihm zu antworten, und fügte mit einem perlweißen Lächeln, wie man es von Werbeplakaten kannte, hinzu: »Polizei!« Anscheinend war sie Schiller schon einmal begegnet, obwohl er sich nicht daran erinnern konnte.

Göbel streckte seinen Kopf aus einem der Büros. Er hatte lange graue Haare und schaffte es, immer unrasiert und abgehetzt auszusehen. Die Rolle des klassischen Alt-Hippies wäre mit ihm brillant besetzt. Er hielt wie üblich eine filterlose Zigarette zwischen Ring- und Mittelfinger der rechten Hand und machte ein schuldbewusstes Gesicht. »Sorry, Jan, wollte dich eigentlich anrufen …« Dann bemerkte er Birte Jessen und hielt inne. »Oh, ein neues Gesicht. Wurde auch Zeit, dass die Kölner Polizei etwas für ihr Image tut und nicht immer mit alten, schlecht gelaunten Männern aufwartet.« Er deutete eine leichte, spöttische Verbeugung an. »Max Göbel, Kölns schnellster Reporter – freut mich sehr.«

Birte Jessen lächelte zurück, ohne ihren Namen zu sagen.

»Spiel hier nicht den Kavalier«, sagte Schiller. Es fiel ihm nicht schwer, verärgert zu wirken. »Wo habt ihr das Foto her?«

Göbel winkte sie in sein Büro – einen winzigen gläserner Kabuff, nur waren sämtliche Wände mit Fotos und Zeitungsausschnitten abgeklebt, sodass niemand hineinschauen konnte. Es roch nach Tabak und durchgelaufenen Schuhen, und irgendwo standen auch ein paar herrenlose Turnschuhe.

Schiller schüttelte sich vor Übelkeit und blieb in der Tür stehen. Birte Jessen trat neben ihn.

Göbel setzte sich vor seinen Schreibtisch. Eine Kamera lag da neben einem vollen Aschenbecher und einem Wust von Papieren und Zeitungen. Auf einem Computerbildschirm war das Bild eines jüngeren, lächelnden van Gaal zu sehen.

»Eigentlich habe ich damit nichts zu tun«, sagte Göbel. »Wenn du das Foto auf unserer Homepage meinst.« Natürlich wusste er, warum Schiller gekommen war.

»Wo habt ihr es her?«, wiederholte Schiller. Sein Hals schmerzte noch immer, und auch das Hämmern in seinem Kopf hatte nicht aufgehört. »Gab es eine undichte Stelle im Präsidium?«

Göbel hob abwehrend die Hände und nahm dann einen tiefen Zug aus seiner Zigarette. »He, undichte Stellen gibt es doch bei euch gar nicht.« Er lächelte und fixierte Birte Jessen. »Es kam mit der Post – an mich adressiert. Ich hätte dich deswegen noch angerufen, ehrlich.«

»Ja«, sagte Schiller. »Wahrscheinlich morgen früh – nachdem ihr euer Blatt an jeden Kiosk in Köln und Umgebung ausgeliefert hättet. Mit was für einer Post kam das Foto?«

Göbel öffnete ein anderes Fenster auf seinem Bildschirm – offensichtlich sein elektronisches Postfach. »Per E-Mail natürlich. Ein kurzes Anschreiben an mich. Das Foto war im Anhang.«

»Sie haben Post vom Mörder bekommen«, sagte Birte Jessen ungläubig. Sie betrat den winzigen Raum und stellte sich hinter Göbel. Dann las sie vor, was sie auf dem Bildschirm sah. »›Sehr geehrter Herr Göbel, anbei ein Photo, das Sie möglicherweise für ihre Zeitung interesiert. Hochachtungsvol HM.‹ – Ziemlich viele Fehler im Text.«

»Was soll HM heißen?«, fragte Schiller. Er blickte nun Birte Jessen über die Schulter.

Göbel beugte sich vor und deutete auf den Bildschirm. »Hier steht die Adresse – ›Harry_Mundt@gmx.de‹.«

Für einen langen Moment sagte niemand ein Wort. Er spielt mit uns, dachte Schiller und hatte plötzlich einen bitteren Geschmack im Mund. Dieser verdammte Kerl führt uns an der Nase herum – benutzt den Namen seines ersten Opfers, um das Foto des zweiten zu versenden.

Birte Jessen drehte sich zu ihm um. Ihre blauen Augen funkelten ihn an – voller Ernst und Schönheit.

»Wir müssen ihn finden«, sagte sie leise und entschlossen. »Vielleicht kann man über den Server an ihn herangekommen.«

Schiller nickte, dann schaute er Göbel an. »In einer Minute ist das Bild von eurer Homepage verschwunden«, sagte er. »Ihr habt die Ermittlungen behindert. Das werde ich dem Polizeipräsidenten nicht verschweigen können. Er ist mit eurem Verleger befreundet. Das könnte richtig Ärger geben.«

Göbel legte sein Gesicht in Falten und versuchte es mit einem traurigen Hundeblick. »Okay, vielleicht hätte ich dich früher anrufen sollen, aber als wir das Foto …«

Schiller ließ ihn nicht ausreden. »Wir brauchen alle Details – wann genau die E-Mail eingetroffen ist, von wo und was sich im Anhang befand.«

»Können wir machen!« Göbel schien die letzten Worte Schillers für ein Friedensangebot zu halten. »Dann dürfen wir das Foto gar nicht bringen?«

»Nein«, sagte Schiller, »aber wenn sich der Mörder noch einmal meldet, will ich es zehn Sekunden später wissen. Ansonsten sorge ich dafür, dass du in den nächsten sechs Monaten keine Zeit mehr haben wirst, auch nur ein verdammtes Bild zu schießen.«

9.

Jeden Tag fuhr er mit dem Rad zu Funnys Grab, meistens früh morgens. Er sprang über das Seitentor und schlich die Wege entlang. Manchmal sah er wilde Katzen oder Füchse, die ihn neugierig anstarrten, bevor sie im Dickicht hinter mächtigen Gräbern verschwanden. Einen Friedhof lernte man erst in der Dunkelheit und bei völliger Stille wirklich kennen. Er liebte es zu sehen, wie die Sonne aufging und das erste Licht auf das Holzkreuz fiel. Damit die frühen Sonnenstrahlen Funny erreichten, hatte er in einer Nacht eigenhändig eine Eiche gekappt und ein paar Büsche gestutzt. Wenn man es genau nahm, war das seine erste Straftat gewesen – widerrechtliches Beschneiden einer Eiche, die sich im Staatsbesitz befunden hatte. Er war sicher, dass es Funny gefallen hätte.

Er war auch an ihrem Grab nicht mit seiner Verzweiflung fertig geworden. Wo gehen die Toten nach ihrem Tod hin? Diese Frage hatte ihn schon bei seinen Eltern beschäftigt, doch bei Funny wurde alles unerträglich. Er wachte morgens nach kurzem, unruhigem Schlaf mit dem Gedanken an sie auf, und eigentlich sah er auch am Tage nur sie. Die Menschen um ihn waren Geister, die keine Bedeutung mehr hatten. Jede Minute, die er erübrigen konnte, lag er in ihrer Herzkammer auf dem roten Sofa und las Bücher über Nahtoderlebnisse oder darüber, wie Menschen, nachdem sie gestorben waren, Kontakt mit ihren Angehörigen aufgenommen hatten. Da war von Stimmen in der Nacht die Rede, von Fotografien, die von der Wand fielen, von seltsamem Telefonläuten oder sogar von leibhaftigen Begegnungen. Warum gab Funny ihm kein Zeichen? Er konnte es nicht verstehen.

Als der Krebs sie so sehr geschwächt hatte, dass sie nicht mehr sprechen konnte, war er es doch gewesen, der ihr Blinzeln oder ihr stummes Lächeln verstanden hatte. Ärzte und Schwestern waren schließlich nur noch Staffage gewesen, allein mit der Aufgabe betraut, die Schmerzen in Schach zu halten. Was ihnen allerdings lediglich sehr unvollkommen gelungen war.

Dann hatte er sich endlich getraut, sich ihre Tagebücher anzusehen. Die fünf Bücher aus abgegriffenem Leinen waren das Zeichen gewesen. Zwei Nächte hatte er in ihnen gelesen, während im Hintergrund Mozart lief. Als Funny noch am Leben war, hätte er niemals gewagt, auch nur einen Blick in ihre Bücher zu werfen. Funny war das zerbrechlichste Geschöpft der Welt gewesen.

Nach diesen zwei langen Nächten hatte er endlich gewusst, was er zu tun hatte. Wirf die Rasierklingen weg und hör auf, dich zu selbst zu verletzen und zu bemitleiden! Er war nicht mehr einsam. Er hatte eine Aufgabe. Er würde Funny ihre Reinheit und ihren Stolz zurückgeben, indem er all den Schmerz rächte, den man ihr zugefügt hatte.

Bei van Gaal tat es ihm beinahe leid, dass es so schnell gegangen war. Van Gaal hatte den Tod verdient, er war Abschaum gewesen, einer, der lächelte, wenn er andere demütigen und ausnutzen konnte. Als er ihn beobachtet hatte, eine Woche lang, hatte er gesehen, wie van Gaal seine Freundin geschlagen hatte, er hatte sie gepackt und in einen Sessel geworfen, und für einen Moment hatte er sogar etwas wie Mordlust in seinen Augen zu sehen geglaubt. Um van Gaal war es nicht schade gewesen.

Ich bin ganz klein, hatte Funny in ihr Tagebuch geschrieben, *wie geschrumpft. Mein Magen tut mir so weh, dass ich nichts mehr essen kann. Den ganzen Tag habe ich im dunklen Zimmer auf dem Bett gelegen. Ich werde nie wieder auf die Straße gehen, geschweige denn zur Produktion. R. hat mir eine Falle gestellt, es war alles Lüge, er hat Fotos und Tonbandaufnahmen gemacht …* Man begriff nicht sofort, was damals, vor zehn oder elf Jahren geschehen war, so viel Verzweifelung und Bitterkeit sprachen aus Funnys Worten, aber anscheinend hatte van Gaal sie in seiner Firma angestellt, um sie zu verführen. Er plante eine Serie »Der Seitensprung«, und dafür sammelte er höchstpersönlich Material. Die naive, arglose Funny, die gerade ihr Pädagogikstudium abgebrochen hatte, war ein leichtes Opfer gewesen. Auf Fotos, die allesamt nur Funny gezeigt hatten, hatte es so ausgesehen, als wäre sie in einem Straßencafé angesprochen worden und dann sofort mit in eine teure Suite ins Hyatt gegangen, ohne große

Skrupel zu zeigen, dass sie sich mit einem Mann einließ, der verheiratet war. Nachdem van Gaal das Material in der Firma herumgereicht hatte, war sie drei Wochen lang buchstäblich nicht mehr vor die Tür gegangen, und als sie sich beschwert und mit einem Anwalt gedroht hatte, hatte er sie hinausgeworfen. Sie habe doch genau gewusst, worauf sie sich eingelassen habe. So dumm könne sie doch gar nicht sein ... *R. war meine schändlichste Niederlage*, stand in ihrem Tagebuch, *danach begannen die Morgenkrämpfe, das Unwohlsein. Ich färbte mein Haar schneeweiß, nahm zehn Kilo ab und war wie endgültig aus der Bahn geworfen ...*

Er hätte van Gaal einen Pfahl durch das Herz treiben können, so voller Wut war er. Vielleicht kam ihm deshalb der Gedanke mit der E-Mail. Sollte alle Welt sehen, wie elend dieser widerliche Fernsehtyp gestorben war! Außerdem konnte er damit die Polizei ein wenig verwirren. Besonders diesen einen Polizisten, der ebenfalls in Funnys Buch stand und den er beschäftigen musste, bis er selbst an der Reihe war.

10.

Heute ist der dritte Tag, an dem ich nicht an Martins Grab gewesen war, dachte Birte Jessen. Dunkelheit brach über Köln herein. Nun kamen die Momente, in denen ihr Martins Tod besonders nahe kam – wenn der Tag zu Ende war und der Mond aufging. Er war bei Vollmond gestorben, friedlich, im hellen Silberlicht, seine Hand in ihrer. Martha hatte in der Küche geschlafen, erschöpft vom Wachen und der Arbeit an der Geige, die Martin nicht mehr hatte vollenden können. Alles war vergebens gewesen, selbst die Knochenmarkspende, die Birte Jessen ihm gegeben hatte, eine Verzweiflungstat, die sie mehr für sich als für ihn getan hatte – um sich selbst zu beruhigen, um sich sagen zu können, dass sie alles versucht hatte. Nichts hatte sie mehr erschüttert als ihre Hilflosigkeit. Leukämie, Blutkrebs – was für ein hässliches, grausames Wort.

Nachdem Martin gestorben war, hatte sie Martha geweckt, sie hatten eine Kerze neben das Bett gestellt und eine CD eingelegt – Bachs Violinkonzert a-Moll, gespielt von Gedeon Krämer. Martins Lieblingsmusik. Erst am Morgen hatten sie den Arzt gerufen. Da, während er Martins bleichen, wächsernen Körper untersuchte und den Totenschein ausstellte, hatte sie begriffen, dass sie nun allein war. Ihre Liebe war zu Ende.

Als sein Mobiltelefon klingelte, nahm Schiller das Gespräch nicht an, sondern hielt ihr den Apparat hin. Er saß zwar wieder hinter dem Steuer, hatte sich aber in einem müden, mürrischen Schweigen verschanzt, seit sie die Zeitungsredaktion verlassen hatten. Er hatte ihr nicht einmal gesagt, wohin sie fuhren.

»Jessen«, meldete sie sich.

Am anderen Ende der Verbindung erklang ein überraschtes Zögern. »Lässt er dich jetzt seine Telefonate annehmen«, sagte Nele. Zum ersten Mal hatte jemand aus dem Kölner Präsidium sie geduzt.

»Kollege Schiller sitzt am Steuer«, sagte Birte Jessen. »Und er weiß natürlich, dass man beim Fahren nicht telefonieren darf.«

Mit einem schnellen Blick stellte sie fest, dass er auf diese leicht spöttische Bemerkung mit keiner Regung reagierte.

»Alles klar«, sagte Nele lachend. »Ich gehe gleich nach Hause, aber vorher noch eine Information für euch. Der E-Mail-Account wurde heute Nachmittag um 14 Uhr 23 bei gmx eingerichtet. Von einem gewissen Harald Mundt, Anschrift wie gehabt. Zwei Minuten nach der Registrierung wurde die E-Mail abgesetzt. Von einem Internetcafé an der Kalker Hauptstraße, nur einen Kilometer vom Präsidium entfernt. Kann man fast von hier aus sehen. Eine andere E-Mail als die an den Express wurde nicht verschickt.«

»Gute Arbeit«, sagte Birte Jessen.

»Ich weiß«, erwiderte Nele. »Bis morgen. Schiller soll die Pressekonferenz nicht vergessen.« Dann legte sie auf.

Birte Jessen ließ ein paar Momente verstreichen, aber Schiller machte sich nicht die Mühe, etwas zu fragen. Er fuhr eine belebte Straße hinunter und schien dann nach einem Parkplatz Ausschau zu halten. Sie erklärte ihm mit wenigen Worten, was Nele herausgefunden hatte.

»Wir haben es also mit einem echten Gegner zu tun«, sagte er. »Setzt sich seelenruhig in ein Internetcafé, verschickt Fotos von seinem heimtückischen Mord und Mails, in die er lächerliche Fehler einbaut, als wäre er ein Analphabet. Ein Scheißkerl, wie man selten einen findet.«

Er stieg aus, und sie folgte ihm. Sie spürte, dass sie wütend wurde. Legte er es darauf an, dass sie ihm wie ein Hündchen hinterherlief? Jan Schiller – das große Alpha-Tier!

»Hätten Sie die Güte mir zu sagen, was wir hier machen?« Sie schob sich auf dem Gehsteig neben ihn und hätte ihn fast gerempelt.

»Wenn Sie wollen, können Sie nach Haus gehen, Schluss machen für heute«, sagte er. »Mir ist noch nicht danach.«

»Nach Hause gehen? Ich habe keine Ahnung, wo ich hier bin!«, erwiderte sie fassungslos. Fast hätte sie noch gesagt: Außerdem habe ich in dieser verdammten Stadt kein Zuhause, sondern nur ein kleines, muffiges Hotelzimmer, vor dem ich mich fürchte.

»Tut mir leid.« Er breitete beinahe entschuldigend seine Arme aus und lächelte schwach. »Vergesse immer wieder, dass Sie noch neu sind. Ich habe Kopfschmerzen, und dieser Scheißkerl, der uns an der Nase herumführt, macht mir zu schaffen. Wir sind an der Aachener Straße. Ich wollte hier im Theatercafé etwas essen, und da, auf der anderen Seite über dem Millowitsch-Theater wohnt Kafka, dieser Komiker, den die superschlaue Managerin von van Gaal für einen Mörder hält.«

Es überraschte Birte Jessen, dass er sich nun doch um Kafka kümmerte, aber vielleicht hatte er nur einen Grund gesucht, um in dieses Café zu gehen. »Theater am Bauturm« stand an der Fassade. Sie folgte Schiller hinein, und sie setzten sich an den ersten Tisch an der Tür, als müssten sie die Straße überwachen.

Ein paar Leute, die wie Schriftsteller oder Schauspieler aussahen, die ein wenig mutlos geworden auf ein neues Engagement warteten, saßen an den übrigen Tischen. Neben einem schmalen Stehtisch direkt vor der lang gestreckten Bar spielte ein älterer Mann mit einem grauen Zopf leise Saxophon. Es klang beinahe wie Charlie Parker.

»Nicht schlecht – der Laden«, sagte Birte Jessen, während sie sich umschaute.

Bei einer schönen blonden Kellnerin, die förmlich heranschwebte, bestellten sie Milchkaffee und zwei Baguettes. Das Mädchen schien Schiller zu kennen, jedenfalls hob sie ihre fein gezupften Augenbrauen, während sie die Bestellung aufnahm.

Als das Mädchen den Kaffee brachte, nahm Birte Jessen einen Schluck und schloss für einen Moment die Augen. Zum ersten Mal an diesem Tag meinte sie sich ein wenig entspannen zu können. Es hatte auch sein Gutes, dass sie gleich in einen Mordfall hineingeraten war. Sie hatte fast gar nicht an Martin gedacht. Ihm hätte dieses Café gefallen. Wenn sie keinen Dienst gehabt hatte, waren sie manchmal einfach so losgefahren, mit dem Fahrrad oder der U-Bahn, und hatten sich irgendwelche Plätze gesucht, um zu frühstücken. Martin hatte es geliebt, sich Geschichten über wildfremde Menschen auszudenken, dabei sprach er fast allen ein Geheimnis oder eine besondere Fähigkeit zu; bei ihm war jeder zweite ein Musiker oder Maler gewesen.

Der alte Saxophonist hatte aufgehört zu spielen und ging mit einer weißen Blechtasse von Tisch zu Tisch. Birte Jessen kramte in ihrer Jacke nach Geld, doch Schiller sagte mit einem kurzen Seitenblick: »Ist schon in Ordnung.«

»Warum lässt du dich nicht mal wieder sehen, Schiller?« Der Saxophonspieler streckte Schiller seine linke Hand mit der Blechtasse entgegen. »Einen guten Bassisten können wir immer gebrauchen, weißt du doch.«

»Lass nur, Hanno«, erwiderte Schiller und warf ihm zwei Münzen in seine Tasse. »Meine Karriere ist zu Ende. Ich weiß, dass ich ein lausiger Bassist war. Außerdem habe ich keine Zeit mehr.«

»Hör lieber mit dem Tangotanzen auf, ist viel zu gefährlich, glattes Parkett, wilde Frauen ... Können Sie ihm nicht das Tanzen ausreden?«, sagte der Saxophonspieler. Lächelnd legte er sein Gesicht in viele graue Falten und schaute Birte Jessen spöttisch an.

Vor Verwunderung, dass Schiller anscheinend nicht nur tanzte, sondern auch noch Musik machte, brachte sie keinen Ton heraus, aber Hanno, der Saxophonspieler, hatte auch keine Antwort erwartet. »Ich habe gehört, dass man van Gaal umgebracht hat. Er ist manchmal hier gewesen, wenn er in Hürth Aufzeichnungen hatte. Ein echter Kotzbrocken, allerdings ziemlich spendabel. Er war ein guter Pokerspieler.«

Schiller richtete sich auf. »Habt ihr zusammen gespielt?«

Hanno lächelte wieder und blickte in seine Blechtasse. »Ein schlecht bezahlter Musiker gehörte nicht in seine Liga, aber ich kenne Leute, die van Gaal ziemlich fertiggemacht hat. Es gibt da gewisse Clubs, ganz in der Nähe.«

»Namen«, sagte Schiller. »Ich brauche Namen, mit wem, wann und wo. Es könnte wichtig sein.«

Hanno jedoch hatte sich schon wieder abgewandt und ging zur Tür. Mit einem lässigen Wink verabschiedete er sich. Draußen auf der Straße begann er träumerisch vor sich hin zu spielen.

»Haben Sie noch andere verborgene Talente? Sie sind der letzte Freund von Kölnisch Wasser, Sie riechen es, wenn irgendwo ein Feuer ausgebrochen ist, Sie können Tangotanzen und

Bass spielen …« Birte Jessen musste sich eingestehen, dass sie gegen ihren Willen von Schiller beeindruckt war.

»Hanno ist ein freundlicher älterer Herr«, erwiderte Schiller, während er dem Musiker nachsah, wie er aus ihrem Blickfeld verschwand. »Aber seine große Zeit hatte er Ende der sechziger Jahre, da ist er mit richtig großen Bands aufgetreten, hat mit Can und anderen gespielt. Heute ist sein Gehör ziemlich kaputt.« Schiller verstummte abrupt. »Wir haben vorhin einen Fehler gemacht, weil Moll uns überrascht hat, seine Erscheinung, ein altes Contergan-Kind«, sagte er plötzlich ernst. »Hat nicht Moll davon gesprochen, dass Mundt ein schlechter Pokerspieler war? Vielleicht lag da die Verbindung zwischen den beiden Toten.« Dann sprang er plötzlich auf und deutete auf die Straße. »Kafka hat Besuch gehabt. Ist das nicht Emma Sahler, die da aus dem Haus kommt?«

Birte Jessen wandte sich um. Ja, da stöckelte Emma Sahler nun in einem teuren schwarzen Lederjäckchen und viel zu engen Jeans den Gehsteig auf der anderen Straßenseite hinunter. Sie sah nicht wie eine trauernde Freundin aus, eher ein wenig derangiert, wie eine Frau, die sich soeben hatte ausgiebig trösten lassen.

Kafka öffnete nach dem zweiten Klingeln. Sie stiegen ein enges, fensterloses Treppenhaus hinauf, das ein paar Lampen nur unzureichend erhellten. Es roch muffig und irgendwie nach einem anderen Jahrhundert, als würden sie auf einen Dachboden hinaufklettern, auf dem lange niemand mehr gewesen war. Fünf weitere Wohnungen gab es im Haus. Kafka wohnte auf der vierten und letzten Etage.

Birte Jessen fragte sich, wie Emma Sahler diese Treppen mit ihren Stöckelschuhen bewältigt hatte. Einmal musste Schiller sich vor ihr am Treppengeländer festhalten. Der Tag hatte ihn mehr angestrengt, als er sich eingestehen wollte. Sie blickte an ihm vorbei und tat, als hätte sie nichts bemerkt.

Die Tür zu Kafkas Wohnung war nur angelehnt. Eine düstere Stille wehte ihnen entgegen. Birte Jessen schaute Schiller kurz an. Für einen Moment sah es so aus, als wollte er seine

Waffe hervorziehen, aber dann gab er der Tür nur einen Stoß. Ein karger, dunkler Flur mit alten braunen Holzbohlen war zu sehen.

Im nächsten Moment hörten sie eine Stimme. »Kommen Sie herein!« Ein Gesicht erschien, ein blonder, etwa vierzigjähriger Mann, den Birte Jessen aus irgendeiner Fernsehsendung kannte. Da hatte der Mann Grimassen gezogen und damit äußerst mühsam versucht, sein Publikum zum Lachen zu bringen. Drei Tage nach Martins Tod war das gewesen, als sie in einen Zustand der Apathie verfallen war und nur noch dumpf vor dem Fernseher gesessen hatte.

Schiller hielt seinen Ausweis vor sich hin. »Kriminalpolizei Köln«, sagte er. »Sind Sie Herr Ralf Kafka?«

Der Blonde nickte. Im Fernsehen hatte er etwas dicklich gewirkt, aber nun bemerkte Birte Jessen, dass er in Wahrheit recht klein und dünn war. Er wirkte verschwitzt wie nach einer großen Anstrengung und war seltsam gekleidet. Er trug eine blaue Kluft, eine Art Phantasieuniform mit Orden und Schulterabzeichen.

Schiller beäugte Kafkas Kluft ebenfalls kritisch. »Wir haben ein paar Fragen an Sie«, sagte er.

»Wegen Roger wahrscheinlich.« Kafka ging ihnen in die Wohnung voraus. Rechts lag ein großes Zimmer mit einer Spiegelwand, doch er steuerte die Küche an, die aus einer Spüle, einem Herd und einem Tisch mit vier Stühlen bestand. In einer Ecke stand eine beachtliche Sammlung leerer Bierflaschen. Kafka bedeutete ihnen, sich zu setzen.

»Zuerst würde ich gerne einmal Ihr Schlafzimmer sehen«, sagte Schiller, der in der Tür stehen geblieben war. »Sie haben doch nichts dagegen, nicht wahr?«

Kafka schaute erst ihn, danach Birte Jessen erstaunt an. Dann griff nach den Zigaretten, die als einziges Utensil auf dem Küchentisch lagen. »Ich verstehe nicht ganz«, sagte er.

Schiller lächelte sanft. »Es war eine ganz einfache Frage. Haben Sie ein Schlafzimmer? Wenn ja, würde ich es gerne einmal sehen.«

Birte Jessen fragte sich, ob es Eingebung oder wohlüberlegte

Taktik war, dass Schiller manchmal ausschweifend zu reden begann und dann wieder geradewegs seine Fragen abschoss.

Kafka machte eine vage Handbewegung. »Nächste Tür links«, sagte er müde und steckte sich eine Zigarette an. »Obwohl ich nicht ganz einsehe …«

»Werden Sie gleich«, erwiderte Schiller. Nach einem kurzen Moment war er zurück, offenbar ein wenig enttäuscht. Wahrscheinlich hatte er da keine Spur von einem wilden Rendezvous mit Emma Sahler entdeckt. »Nicht gerade luxuriös, Ihre Wohnung.«

»Hier trainiere ich nur. Ich habe noch ein kleines Haus in Worringen.« Kafka blies den Rauch vor sich hin.

»Und diese Uniform gehört auch zu Ihrem Training?«, fragte Birte Jessen.

»Ganz recht. Ich studiere ein neues Programm. Es heißt ›Willkommen auf der Titanic!‹ Da spiele ich unter anderem einen Kapitän. Soll zu Weihnachten Premiere haben.« Er streifte achtlos seine Asche ab. »Aber deshalb sind Sie wohl nicht gekommen.«

»Was wollte Emma Sahler, van Gaals Freundin, vorhin bei Ihnen?«, fragte Schiller und schien Kafka mit seinem Blick fixieren zu wollen.

Er nahm einen tiefen Zug. »Ich kenne Emma, habe sie einmal bei einer Aufzeichnung getroffen, aber glauben Sie wirklich, eine Frau wie Emma würde irgendjemanden in solch einem Loch aufsuchen?« Kafka lächelte, was eher wie ein Zähnefletschen wirkte, und warf den Kopf zurück.

Birte Jessen sah, dass Schiller die Augen zusammenkniff, ansonsten aber keine Regung zeigte. »Genau das glauben wir«, sagte er dann leise. »Wir haben sie nämlich gesehen, vor genau vier Minuten. Da hat Emma Sahler dieses Haus verlassen.«

»Bei mir ist sie aber nicht gewesen. Ich habe trainiert. Nebenan – an meiner großen Kapitänsnummer. Der Eisberg hat die Titanic getroffen, und der Kapitän setzt zu einer Rede an. Kann man übrigens auch metaphorisch lesen – Eisberge schmelzen, globale Erwärmung, Untergangsstimmung, all diese Dinge …«

»Furchtbar interessant, aber im Moment müssen wir uns um

andere Dinge kümmern.« Schillers Telefon klingelte, doch er achtete nicht darauf.

»Kann es sein, dass van Gaal nicht gut auf Sie zu sprechen war?«, fragte Birte Jessen.

Kafka stand auf und nahm eine Untertasse aus der Spüle. Dann drückte er die Zigarette aus. Als er sich umdrehte, kam er Birte Jessen plötzlich wie ein trauriges Kind vor. Melancholie stand in seinen Augen, das Gefühl, dass er das, was er sich vorgenommen hatte, niemals schaffen würde. Er spielte noch den Komiker, aber dieses Spiel fiel ihm immer schwerer. Hier, in der leeren Wohnung, probte er seinen eigenen Untergang.

»Ich weiß, was die Leute reden«, sagte er. »Dass ich Roger die Pest an den Hals gewünscht habe, weil er mich aus seiner Show geworfen hat. Und ... ja, er ist schuld, dass ich kein gutes Engagement bei Fernsehen mehr gekriegt habe. Er hat sogar herumtelefoniert, hat überall schlecht über mich geredet. Aber deshalb würde ich ihm keine Kugel in den Kopf schießen.«

Van Gaal hatte keine Kugel in den Kopf bekommen. Birte Jessen fragte sich, ob Kafka es nicht genau wusste oder absichtlich diesen Fehler gemacht hatte.

Schiller hielt ihm das Foto von Mundt hin. »Schon mal gesehen?«, fragte er unfreundlich und fast ein wenig gelangweilt.

Kafka besah sich aufmerksam das Foto. Sein Unterkiefer mahlte dabei, als würde sich so die Anspannung ausdrücken, unter der er stand. »Kenne ich nicht«, sagte er. »Nein«, verbesserte er sich dann. »Ich weiß natürlich, dass das der andere Tote ist, aber ich bin ihm nie begegnet.«

»Fehlanzeige«, sagte Schiller, während sie das dunkle Treppenhaus hinunterstiegen. »Kafka ist ein echter Verlierer, mit dem Mord hat er allerdings nichts zu tun. Dafür lege ich meine Hand ins Feuer.«

»Aber wenn van Gaals Freundin nicht bei ihm war, woher ist sie dann gekommen?«, fragte Birte Jessen.

Schiller zuckte mit den Achseln. Unten an der Tür besah er sich das Türschild und schrieb die Namen in sein Notizbuch. »Darum kann sich Nele kümmern. Bin gespannt, wer sich hinter dem Namen Dostojewski verbirgt.« Er deutete auf ein hastig hingekritzeltes Namensschild.

»Dostojewski und Kafka in einem Haus – Köln hat doch mehr Kultur, als ich dachte«, erwiderte Birte Jessen.

»Ich kann Sie nach Hause fahren«, sagte Schiller, und es klang fast wie ein Freundschaftsangebot.

Birte Jessen nickte. Es war nun vollkommen dunkel geworden und unangenehm kalt. Autos rasten stadtauswärts. Für einen Moment war sie versucht, Schiller noch zu einem Wein oder Bier einzuladen. Wie lebte er wohl? War er verheiratet? Einen Ring trug er nicht, aber das musste nichts bedeuten. Sie hatte den silbernen Ring, den Martin ihr geschenkt hatte, auch abgelegt, obwohl sie sich ihm immer noch verbunden fühlte.

»Ich wohne noch im Hotel«, sagte sie, als sie einstiegen. »Stapelhäuschen in der Altstadt.«

Schiller zog überrascht die Augenbrauen hoch. »Kenne ich«, sagte er. »Toilette auf dem Gang, aber ein toller Blick auf den Rhein.«

Sie wusste nicht, ob es ein wenig belustigt klang.

Als er den Wagen starten wollte, schrillte sein Mobiltelefon. »Hoffe, dass im Präsidium keiner mehr Überstunden macht und was von uns will«, sagte er. Beim Blick auf das Display veränderte sich sein Gesichtsausdruck.

»Hallo, Therese«, sagte er in einem freundschaftlich fragenden Tonfall.

Er hörte schweigend zu und starrte geradeaus, als müsse er sich konzentrieren. Birte Jessen hatte plötzlich das Gefühl, bei einem sehr intimen Telefonat zu stören. Hatte Schiller am Nachmittag nicht mit einer Frau namens Carla gesprochen? Ein Augenblick lang war sie versucht, auszusteigen und ihn allein zu lassen. Sie konnte sich auch ein Taxi nehmen.

»Ich kann Broder nicht helfen.« Er sprach leise und beschwörend, so hatte sie ihn den ganzen Tag noch nicht erlebt. »Niemand kann das … Nicht einmal du, aber wenn du unbedingt willst, werde ich bei ihm vorbeifahren … Morgen früh.« Während er zuhörte, wandte er sich plötzlich zu ihr um, aber augenscheinlich, ohne sie wahrzunehmen. Sein Blick war ganz in die

Ferne gerichtet. »Kommst du zurecht?«, fragte er. »Wenn ich es schaffe, bringe ich dir morgen etwas zu essen vorbei.« Er seufzte, nachdem er die Verbindung unterbrochen hatte, und legte seinen Kopf für einen Moment auf das Lenkrad. Einen Augenblick lang glaubte sie beinahe, er hätte angefangen zu weinen, aber er atmete nur tief ein und aus.

Sie kam sich höchst überflüssig vor. Dann schaute er auf. Seine Augen waren vor Erschöpfung gerötet. Die Grippe, fiel ihr ein, eigentlich war er krank. Dafür hatte er sich gut geschlagen.

»Kein guter Tag«, sagte er und ließ den Wagen an.

»Probleme?«, fragte sie.

Er winkte ab, während er den Passat aus der Parklücke lenkte. »Das war meine Hebamme … Therese ist zweiundachtzig. Seit über fünfzig Jahren läuft sie durch diese Stadt und kümmert sich um jeden, der Hilfe braucht. Fünftausend Kinder hat sie auf die Welt gebracht, aber nun wollen die alten Knochen nicht mehr. Außerdem hat sie den Tick, alles zu sammeln, ihr Haus sieht aus wie eine Müllhalde.«

»Ihre Hebamme?«, fragte Birte Jessen. »Sie meinen tatsächlich die Frau, die Sie auf die Welt gebracht hat?«

Schiller lächelte. »Ist zugegeben eine Weile her. Ich war vielleicht Nummer 621. Merkwürdig, ich habe sie nie danach gefragt.«

»Sie wollen mich auf den Arm nehmen?« Birte Jessen ärgerte sich, dass sie nicht schlau aus ihm wurde.

Er nahm kurz die Hände vom Lenkrad und hob sie in einer Geste, die seine Aufrichtigkeit betonen sollte. »Keineswegs. Therese war eine Freundin meiner Mutter. Während ich im Kinderheim war, hat sie sich um mich kümmert. Meine Eltern sind bei einem Feuer ums Leben gekommen, da war ich vierzehn. Ein halbes Jahr habe ich mit niemandem geredet und bin freiwillig ins Kinderheim gegangen. Ich wollte keine neue Familie haben, nicht bei meiner Tante im feinen Bad Godesberg wohnen oder sonst wo. Meine Wohngruppe im Kinderheim ist dann meine Familie geworden. Und Therese eben – bis heute. Es gibt niemandem auf der Welt, der mir nähersteht.« Er schwieg einen Moment, während er einen Bogen fuhr und sich auf die stark befahrene Hauptstraße in Richtung Stadt einfädelte. »Aber ich wollte Ihnen nicht meine Lebensgeschichte erzählen. Wird Sie auch kaum interessieren.«

Doch, wollte sie entgegnen, ich möchte gern einmal eine andere Geschichte hören. Viel zu lange bin ich in meiner eigenen gefangen gewesen.

»Und wer ist Broder?«, fragte sie. »Klingt irgendwie norddeutsch«, fügte sie hinzu, als könnte sie damit ihre Neugier rechtfertigen.

»Er hat zu meiner Wohngruppe im Kinderheim gehört«, erwiderte Schiller, ohne Erstaunen über ihre Frage zu zeigen. »Eigentlich war er der Klügste von uns gewesen, aber irgendwie hat er es nie geschafft, wirklich auf die Beine zu kommen. Neuerdings lebt er an einer Kirche in Nippes in einem Zelt, weil der Pfarrer Mitleid mit ihm hat. Vor ein paar Tagen ist er im Vollrausch auf die Polizeiwache gelaufen und hat gesagt, er habe jemanden umgebracht. Zum Glück hatte er Thereses Handynummer bei sich. Die Beamten haben sie angerufen.«

»Und warum tut er das?«

»Keine Ahnung. Er hat vor zehn Jahren ein Kind totgefahren. Das hat ihn aus der Bahn geworfen. Vorher war er ein passabler Maler.«

Schiller bremste abrupt ab und fuhr dann mit hohem Tempo in eine schmale Seitenstraße hinein. Wollte er sie nun schnellst möglich loswerden? War ihm das Ganze zu persönlich geworden? Eines stand fest: Der typische heitere Rheinländer, für den sie ihn auf den ersten Blick gehalten hatte, war er jedenfalls nicht.

Er bremste an einer Straßenecke und schaute sie an. »Gehen Sie bis zur nächsten Ecke, dann links. Da ist Ihr Hotel.«

»Danke.« Sie nickte ihm zu und wollte gehen, doch er hielt sie am Arm fest. Es war das erste Mal, dass er sie berührte. »Sie sollten hier nicht länger wohnen. Das ist keine gute Gegend für eine Polizistin. Zu laut, zu schmutzig, zu viele Leute, die einen nur nerven. Hier kann man sich nicht heimisch fühlen. Oder wollen Sie bald nach Hamburg zurück?«

»Ich weiß nicht«, sagte sie und stieg aus.

Sie ging noch ein Stück am Fluss entlang. Zwei beleuchtete Lastkähne fuhren vorbei, die viel kleiner waren als die Schiffe, die sie aus Hamburg kannte. Ein kühler Wind wehte herüber. Der Geruch des Wassers tat ihr gut, trotzdem kam sie sich einsam vor. Ein riesiges Firmament aus Einsamkeit schien sich über sie zu spannen. Sie hätte Hamburg nie verlassen dürfen, aber nein, sie hatte hier eine neue Aufgabe, und mit Schiller würde sie schon zurechtkommen. Sie überlegte, ob sie Martha anrufen sollte, aber mit einem Blick auf ihr Mobiltelefon stellte sie fest, dass es schon fast zehn Uhr war. Martha würde längst in ihrem Lehnstuhl sitzen, Musik hören oder noch ein paar Seiten lesen.

Als Birte Jessen ins Hotel ging, sah sie, dass an der Rezeption bereits die neueste Ausgabe des Express lag. Roger van Gaal lächelte ihr entgegen. Triumphierend hielt er einen Fernsehpreis in der Hand. »TV-Star ermordet«, lautete nun die Schlagzeile, doch ganz hatte man auf das Bild des Toten nicht verzichten wollen. Klein und ein wenig verschwommen war das Bild des Toten auf Seite zwei zu sehen. »Warum hat man dem Toten ein Plastikherz angesteckt? Polizei hat keine heiße Spur«, lautete eine kleinere Überschrift. Auch ein Foto von Harry Mundt hatte man in den zweiseitigen Bericht eingebaut. Irgendwo tauchte auch das Wort »Mafia« auf.

Sie warf die Zeitung in den Papierkorb, der vor der Rezeption zwischen zwei schäbigen Sesseln stand, bevor sie die schmale Treppe zu ihrem Zimmer hinaufstieg. Wenn sie Glück hatte, würden zwei, drei Gläser Rotwein ausreichen, um einzuschlafen.

11.

Wenn es einem schlecht geht, muss man sich an seine Träume halten.

Als Jan Schiller nach Hause fuhr, erinnerte er sich daran, dass Therese ihm diesen Satz wie ein Mantra eingeflüstert hatte, als er vor vielen Jahren einmal nachts weinend vor ihrer Tür gestanden hatte. Zwanzig Kilometer war er aus dem Kinderheim durch die Stadt gelaufen, um zu ihrem kleinen Bungalow zu gelangen.

Was waren seine Träume? Irgendwann, schwor er sich, würde er seine Sachen packen und losgehen, zu Fuß mit leichten Gepäck und ganz allein von Köln nach Süden, so weit, wie er in einem halben Jahr kam, dann würde er umkehren und die nächsten sechs Monate für den Rückweg brauchen.

Es war noch keine zehn Uhr, aber eigentlich hoffte er, dass Carla schon im Bett sein würde. Oder sie würde in ihrem Arbeitszimmer sitzen und noch an einem Gutachten oder einem Artikel schreiben. Jedenfalls wusste er, dass er keine Lust haben würde zu reden. Seine Kopfschmerzen waren immer noch da, und er brauchte fast eine Viertelstunde, bis er auf der Sülzburgstraße, nahe der Uniklinik, einen Parkplatz gefunden hatte.

Von der Straße aus konnte er schon sehen, dass in der Küche Licht brannte.

Dann fiel ihm das autistische Mädchen ein, von dem Carla gesprochen hatte.

Leise öffnete er die Wohnungstür. Jeder Schritt fiel ihm schwer, sodass er sich tatsächlich Mühe geben musste, nicht wie ein alter Mann zu schlurfen oder aufzustöhnen. Die Wohnung war hell erleuchtet. Im Flur stand eine weiße Segeltuchtasche, die er nicht kannte. Kein Laut war zu vernehmen. Nein, aus der Küche hörte er gedämpft Carlas Stimme.

Die Tür war nur angelehnt. Er schob sie ein Stück auf und sah eine Frau mit langen blonden Haaren, die am Tisch saß. Eine echte Schönheit mit einem makellosen Profil – einer schön geformten Nase, weich geschwungenen, unnatürlich roten Lippen. Die Frau wandte sich nicht um, als er eintrat.

Carla stand am Herd und hielt eine Teetasse in der Hand. Sie blickte ihn an, überrascht, wie er fand, und sogar ein wenig verärgert, als würde er sie stören.

»Hallo, Carla«, sagte er. »Hast du eine Freundin mitgebracht?«

Carla zog die Augenbrauen zusammen und machte einen hastigen Schritt auf ihn zu. »Jan«, sagte sie in einem ernsten Tonfall, »schön, dass du kommst.« Aber während sie das sagte, ließ sie die blonde Frau keinen Moment aus den Augen.

Schiller küsste sie auf die Wange, dann blickte er die Frau an und bemerkte seinen Irrtum. Die Blonde war vielleicht dreizehn oder vierzehn – das autistische Mädchen. Warum nur hatte er gedacht, dass eine Autistin wie eine Behinderte aussehen würde?

»Das ist Ariane.« Carla lehnte sich wieder an den Herd, als müsse sie unbedingt auf diesen Posten zurückkehren. »Sie wird über Nacht bei uns bleiben«, sagte sie mit ihrer Therapeutenstimme, die ihm stets zu leise und einschmeichelnd vorkam.

Schiller nickte. Aus den Augenwinkeln sah er, dass sich das Mädchen nicht bewegt hatte und zur Spüle hinüberblickte. Sie schien furchtsam auf den Wasserhahn zu starren. Für einen Moment wünschte er sich, er wäre auch in ein Hotel gegangen, irgendwohin, nur nicht in seine Wohnung, wo offenbar eine lange, anstrengende Therapiestunde begonnen hatte.

Er schenkte sich einen Tee ein, auch wenn er viel lieber einen Kaffee gehabt hätte, und ging wieder zur Tür hinüber, in den Rücken des Mädchens. Er bemerkte, wie Carla versuchte, ihn mit ihren Blicken aus dem Zimmer zu dirigieren. »Ich lasse euch wohl besser allein«, sagte er und verließ den Raum.

Eine Weile saß er im dunklen Wohnzimmer, die Teetasse müde in der Hand, ohne jedoch zu trinken. Hinter sich hörte er undeutlich Carlas Stimme. Leise und eindringlich sprach sie auf das Mädchen ein, das nicht ein einziges Mal antwortete. Wenn die Kopfschmerzen nicht gewesen wären, hätte er seine Sachen gepackt und wäre auf das Boot geflohen. Oder er wäre zu Therese gefahren, irgendwo in ihrem vollgestopften Haus gab es immer eine Matratze oder ein Sofa, wo man schlafen konnte.

Dann hörte er die Schritte über sich – hin und her, fünf Meter in die eine, fünf Meter in die andere Richtung. Gabriel Hagen, der Schriftsteller, war wieder da und schien mit Nagelschuhen die Wohnung auszumessen. Vor vier Monaten war er mitten in der Nacht eingezogen, drei Männer einer Umzugsfirma hatten seine Sachen in die Wohnung hochgeschleppt. In den Tagen danach hatten sie gehört, wie er herumgelaufen war und wie ein deklamierender Schauspieler mit sich selbst gesprochen hatte, ohne dass sie seine Worte genau verstanden hatten. Zwischendurch schien er aber immer zu verschwinden, dann hörte man zumindest wochenlang nichts von ihm. Auch in den letzten zehn Tagen waren keine Geräusche mehr aus seiner Wohnung gedrungen. Doch nun war es mit der Ruhe wieder vorbei.

Als Schiller zur Decke blickte und sich zum wiederholten Male fragte, was Hagen da genau tat, stand Carla als übergroßes Schattenwesen in der Tür.

»Er rennt schon ein paar Stunden so«, sagte sie. »Es macht uns ganz verrückt.« Dann beugte sie sich vor, küsste ihn noch einmal auf die Wange und griff nach seiner Hand. Ihre war erstaunlich kühl. »Ariane wird nur ein, zwei Tage bleiben, bis wir einen Therapieplatz gefunden haben, wo sie länger bleiben kann. Sie ist sehr gefährdet.«

Schiller zuckte die Achseln. »Tut mir leid«, sagte er. »Ich habe irgendwie angenommen, das autistische Mädchen sei eine Fünfjährige, keine halb erwachsene Frau.«

Carla lächelte, und zum ersten Mal sah Schiller eine Spur des Alterns in ihrem Gesicht. Fältchen um die Augen und den Mund, die vor ein paar Tagen noch nicht da gewesen waren.

»Wir hatten sie fast so weit. Sie hat fast normal geredet, wirkte nur ein wenig schüchtern, und dann kam der Rückschlag. Sie hat sich heute Morgen am Bauch mit einem Messer verletzt, nicht ernsthaft, aber es hat ziemlich geblutet. Ihre Eltern sind vollkommen entsetzt und mit ihren Kräften am Ende.«

»Weiß man, warum sie das getan?«

»Weil das Pferd, auf dem sie einmal die Woche geritten ist, gestorben ist. Darmverschlingung. Ich habe das Gefühl, dass sie glaubt, es sei ihre Schuld. Nun sitzt sie da und zählt die Tropfen, die aus dem Wasserhahn fallen. Gut, dass du ihn nicht richtig repariert hast.«

Sie küsste ihn wieder, und dann ging sie leise in die Küche zurück. Wahrscheinlich würde sie das Mädchen in ihrem Gästezimmer einquartieren und sich gleich auf einer Matte dazulegen.

Gabriel Hagen über ihm schien nun Kreise zu laufen, die mal größer, dann wieder kleiner wurden. Kurz nachdem er aufgetaucht war, hatte Schiller sich eines seiner Bücher besorgt und versucht, es zu lesen. Der Roman handelte von einem Orchestermusiker, einem Geiger, der sich unglücklich in eine Frau verliebt hatte und nicht mehr richtig spielen konnte, aber wirklich verstanden hatte er das Buch nicht, da es sehr sprunghaft und in vielen kleinen Abschnitten erzählt worden war. Während er es gelesen hatte, war ihm Hagen wie der einsamste Mensch vorgekommen, und er war fast versucht gewesen, zu ihm hochzugehen und ihn zu einem Bier einzuladen. Dann aber hatte er ihn Hand in Hand am Rhein mit einer wunderschönen rothaarigen Frau gesehen und begriffen, dass Hagen offenbar ein ganz anderer war. Vielleicht sollte er einmal Therese zu ihm schicken, und sie könnte ihm ihre Geschichte erzählen, damit er aufschrieb, wie eine Frau lebte, die fünftausend Kinder auf die Welt gebracht hatte. Das könnte ein Buch werden, das jeder verstehen würde. Oder vielleicht, bevor Fitschen irgendwelche Profiler aus Düsseldorf anschleppte, sollte er zu ihm hinaufgehen und ihn fragen, warum jemand Männer umbrachte, um ihnen dann ein rotes Plastikherz in den Schoß zu legen. Ein Mann, der nachts einsam durch seine Wohnung lief, konnte solch eine Frage möglicherweise beantworten.

Schiller schloss die Augen. Hagen über ihm wurde leiser, als würde er irgendwo am Ende der Wohnung verschwinden. Plötzlich musste er an Birte Jessen denken, sah ihr blondes Haar, ihr Lächeln, das dann und wann heimlich aufgeblitzt war. Er hätte an ihrem ersten Tag auf einer fremden Dienststelle freundlicher zu ihr sein müssen, und nun lag sie allein in einem billigen Hotelzimmer und bereute wahrscheinlich bereits ihren Entschluss, nach Köln zu kommen.

Als Schiller die Augen wieder öffnete, hatte sich etwas im Zimmer verändert. War es die tiefe Stille, das matte Laternenlicht, das von der Straße hereinfiel? Er richtete sich auf, weil er irgendwie zur Seite gesunken war. Vor ihm auf einem Sessel saß das autistische Mädchen. Er sah ihre weißen wohlgeformten Beine. Carla hatte ihr eines ihrer Nachthemden gegeben, nicht viel mehr als ein Stück weißer Stoff mit einem Blumenmuster. Mit unbewegtem Gesicht schaute sie ihn an, beobachtete ihn, als wäre er irgendein unbekanntes, allerdings ungefährliches Tier.

Er versuchte zu lächeln und wischte sich über das Gesicht. »Muss eingeschlafen sein«, murmelte er. Die Digitaluhr des Fernsehers zeigte zwei Uhr drei. Er hatte über drei Stunden geschlafen. »Warum bist du nicht im Bett?«, fragte er das Mädchen, als würde sie irgendwie auf ihn reagieren. »Du solltest hier nicht sitzen.«

Er stand auf und begriff plötzlich, was anders war. Es war nicht die Stille, auch nicht das Licht, sondern der Schmerz in seinem Kopf, der auf einmal nicht mehr da war. Die Dumpfheit, die ihn den ganzen Tag niedergedrückt hatte, war verflogen. Er meinte, das Mädchen würde seine Bewegung mit den Augen verfolgen, während er an ihr vorbei in die dunkle Küche ging. Von Carla war nichts zu sehen. Er nahm eine Flasche aus dem Kühlschrank, setzte sie an die Lippen und trank sie aus. Er hatte am Tag zuvor mehrere Fehler gemacht, fiel ihm ein, während er reglos in dem wenigen Licht stand, das aus dem Kühlschrank fiel. Der Mörder von Mundt und van Gaal wollte etwas mitteilen, aus seiner Einsamkeit herausfinden, daher die Herzen als Symbol, daher die E-Mail. Woher hatte er überhaupt den Namen von Göbel? Eigentlich wussten nur Eingeweihte oder absolut passionierte Leser, dass Göbel als Reporter bei allen Verbrechen auftauchte, die in Köln und Bonn begangen wurden. Arbeitete der Mörder bei der Zeitung? Konnte man ihn provozieren, ihn zu einer Reaktion zwingen, indem man seine Mail beantwortete?

Schiller spürte, wie gut ihm der kurze Schlaf getan hatte. Er nahm eine zweite Flasche Mineralwasser und ein sauberes Glas. Dann ging er ins Wohnzimmer zurück. Ariane saß noch immer reglos da. Nein, er war sicher, dass sie ihm verstohlen nachgeschaut hatte. Mit ihrem linken großen Zeh malte sie kleine, kreisende Bewegungen. Schiller setzte sich wieder. »Ich habe einmal sechs Monate lang kein Wort gesprochen«, sagte er vor sich hin. »Meine Eltern waren bei einem Feuer gestorben. Nachts war ich meistens wach, da bin ich ans Fenster geschlichen, habe es geöffnet und habe mit ihnen geredet, weil ich geglaubt habe, dass sie da draußen irgendwo im dunklen Himmel waren, wie gute Geister ... Ich bin fast verrückt geworden ... Nein, eigentlich war ich zu der Zeit verrückt.«

Er schenkte Mineralwasser in das Glas und stellte es auf den schmalen Tisch neben dem Mädchen. Für einen Moment hatte er das Gefühl, sie würde gleich danach greifen, aber sie rührte sich nicht. Nur ihr Zeh begann sich wieder zu bewegen. Im matten Licht, das von der Straße hereinfiel, sah es so aus, als hätte sie zwei verschiedene Augenfarben, eines wirkte blau, das andere dunkelgrün.

»Ein Jahr lang habe ich jeden Tag einen Brief an meine Eltern geschrieben, immer abwechselnd, einen an meinem Vater, einen an meine Mutter. Das Schwerste war, einen Platz zu finden, wo ich die Briefe verstecken konnte. Wenn die anderen aus meiner Wohngruppe sie gefunden hätten, hätten sie mich fertiggemacht.« Er verstummte. Warum fiel ihm das plötzlich ein? Er hatte so lange nicht mehr an seine Zeit im Kinderheim gedacht. Vier Jahre war er da gewesen, bis er mit Hilde zusammen ausgezogen war. »Aber es ist mir immer gelungen. Später habe ich erfahren, dass Broder, mein bester Freund, auch Briefe geschrieben hat. Und Hilde, meine erste Freundin im Heim. Ihre Mutter war bei einem Unfall ums Leben gekommen, einen Vater hatte sie nie ... Ach, eigentlich hat jeder sein Geheimnis gehabt.«

Mit Hilde war er in einem alten, rostigen Renault nach Frankreich ans Meer gefahren. Hinten im Auto hatten sie geschlafen und sich tagsüber all die Orte angesehen, die sie aus den Zeitschriften kannten: St. Tropez, Cannes, Monaco. Einmal hatten sie sogar eine der berühmten Prinzessinnen beim Einkaufen gesehen, zumindest hatte Hilde das geglaubt. Vielleicht waren das die glücklichsten sechs Wochen seines Lebens gewesen – sechs Woche mit Hilde, die nach Sand und Salz roch und die er jede Nacht geliebt hatte. Er hatte seine toten Eltern vergessen, das Kinderheim, hatte sich über die Zukunft keine Gedanken gemacht.

Als er das Mädchen wieder anschaute, bemerkte er, dass sie schlafend zur Seite gesunken war. Wie eine schöne Elfe aus einem Märchen sah sie aus, bleich und zerbrechlich und irgendwie nicht für dieses Leben gemacht. Er nahm eine Decke vom Sofa und wollte sie über das Mädchen legen, dann hielt er plötzlich inne.

Wie alt wäre das Kind nun, das sie damals gezeugt hatten und das Hilde dann abgetrieben hatte? Eine unglückselige, traurige Geschichte. Er überschlug es im Kopf und kam zu seinem Entsetzen auf die Zahl einundzwanzig. Wenn die Dinge anders gelaufen wären, hätte er nun ein erwachsenes Kind.

Ariane flüsterte etwas im Schlaf, als er die Decke über sie legte. Dann bemerkte er das leere Glas neben ihr. Sie hatte tatsächlich etwas getrunken. Es kam ihm wie ein kleiner Sieg vor.

12.

Schiller saß an seinem Computer und schrieb, als sie ins Büro kam. Es roch nach Kaffee, er hatte ihre Maschine in Betrieb gesetzt. Es war erst kurz nach acht. Eigentlich hatte Birte Jessen vor ihm da sein wollen.

»Was macht die Grippe?«, fragte sie, nachdem er ihr nur kurz zugenickt hatte.

»Habe ein paar Stunden geschlafen und zwei Tabletten genommen. Jetzt ist alles wieder in Ordnung.« Er lächelte. Dann deutete er auf ihre Maschine. »Tolles Gerät. Habe mich schon mal bedient – Sie haben ja sicher nichts dagegen?«

Birte Jessen ging nicht auf diese Frage ein, die ohnehin nur rhetorisch gemeint war. Wortlos machte sie sich auch einen Milchkaffee. Die frische Milch, die auf der Fensterbank stand, hatte anscheinend Schiller mitgebracht. Erstaunlich, dass er daran gedacht hatte.

»Was tun Sie?«, fragte sie. Zugänglicher war Jan Schiller über Nacht nicht geworden.

Er furchte die Stirn. »Ich schreibe unserem Mörder. Immerhin haben wir seine E-Mail-Adresse.«

Warum war sie nicht auf die Idee gekommen? Sie wartete, bis ihr Kaffee durchgelaufen war. Dann ging sie zu Schiller, blickte ihm über die Schulter und las, während sie an ihrem Kaffee nippte.

Sehr geehrter H.M., es ist das erste Mal, dass ich einem heimtückischen Mörder schreibe, noch dazu jemandem, der sich hinter der Identität seines ersten Opfers versteckt. Wenn Sie das Foto, das Sie dem Express geschickt haben, in der aktuellen Ausgabe suchen, so müssen wir Sie leider enttäuschen. Wir haben der Zeitung untersagt, solch ein Foto zu drucken. Wir wissen nicht, was Sie damit bezweckt haben, aber ich kann Ihnen versichern, wir werden es herausbekommen. Irgendwo in dieser Stadt laufen Sie umher, denken kranke Gedanken und planen vielleicht weitere Verbrechen, aber wir werden Sie finden, früher oder später. Das verspreche ich Ihnen.

Jan Schiller
Kriminalhauptkommissar

Schiller wandte sie zu ihr um. Er war unrasiert, sah aber ansonsten wirklich erholter aus.

»In Ordnung?«, fragte er.

Birte Jessen nickte. »Haben wir nicht gleich Teamsitzung? Hätten wir das nicht in einem größeren Kreis besprechen müssen?«

»Vielleicht haben Sie recht«, erwiderte Schiller, während er auf Senden drückte.

Mail wurde erfolgreich an Harry_Mundt@gmx.de verschickt, tauchte auf dem Bildschirm auf.

Schiller schaute sie an. »Was kann passieren? Vielleicht kriegen wir so Kontakt zu ihm und können ihn aus der Reserve locken. Er will etwas sagen. Sonst würde er nicht dieses Herz zu den Toten legen und Bilder verschicken.«

»Kann man möglicherweise feststellen, woher er seine E-Mails schickt und dann zugreifen?«, fragte Birte Jessen.

»Sie meinen, wie bei einer Telefonüberwachung?« Schiller machte ein skeptisches Gesicht. »Dann müsste man sofort reagieren, wenn die Mail eingeht. Das hieße, dass wir mein Postfach ständig beobachten müssten. Keine Ahnung, ob das funktionieren könnte. Haben wir noch nie gemacht.«

Um neun gingen sie in den kleinen Konferenzraum hinüber. Birte Jessen spürte eine ungewohnte Anspannung. Es war ihre erste Teamsitzung im neuen Präsidium. Alle schienen ihren festen Platz zu haben, daher war sie dankbar, dass Schiller sie mit einem leichten Nicken auf den Plastikstuhl neben sich dirigierte. Sie waren zu acht, ein kleines Team. Fitschen, der Kriminaldirektor, Hauptkommissar Cremer, Nele, zwei Leute von der Spurensicherung, deren Namen sie nicht mitbekam, Hinrichs von der Pressestelle und Schiller und sie. Die Stimmung war so gedrückt, dass man sich kaum begrüßte. In einer Stunde fand die erste Pressekonferenz zum Mord an van Gaal statt, und sie hatten nichts in der Hand.

Konzentriert und recht wortkarg trug Schiller die wenigen Ermittlungsergebnisse vor, die sie bisher hatten. Derselbe Täter, der Mundt getötet hatte, hatte auch den Mord an van Gaal begangen, daran gab es keinen Zweifel, dieselbe Tatwaffe, dieselbe Vorgehensweise. Keine verwertbaren Spuren am Tatort. Und es gab kein erkennbares Motiv. Mit keinem Wort erwähnte Schiller, dass er dem Täter eine E-Mail geschrieben hatte. Auch nicht, als Fitschen die neueste Ausgabe vom Express aus seiner Jackettasche zog.

»Wieso steht Täterwissen in der Zeitung?«, fragte der Kriminaldirektor so aufgebracht, dass sein Adamsapfel heftig auf und ab hüpfte. »Haben wir tatsächlich den Fehler begangen und offiziell von den roten Herzen gesprochen, die der Täter den beiden Toten in den Schoß gelegt hat?«

Birte Jessen sah, dass Schiller die Stirn runzelte und sich dann leicht nach vorn beugte, um zu einer Entgegnung anzusetzen. Im nächsten Augenblick klingelte ihr Mobiltelefon. Martha! Sie wusste es sofort. Am Morgen, gleich nach dem Aufwachen, hatte sie versucht, Martins Mutter zu erreichen, aber nicht einmal der Anrufbeantworter war angesprungen. Einen Augenblick lang war sie versucht, ihr Telefon auszuschalten, doch dann dachte sie an die alte Frau, die allein in ihrer Werkstatt saß. Sie erhob sich, murmelte »Könnte wichtig sein« und ging hinaus, ohne auf Fitschen zu achten, der ihr eher überrascht als verärgert nachschaute.

»Ich komme damit nicht klar«, sagte Martha, nachdem Birte Jessen sich gemeldet hatte. »Es ist so leer, und ich brauche einen Gehilfen … in der Werkstatt … und dann hatte ich heute Morgen Stiche in der Brust, als würde sich mein Herz zusammenziehen …«

Für einen Moment war Birte Jessen voller Freude, Marthas Stimme zu hören, ihren nasalen Klang, den typischen Hamburger Dialekt, der ein Stück Heimat bedeutete. Am liebsten hätte sie alles stehen und liegen lassen und wäre losgelaufen –

zum Bahnhof, um den nächsten Zug Richtung Norden zu nehmen.

Dann versuchte sie sich auf das Gespräch zu konzentrieren. »Was genau sind das für Schmerzen?«, fragte sie.

Martha holte tief Luft und begann ihre Beschwerden ausführlich zu beschreiben, und schon nach wenigen Worten wurde deutlich, dass es in Wahrheit die Einsamkeit war, die ihr zu schaffen machte. Das leere Haus ohne ihren Sohn, ohne Birte, die ja fast wie eine Tochter gewesen war. Die weitläufige Werkstatt, wo sie nun allein ihre Geigen baute.

»Seit du weg bist, konnte ich noch nichts richtig tun. Bin hin und her gelaufen, habe mit einer Geige angefangen und immer mit Martin geredet. Bin hin zu seinem Platz am Fenster und wusste gar nicht mehr, was ich da wollte. So geht das nicht!« Martha klang bestimmt, als würde sie sich selbst tadeln, und gleich darauf sank ihre Stimme zu einem Flüstern herab. »Heute Morgen bin ich dann ganz früh zu seinem Grab gelaufen, habe nur dagestanden und auf das Holzkreuz gestarrt. Wie soll man das aushalten?« Sie seufzte, und Birte Jessen wusste, dass sie nun etwas sagen musste, aber irgendwie hatten sich alle Worte in ihrem Kopf verflüchtigt. Ja, wie sollte man das aushalten? Den Tod des Menschen, der einem am nächsten gestanden hatte? Auf diese Frage hatte sie auch keine Antwort gewusst, und deshalb war sie nun hier, in einem fremden Polizeipräsidium, über vierhundert Kilometer von Hamburg entfernt.

Die Stille wogte in der Verbindung hin und her, wie ein Ozean, der zwischen ihnen lag. Dann endlich raffte sie sich auf, etwas zu entgegnen. »Klar brauchst du einen Gehilfen«, sagte sie, »du kannst die schwere Arbeit nicht alleine tun. Ein Gehilfe wäre ein Anfang ... Am besten suchst du dir einen jungen Mann. Vielleicht könnt ihr auch zusammen Geige spielen ... am Abend ...«

»Ich will nichts mehr spielen«, sagte Martha. »Eigentlich denke ich sogar daran, die Werkstatt zu schließen. Vielleicht könnte ich, damit das Geld reicht, in einer Musikalienhandlung ...«

»Du solltest nichts überstürzen«, fiel Birte Jessen ihr ins Wort.

»Ich stecke hier in einem Mordfall, aber am nächsten Wochenende komme ich, dann können wir über alles reden.«

»Mordfall?«, fragte Martha in einem Tonfall, als hätte sie zum ersten Mal ein Wort wahrgenommen, das Birte Jessen gesagt hatte.

»Ja, gestern ist jemand ermordet worden. Eigentlich handelt es sich sogar um einen Doppelmord, weil der Täter schon einen Menschen getötet hat.«

»Ist es gefährlich? Ich meine, jetzt, wo Martin tot ist, bist du ...«

»Nein«, warf sie rasch ein. »Es ist nicht gefährlich.« Hinter der Tür des Konferenzraumes hörte sie Stühle rücken. Anscheinend hatte man nur noch ein paar Aufgaben verteilt und war dann zu einem Ende gekommen. Schiller öffnete die Tür und eilte mit ernster Miene hinaus. Die anderen drängten hinter ihm nach. Fitschen und Hinrichs hatten sich eine Zigarette angesteckt und sogen wie zwei Süchtige daran.

»Martha, ich muss Schluss machen. Nun beginnt die Pressekonferenz zu unserem Fall.«

Als Schiller sie ansah, weiteten sich seine blauen Augen. Er machte einen kleinen Sprung auf sie zu, packte sie am Arm und zog sie mit. Sie war so überrascht, dass sie Marthas Abschiedsgruß gar nicht mehr hören konnte.

»Komm«, sagte er in einem vertraulichen Ton. »Gerade ging ein Notruf ein. Sieht aus, als hätte unser E-Mail-Freund wieder zugeschlagen.«

Sie fuhren über die Stadtautobahn auf die andere Rheinseite. Majestätisch schien sich der Dom über die ganze Stadt und den Fluss zu erheben. Plötzlich verstand Birte Jessen, warum die Kölner diese Kathedrale so liebten. Hier lag das Herz der Stadt, es war eine Art magischer Ort.

»Tut mir leid, dass ich die Besprechung verlassen musste, war nicht besonders klug, aber ich hatte einen wichtigen privaten Anruf ... die Mutter meines ...«

Schiller winkte ab. »Brauchst dich nicht zu entschuldigen«, sagte er, und ihr fiel auf, dass er sie schon wieder duzte, ohne dass sie sich groß darauf geeinigt hatten. »Gab ohnehin nicht viel zu sagen. Wir wissen, dass wir nichts wissen ...« Er stieß ein hohles, freudloses Lachen aus, während er von der sechsspurigen Straße abbog. »Aber warum tut er das? Begeht gestern einen Mord und heute schon wieder. Es passt nicht. Oder nein – ich hätte den Täter einfach anders eingeschätzt.«

Sie fuhren eine belebte Einkaufsstraße hinauf. Autos parkten links und rechts, sodass sie nur langsam vorankamen.

»Nippes – einer der schöneren Stadtteile Kölns«, sagte Schiller und deutete auf die Straße vor sich. »Gibt hier ein paar gute Kneipen und Cafés, aber dafür werden wir wohl in den nächsten Tagen keine Zeit haben.« Er betonte die letzten Worte ein wenig spöttisch und so, als wären sie tatsächlich verabredet gewesen. »Aber vielleicht sollte ich Ihnen hier eine Wohnung besorgen: Sie müssen mir noch sagen, was Sie suchen. Dann höre ich mich mal ein wenig um.«

Birte Jessen schaute ihn von der Seite an. Machte er einen Witz? Nein, er wirkte vollkommen ernst. Als ein paar Jugendliche bei Rot eine Ampel überquerten, hupte Schiller laut, doch niemand achtete auf ihn.

»Fitschen möchte jemanden aus Düsseldorf hinzuziehen«, sagte er, als sie nicht antwortete. »Einen Profiler, damit wir eine genauere Vorstellung vom Täter bekommen.«

»Keine schlechte Idee«, erwiderte Birte Jessen. »Hilft uns vielleicht.«

Schiller blickte sie an. Seine blauen Augen funkelten wütend. »Dann können Sie ja mit dem Mann arbeiten. Ich möchte den Fall jedenfalls nicht aus der Hand geben.«

Eine rote Straßenbahn tauchte aus einem Tunnel auf. Schiller raste rechts an ihr vorbei. Die Gegend wurde immer hässlicher; Häuserfronten, die überhaupt nicht zueinander passten, billige Bauten, vor fünfzig, sechzig Jahren hastig hochgezogen und seither kaum noch renoviert.

Nachdem sie eine Straßenbahnhaltestelle passiert hatten, ein richtiges Betonungetüm, das man mitten auf der Straße errichtet hatte, sahen sie die ersten Polizeiwagen, die mit eingeschalteten Blaulichtern dastanden, und dann die Absperrung. Noch hatten sich nur ein paar Passanten eingefunden, die neugierig zu einem öden, verlassenen Grundstück hinüberblickten.

Schiller parkte schräg auf dem Gehsteig, und sie stiegen aus. »Ich verstehe das nicht«, sagte Schiller. »Irgendwie sieht das nicht nach unserem Mann aus. Hat es ihn nun in die weniger angenehmen Stadtteile verschlagen?« Er grüßte einen Streifenpolizisten, der ihnen bereitwillig Platz machte, und eilte dann auf die Ödfläche zu. Es war nicht mehr als eine karge Wiese mit ein paar Büschen von der halben Größe eines Fußballfeldes, durch die ein Trampelpfad zur Straße verlief. Ein paar Dornenbüsche bildeten einen Sichtschutz zur Straße. Müll, Flaschen, leere Dosen, der Rahmen eines alten Fahrrads lagen da. Die typische Trostlosigkeit mitten in der Großstadt. Der Ort, wo Rentner ihre Dackel ausführten. Im Hintergrund meinte Birte Jessen ein paar Holzhütten zu sehen, wie sie für Schrebergärten typisch sind. Zwei Deutschlandfahnen hingen schlaff herab, weil kein Wind wehte. Ein fast gewöhnlicher Tag im September.

An einem Gebüsch auf der Wiese waren vier Männer der Spurensicherung in ihren weißen Papieranzügen bei der Arbeit. Obwohl es hell war, hatte man zwei Scheinwerfer aufgebaut, die ihr grelles Licht auf die Szene warfen. Einer der Techniker machte Fotos. Es war Roland Grauer, erkannte sie einen Augenblick später.

Birte Jessen spürte, wie sie erneut das Entsetzen durchzuckte. Die ganze Zeit hatte sie nicht daran gedacht, dass sie gleich wieder einer Leiche gegenüberstehen würde. Wurde es bereits zur Gewohnheit? Der zweite Tote innerhalb von vierundzwanzig Stunden. Nein, ihr Magen zog sich schmerzhaft zusammen. Natürlich sah sie auch Martins wächsernes Gesicht wieder vor sich, spitz, bleich, so ganz anders, als es im Leben gewesen war.

Schiller schien ihr Zögern zu bemerken. »Uns fallen wirklich zu viele Tote vor die Füße«, sagte er.

Die beiden Kriminaltechniker, die sich über den Toten gebeugt hatten, erhoben sich und gaben ihnen die Hand. Der Tote lag zusammengekrümmt auf der Seite. Er war vielleicht zwanzig, fünfundzwanzig Jahre alt und hatte kurzes blondes Haar. Er trug eine schwarze, billige Windjacke und Jeans. Seiner Statur nach war er Sportler gewesen oder einer, der mindestens zweimal in der Woche in ein Fitnessstudio gelaufen war. Seine Turnschuhe waren schmutzig und voller Blut.

»Zwei Schüsse in die Brust«, sagte der ältere der beiden Techniker. »Er muss noch eine ganze Weile gelebt haben. Hat auch ziemlich viel Blut verloren. Wir kennen seine Identität noch nicht. Hatte keine Papiere dabei, nur eine alte Tankrechnung und einen Kassenzettel für ein Schuhgeschäft an der Neusser Straße.«

Der Mann machte eine vage Handbewegung, und dann sah Birte Jessen es auch. Blutige Kriechspuren. Der Mann hatte, nachdem er angeschossen worden war, vergeblich versucht zur Straße zu kommen, aber mehr als drei, vier Meter hatte er nicht geschafft, und die hatten ihn noch weiter ins Gebüsch geführt, sodass er noch schwerer gesehen werden konnte.

Schiller schaute sie fragend an, und sie nickte. Zum ersten Mal hatte sie das Gefühl, dass sie sich auch ohne Worte verstanden. Dieser Tatort sprach eine ganz andere Sprache als die Szene gestern vor van Gaals Haus.

»Was ist mit dem Herz?«, fragte Schiller.

Der ältere Techniker zog überrascht die Augenbrauen in die Höhe, als hätte er diese Frage nicht erwartet.

»Lag unmittelbar vor dem Toten«, sagte er. Dann ging er ein Stück zu einem Metallkasten und holte eine kleine durchsichtige Plastiktüte hervor, die er in die Höhe hielt.

Man brauchte keine Lupe, um zu sehen, dass es das falsche Herz war – es war aus Stoff, nicht aus Plastik und wies einen anderen, viel dunkleren Farbton auf.

Schiller fluchte. »Was soll das?«, fragte er. »Will der Kerl uns zum Narren halten?«

Birte Jessen nahm dem Techniker die Tüte ab. »Es könnte ein anderer Täter sein«, sagte sie. Aus dunkelrotem Samt war das Herz, ein Stück billiger Stoff, anscheinend ohne jeden Nutzen. »Das Herz ist vollkommen sauber, keine Spur von Erde oder Blut.« Sie gab dem Techniker die Tüte zurück.

»Wer hat den Toten gefunden?«, fragte Schiller.

Der Techniker deutete auf einen Streifenwagen, der ein wenig abseits in einer Busspur stand. »Eine Frau und ein Mann, die zufällig vorbeikamen, haben angerufen. Beide müssten bei den Kollegen im Wagen sitzen.«

Birte Jessen bedankte sich, und dann ging sie mit Schiller über den Trampelpfad zu dem Streifenwagen hinüber. »Sieht aus, als hätten wir es mit einem Trittbrettfahrer zu tun. Die Meldung mit dem Herzen ist draußen, auch wenn der Express das Foto vom toten van Gaal von seiner Internetseite genommen hat.«

»Ja«, sagte Schiller, »aber vielleicht hilft uns das, den Täter zu finden. Sehr geschickt ist er nicht vorgegangen.«

»Oder vielleicht täuscht der erste Eindruck, und er ist doch unser Täter und will uns verwirren. Warum sollte er nicht ein anderes Herz benutzen? Möglicherweise will er uns auch zeigen, dass er wahllos vorgeht. Er hasst Männer und tötet sie, irgendwelche Männer, die ihm in einem günstigen Moment vor seine Waffe laufen.«

»Wollen Sie damit sagen, dass es doch eine Frau sein könnte?«

Birte Jessen nickte. »Möglich wäre es.«

Ein uniformierter Polizist saß hinter dem Lenkrad und befragte einen Mann, der auf dem Beifahrersitz kauerte und eine verblüffende Ähnlichkeit mit dem Toten hatte.

Blond, etwa fünfundzwanzig, sehr trainiert. Als wären sie Brüder, dachte Birte Jessen. Selbst ihre Kleidung wirkte beinahe identisch.

Schiller gab dem Uniformierten kurz die Hand. Dann warf er dem muskulösen Blonden einen langen, forschenden Blick zu, und Birte Jessen konnte sehen, wie sich sein Gesicht veränderte, als wäre ein Schatten auf ihn gefallen oder als würde er sich für irgendetwas wappnen. Zum ersten Mal begriff sie, dass Schiller ein guter Polizist war, aber einer, der die Dinge stets ein wenig anders betrachtete.

»Sie haben die Polizei gerufen?«

Der blonde Muskelmann nickte beflissen. »Bin zufällig vorbeigekommen und habe gesehen, dass da etwas lag, und dann bin ich zu der Frau mit dem Kinderwagen gelaufen ...« Er hatte blaue Augen, die aus seinem braunen Gesicht hervorstachen, das stark nach regelmäßigen Besuchen auf der Sonnenbank aussah.

»Die Frau hat gar nicht zu Ihnen gehört?«, fragte Schiller.

»Sie ist nur dazugekommen«, warf der Uniformierte ein, als der Blonde zögerte. »Von ihrem Telefon aus wurde der Anruf getätigt. Sie hatte einen Säugling im Kinderwagen dabei und musste dringend zum Arzt. Aber wir haben ihre Personalien.« Der Polizist schien sich unbehaglich zu fühlen, als hätte er eine wichtige Zeugin entwischen lassen.

Schiller lächelte den blonden Muskelmann an. »Wir nehmen ihn mit aufs Präsidium«, sagte er dann an den Polizisten gewandt. »Da kann er seine Aussage machen.«

»Aber ich habe alles bereits Ihrem Kollegen erzählt!« Die Stimme des Blonden klang nun aggressiv und eindeutig nervös.

»Dann«, sagte Schiller, »wird es Ihnen ja leichtfallen, uns alles noch einmal zu erzählen.«

Es war kurz nach zwölf, als sie wieder zurück im Präsidium waren. Schiller kochte Kaffee. Er gab erhitzte Milch, Zucker und Zimt dazu, den er aus der Kantine besorgt hatte. Während er Birte Jessen eine Tasse mit dem Emblem des FC Köln auf ihren Schreibtisch stellte, trat Cremer in die Tür. Er war mit Fitschen und Hinrichs zur Pressekonferenz gegangen.

»Drei Fernsehteams waren da, insgesamt über zwanzig Journalisten. Sie wollten uns regelrecht grillen, weil wir nicht viel vorlegen konnten, aber dann ist einer nach dem anderen abgehauen, als sich herumgesprochen hatte, dass unser Täter wieder zugeschlagen hat. Sie nennen ihn nun den ›Mörder mit dem roten Herzen‹.« Cremer lachte kurz auf, als hätte er einen Witz gemacht, aber eigentlich sah er mitgenommen aus. Viel Schlaf schien er nicht bekommen zu haben, und seine Rasur war auch reichlich karg ausgefallen.

Schiller nickte, aber er tat es, als wäre er mit seinen Gedanken ganz woanders. »Gestern waren wir in einem Haus an der Aachener Straße. Lass bitte feststellen, wem das Haus oder die einzelnen Wohnungen gehören und wer dort gemeldet ist. Könnte wichtig sein. Außerdem muss jemand in die Rechtsmedizin fahren. Heute Nachmittag steht die Obduktion der Leiche von der Neusser Straße an.« Dann drückte er Cremer einen Zettel mit der genauen Anschrift in die Hand und wandte sich seinem Kaffee zu. Den blonden Muskelmann, der auf der anderen Seite des Ganges im Verhörzimmer saß, schien er vergessen zu haben.

Birte Jessen fiel auf, dass Schiller nicht zum Dom hinüberblickte, wie er es sonst oft tat, sondern die Tür des Verhörzimmers im Blick behielt.

Cremer drehte ab und verschwand, als niemand mehr ein Wort sagte. Er immerhin war an Schiller unhöfliche, schroffe Art gewöhnt.

»Sie wollen ihn weichkochen, nicht wahr?«, fragte Birte Jessen. Der Kaffee war gut. So ähnlich hatte man ihn auch in ihrem Lieblingscafé in der Langen Straße in Hamburg gemacht, stark genug, dass er anregte, und mit der richtigen Süße. »Er ist für Sie nicht nur der Mann, der einen Toten gefunden hat.«

Schiller hatte seinen Computer angeschaltet. »Keine E-Mail von unserem Täter«, sagte er ein wenig enttäuscht, als hätte er tatsächlich auf eine Nachricht gewartet.

Schweigend tranken sie den Kaffee. Sie wussten mittlerweile, dass der blonde Muskelmann Boris Merten hieß, geboren in Köln, siebenundzwanzig Jahre alt, vorbestraft wegen ein paar Diebstählen und Einbrüchen in Kioske. Zwei Jahre hatte er im Gefängnis verbracht, weil dem letzten Richter beim Prozess der Kragen geplatzt war. Bei einem Einbruch in eine Tankstelle war Merten auf frischer Tat erwischt worden. Sein Komplize hatte fliehen können, doch er hatte ihn nicht verraten.

»Nichts stimmt«, sagte Schiller. »Das falsche Kaliber, das falsche Herz, das falsche Opfer. Ich kenne solche Idioten wie diesen Boris. Ich kann ihre Gedanken lesen. Das Kinderheim war voll von solchen Typen. Sie denken die Dinge nie zu Ende, halten sich schon für die Größten, wenn sie vernünftige Klamotten anhaben oder wenn es ihnen gelungen ist, ein paar Leute so einzuschüchtern, dass sie die Straßenseite wechseln, sobald man vorbeikommt. Bei denen darf man sich keine Blöße geben. Dann werden sie nervös und begehen einen Fehler nach dem anderen.«

Als Schiller sich erhob, glaubte Birte Jessen, dass sie nun ins Verhörzimmer hinübergingen, aber dann trat er doch ans Fenster. Der Himmel war fast blau, mit ein paar weißen Wolken hier und da. In der Ferne sah man einen Zug langsam in den Bahnhof Deutz einfahren.

»Ich hätte auch so einer werden können«, fuhr Schiller fort. »Mit zwei Freunden bin ich auch einmal in einen Kiosk eingebrochen. Wir waren siebzehn, es war kinderleicht, null Risiko, obwohl der Kiosk nur ein paar hundert Meter vom Kinderheim entfernt lag. Die Seitentür aufstemmen, mit einer Taschenlampe rein, Kassette mit dem Wechselgeld und den gesamten Vorrat an Zigaretten mitnehmen und wieder raus. Hat alles in allem keine zwei Minuten gedauert, und dabei haben wir uns nicht einmal übermäßig beeilt. Über den Kellner einer Pizzeria haben wir die Zigaretten verkauft, hat damals alles in allem zweitausend Mark gebracht. Kein schlechter Stundenlohn.«

»Klingt wie der Beginn einer hoffnungsvollen Einbrecherkarriere«, warf Birte Jessen spöttisch ein.

Schiller drehte sich um. Er wirkte sehr ernst. »Ja, genau. Ich war an einem Punkt angelangt, wo ich mich entscheiden musste. Wenn Hilde, meine Freundin, nicht gewesen wäre, hätte ich wahrscheinlich sogar weitergemacht, leicht verdientes Geld, keine Arbeit, aber dann hat sie mir ins Gewissen geredet und mich einen Idioten genannt. Und außerdem konnte es natürlich nicht sein, dass der Sohn eines toten Polizisten so die Seite wechselt.«

Als das Telefon klingelte, hob Birte Jessen ab. Es war die Rechtsmedizin. »Dr. Schroeter«, sagte eine sonore, gelangweilt wirkende Männerstimme, »Schiller wollte eine Auskunft haben. Natürlich sind wir mit dem Toten von der Neusser Straße noch nicht so weit, aber eines ist klar: Er war mehr als sechs Stunden tot.«

Birte Jessen bedankte sich und gab die Nachricht an Schiller weiter.

»Passt doch genau ins Bild«, sagte er. Sie begriff, dass er auf diese Nachricht gewartet hatte.

Schließlich gingen sie in das Verhörzimmer hinüber.

Merten hatte es sich einigermaßen gemütlich gemacht. Er hatte zwei der Plastikstühle zusammengeschoben, um seine Füße hochgelegen zu können. Seine Windjacke hatte er ausgezogen und zu einer Art Kissen gerollt, damit er seinen Kopf darauf betten konnte. Er schreckte nicht hoch, als sie sich an den Tisch setzten, aber Birte Jessen erkannte, dass alles nur Pose war – die betont gleichgültige Haltung eines Mannes, der in Wahrheit vollkommen angespannt war und versuchte, sich und anderen etwas vorzuspielen.

Schiller trat ihm den Stuhl unter den Füßen weg. Dabei lächelte er überlegen und sagte: »Sorry, aber wir sind hier nicht in einem Wartesaal.«

Gespielt langsam richtete Merten sich auf. Birte Jessen zog ein Diktiergerät hervor, sprach Ort und Uhrzeit hinein. Dann fragte sie Merten nach seinen Personalien.

Er gab gelangweilt Auskunft und zeigte auch keine Verwunderung darüber, dass sie bereits Erkundigungen über ihn eingezogen hatten.

Schiller überließ Birte Jessen die Befragung. Er postierte sich hinter den blonden Muskelmann, während Merten erklärte, dass er den Toten nicht kenne und zufällig vorbeigekommen sei. Dann, nachdem er den Toten gefunden habe, sei die Frau mit dem Kinderwagen auf den Trampelpfad eingebogen, und zusammen mit ihr habe er die Polizei gerufen. Während er redete, verzog er manchmal das Gesicht, als würde er an einem Kaugummi kauen. Über seinen Hals zog sich eine lange rote Narbe.

»Der Tote lag so unter dem Gebüsch, dass man ihn kaum sehen konnte«, sagte Birte Jessen. »Sie müssen sehr scharfe Augen haben, oder haben Sie vielleicht etwas gesucht? Oder wussten Sie, dass da jemand lag?«

Merten schnaubte verächtlich. Dann richtete er sich ein wenig auf und schaute sich verhalten nach Schiller um. »Darf man hier rauchen?«, fragte er.

»Nein«, sagte Birte Jessen. »Darf man nicht.«

Merten beugte sich vor und stützte sich mit den Händen auf dem Tisch ab, eine Bewegung, als wolle er sich erheben. »Ich habe Ihnen alles gesagt. Mehr weiß ich nicht … wirklich. Fragen

Sie die Frau mit dem Kinderwagen. Ich bin nur zufällig vorbeigekommen …«

Schiller trat von hinten an ihn heran und legte ihm leicht und fast freundschaftlich die Hand auf die Schulter. »Erzählen Sie uns lieber etwas von dem Herz! Wie ist das Herz da hingekommen?« Schiller lächelte. »Ehrlich gesagt, war es keine gute Idee, es dahinzulegen. Auf den ersten Blick vielleicht, aber erstens ist es das falsche Herz, es hätte aus Plastik sein müssen, und zweitens ist gerade in dem Moment die Frau vorbeigekommen … Künstlerpech, damit waren Sie im Spiel, konnten nicht einfach wieder abhauen, wie in der Nacht, als die beiden Schüsse gefallen waren …«

Birte Jessen bemerkte, wie an Mertens Schläfen zwei Adern zu pochen begannen. Er beugte sich weiter vor und spannte gleichzeitig die Muskeln an, wie ein Gewichtheber, der gleich eine Hantel packen will.

Er atmete schwer aus. »Wollen Sie damit sagen, dass ich etwas damit zu tun habe … nur weil ich vorbestraft bin?«

Schiller schüttelte wie ein sanftmütiger Lehrer den Kopf. »Nein, nicht deshalb. Wir kriegen Sie dran, weil Sie etwas damit zu tun haben. Es wird nicht länger als drei Stunden dauern. Das gebe ich Ihnen schriftlich. In einer Stunde werden wir wissen, wer der Tote war. In zwei Stunden haben wir herausgefunden, dass Sie ihn kannten. Und in drei Stunden haben wir das Stoffherz so untersucht, dass wir eine DNA-Spur von Ihnen gefunden haben, keinen Fingerabdruck, sondern ein Haar, eine verlorene Hautschuppe, irgendetwas. Dann können Sie uns immer noch erzählen, dass es ein Unfall war. Nur werden wir es dann nicht mehr glauben.«

Birte Jessen sah, dass Merten die Augen zusammenkniff. Innerhalb eines Atemzugs wirkte er ein paar Jahre älter und auf eine brutale Art entschlossen. Er sprang auf und schnellte herum. Obwohl Schiller zur Seite auswich, traf Merten ihn mit seinem Ellbogen genau vor die Brust. Schiller taumelte, und Merten versuchte ihm mit der Linken einen Schlag an den Kopf zu versetzen, streifte ihn jedoch nur. Schiller wurde gegen einen der Plastikstühle geschleudert und ging zu Boden. Man hörte einen dumpfen Aufprall und einen erstickten Schmerzenslaut. Mit drei schnellen Schritten war Merten an der Tür und riss die Klinke herunter. Zu seiner Überraschung war die Tür jedoch abgeschlossen.

»Sie sind ja fix auf den Beinen, aber nicht fix genug.« Birte Jessen hatte ihre Waffe gezogen und richtete sie auf Merten, der noch immer an der Klinke zerrte. »Noch eine Bewegung und Sie können sich aussuchen, ob ich Ihnen in die Schulter oder ins Bein schieße.«

Merten verharrte, seine Schulter sackten nach vorn, und dann schlug er einmal vor Zorn und ohnmächtiger Verzweiflung mit der Faust gegen die Tür.

Schiller hatte sich wieder aufgerichtet. Er strich sich durchs Haar und schaute Birte Jessen an. »Danke für deine Hilfe«, sagte er, »ich hatte eigentlich gedacht, dass ich besser in Form sein würde, aber immerhin hat es nun weniger als eine Stunde gedauert.« Vorsichtig ging er auf Merten zu und legte ihm Handschellen an.

13.

Die meisten Täter waren zum Glück Dilettanten, irgendwann gerieten sie in Situationen, die zu groß für sie waren und die sie nicht mehr überschauen konnten. So hätte es ihnen auch leicht gehen können, damals, nach dem Kioskeinbruch, dachte Schiller. Vielleicht hätten Broder und er sich, weil sie alles immer noch für eine Mutprobe hielten, nach dem dritten, vierten Einbruch sogar an einem Bankraub versucht, und dann spätestens wäre die Klappe gefallen. Ein Bankraub war auch damals schon der schiere Wahnsinn. Überall Alarmanlagen und keine Aussicht, große Beute zu machen.

Nach zwei weiteren Stunden hatte Boris Merten alles gestanden. Der Tote war ein Freund von ihm, wahrscheinlich sogar ein früherer Komplize, und sie hatten nur mit zwei Pistolen hantieren wollen, als sich in der Nacht, so gegen zwei Uhr morgens zwei Schüsse gelöst hatten. Die Sache mit dem Herz hatte er später in der Zeitung gelesen und es für eine gute Idee gehalten, um von sich abzulenken. Leider war dann die Frau mit dem Kinderwagen um die Ecke gebogen.

»Was war das eigentlich für ein Herz?«, hatte Birte Jessen zuletzt gefragt.

Boris Merten schluckte wie ein kleiner Junge, dem plötzlich etwas peinlich war. »Es hatte ein Geschenk sein sollen«, antwortete er. »Ein Verlobungsring auf einem kleinen roten Herzen aus Samt. Hatte ich vor drei Jahren für meine Freundin gekauft.«

»Aber dann ist nichts daraus geworden«, sagte Birte Jessen und klang beinahe verständnisvoll.

»Genau.« Merten verzog wie unter Schmerzen das Gesicht. »Ich wurde verhaftet, und Aische trennte sich von mir.«

»Hätten Sie sich denken können, dass Ihnen dieses Herz kein Glück bringen wird«, hatte Schiller lakonisch angemerkt. Er hatte keinerlei Mitleid mit Merten. Dann hatten sie ihn in eine Zelle im Polizeipräsidium bringen lassen.

Die Pressekonferenz war für sechzehn Uhr dreißig angekündigt. Fitschen hatte es eilig, Erfolgsmitteilungen zu verbreiten. Auch Dr. Soder, der ermittelnde Staatsanwalt, hatte sein Kommen zugesagt. Der Erfolg hatte wie immer viele Väter.

Schiller waren Pressekonferenzen meistens lästig. Bei den Journalisten war er als wortkarg und unzugänglich verschrien. Doch ihm gefiel, dass die Stimmung im ganzen Präsidium plötzlich eine vollkommen andere geworden war, als hätten sie tatsächlich den Mörder von Mundt und van Gaal gefunden und nicht nur einen jämmerlichen Trittbrettfahrer überführt. Hinrichs gratulierte ihm im Vorbeigehen und richtete ihm Grüße vom Polizeipräsidenten aus, der auf irgendeiner Tagung weilte. Sonst wäre er natürlich auch gekommen.

Der große Konferenzsaal war voll besetzt. Die drei Kamerateams, die am Vormittag schon da gewesen waren, hatten wieder aufgebaut. Fitschen und Soder nutzten die Gelegenheit, ausführlich auf die Effizienz und Schlagkraft der Kölner Polizei hinzuweisen. Innerhalb nur weniger Stunden sei ein brutales Verbrechen aufgeklärt worden. Sie sprachen wie Theaterschauspieler, die tatsächlich Beifall auf offener Szene erwarteten. Schiller ließen sie lediglich das Verhör mit dem mutmaßlichen Täter zusammenfassen und eine Frage beantworten.

»Glauben Sie, dass der Täter auch die Morde an Harald Mundt und Roger van Gaal begangen hat?«, fragte eine Reporterin, eine blonde, gut aussehende Frau, vom Stadt-Anzeiger. Sie war offenbar neu in der Stadt. Schiller kannte ihren Namen nicht.

»Ja«, log er mit einem sanften Lächeln, während gleichzeitig ein Blitzlicht aufflammte, »es gibt Anzeichen, dass der Verhaftete für die anderen Morde verantwortlich sein könnte. Genaueres werden die nächsten Verhöre ergeben. Aber haben Sie bitte Verständnis, dass wir zunächst einmal das Verbrechen von heute Nacht aufgeklärt haben. Eines nach dem anderen.«

Einzelne Lacher erklangen, aber Fitschen neben ihm schien ganz steif zu werden. Dann sah er Birte Jessen in der letzten Reihe. Sie machte ein düsteres Gesicht und schüttelte den Kopf. Neben ihr saß Trump, der alte Kriminaltechniker. Er hatte einen

Karton auf den Knien, wahrscheinlich weil er letzte Dinge aus seinem ehemaligen Büro geholt hatten.

Schiller zog die Augenbrauen in die Höhe und lächelte Birte an. Sie musste das doch verstehen. Diese Lüge galt dem unbekannten E-Mail-Schreiber. Wenn der so eitel war, wie Schiller annahm, konnte er ihn möglicherweise aus der Reserve locken und zu einer überstürzten Handlung verleiten.

»Was sollte das denn?«, fragte Birte Jessen, als die Pressekonferenz zu Ende war und die Journalisten den Saal verließen. Sie schob sich neben ihn, und es sah tatsächlich so aus, als wäre sie wütend. »Jeder, der nur ein wenig zugehört hat, kann sich doch ausrechnen, dass Merten die anderen Morde nicht begangen haben kann.«

Schiller zuckte mit den Schultern. »Ich hatte den Eindruck, als hätte mir jeder geglaubt. Du bist offenbar die Einzige, die da ihre Zweifel hat.« Er lächelte und dann winkte er Trump zu, der sich ebenfalls mit einer Geste verabschiedete. Schiller beneidete den pensionierten Kriminaltechniker beinahe. Wie ein fröhlicher Rentner sah er aus mit einer Baskenmütze, den Pappkarton mit seinen letzten Utensilien unter dem Arm. Die nächsten Tage und Wochen würde er wahrscheinlich über einem Schachbrett sitzen und die Weltmeisterpartien der letzten Jahrzehnte nachspielen.

»Seit wann duzen wir uns eigentlich?«, fragte Birte Jessen.

»Seit eben«, entgegnete Schiller. »Ich hoffe, du hast nichts dagegen. Wenn du magst, kann ich dich zu einem Kaffee in mein Büro einladen.«

»Du meinst, wir sollen in unser Büro gehen und der Kaffee stammt aus meiner Maschine?«

»So ähnlich.«

Sie fuhren in ihre Etage hinauf. Allmählich wurde ihm diese spröde Hamburgerin sympathisch. Sie hatte sich beim Verhör von Merten als echte Verstärkung gezeigt. Außerdem gewöhnte er sich an ihre Kleidung – heute trug sie ein dunkelrotes Kleid und darunter eine schwarze Jeans. Da hatte selbst Fitschen die Augenbrauen in die Höhe gezogen.

»Ich hoffe, dass sie es in allen Schlagzeilen bringen. ›Der

Mörder mit dem roten Herzen gefasst.‹« Sorgfältig gab er Kaffeepulver in die Maschine.

»Warum? Wie soll uns das weiterbringen?«, fragte Birte Jessen. Sie setzte sich. Sie sah müde aus, als hätte sie auch die letzte Nacht nicht gut geschlafen. Er nahm sich vor, ihr tatsächlich eine Wohnung zu besorgen. Vielleicht irgendwo in seiner Gegend, nicht gerade in derselben Straße, aber so, dass er sie gut untergebracht wusste. Er würde sich gleich morgen umhören.

»Was für ein Mann ist unser Mörder? Ich glaube, er will sich und der Welt etwas beweisen. Und wenn ich mich nicht irre, wird er reagieren, wenn wir einen falschen Täter präsentieren.«

»Du wartest auf eine E-Mail – irgendein Zeichen von ihm?«

Schiller nickte. Er schüttete Wasser in die Maschine und schaltete sie ein.

»Hochachtung! Ein echt ausgeklügelter Plan.« Birte Jessen lachte spöttisch. »Da hast du eben in der Pressekonferenz überzeugender gewirkt.«

Als sein Mobiltelefon klingelte, sah er, dass Therese ihn anrief. Sogleich hatte er Sorge, dass ihr etwas passiert sein könnte. Aber nein, sie hatte irgendeinen Auftrag für ihn oder sie hatte ihn im Fernsehen gesehen. Ein Lokalsender hatte die Pressekonferenz übertragen.

»Du musst dich um Broder kümmern«, sagte sie in einem vorwurfsvollen Tonfall und ohne jede Begrüßung. »Er spielt verrückt. Der Pfarrer hat mich angerufen. Broder ist schon wieder in eine Polizeistation gelaufen und hat erklärt, er habe einen Mord begangen.«

»Aber das nehmen die Kollegen doch gar nicht mehr ernst«, erwiderte Schiller.

»Diesmal ist er an einen jungen Polizisten geraten, der ihn wirklich verhaften wollte. Kannst du Broder nicht für ein paar Tage zu dir nehmen, bis er sich wieder beruhigt hat?«

»Ganz ausgeschlossen. Ich stecke mitten in einem Mordfall.« Schiller beobachtete, wie Birte Jessen es nun übernommen hatte, den Kaffee zu machen. Er nickte ihr dankbar zu. Dann setzte er sich an seinen Schreibtisch und schaltete den Computer an.

»Du musst ihn da herausholen«, fuhr Therese fort. Sie hatte

immer ihre ganz eigene Art gehabt, auf Widerspruch zu reagieren. »Aus seinem verdammten Zelt, dem ganzen Elend. Es kann nicht sein, dass er sein Leben verwirft, weil er einmal, vor über zehn Jahren, einen Fehler gemacht hat. Oder soll ich ihn zu mir nehmen? Ich könnte einen Fahrer gebrauchen, wenn ich meine Hausbesuche mache.«

»Broder fährt kein Auto mehr. Das weißt du doch«, sagte Schiller, während er seine Mails abfragte. Birte Jessen stellte ihm seinen Kaffee hin. Dann nahm sie sich die neuen Akten auf ihrem Schreibtisch vor. »Ich werde mich um Broder kümmern, sobald ich ein paar Minuten Zeit habe.« Er wollte sich lieber nicht vorstellen, wie es aussehen würde, wenn Broder sich in Thereses Haus einrichtete. Ein obdachloser Irrer bei einer Hebamme, die den Tick hatte, nichts wegwerfen zu können.

»Aber du musst es heute noch tun«, erwiderte Therese barsch. »Heute noch.«

»Ja«, versprach Schiller. Er verabschiedete sich und sah, dass er keine neuen Mails bekommen hatte. Nein, da blinkte das Zeichen auf. *Sie haben Post!*

»Nele hat uns die Liste hingelegt, wer alles in dem Haus an der Aachener Straße gemeldet ist«, erklärte Birte Jessen und blickte ihn an. »Diese Wohnung, wo Dostojewski am Klingelbrett steht, gehört in Wahrheit einem gewissen Raimund Kahle. Schon mal von ihm gehört?«

Schiller hörte ihr gar nicht zu. Er las den Absender *Harald Mundt*, dazu die Uhrzeit. *18:03.*

Hochgeschätzter Polizist, Sie wissen doch genau, dass dieser miese Kleinkriminelle, über den Sie eben im Fernsehen gesprochen haben, die beiden anderen Morde nicht begangen haben kann. Was sollen diese Lügen?
Sie hören von mir!

Der Mörder mit dem roten Herzen

»Was ist los?«, fragte Birte Jessen.

»Er hat geantwortet.« Schiller konnte den Blick kaum vom

Bildschirm wenden. »Der Kerl hat mir tatsächlich zurückgeschrieben. Genau, wie ich es mir gedacht habe.«

Dann beugte er sich vor und tippte seine Antwort so rasch auf die Tastatur, dass Birte sie nicht lesen konnte.

Warum? schrieb er und: *Ich kriege Sie!*

Er entdeckte Therese schon, kaum dass er von der Neusser Straße abgebogen war. Sie saß in ihrem babyblauen Wollmantel auf der schmalen Mauer, die den Gehsteig vom Kirchengrundstück trennte, und betrachtete sich in einem winzigen Spiegel. Er parkte den Wagen in einer Einfahrt und beobachtete sie für ein paar Momente. Sie war zweiundachtzig Jahre alt, trug Kleider, die aussahen, als stammten sie aus einer Altkleidersammlung, was vielleicht auch stimmte, ihre Strümpfe waren zerrissen, ihr langes, graues Haar hing wirr herunter, und doch wirkte sie entrückt und mädchenhaft, wie sie mit dem Spiegel in der Hand dasaß. Sie war nie eitel gewesen, hatte gar keine Zeit für solche Dinge gehabt, aber nun lächelte sie leise ihr Spiegelbild an.

Gerührt ging Schiller zu ihr hinüber. Carla würde vielleicht eifersüchtig sein, aber wenn er ehrlich war, dann war die alte Hebamme der Mensch, den er am meisten liebte.

»Was tust du hier?«, fragte er, während er sich neben sie setzte.

Sie blickte von ihrem Spiegelbild auf. »Ich suche mich«, sagte sie ernsthaft. »Manchmal erkenne ich mich selbst nicht mehr. Was hat das Alter aus mir gemacht? Ich sehe aus wie eine Hundertjährige. Ach, zum Glück sind meine Augen nicht mehr so gut.« Sie wandte sich zur Kirche. »Wo ist Broder? Er ist nicht da.« Dann sprang sie auf und lief an der Mauer entlang.

Schiller folgte ihr. Es war dunkel geworden. Die Laternen auf dem kleinen Kirchplatz brannten. Von dem Bistro an der Ecke klangen Stimmen herüber. Sonst war es ungewöhnlich still.

Der schmale Garten, der hinter dem rückwärtigen Teil der Kirche lag, eigentlich nicht viel mehr als ein Stück Wiese, wirkte auf den ersten Blick wie eine einzige Müllhalde. Broder, der wortkarge Sammler von Nippes, trug hier offenbar alles zusammen, was er in den Straßen fand: Holzbalken, alte Verkehrsschilder, einen rostigen Kühlschrank, Matratzen, Plastikeimer, Radios, Tüten voller alter Kleider. An der Kirchenwand hatte er ein weißes, schmutziges Zelt aufgebaut, sein Schlafplatz.

Schiller erinnerte sich nicht mehr genau, wann er zuletzt hier gewesen war. Er wusste allerdings noch, dass Broder nicht mit ihm gesprochen hatte, aber ständig seine Gesten nachgeahmt hatte, wie ein verrückt gewordener Pantomime.

Schwerfällig stieg Therese über die winzige Mauer. Schiller stützte sie und fühlte, wie dünn und zerbrechlich sie war.

»Ich mache mir Sorgen um Broder«, sagte sie. »Wo kann er sein?«

»Vielleicht zieht er durch die Straßen, oder er versteckt sich unten irgendwo am Rhein«, erwiderte Schiller. Sie bahnten sich einen Weg durch das Gerümpel. »Vielleicht sind deine Sorgen auch übertrieben, und er hat eine Freundin und sitzt in ihrer warmen Wohnung«, bemerkte er scherzhaft.

Therese hielt inne und schaute ihn an. »Meinst du wirklich? Ja, einmal habe ich ihn mit einer Frau gesehen. Weiß aber nicht mehr, wann das war.«

Als sie die Plane zum Zelt zurückschlugen, blieb Schiller überrascht stehen. Er hatte eine weitere Ansammlung von Müll erwartet, doch in dem Zelt sah es beinahe wohnlich aus. Ein Lehnstuhl, ein Regal mit einer elektrischen Lampe, die eingeschaltet war und ein mattes Licht verströmte, ein modernes Radio, das zu funktionieren schien, und eine Matratze auf zwei Holzpaletten. Neben dem provisorischen Bett stand ein nagelneues Rennrad, das Schillers Interesse weckte. Solch ein Rad fand man nicht auf dem Sperrmüll. Schiller hob es an. Es war kinderleicht. Damit hätte man die Tour de France fahren können.

»Wie ist Broder nur an dieses Rad gekommen?«, fragte er Therese, aber sie achtete nicht auf ihn. Sie schien nach anderen Dingen zu suchen.

»Broder liest in der Bibel«, sagte sie und deutete auf ein Buch, das in dem Lehnstuhl lag. »Das kann ja gar nicht schaden, aber er scheint nichts zu essen. Nirgendwo ist auch nur ein Brotkrumen zu sehen.«

Unter dem Zeltdach hing eine Wäscheleine, an die Broder Zeitungsausschnitte und Fotos gehängt hatte. Schiller war überrascht, sein eigenes Bild zu sehen: ein Foto aus dem Kinderheim – er mit langen blonden Haaren auf einer Bank im Park. Neben ihm saß Hilde und hatte den Kopf auf seine Schulter gelegt. Wieso hatte Broder ausgerechnet dieses Foto aufgehängt? Die anderen Fotos stammten aus Zeitungsartikeln. Broder hatte Artikel über Unfälle und Überfälle gesammelt. Auch den Bericht über den Mörder mit dem Plastikherzen hatte er mit einer Wäscheklammer befestigt.

Therese hatte sich in den Lehnstuhl gesetzt. Ein Stück entfernt, raste ein Polizeiwagen mit eingeschalteter Sirene über die Neusser Straße. »Wollen wir auf ihn warten?«, fragte sie.

»Ja, wir sollten mit ihm reden. Wenn es Winter wird, kann er hier nicht bleiben.« Schiller überlegte, wann er das letzte Mal mit Broder gesprochen hatte. Er wusste es nicht mehr.

»Ich glaube, wenn es zu kalt wird, wird ihn der Pfarrer ins Haus holen«, erklärte Therese.

Schiller lehnte sich an ein Holzregal, das verdächtig nach Sperrholz aussah und auf dem Steine in allen Farben und Größen lagen. Er spürte, dass ihn seine Kraft für diesen Tag verließ und dass er sich nicht um Broder kümmern wollte. Er hatte genug mit anderen Dingen zu tun. Im Kinderheim waren sie wie Brüder gewesen. Broder hatte den Tod seiner Mutter beobachtet. Als er mit dreizehn aus der Schule gekommen war, hatte sie auf dem Sofa gelegen, vollgepumpt mit Schlaftabletten, aber sie hatte noch gelebt. Erst als der Krankenwagen eintraf, war sie gestorben. Doch das war so viele Jahre her. Man konnte nicht für immer in seinem Unglück verharren.

»Ich weiß nicht, wie wir ihm wirklich helfen sollten«, sagte er. »Wir könnten ihm Geld dalassen. Ihm etwas zu essen bringen ...«

Therese verzog das Gesicht. »Mit Geld allein ist es nicht getan. Wir haben viel zu lange weggeschaut. Wer weiß, was er noch alles anstellt?«

Für einen Moment versuchte Schiller sich vorzustellen, wie ein Mann wie Broder, der außerhalb von allem stand, die Welt sah und wozu er möglicherweise fähig war. Er konnte so sanftmütig sein, dass er einen Käfer rettete und über die Straße trug, aber im nächsten Moment hatte er keine Skrupel, ein teures Rennrad zu stehlen oder einen Kiosk aufzubrechen.

»Vielleicht sollten wir an seiner alten Wohnung vorbeifahren«, erklärte Therese. »Vor ein paar Wochen zumindest hat ihm die Wohnung noch gehört. Das Sozialamt hat die Miete bezahlt. Vielleicht ist er da.« Schwerfällig richtete sie sich auf und kicherte leise vor sich hin. »Ich weiß, dass dir das nicht recht ist, aber wir tun ein gutes Werk, wenn wir Broder auf den richtigen Weg zurückholen.«

Ja, so war sie, eine Missionarin und Geburtshelferin. Manchmal wollte sie den Menschen auch helfen, ein zweites Leben zu finden.

Aus der Kneipe drang verhaltener Lärm, als sie zu Schillers Auto gingen, und vor einem türkischen Kiosk standen ein paar Männer zusammen. Das rote Plastikherz, das unter seinem Scheibenwischer klemmte, entdeckte Therese zuerst und hielt es ihm wie ein Geschenk hin. Rasch zog er eine Plastiktüte aus seiner Jacke und ließ es da hineinfallen – obwohl ihm gleich klar war, dass sie keine Fingerabdrücke oder andere Spuren finden würden.

Ein Scherz, hatte er gedacht. Es konnte nicht sein, dass der Täter ihm E-Mails schrieb und ihm dann auch noch sein Erkennungszeichen ans Auto befestigte! Gleich würde Cremer von irgendwoher auftauchen oder vielleicht sogar Birte Jessen, und das Ganze würde sich als eine Art Racheakt herausstellen, weil er wieder viel zu viel auf eigene Faust machen wollte.

Aber natürlich tauchte keiner seiner Kollegen auf. Das Herz war das Zeichen, dass der Täter genau wusste, wer ihn jagte.

Schiller fuhr an Broders alter Wohnung vorbei, doch auch dort schien niemand zu sein. Die beiden Fenster zur Straße waren verhängt. Dann brachte er Therese zu ihrem heruntergekommenen Bungalow. Als er fast so weit war, auf ihr Angebot einzugehen und mit hineinzukommen, klingelte sein Telefon. Carla war am Apparat. Sie klang genauso müde, wie er sich fühlte.

»Hagen läuft wieder durch die Wohnung. Er bringt uns um den Verstand«, sagte sie.

»Ist das Mädchen noch bei dir?«, fragte er.

Carla atmete tief durch. »Es gibt Hoffnung«, sagte sie leise. »Ariane hat ein Gedicht geschrieben, ganz allein, über den 17. Mai 2003.«

»Aber warum?« Schiller verstand nicht.

»Das war der Tag, an dem sie ihr Pferd bekommen hat. Viele Autisten haben ein unglaubliches Gedächtnis. Sie vergessen nichts, können sich an genaue Tagesabläufe erinnern, die schon lange zurückliegen. Ariane ist auch so ein Mensch. Dann hat Hagen wieder mit seiner verrückten Lauferei angefangen, und sie konnte nicht mehr weitermachen. Ich versuche sie nun ins Bett zu bringen.« Carla unterbrach die Verbindung.

Schiller küsste Therese auf die Wange und verabschiedete sich. »Irgendwann komme ich, und wir gucken den ganzen Abend fern«, sagte er, »und dabei reden wir kein Wort. Wie wäre das?«

»Fernsehen gucken kann ich auch allein, aber demnächst solltest du mir helfen, meinen Nachlass zu ordnen«, erwiderte sie und lächelte wieder wie ein junges Mädchen.

Großer Gott! dachte er. Das wäre eine besondere Strafe, all ihre Zettel, Briefe und Papiere zu sortieren. Da würde er lieber im Präsidium sitzen und Berichte schreiben.

»Vielleicht sollte ich mal ein Buch über all meine Kinder schreiben. Mein ganzer Keller ist voller Ordner. Ich habe doch nie etwas weggeworfen«, fügte sie gewichtig hinzu, als wüsste er das nicht.

»Ich würde Broder fünfhundert Euro zahlen, wenn er das machen könnte«, entgegnete Schiller. Dann fuhr er los.

Es war fast halb elf am Abend. Nichts wünschte er sich mehr als eine Dusche und ein paar Stunden traumlosen Schlaf, aber er wusste, dass ihm der Fall nicht aus dem Kopf gehen würde. Wohin entwickelte sich das Ganze? Ein Mörder, der seinem Polizisten hinterherlief, und warum? Ja, warum hat er das Plastikherz unter den Scheibenwischer geklemmt? Konnte Broder etwas damit zu tun haben? Sie waren längst keine Freunde mehr; Broder lebte auf einer einsamen Insel, ohne Blick und Sprache für andere, er schien Menschen nur noch zu verachten.

Schiller brauchte wieder fast zwanzig Minuten, um einen Parkplatz zu finden. Ihr Wohnzimmer war hell erleuchtet. Offenbar war Ariane noch nicht eingeschlafen. Auch bei Hagen brannte Licht. Klar, der Schriftsteller würde nicht im Dunkeln durch seine Wohnung stolzieren. Schiller schloss auf und ging bis in die vierte Etage hinauf, an seiner eigenen Tür vorbei. Als wäre es intimer, klingelte er nicht, sondern klopfte gegen Hagens Tür.

Es dauerte einige Zeit, bis geöffnet wurde. Gabriel Hagen schaute ihn gelangweilt an. »Ja?«, fragte er.

Schiller bemerkte, dass sie sich einige Zeit nicht gesehen hatten. Hagen war dicker geworden, sein Haar noch grauer. Er trug einen weißen Anzug und eine dunkle Brille. Seine Füße steckten in eleganten, weißen Schuhen, die aussahen, als könnte man in ihnen steppen.

»Darf ich kurz hereinkommen?«, fragte Schiller. »Ich habe ein Problem.«

»Problem?« Hagen zog die Augenbrauen in die Höhe. Er nuschelte merkwürdig. Altersflecken bedeckten seine Hände. »Probleme habe ich selbst genug.« Doch er öffnete die Tür.

»Sie sind der Polizist«, sagte Hagen, »und Ihre Frau führt morgens immer den kleinen, schwarzen Hund aus, nicht wahr?«

»Einen schwarzen Hund?« Schiller war überrascht, dass Hagen nicht genau wusste, wer Carla war. Carla mit ihren langen schwarzen Haaren vergaß niemand. Außerdem wechselte sie gelegentlich mit Hagen ein Wort.

Der Flur war voller Regale, auf denen sich die Bücher türmten. Es roch streng in der Wohnung, irgendwie nach Krankheit.

Hagen ging in ein vollkommen leeres Zimmer voraus, in dem wie bei einem Therapeuten zwei Sessel mitten im Raum platziert waren und das von mehreren Deckenleuchten erhellt wurde. In einer Ecke stand ein Stehpult mit einem eingeschalteten Laptop. Hier, auf stumpfem Parkettboden, unternahm er sein Wanderschaften.

»Sie schreiben ein Buch?«, fragte Schiller.

»Nein«, erwiderte Hagen. »Ich schreibe kein Buch. Das ist mein Problem – dass ich eben kein Buch schreibe.« Er deutete auf einen Sessel, während er selbst wieder auf und ab lief und zu seinem Laptop hinüberblickte. »Aber was ist Ihr Problem?«, fragte er dann. »Bin ich es? Kriegen Sie mit, dass ich kein richtiges Wort mehr herausbringe?«

Schiller nickte. »Ja«, sagte er, »wir hören, wie Sie unruhig durch die Wohnung laufen, hin und her, die ganze Nacht hindurch.«

Hagen blickte auf seine Schuhe, ehrlich erstaunt, als hätte er gar nicht bemerkt, dass er sie trug. Er seufzte, dann trat er sich die Schuhe von den Füßen. »Sie haben recht«, erklärte er. »Ich laufe allein durch eine riesige Wüste, durch tiefsten Sand und habe italienische Lederschuhe an. Wie widersinnig! Ich sollte barfuß gehen, auch wenn ich mir die Füße verbrenne.« Mit einer heftigen Bewegung warf er die Schuhe in eine Ecke und streifte seine weißen Socken ab. Einen Moment später trippelte er auf der Stelle, hob seine Hände und lächelte, sodass tiefe Falten sein Gesicht durchzogen. »Vielleicht geht es nun auch mit dem Schreiben besser. Sie haben recht, man muss den Boden unter seinen Füßen spüren.«

Schiller nickte ein wenig irritiert. Hatte es Sinn, Hagen eine Frage zu stellen, oder war er ganz in seinem Buch gefangen, das er anscheinend nicht schreiben konnte? Nach einem kurzen Zögern entschied Schiller sich, die beiden ausgedruckten E-Mails des Mörders hervorzuholen, die eine an Göbel, die andere, die an ihn adressiert gewesen war. »Ich habe noch ein Problem«, sagte er, »ein wirklich sehr ernsthaftes Problem. Es geht um zwei Morde.«

Hagen blieb stehen. Nun, mit seinen nackten Füßen, wirkte er wie ein Schauspieler, der in seinem weißen Anzug auf der Bühne einen harmlosen Schmetterlingsfänger mimt. »Sie suchen den Mörder?«

Schiller hielt ihm das Papier hin und erklärte mit ein paar Sätzen den Fall, ohne allerdings das rote Plastikherz zu erwähnen. »Sie sind Schriftsteller. Sie kennen sich mit Sprache aus. Was ist das für ein Mensch, der so etwas schreibt?«

»Interessant«, murmelte Hagen vor sich hin und nahm die beiden Papiere an sich. Er las im Gehen, die E-Mails dicht vor Augen, umrundete Schillers Sessel und ging zu den beiden Fenstern und wieder zurück. Ohne Schuhe kam er Schiller noch älter vor. Carla und das autistische Mädchen würden aufatmen, weil er nun keinen Lärm mehr machte.

»Ich kenne solche Menschen«, sagte Hagen, nachdem er drei Runden durch den Raum gedreht hatte. Er lachte kurz auf, ehrlich belustigt. »Könnte ein Bruder von mir sein.«

»Ihr Bruder?« Schiller richtete sich auf.

»Nein, nein, ich habe keinen Bruder, aber solche Menschen wie dieser Schreiber sind mir vertraut«, entgegnete Hagen. Er schob seine Brille hoch und fixierte Schiller. Seine grauen Augen wirkten leblos. »Der Schreiber ist eitel, ein Besserwisser und Moralapostel. Moral in seinem Sinne, versteht sich. In dem ersten Schreiben wollte er sich verstellen und wollte es doch eigentlich nicht. Daher die lächerlichen Fehler, die man sofort durchschaut. Er weiß, dass er sich tarnen muss, gleichzeitig möchte er am liebsten herausschreien, wer er ist und was er tut. Er ist gebildet, aber nicht zu sehr, ein eifriger Zeitungsleser, der jedoch glaubt, über den Dingen zu stehen. Er ist viel allein und hat viel Zeit.«

Schiller war gegen seinen Willen beeindruckt. »Ist es ein Mann?«, fragte er. »Und wie alt könnte er sein?«

Hagen gab die Papiere gar nicht aus der Hand, sondern überflog sie immer wieder. »Ein Mann, zweifellos«, entgegnete er, »aber kein ganz junger Mann, nicht jünger als vierzig. Ein Mann, der wie die meisten Männer wissen möchte, wer sein Gegner ist. Daher diese E-Mails. Könnte auch sein, dass er Sie beobachtet und Ihnen über den Weg läuft, ohne dass Sie es bemerken. Er spielt ein tödliches Spiel.«

»Und warum tut er das?«, fragte Schiller. »Wir haben bisher noch keine Verbindung zwischen den Opfern gefunden.«

Endlich reichte Hagen ihm die Papiere zurück. Seine Augen lagen wieder hinter seiner dunklen Brille verborgen. »Keine Ahnung, vielleicht gibt es gar keine Verbindung. Vielleicht ist alles eine Art Vorspiel, und der Mord, um den es geht, hat noch gar nicht stattgefunden. Daher ist er auch so eifersüchtig und erklärt, dass dieser miese Kleinkriminelle nichts mit seinen Taten zu tun habe. Eines aber ist sicher.« Hagen machte eine theatralische Pause und verzog das Gesicht zu einem Lächeln. Ein gelbliches, verfaultes Gebiss kam zum Vorschein.

»Was ist sicher?«

»Ihr Mörder ist gefährlich und längst noch nicht am Ende.«

14.

Als er zu seinem Rennrad zurückgekehrt war, hatte da ein Kerl gestanden, ein junger Türke, braun gebrannt, mit kurz geschorenen, gegelten Haaren, und hatte sich sein Schloss angesehen – mit dieser tückischen Aufmerksamkeit des Kleinkriminellen und vollkommen respektlos. Sofort hatte er gespürt, wie ihn eine unbändige Wut erfasste. Was tat dieser Wichser da! Befummelte sein Fahrrad, das Einzige von Wert, das er besaß. Am liebsten hätte er ihm ohne jede Warnung ins Gesicht geschlagen, aber dann fiel ihm ein, dass er direkt vor dem Internetladen kein Aufsehen erregen durfte. Die Sache mit den E-Mails war schon gefährlich genug. Also hatte er dem Jungen lediglich die Hand auf die Schulter gelegt und ihm ins Ohr gezischt: »Nimm deine schmutzigen Hände weg, Arschloch!« Dann hatte er ihn entschlossen ein Stück zurückgeschoben.

Der Türke war sofort, ganz wie ein richtiger Straßenkämpfer, in Habachtstellung gegangen, doch er hatte so getan, als würde er ihn gar nicht mehr beachten, und war seelenruhig auf sein Fahrrad gestiegen. Als er sich vorsichtig über die Schulter blickte, weil man solche Kerle im Auge behalten musste, sah er, wie der Bursche sein Handy hervorgezogen hatte und aufgeregt hineinsprach. Klar, da musste er sich sofort wichtig tun und ein paar Kumpels herbeirufen.

Oh, er hasste dieses Gesocks – und nichts hätte er lieber getan, als solchen Typen ein wenig Respekt beizubringen, aber vermutlich war es besser, die Kalker Hauptstraße eine Weile zu meiden.

Vielleicht war es auch ein Fehler gewesen, noch eine zweite E-Mail zu verschicken. Dabei hatte er genau gewusst, dass die Polizei ihn nur zu einer Reaktion reizen wollte. Jan Schiller war ein fast ebenbürtiger Gegner.

Diese Morde hatten etwas mit ihm gemacht. Nach Funnys Tod war er selbst wie tot gewesen, doch nun war er voller Energie und Leben. Es gab noch so viel zu tun. Er würde Funny ehren, wie noch nie eine Frau geehrt worden war, und die Stadt mit roten Herzen überziehen. Und er würde für Gerechtigkeit sorgen.

Dr. Emanuel Schmidt legte eine erstaunliche Pünktlichkeit an den Tag. Um genau 18 Uhr 57 bog er auf den Garagenhof an der Neuenhöfer Allee ein. Gestern war er acht Minuten später angekommen. Anscheinend hatten Ärzte einen viel regelmäßigeren Tagesablauf, als er vermutet hatte. Schmidt stieg aus seinem blauen Volvo, ließ den Motor laufen und öffnete seine Garage. Dazu musste er zwei Türen öffnen, die im Gegensatz zu den anderen Toren in der Reihe aus Holz waren. Wahrscheinlich ein Arzt mit einem ökologischen Gewissen – zumindest solange es nicht wehtat. Schmidt war Anfang vierzig, hatte blonde, etwas zu lange Haare und sah aus der Entfernung aus wie ein Schauspieler, der auf jugendlich machte. Er hatte zwei Kinder und eine Frau, die früher in der Praxis mitgearbeitet hatte. Seine Wohnung befand sich in der dritten Etage in einem teuren Wohnkomplex, der direkt am Beethovenpark lag. Eine gewöhnliche, biedere Existenz, aber all das würde ihm nichts nützen. Statt Funny zu helfen, die bei ihm jahrelang in Behandlung gewesen war, hatte er ihr in einem kurzen Telefonat die Diagnose mitgeteilt – Darmkrebs, gestreut in die Leber. Im nächsten Satz hatte er sich den nächsten Krankenschein eingefordert und gesagt: »Wird schon werden, kämpfen Sie dagegen an – viel Glück.«

Schmidt fuhr in die Garage hinein und lief dann, ohne den Blick zu heben, zurück zur Straße. Der Garagenhof war von hohen, dichten Kastanienbäumen umgeben, sodass er von den umliegenden Häusern nicht einzusehen war. Da es nur eine Zufahrt gab, war es kein ganz idealer Ort für einen Mord, aber er würde es wagen, und die Zeit, dem ehrenwerten Herrn Doktor das Herz in den Schoß zu legen, würde er auch noch haben.

Nachdem Schmidt außer Sicht war, stieg er ohne Hast auf sein Rennrad. Er würde seine Pläne ändern und nicht mehr so lange warten, wie er sich eigentlich vorgenommen hatte. Schmidt war ein leichtes Opfer – genau wie Mundt und van Gaal.

Funny würde sehr zufrieden mit ihm sein.

15.

Der Himmel war glutrot, langsam stieg die Sonne über den Horizont. Sie erhöhte die Schlagzahl noch einmal, zog die Skulls so weit durch, dass es wehtat, aber es sollte ja auch wehtun. Ihre Lungen sollten brennen, jeder Muskel in ihrem Körper sollte schmerzen. Sie spürte, wie ihr der Schweiß den Rücken hinunterfloss. So war es früher immer gewesen, wenn sie auf der Alster gerudert waren – vier junge Mädchen, die besten Ruderinnen von Hamburg, beinahe unschlagbar in ihrem Vierer.

Nach zweitausend Metern wendete sie und ruderte zurück, ließ es nun etwas gemächlicher angehen. Ein guter See, um zu rudern, ruhiges Wasser, mit sechs abgetrennten Bahnen. Angeblich trainierten hier auch weißrussische Olympiasieger, wie ihr der alte Rudertrainer erklärt hatte, der ihr am Abend die Schlüssel für das Bootshaus gegeben hatte.

Als sie die Augen schloss, hatte sie für einen Moment das Gefühl, gleich würde sie fliegen, ihr Boot würde sich aus dem Wasser erheben und wie ein stolzer Schwan in den Himmel aufsteigen. Dann bemerkte sie, dass ihre rechte Hand zu bluten begonnen hatte. Fast vier Monate hatte sie nicht mehr in einem Boot gesessen.

Ich gebe mir vier Wochen, sagte sie sich, vier Wochen, um zu entscheiden, ob ich in Köln bleibe oder wieder weggehe und meinen Job aufgebe. Gestern im Verhörraum hatte nicht viel gefehlt, und sie hätte ihre Waffe gebrauchen müssen. Fast zwei Flaschen Rotwein hatte sie am Abend getrunken, um einschlafen zu können.

Als sie im Bootshaus ihr Mobiltelefon anschaltete, sah Birte Jessen, dass sie drei Anrufe erhalten hatte. Das Hafenkrankenhaus von Sankt Pauli. Martha war in der Nacht mit akuten Kreislaufproblemen eingeliefert worden. Lebensgefahr bestehe nicht, sagte eine Krankenschwester in einem gelangweilten Tonfall. Noch nicht.

Er wollte es sich nicht eingestehen, aber er floh förmlich aus der Wohnung. Etwas war anders, seit Ariane da war. Als er von Hagen heruntergekommen war, hatte Carla schon geschlafen, aber das autistische Mädchen hatte im Wohnzimmer im Sessel gesessen, genau wie am Abend zuvor, hatte die linken Zehen kreisend bewegt und den Kopf gehoben, als könnte sie Stimmen hören, als würde sie noch wahrnehmen können, wer alles in diesem Raum je einmal ein Wort gesprochen hatte. Eine gespenstische Vorstellung! Ihn hatte sie nicht einmal angesehen, doch jede seiner Bewegungen registriert. Nachdem sie plötzlich verschwunden war, hatte er auf dem Sofa geschlafen, weil er zu müde gewesen war, zu Carla ins Bett zu kriechen.

Um Viertel nach acht kam Jan Schiller am Theater am Bauturm an. Das Café war noch leer. Nur Hanno, der Saxophonspieler, saß allein an einem Tisch am Fenster und blickte auf die Straße hinaus. »Polizei behauptet: Herzmörder gefasst«, las Schiller in der Zeitung, die am Eingang lag. Also hatte man ihm seine Vorstellung auf der Pressekonferenz doch nicht geglaubt. Er hatte sich allenfalls ein oder zwei Tage Atempause verschafft, bis dem letzten Journalisten klar sein würde, dass sie keinen Schritt weitergekommen waren, sondern nur einen miesen Trittbrettfahrer festgenommen hatten.

Hanno blickte kurz auf, als Schiller sich neben ihn setzte. Sein Saxophon hing über dem Stuhl rechts von ihm. Der Schallbecher sah so lädiert und verbogen aus, als hätte jemand mit einem Hammer darauf eingeschlagen.

»Unfall gehabt?«, fragte Schiller und deutete auf das Saxophon.

Hanno hob die Hände und ließ sie gleich wieder sinken, als könnte er so viel Kraft gar nicht mehr aufbringen. Die Kaffeetasse vor ihm war leer. »Ein paar jungen Typen am Bahnhof hat mein Spiel nicht gefallen – kann vorkommen. Meine alte Jupiter hat schon anderes überstanden.« Zärtlich strich er über das Saxophon. Dann blickte er Schiller an. Seine Augen waren blutunterlaufen und verrieten, dass er noch nicht geschlafen hatte. »Du hast deinen Mörder also gefangen. Kannst du deshalb hier so gemütlich frühstücken?«

»Könnte sein«, sagte Schiller.

Auf der Aachener Straße riss der Strom der vorbeirauschenden Autos für einen Moment ab. In dem Haus gegenüber, das Hanno offensichtlich im Blick behalten hatte, wurde eine Tür geöffnet. Drei Männer in dunklen Lederjacken traten auf die Straße und verabschiedeten sich per Handschlag. Einer, der eine FC-Köln-Kappe trug, begab sich am Millowitsch-Theater vorbei in Richtung Innenstadt, der zweite ging die Aachener Straße hinauf, und der dritte, der lange zurückgekämmte Haare hatte, stieg in einen schwarz glänzenden Geländewagen und scherte einen Moment später mit Vollgas aus.

Ein junges Mädchen, das ihre Haare zu zwei Zöpfen gebunden hatte und das Schiller nicht kannte, brachte ihm einen großen schwarzen Kaffee und ein Croissant und nickte ihm lächelnd zu. Ihm gefiel es, gleich als Stammgast erkannt zu werden.

»Wir sollten ein wenig plaudern«, sagte Schiller. »Zum Beispiel darüber, was du so tust, wenn du nicht Saxophon spielst.« Er nahm die Tasse und trank einen Schluck, dann bedankte er sich mit einem Handzeichen bei dem jungen Mädchen hinter der Theke.

»Ich spiele eigentlich immer«, sagte Hanno. »Sogar während ich hier sitze und mir dein Gerede anhöre. In meinem Kopf denke ich mir neue Stücke aus oder spiele alte nach.« Er hatte immer noch das Haus auf der anderen Straßenseite im Blick.

»Nimmst du nie ein Buch in die Hand?« Schiller zog sein Mobiltelefon hervor und tippte eine SMS an Birte Jessen ein. *Frühstück im Bauturm – beeil dich.* »Was hältst du beispielsweise von Dostojewski?«

»Dostojewski?« Hannos Hände suchten die leere Tasse auf dem Tisch. »Der Spieler? Hat man mich in meiner Jugend vor gewarnt – eine gefährliche Lektüre.«

»Dann sollten wir mal über die Straße gehen«, sagte Schiller. »Da wohnt nämlich Mister Dostojewski. Wir statten ihm einen Besuch ab und erzählen ihm, was für einen schlechten Ruf er hat.«

Hanno lächelte müde. »Keine Zeit«, sagte er. »Habe noch einen Auftritt – Waldorfkindergarten. Die lieben Kleinen haben sich für ihren Sonnengruß einen richtigen Saxophonspieler gewünscht.« Er erhob sich und legte einen Fünf-Euro-Schein auf den Tisch. »Ich an deiner Stelle würde Mister Dostojewski nicht unterschätzen.«

Sie stieg aus einem weißen Alfa Romeo mit Hamburger Kennzeichen, und er konnte auf den ersten Blick erkennen, dass sie wütend war. Ihr Haar war noch nass, wahrscheinlich hatte er sie unter der Dusche hervorgeholt. Heute trug sie eine grüne Hose mit unzähligen Taschen, Outdoor-Kleidung – als wollte sie auf eine Expedition gehen. Seine SMS war offenbar ein wenig zu wortkarg ausgefallen. Dieser Fehler unterlief ihm auch bei Carla oft. Er legte einen Geldschein auf den Tisch und erhob sich, während sie das Café betrat.

»Leider müssen wir unsere Pläne ändern«, sagte er. »Frühstück fällt aus. Wir sollten uns die Wohnung von Dostojewski gegenüber ansehen.« Er deutete auf die andere Straßenseite, doch sie nickte ihm nur zu und setzte sich.

»So wird das nicht laufen«, sagte Birte Jessen. »Ich bin nicht die Gehilfin von Kölns größtem Superpolizisten, die man überall per SMS hinbeordern kann.«

»Hast recht«, sagte Schiller und machte der Kellnerin ein Zeichen. »Der Kaffee geht auf mich.« Er versuchte Birte Jessen anzulächeln, doch sie achtete gar nicht auf ihn, sondern blickte aus dem Fenster. Er sah, dass ihre Haare tatsächlich noch nass waren und ihre rechte Hand innen blutete. Während sie sich über ihre Tasse beugte, die das Mädchen ihr eilig gebracht hatte, wirkte sie plötzlich verletzlich und überaus hübsch, obwohl sie ungeschminkt war, eine Schönheit für den zweiten Blick.

»Wenn es stimmt, was ich vermute, dann ist diese Wohnung die einzige Verbindung zwischen Mundt und van Gaal«, sagte er. Einen Moment dachte er daran, ihr von dem Herz zu erzählen, das der Mörder gestern Abend an seinem Auto befestigt hatte, tat es dann aber nicht. Wieso blutete ihre rechte Hand? Was hatte sie heute Morgen schon gemacht?

Birte Jessen funkelte ihn mit ihren blauen Augen an. »Ich will, dass wir zusammenarbeiten«, sagte sie. »Also spiel bei mir nie wieder den Macho.«

Er nickte und legte noch einen Geldschein auf den Tisch. »Gut, dann ist das ja geklärt. Lass uns gehen.«

Sie überquerten die Straße, und er drückte mit der Hand auf mindestens vier Klingelknöpfe. Als ihnen geöffnet wurde, rief er ins Treppenhaus: »Post für den Komiker Kafka.« Daraufhin wurde eine Tür wieder geschlossen. Mitten in die Stille hinein klingelte sein Telefon. Carla.

»Ich bin gerade in einem Einsatz«, flüsterte er in den Apparat.

»Was hast du mit dem Mädchen gemacht?«, fragte Carla. Ihre Stimme klang gefährlich kühl.

»Was soll ich gemacht haben? Sie hat mir gegenübergesessen, und wir haben uns angestarrt. Du hast schon geschlafen.«

»Sie hat nach dir gefragt. ›Der Polizist?‹ Ihre einzigen zwei Worte in den letzten Tagen.«

»Ich muss auflegen«, sagte Schiller, während er sich auf die Treppe zu bewegte. »Ich versuche heute Abend früher zu kommen. Habe gestern noch mit Hagen gesprochen. Bis später.«

Birte Jessen schob sich an ihm vorbei. »Und ich dachte schon, ich wäre die Einzige mit Problemen«, sagte sie ironisch.

Die Wohnung mit dem Türschild »Dostojewski« lag in der zweiten Etage. Schiller holte seinen Ausweis hervor und klingelte. Eine altmodische Glocke ertönte, dann hörten sie Schritte und eine Frauenstimme, die mit hartem polnischen Akzent sagte: »Zu früh für Party. Heute Abend kommen.«

Schiller pochte mit der Faust gegen die Holztür. »Kriminalpolizei. Wir würden gerne mit Herrn Dostojewski sprechen.«

»Keiner da«, stieß die Stimme hervor. Die Frau stand nun direkt hinter der Tür. Schiller spürte, dass sie durch den Spion angeschaut wurden, und hielt seinen Ausweis hoch.

»Nur ein paar harmlose Fragen – wir können auch mit Ihnen reden«, sagte er.

Zögerlich wurde die Tür geöffnet. Man sah der Frau sofort an, wer sie war – Mitte dreißig, blonde, nachlässig zusammengebundene Haare, müde braune Augen, die sie verständnislos anschauten. Ihre Hände steckten in gelben Gummihandschuhen. Die Putzfrau.

»Wir sind gleich wieder weg«, sagte Schiller. »Wollen uns nur ein wenig umschauen. Wer sind Sie?«

»Frau Ewa Leszek.« Sie lächelte ihn an und wurde dann ernst, als sie Birte Jessen entdeckte. »Bin hier, um zu sauberzumachen. Herr Dostojewski gibt es gar nicht. Ist ein Scherz.«

»Das wissen wir, Frau Leszek«, sagte Schiller. »Ein wirklich intelligenter Scherz.« Er ging die Wohnung hinein. Es roch nach Putzmittel, aber dahinter lauerte ein anderer, viel stärkerer Geruch – Nikotin. In diesen Räumen wurde eine Menge geraucht.

»Was ist mit Herrn Raimund Kahle?«, fragte Birte Jessen. »Wohnt der hier?«

Die Putzfrau zog ihre Stirn in Falten, als hätte man ihr eine besonders schwierige oder ganz und gar absurde Frage gestellt. »Weiß nicht«, sagte sie dann.

»Klar«, sagte Schiller, »das hier ist eine schöne, typische Junggesellenwohnung – nur schade, dass der Hausherr ständig unterwegs ist.«

Die Wände rechts und links waren verspiegelt, sodass er die Angst und Ratlosigkeit in den Augen der Putzfrau sehen konnte. Sie griff in ihre Hosentasche und holte eine Schachtel Zigaretten hervor, um sich eine anzustecken. In die Spiegelwand rechts waren silberfarbene Kleiderhaken eingelassen, verloren hing aber lediglich eine billige grüne Lederjacke da.

Nachdem sie eine geschlossene Tür passiert hatten, führte der Gang in eine Art Salon, ein großer Raum mit Säulen, dicken Teppichen und drei schweren Kronleuchtern.

»Eine echte Überraschung«, sagte Birte Jessen. »Von außen sieht das Haus eher nach sozialem Wohnungsbau aus.«

»Ja, keine schlechte Tarnung.« Schiller sah sich aufmerksam um. »Wenn man von diesem blöden Türschild einmal absieht.«

Drei große Pokertische verteilten sich in dem Salon, stolze Kostbarkeiten aus Mahagoni, mit grünem Filz überzogen. In einer Ecke gab es eine Bar mit Barhockern und mächtigen Ledersesseln. Anscheinend liefen die Geschäfte nicht schlecht. Frau

Leszek hatte noch eine Menge zu tun, den vielen schmutzigen Gläsern nach zu urteilen, die auf der Bar standen.

»Wirklich eine typische Junggesellenwohnung«, sagte Schiller. »Wir sollten uns näher mit Herrn Kahle bekanntmachen.«

Als ihr Telefon klingelte, eilte Birte Jessen in eine Ecke. Er hörte nur, wie sie aufgeregt den Namen »Martha« ausstieß. Mehr konnte er nicht verstehen. Besorgt blickte sie vor sich hin und sprach leise in den Apparat hinein.

Schiller ging um die Bar herum. Er hielt nach der Putzfrau Ausschau, aber die war im Gang zurückgeblieben, wo sie sich anscheinend mit einer Dosis Nikotin beruhigen musste. Er nahm ein Glas und roch daran. Whisky. Dann öffnete er eine Zigarrenkiste. Drei Zigarren lagen noch darin. Eine kubanische Marke, kostete gut und gerne hundert Euro das Stück. Fast war er versucht, sich eine einzustecken. Broder hatte die billigere Variante solcher Ungetüme früher manchmal geraucht, um anzugeben.

Er begriff, dass er einen Fehler gemacht hatte. Sie hätten abends kommen müssen, wenn Kundschaft da war, aber vielleicht konnten sie das ja noch nachholen. Dann allerdings würde die schreckhafte Frau Leszek den Mund halten müssen. Birte Jessen telefonierte noch immer, und er ging hinter die Bar und öffnete einige Türen an einem verspiegelten Schrank. Wäre zu schön, wenn er ein paar Fotos fände, Visitenkarten, Deckel mit Namen, irgendetwas, das verriet, wer hier ein und aus ging. Kartenspiele lagen da, eingeschweißt, mindestens fünfzig Stück, dann zwei weitere Kisten kubanischer Zigarren, original verpackt, außerdem jede Menge CDs. Anscheinend gehörte auch Musik zum Ambiente dazu. Er nahm die erste CD. »Pavarotti – seine schönsten Arien«. Auf dem obersten Regalbrett fand er eine Packung Zahncreme mit drei Zahnbürsten und etwa dreißig Rollen Pfefferminz. Man dachte also auch an die richtige Mundpflege, aber vielleicht hatten die Herren, die hier abends auftauchten, empfindliche Gattinnen, denen an frischem Atem gelegen war, wenn sie mitten in der Nacht noch beglückt wurden. Eine letzte Kiste blieb. Eher nachlässig blickte Schiller hinein. Ein Sammelsurium verschiedener Schlüssel und eine Waffe –

eindeutig keine Spielzeugwaffe wie bei Ritchie Moll, sondern eine waschechte Beretta, die leider als Tatwaffe nicht in Frage kam. Trotzdem würden sie sich diesen Laden einmal genauer ansehen müssen. Er dachte an Hannos versteckte Warnung. Kahle schien ein Meister der Diskretion zu sein – und der Einschüchterung. Wahrscheinlich war es ihm so gelungen, diese Wohnung bisher geheimzuhalten.

Sein Telefon klingelte schon wieder. *Therese*, verriet das Display seines Nokias. Klar, sie wollte unbedingt Broder aufspüren. Als er das Gespräch entgegennehmen wollte, bemerkte er, dass sie nicht mehr allein im Raum waren. Frau Leszek hatte sich Unterstützung geholt. Der Mann mit den schwarzen, zurückgekämmten Haaren hatte seinem auf Hochglanz polierten Geländewagen die Sporen gegeben und war zurückgekehrt.

»Ich bin sehr gespannt, ob Sie einen Durchsuchungsbefehl haben«, rief er in den Raum hinein und näherte sich mit schnellen Schritten.

»Brauchen wir nicht«, erwiderte Schiller gleichmütig und hielt ihm seinen Ausweis hin. »Ihre Putzfrau war so freundlich, uns hineinzubitten. Eine richtige Hausdurchsuchung sieht außerdem anders aus. Da kommen unsere Spezialisten und lassen keinen Stein auf dem anderen.«

Frau Leszek wagte sich nun auch in den Salon. Sie zog es allerdings vor zu schweigen.

Birte Jessen hatte ihr Telefonat beendet. »Sind Sie Raimund Kahle?«, fragte sie in einem ruppigen Tonfall. »Oder sollen wir Sie Fjodor Dostojewski nennen?«

Schiller lächelte. Sie hatte also doch Sinn für Humor.

Dass sie seinen Namen bereits wussten, schien den Schwarzhaarigen für einen Moment aus dem Konzept zu bringen. »Raimund Kahle – ganz recht«, sagte er. »Wenn Sie mir jetzt sagen würden, was Sie hier suchen? Das ist ein privater Club. Hier lade ich nur persönliche Freunde ein.«

»Wohl dem, der so viele Freunde hat«, erwiderte Schiller und deutete auf die leeren Gläser auf der Bar. »Aber bevor wir hier weiterplaudern, würde ich gerne wissen, wem die Beretta gehört, die Sie da in Ihrem Barschrank verwahren. Eine Vorsichtsmaßnahme, falls einmal zufällig die falschen Freunde vorbeikommen?«

Kahle furchte die Stirn. »Was wollen Sie?«, fragte er nun deutlich entgegenkommender.

»Eigentlich wollen wir nur eine kleine, harmlose Auskunft«, sagte Schiller. Er holte die Fotos von Mundt und van Gaal aus seiner Jacke. »Gehören diese Herren auch zu Ihren engen persönlichen Freunden?«

Kahle blickte auf die Fotos. Er hatte eine große Narbe am Hals, die eine goldene Kette nur dürftig überdeckte. »Darum also sind Sie gekommen? Ja, Roger war manchmal hier zu Gast – hilft ja nichts, es abzustreiten. Der andere war nur einmal hier, ist einige Zeit her. Er hat gleich das große Wort geführt, da habe ich ihn auf meine Art gebeten, nicht wiederzukommen.«

Schiller konnte sich vorstellen, wie diese Art aussah. Wahrscheinlich hatte er den vorlauten Harald Mundt schlicht hinausgeworfen.

»Warum war Emma Sahler gestern bei Ihnen?«, fragte Birte Jessen. Ihr Tonfall war keinen Deut freundlicher geworden.

Kahle blickte sie ein wenig irritiert an. »Sie glauben doch nicht, dass ich etwas mit den Morden zu tun habe, dass es hier eine Verbindung gibt? Das ist ein privater Club, nichts weiter.« Dann zögerte er einen Moment. »Außerdem dachte ich, dass Sie den Mörder längst gefunden haben.«

»Lieber Herr Kahle«, Schiller stöhnte auf, »es wäre schön, wenn Sie die Frage meiner Kollegin beantworten würden.«

»Sie wollen die Wahrheit wissen?«

Schiller breitete seufzend die Hände aus und ging zur Bar hinüber. »Glauben Sie, wir sind gekommen, um uns irgendwelche Märchen anzuhören?« Er öffnete den Spiegelschrank, nahm ein Papiertaschentuch und ließ die Beretta in eine Plastiktüte fallen. »Können Sie sich wieder abholen, wenn Sie einen gültigen Waffenschein mitbringen und nachweisen, dass Sie die Waffe demnächst ordnungsgemäß aufbewahren.«

Kahle zeigte keinerlei Regung, als die Beretta vor seinen Augen verschwand. »Emma hat mich gefragt, ob ich ihr das Haus abkaufe, in das sie mit Roger einziehen wollte.« Er lachte humorlos auf. »Diese Morde sind totaler Irrsinn! Dass da ein Verrückter durch die Gegend läuft, ist nicht gut für diese Stadt.« Es klang beinahe staatsmännisch.

»Emma verliert aber wirklich keine Zeit«, sagte Schiller. »Warum ist sie ausgerechnet zu Ihnen gekommen?« Er zog sein Notizbuch hervor und notierte sich Kahles Aussage.

»Ich bin eigentlich Makler – damit verdiene ich mein Geld. Ich habe Roger das Haus besorgt.«

»Und warum will Emma das Haus so schnell verkaufen? Gehört es ihr überhaupt?«

»Roger hat es nicht gewusst, aber sie hat Schulden – sie ist vor ein paar Jahren mit einer Boutique pleitegegangen. Ich habe ihr ein wenig unter die Arme gegriffen – finanziell.« Das letzte Wort betonte er.

Schiller bemerkte, wie Birte Jessen ihn anschaute. Sie hatte denselben Gedanken wie er. Kahle log. Emma war bestimmt nicht zu ihm gekommen, um über das Haus zu sprechen. Vielleicht hatte sie einfach einen Seelentröster gesucht – oder sie war zu ihrem alten Liebhaber gelaufen.

»Und haben Sie Emma helfen können?«, fragte Schiller.

»Ich habe sie beruhigt«, erklärte Raimund Kahle vage. »Und ihr meine Hilfe angeboten.«

»Oder hat Frau Sahler Sie möglicherweise gefragt, ob Sie einen Verdacht haben, wer van Gaal getötet haben könnte? Immerhin haben Sie mit ihm Geschäfte gemacht.« Birte Jessen trat ganz dicht auf Kahle zu. Man sah ihr an, dass sie Männer wie Raimund Kahle nicht leiden konnte.

»Hat sie nicht«, entgegnete Kahle mürrisch. »Und nun schlage ich vor, dass Sie gehen. Wenn Sie weitere Auskünfte von mir wollen, laden Sie mich ins Präsidium ein. Ich werde dann pünktlich mit meinem Anwalt kommen.« Er lächelte kühl. »Und geben Sie mir bitte eine Bescheinigung für die Beretta.«

Schiller reichte ihm seine Visitenkarte. »Das reicht als Bescheinigung.« Er nickte Birte Jessen auffordernd zu, und sie gingen zur Tür, vorbei an der Putzfrau, die ängstlich den Blick senkte. Kahle würde ihr Schwierigkeiten machen, dass sie Polizisten hereingelassen hatte.

Als sie die Treppe hinuntergingen, sagte Schiller: »Jetzt sollten wir doch frühstücken. Was hast du eigentlich mit deiner Hand gemacht? Heute Morgen schon am Reck geturnt?«

»Gerudert«, erwiderte Birte Jessen, »aber eigentlich geht dich das nichts an.« Dann lächelte sie ihn spöttisch an. »Frühstück muss leider ausfallen. Wir sollten uns um Kahles Kundschaft kümmern. Manche seiner Gäste neigen zu kleinen Vergesslichkeiten.« Sie zog ein teures Mobiltelefon aus der Tasche und zeigte es Schiller. »Lag unter dem einen Pokertisch. Bin gespannt, wem es gehört.«

»Unser Mann ist ein Irrer, der uns an der Nase herumführen will«, sagte Bert Cremer voller echter Empörung, nachdem sie im Präsidium eingetroffen waren.

Birte Jessen war ihm mit ihrem Alfa brav gefolgt. Während der Fahrt hatte er versucht, Therese zu erreichen, aber sie hatte ihr Handy abgeschaltet. Wahrscheinlich machte sie irgendwo einen Hausbesuch. Auch wenn sie keine Hausgeburten mehr betreute, so übernahm sie von jungen Kolleginnen doch noch Nachsorgetermine.

Nele hielt Schiller mehrere Blätter hin. »Sieben Meldungen in der letzten Stunde. Der Mörder läuft durch die Stadt und hängt rote Herzen auf. Wenn es nicht so ernst wäre, könnte man das Ganze für eine Kunstaktion halten. ›Leute, liebt eure Stadt!‹«

Schiller nahm die Meldungen entgegen und zog das rote Herz aus der Tasche, das er unter dem Scheibenwischer an seinem Auto gefunden hatte. »Und ich dachte schon, der Mörder hätte nur mich beglückt.« Kurz erzählte er von seiner Fahrt nach Nippes. Nun sah es doch eher nach einem zufälligen Geschenk aus. Dieser Gedanke beruhigte ihn beinahe.

Birte Jessen funkelte ihn an. Warum hast du nichts davon gesagt? sollte dieser dunkle Blick heißen. Wir haben eine Abmachung. Er versuchte ihn zu ignorieren.

Auf dem Stadtplan an der Wand hatte Nele bereits die Fundorte markiert. Sie konzentrierten sich auf die Innenstadt rund um den Dom, Nippes und die Südstadt.

»Wir müssen natürlich davon ausgehen, dass uns nicht alle

Herzen, die auftauchen, gemeldet werden«, erklärte Cremer. »Außerdem sucht er sich immer versteckte Winkel aus. Der U-Bahnschacht am Breslauer Platz, die Herrentoilette im Café im Museum Ludwig ... Ein Herz hing in einer Rose im Blumengeschäft im Bahnhof. Eines lag auf einem Zeitungskasten in der Severinstraße. Phantasie hat der Kerl – das muss man ihm zugestehen.«

»Zeugen gibt es jedenfalls keine«, sagte Nele. »Fitschen will euch sprechen. Er war nicht gerade amüsiert. Übrigens wurde auch die zweite E-Mail aus dem Internetcafé von der Kalker Hauptstraße verschickt. Unser Täter scheint Gewohnheiten zu schätzen, oder er fühlt sich einfach sehr sicher.«

Schiller nickte und ging wortlos zu der Kaffeemaschine hinüber. Er füllte Kaffee ein und dann Milch. Nichts brauchte er nun mehr als einen starken Kaffee. Die Pressekonferenz gestern war ein Fehlschlag gewesen. Das wurde ihnen heute deutlich vor Augen geführt. Der Mörder zeigte der ganzen Stadt, dass er noch da war.

»Vielleicht fühlt er sich tatsächlich als Künstler – Mord als Kunst«, sagte Birte Jessen. »Indem er unangenehme Zeitgenossen wie Roger van Gaal tötet, glaubt er, die Welt besser zu machen.«

»Roger van Gaal war kein Schwerverbrecher, kein Pädophiler oder Vergewaltiger – zumindest soweit wir es wissen«, erwiderte Schiller. Dann berichtete er kurz von ihrem Besuch in Kahles geheimem Club und holte die konfiszierte Waffe hervor. Um solche Dinge musste sich Nele kümmern – sehr zu ihrem Leidwesen. »Birte hat auch etwas erbeutet, das uns vielleicht weiterbringt. Die Kriminaltechniker sollen es sich umgehend ansehen.«

Birte Jessen gab Nele das Mobiltelefon. »Wenn wir Glück haben, hat unser Handy-Mann sogar ein paar Fotos gemacht.«

Nele nickte. »Glück können wir wohl gebrauchen.«

»Eine erste richtige Spur wäre für den Anfang auch nicht schlecht«, sagte Schiller. Er holte ein Erfischungstuch aus einer Schublade und wischte sich über das Gesicht. Seine Laune hatte sich in Rekordgeschwindigkeit verschlechtert.

16.

Sie hatte richtige Aussetzer, wie kleine Filmrisse. Plötzlich fehlten ihr ein paar Sekunden Gegenwart. Während sie neben Schiller oder Nele stand, war sie ganz woanders, ein Leben weit entfernt. Sie hörte Martin, seine Stimme, sein Hantieren in der Werkstatt. Es hatte bei ihm stets nach rohem Holz und Leim gerochen, und im Hintergrund hatte immer Musik gespielt – Violinkonzerte, nichts anderes.

»Wir Geigenbauer verachten Klaviere«, hatte Martin einmal gesagt und natürlich gelacht.

Er war der erste Mann in ihrem Leben gewesen, mit dem sie auch schweigen konnte. Die anderen vor ihm hatten geglaubt, bei einer Polizistin müsse man vor allem obercool und witzig sein, nur keine Schwäche zeigen und immer einen Spruch auf den Lippen. Dabei kam es darauf doch gar nicht an.

Martin war der siebte Mann gewesen, mit dem sie geschlafen hatte.

Er hatte sogar die Musik für seine Beerdigung festgelegt. Das letzte Lied war »My Way« gewesen – gesungen von Frank Sinatra und Pavarotti.

Wie nur sollten sie diese kleinen schwarzen Löcher in ihrem Leben ausfüllen?

Immerhin ging es Martha wieder besser. Sie war von der Intensivstation in ein normales Krankenzimmer verlegt worden. »Söhne sollten nicht vor ihren Müttern sterben«, hatte sie am Telefon gesagt. Damit war ihr ganzes Leiden beschrieben.

Schiller war kein Mann für eine Routineermittlung – so viel stand für sie schon nach zwei Tagen fest. Dafür hatte er Bert Cremer, den er noch einmal zu Mundts Frau und zu Elke Winterscheidt, van Gaals Managerin, schickte. Wo war die Verbindung zwischen den beiden Toten? Wenn sie diese Frage beantworten konnten, würden sie möglicherweise einen entscheidenden Schritt weiterkommen.

Außerdem kümmerte Schiller sich wenig um seine Vorgesetzten. Er hatte weder Fitschen, den Kriminaldirektor, angerufen, noch sich beim Staatsanwalt gemeldet, der über jeden Schritt ihrer Ermittlungen auf dem Laufenden gehalten werden wollte.

Stattdessen fuhr er mit ihr in das Internetcafé, von wo aus der Mörder seine erste E-Mail verschickt hatte. Nele hatte recht gehabt, es lag keine fünf Minuten vom Präsidium entfernt – eine ehemalige Drogerie, an der Fassade war noch die Leuchtreklame angebracht. Man hatte fünf Computer hereingestellt sowie vier Kopierer und drei Telefonzellen. Hinter einem Schalter aus Sperrholz saß eine junge Araberin und musterte sie argwöhnisch.

»Was kann ich für Sie tun?«, fragte sie ohne Akzent, die braunen Augen auf Schiller gerichtet.

Er antwortete nicht, sondern blickte in den Raum. Zwei halbwüchsige Türken hockten vor einem Computer, an einem anderen tippte eine Frau mit Kopftuch mit langsamen, suchenden Bewegungen etwas ein. Die weiteren drei Computer waren unbesetzt. An einem Kopierer stand eine Studentin, blond und mit einer Art Filzhut, augenscheinlich eine Deutsche, und kopierte mit gelangweilter Miene ein Buch, das sie Seite für Seite auf den Scanner legte.

»Wir suchen jemanden, der vorgestern Nachmittag von hier eine E-Mail verschickt hat. Muss man sich bei Ihnen registrieren? Oder haben Sie vielleicht eine Überwachungskamera?«, fragte Schiller.

Die Frau seufzte. In ihrem rechten Nasenflügel steckte ein Ring mit einem funkelnden Stein. »Vorgestern? Da kommen Sie ja früh«, sagte sie spöttisch. »Bei uns bezahlt man seine Computerzeit – das ist alles. Sind Sie von der Polizei?«

Birte Jessen nickte, während Schiller sich bereits abgewandt hatte und die einzelnen Computerterminals abschritt. Die beiden Türken verstummten abrupt, als er sich ihnen näherte, und klickten eine andere Seite an – die Homepage von Beşiktaş Istanbul.

»Mit der Polizei möchten wir nichts zu tun haben«, sagte die Frau. »Hier ist alles legal.«

»War nur eine Frage«, erwiderte Birte Jessen. Sie hatte gleich gewusst, dass sie hier nichts herausfinden würden, aber Schiller hatte sich ein Bild von diesem Café machen wollen. Immerhin war der Mörder zweimal hier aufgetaucht und hatte seine E-Mails verschickt.

Schiller kehrte von seinem kleinen Rundgang zurück. »Könnte sein, dass wir bei Ihnen eine Kamera platzieren möchten. Wir ermitteln in einem Mordfall.«

»Nein«, sagte die Araberin, kein bisschen eingeschüchtert. »Eine Kamera hängt hier niemand auf. Da müssen Sie schon mit der Verfügung eines Richters kommen.«

Schiller schnalzte mit der Zunge. »Sie scheinen sich ja gut auszukennen, aber um Ihnen einen Gefallen zu tun, kommen wir morgen mit einem richterlichen Beschluss wieder.«

Mit einem kurzen Gruß verließen sie das Internetcafé und sahen noch, wie die schöne Araberin nach ihrem Telefon griff.

»Mir gefallen Menschen, die sich von der Polizei nicht alles gefallen lassen«, sagte Schiller.

Birte war sich nicht sicher, ob er das ironisch meinte.

»Jetzt zeige ich dir mein Boot«, sagte er, während sie zu seinem Passat gingen. »Mein ganzer Stolz – eigentlich alles, was ich besitze, wenn ich von meinen Tangoplatten einmal absehe, alles Vinyl, zum Teil original aus Argentinien.«

»Mitten am Tag aufs Boot?«, fragte sie entgeistert. So etwas hätte in Hamburg niemand vorgeschlagen, nicht in der heißen Phase einer Mordermittlungen, aber – na ja, so heiß war die Phase nun auch nicht, wenn sie ehrlich war. »Wir sollten uns Ritchie Moll noch einmal vornehmen«, sagte sie.

»Später. Wir müssen uns ein wenig locker machen, ein wenig Wind ins Gesicht wehen lassen. Auf dem Rhein bin ich schon immer auf die besten Ideen gekommen.«

Er fuhr Richtung Innenstadt und dann über die Deutzer Brücke – so gut kannte sie Köln mittlerweile. Die Rheinpromenade neben dem Dom sah im Sonnenlicht richtig heimelig aus – ein Postkartenanblick.

»Dein toter Freund – was war das für ein Mensch?«, fragte Schiller plötzlich.

Sie war überrascht und wollte mit einer flapsigen, eher vagen Bemerkung zu antworten, stattdessen aber sagte sie: »Ein Geigenbauer – der wunderbarste Mensch, der mir jemals begegnet ist. Er ist an Leukämie gestorben. Nichts hat ihn retten können. Ich trauere jeden Tag, jede Minute um ihn.« Sie hörte, wie dunkel ihre Stimme war, voller Ernst und Schwere.

»Deshalb also bist du nach Köln gekommen«, sagte er mehr zu sich selbst. »Ich trauere heute noch um meine Eltern und zünde oft eine Kerze für sie im Dom an. Dabei weiß ich, dass es Ihnen gutgeht.«

»Woher weißt du das?« Interessiert blickte sie ihn an. Machte er wieder einen Witz?

»Mein Vater hat es mir im Traum gesagt – ist Jahre her. So einen Traum habe ich niemals wieder gehabt, eine Nachricht aus einer anderen Welt.«

»Du glaubst an so etwas?«

»Ich glaube daran, dass es viele Dinge gibt, die wir nicht verstehen.« Er lächelte einen Moment glücklich vor sich hin, dann aber riss er das Lenkrad herum und raste knapp vor dem hupenden Gegenverkehr auf die Rheinpromenade.

»Broder«, sagte er, »da fährt Broder auf seinem Rennrad.« Dann sprang er aus dem Wagen und lief zum Fluss.

Broder war immer viel klüger als er gewesen, schneller, wendiger – er hatte sich schon auf eine neue Situation eingestellt, da hatte Schiller sie noch gar nicht richtig erfasst. Sie hatten zusammen Abitur gemacht, die einzigen Heimkinder am Gymnasium Kreuzgasse. Nur dass Hilde ihn geliebt hatte, war eine Niederlage für Broder gewesen. Natürlich hatte er es nicht zugegeben. Broder hatte Kunst studiert und hätte ein richtig guter Maler werden können, aber dann war der Unfall passiert, und er hatte sich wieder nur treiben lassen, hatte Gelegenheitsarbeiten verrichtet, Diebstähle begangen, Drogen genommen und manchmal trotz allem großartige Bilder gemalt, vor allem Porträts, Frauen mit blonden Haaren, mit kalten grünen Augen, die durch den Betrachter hindurchsahen. Es war, als wollte er mit jedem Bild seine Mutter wieder zum Leben erwecken.

Obschon Schiller sich plötzlich gar nicht mehr sicher war, lief er hinter dem Radfahrer her, der plötzlich noch heftiger in die Pedalen trat. Langes schwarzes Haar, dichter Bart und eine schmutzige, zu lange Jeans – das konnte Broder sein.

Als der Radfahrer abrupt bremsen musste, weil eine Frau im Rollstuhl, die obendrein einen schwarzen Labrador ausführte, seinen Weg querte, schaffte Schiller es, zu ihm aufschließen. Er legte ihm eine Hand auf die Schulter und spürte, wie mager Broder war.

»Henning, warte!«, rief er, ein wenig atemlos. Henning – das war eindeutig ein Fehler. Broder war immer Broder gewesen, einen Vornamen hatte er nicht einmal für die Erzieher im Kinderheim besessen.

»Ach, der ehrenwerte Polizist!« Ein spöttischer Ausruf. Broder schaute ihn nicht an, sondern blickte zum Rhein hin. Dann spukte er sogar aus.

»Therese macht sich Sorgen um dich. Warum läufst du zur Polizei und bezichtigst dich, ein Mörder zu sein?« Schiller trat einen Schritt nach vorn, um zu verhindern, dass Broder wieder losfahren konnte.

»Ist doch egal«, sagte Broder. »Ich war betrunken – kommt schon mal vor. Die Beamten haben außerdem kapiert, dass es ein Witz war.«

Sie schwiegen einen Moment. Schiller stellte sich vor, wie Broder ihn sah – ein verdammter Polizist, phantasielos, angepasst, ordentlich, der Mann auf der anderen Seite der Straße, der nichts mehr von der Zeit im Kinderheim wissen wollte.

»Ich möchte mit dir reden«, sagte Schiller. »Warum wohnst du in diesem Zelt? Läufst durch die Gegend und sammelst Müll?«

»Das ist Kunst«, sagte Broder. »Mit Leuten wie dir in derselben Stadt zu leben, aber sie nicht zu sehen und Dingen, die einfach weggeworfen wurden, ihren Wert zurückzugeben.«

Die Selbstgerechtigkeit in Broders Worten machte Schiller plötzlich wütend. »Gibt es in deiner Welt auch Mörder?«, fragte er. »Ich ermittle in einem Mordfall. Da läuft jemand durch die Stadt, versteckt Plastikherzen und bringt Leute um – Männer, um genau zu sein.«

Broder lachte auf – es klang wie das heisere Röcheln eines Alkoholikers. »Rote Plastikherzen – Hilde hat Herzen geliebt, aber das wirst du längst vergessen haben.«

Als Broder ein wenig den Kopf drehte, bemerkte Schiller, dass seine linke Gesichtshälfte geschwollen war, vielleicht war er mit seinem Fahrrad gestürzt, oder er hatte sich geprügelt, was er schon als Jugendlicher im Heim manchmal aus purer Langeweile getan hatte. Seine Hände steckten in schwarzen Handschuhen, die er abgeschnitten hatte. Schwarz lugten die Finger hervor.

Birte Jessen kam die Promenade entlang auf sie zu. Sie schien nicht genau zu wissen, ob sie näher treten oder sich besser zurückhalten sollte.

»Hast du Hilde noch mal getroffen?«, fragte Schiller versöhnlicher. Er wusste gar nicht, wann er seiner ersten Freundin das letzte Mal begegnet war. Vor ein paar Jahren hatte sie mit einem Mann in einem Kino in Ehrenfeld vor ihm gesessen, aber damals war er gerade ein paar Wochen mit Carla zusammen gewesen, und deshalb hatte er Hilde nicht angesprochen. Nein, nicht deshalb ... es gab noch einen anderen Grund, über den er nie mehr nachgedacht hatte.

»Idiot!«, sagte Broder. Zum ersten Mal blickte er Schiller an. Er sah fürchterlich aus – sein rechtes Auge wirkte starr und kalt, während über dem linken ein grauer Schleier lag, wie bei einem Blinden. »Sie ist tot – habe neulich zufällig ihren Grabstein entdeckt. Melatenfriedhof – ganz in der Nähe der Millionärsallee.«

Broder nutzte Schillers Schrecken, um ein Stück zurückzuweichen und sein Rad wieder freizubekommen.

»Eines Tages werde ich große Kunst machen«, rief er vor sich hin, so heftig und scheinbar an niemanden gerichtet, wie Betrunkene manchmal ihre Tiraden ausstießen. »Kunst gegen solche tollen Scheißkerle wie dich.« Er versetzte Schiller einen schwachen Stoß und fuhr davon. Im Fahren stieß er einen heiseren Schrei aus – wie um ihn zu verspotten –, den krächzenden Schrei einer Krähe. So hatten sie sich früher nachts verständigt, wenn sie sich noch ein wenig Freigang verschaffen wollten, zum nächsten Kiosk oder einfach nur in den Park.

»Das war Ihr bester Freund aus dem Kinderheim?«, fragte Birte Jessen ungläubig. Sie bemerkte die Bestürzung in Schillers Gesicht.

»Früher waren wir Freunde«, erwiderte Schiller tonlos. »Irgendwann haben wir uns aus den Augen verloren.«

Nein, das stimmte gar nicht. Therese hatte ihm immer gesagt, was mit Broder los war, er war ihr zweiter Schützling gewesen, aber Schiller hatte es nicht wissen wollen, nicht nach dem Einbruch in Niehl. Er war noch ein junger Streifenpolizist gewesen, einer seiner ersten Einsätze überhaupt, nichts Weltbewegendes, in der Nacht war die Tür eines Kiosks an der S-Bahn aufgebrochen worden. Zigaretten fehlten, und die Kassette, in der aber nur Wechselgeld gewesen war, hatte man auch mitgenommen. »Da war ein Profi am Werk«, erklärte sein Kollege fachkundig, ein älterer korpulenter Wachtmeister mit Schnauzbart, während er das Schloss betrachtete, das sauber aufgehebelt worden war. Schiller entdeckte sofort den Schraubenzieher auf dem schmutzigen Betonboden – ein unverwüstliches Metallding mit einem abgewetzten Holzgriff, das sie damals dem Hausmeister gestohlen hatten und in das sogar ihre Initialen graviert waren – HB und JS. Die leichtsinnige Tat von Jugendlichen, die sich für unverwundbar hielten. Ohne dass es sein Kollege mitbekam, hob er den Schraubenzieher auf und schob ihn sich in die Jacke. Am Nachmittag, nach Dienstschluss, fuhr er zu Broder, er trug sogar noch seine hässliche grüne Uniform. Broder öffnete ihm mit verschlafener Miene. Hilde war zu seiner Überraschung bei ihm, doch sie grüßte ihn nur kurz und verzog sich dann in das Nebenzimmer, in dem eine Schlafcouch stand. Er hatte keine Ahnung, ob sie mit Broder geschlafen hatte, aber eigentlich war er immer sicher gewesen, dass Broder für sie niemals mehr als ein guter Freund sein konnte.

Er zog den Schraubenzieher aus der Tasche und hielt ihn Broder hin. »Das nächste Mal nehme ich dich fest«, sagte er und ging grußlos hinaus.

Broder hatte in seinem Rücken nur laut gelacht.

»Gute Nachricht: Wir haben ihn.« In Neles Stimme schwang immer eine gewisse Aufregung mit. Sie war jung, gerade vierundzwanzig, aber für Schiller und das Kommissariat bereits unverzichtbar. Manchmal hatte Schiller den Eindruck, dass für sie jeder Tag ein Abenteuer war. Sie hatte auch die Neigung, immer neue Freunde aus der Musikszene Kölns anzuschleppen, doch länger als ein paar Monate schienen ihre Liebschaften nie zu halten.

»Wen habt ihr?« Schiller saß im Passat auf dem Weg zu Richard Moll. Nach der Begegnung mit Broder war ihm die Lust auf eine Bootstour vergangen.

»Er ist gefilmt worden, wie er am Hauptbahnhof ein Plastikherz an einem Feuerlöscher anbringen wollte. Zwei Wachleute von der KVB haben ihn festgehalten.«

»Wo ist er jetzt?«

»Im Aufenthaltsraum unten am Bahnsteig, Eingang Domseite. Sie warten auf euch.«

Birte Jessen lächelte, während Schiller auf der Luxemburger Straße abbog und Richtung Dom raste. »Vielleicht ist heute doch dein Glückstag«, sagte sie, und er bemerkte, dass sie sich bemühte, seine schlechte Stimmung zu vertreiben.

»Unser Mann ist ein echter Scheißkerl«, erwiderte Schiller. »Er zieht alle Register. Ich bin gespannt, wen er uns nun ans Messer liefert.«

Der Gedanke, dass Hilde tot war, begann ihn mehr und mehr auszufüllen, als wäre da ein Geschwür in seinen Eingeweiden geplatzt und als breitete sich nun eine bittere, giftige Flüssigkeit in ihm aus. Das konnte doch nicht sein! Hilde mit den kurzen lockigen Haaren, Hilde, die Lügnerin, die gerne erfundene Geschichten erzählte, um die Erzieher zu verwirren. Hilde mit den strahlend weißen Zähnen, die sie mindestens fünfmal am Tag putzte und abends mit Zahnseide behandelte. Hilde, die Hunde nicht ausstehen konnte und Katzen liebte. Hilde mit den Freundschaftsbändern am linken Handgelenk. Einmal hatte sie sich eine Brille besorgt, obwohl sie gar keine brauchte, Fensterglas in einem hässlichen Horngestell, aber sie war sich absolut gut aussehend und klug vorgekommen. Den ersten Ring in ihrem Leben hatte er ihr gekauft. Schiller begriff, dass er Bilder aus einer ganz anderen Zeit vor sich sah – das war seine Jugend gewesen, die vier Jahre im Kinderheim. Später, nachdem sie sich getrennt hatten, nach der kurzen gemeinsamen Zeit in ihrer Wohnung, hatte er merkwürdigerweise nie mehr das Verlangen gespürt, sie wiederzusehen, nicht einmal in Momenten, wenn es ihm schlecht ging.

»Du glaubst nicht, dass es unser Mann ist?«, fragte Birte Jessen.

»Nein«, sagte Schiller. »Solch einen Fehler begeht unser Mann nicht.« Er fuhr direkt vor den Haupteingang des Bahnhofs, bremste scharf und schaltete den Motor ab. Drei Punker drohten ihm mit der Faust, doch Schiller beachtete sie gar nicht.

Der Aufenthaltsraum der Straßenbahnleute lag auf einer Zwischenetage, zwischen Eingangshalle und der U-Bahnstation. Sie klopften an eine Metalltür, und einen Augenblick später wurde ihnen geöffnet.

»Seid ihr die Kollegen von der Polizei?«, fragte ein Mann mit lockigen schwarzen Haaren, der die dunkelblaue Uniform der Wachleute trug.

Birte Jessen hielt ihren Ausweis hoch. »Kripo Köln«, sagte sie förmlich.

Schiller lächelte nur und berührte den Wachmann am Arm, während er sich an ihm vorbeischob. »Alles klar, Kollege«, sagte er ein wenig spöttisch.

Der Aufenthaltsraum war eines dieser modernen Verliese – fensterlos, mit blauen, hässlichen Fliesen, einem langen Resopaltisch und acht schmucklosen Plastikstühlen. Auf einem Holzschrank stand eine schmutzige Kaffeemaschine, um die sich ein paar Tassen gruppierten, darüber hing ein Kalender, der immer noch Juli anzeigte.

Ein zweiter Wachmann saß am Ende des Tisches und fixierte einen schwarz gekleideten Burschen mit struppigen, blond gefärbten Harren, der mit verschränkten Händen am Tisch saß und nicht einmal aufblickte, als Birte Jessen und Schiller sich näherten.

»Wir haben ihn auf frischer Tat erwischt«, sagte der andere Wachmann mit kölschem Akzent. Er trug sein Barett wie ein echter Soldat und fühlte sich anscheinend auch so. »Haben alles auf Band – wie er über den Bahnsteig geschlendert ist, abgewartet hat, bis die Achtzehn durchgefahren war und alle Leute zu den Ausgängen liefen, und dann hat er das hier auf den Feuerlöscher gelegt.«

Aus der Tasche seiner Uniform zog er ein rotes Herz, das er in einen Latexhandschuh eingewickelt hatte. Immerhin – dieses Plastikding stimmte mit den beiden Herzen ihrer Tatorte überein.

»Gut gemacht«, sagte Schiller. Er ging um den Tisch herum und setzte sich dem Burschen gegenüber auf den Stuhl, während Birte Jessen sich hinter ihn postierte.

Als er ihm ins Gesicht blickte, bemerkte Schiller, dass der Mann viel älter war, als seine zersausten Haare vermuten ließen – sie mussten ungefähr gleichaltrig sein, ein Vierzigjähriger, der noch die Attitüde eines Jugendlichen hatte, der am Bahnhof herumsaß und Passanten anschnorrte. Kein übler Kerl wahrscheinlich und schon gar kein Mörder. Solche Typen hatte es früher im Kinderheim auch gegeben.

Der Mann blickte ihn mit wässrigen Augen misstrauisch an. Eine Narbe lief über sein Kinn, Bartstoppeln zogen sich über den Hals, im linken Ohr hing ein silberner Ring.

»Kann es sein, dass ich dich kenne?«, fragte Schiller. »Hast Bass gespielt – Stadtgarten, bei einem Jazzkonzert im letzten Mai.« Es war eine Lüge, aber sie gefiel dem Mann. Er verzog den Mund zu einem Lächeln und offenbarte einen abgebrochenen Schneidezahn.

»He, ein Polizist, der sich mit Musik auskennt«, sagte er und blickte den Wachmann mit dem Barett an. »Cool, aber das war ich nicht. Ich bin Schlagzeuger – seit ich elf bin. Spiele aber kaum noch, habe es nicht nach oben geschafft, muss ich ehrlich zugeben. Heute baue ich die Bühnen für die Bands auf – ist auch ein geiler Job. Da findet man keine Spießer, nur Leute, die ihren Job lieben. So was mag ich.«

»Wie heißt du?«, fragte Schiller.

»Ich nenne mich Keith – von Keith Moon, war ein geiler Schlagzeuger.«

Birte Jessens Augen funkelten auf, und sie nickte ihm kaum merklich anerkennend zu – wie leicht hatte er den Typen zum Reden gebracht.

»Also gut, Keith, kann sein, dass ich dich mit dem Bassisten verwechselt habe. Ich gehe oft in den Stadtgarten. Manchmal spielt mein alter Freund Hanno da«, sagte Schiller, um seine Lüge ein wenig auszuschmücken. In Wahrheit war er seit Jahren nicht mehr im Stadtgarten gewesen. Er zog ein Diktiergerät hervor und stellte es wie beiläufig auf den Tisch.

»Hanno – der alte Saxophonist, geiler Typ!«, sagte der Mann. Er schien sich nun eindeutig sicherer zu fühlen, obwohl er das Gerät misstrauisch beäugte. »Darf ich eine rauchen? Die beiden Sheriffs hier haben es mir nicht erlaubt.«

»Wir haben hier kein Hausrecht«, erklärte Schiller. »Aber eigentlich wollten wir ja auch über etwas anderes sprechen. Was war das für eine Nummer mit diesem roten Herz? Du weißt vielleicht, dass wir einen Mörder suchen, der bei seinem Opfer so ein Plastikding zurücklässt.«

Der Mann breitete die Arme aus und ließ den Beutel Tabak fallen, den er zuvor aus seiner Hosentasche hervorgekramt hatte. »He, davon wusste ich nichts. Habe nur einen Auftrag erfüllt. Zwanzig Euro für einen kleinen Spaß.« Er warf den Wachmännern einen hilflosen Blick zu, als könnten sie seine Aussage bestätigen, aber die beiden starrten lediglich mit abweisender Miene vor sich hin.

»Du solltest also das rote Herz auf dem Bahnsteig verstecken, Keith?«, fragte Schiller.

»Das war der Auftrag. Irgendwie sollte es ein Spiel sein – eine Art Schnitzeljagd für Erwachsene.«

»Wer hat dir das Plastikherz gegeben?«

»Eine Frau, schon älter, schwarze, halblange Haare, stark geschminkt, mit einem Mondgesicht. War sehr elegant gekleidet – eine Geschäftsfrau eben.«

»Sie ist auf dich zugekommen und hat dir das Herz und zwanzig Euro in die Hand gedrückt – klingt ein bisschen unwahrscheinlich. Wo genau soll das gewesen sein?«

»So war es aber, ehrlich«, sagte der Mann und hob wieder die

Hände. »Ich habe hier vor dem Bahnhof gestanden, habe ein Bier geschlürft, weil ich im Moment ein wenig Leerlauf habe. Da muss ich alles mitnehmen, was kommt.«

»Hat die Frau ihren Namen genannt?«, fragte Birte Jessen. Sie hatte sich nun neben den Mann postiert.

»Nö, hat nur irgendetwas von Event-Agentur gefaselt. War mir auch egal, was das sollte. Zwanzig Euro sind zwanzig Euro.«

Schiller ließ sich die zwanzig Euro zeigen, ein nagelneuer Geldschein, wie frisch aus der Presse.

»Den Schein muss ich leider mitnehmen, könnte eine Spur sein«, sagte er.

»Das geht nicht«, klagte der Mann und verzog das Gesicht zu einer Grimasse. »Das ist alles, was ich habe.«

Birte Jessen hielt ihm einen anderen Schein hin. Lächelnd griff er danach. »Die Polizei, dein Freund und Helfer«, sagte sie gleichmütig. »Wir haben heute unseren spendablen Tag.«

Schließlich nahmen sie die Personalien des Mannes auf. Er hieß Alexander Hilden und hatte zu ihrer Überraschung einen gültigen Führerschein bei sich. Schließlich sagten sie ihm, dass er gehen könne.

»Wenn du mal Freikarten für ein Konzert brauchst, musst du mich anrufen«, sagte er zu Schiller. »Dann mache ich was für dich klar.« Erleichtert nickte er Birte Jessen zu und ging, ohne den KVB-Leuten Beachtung zu schenken.

Die beiden Wachmänner blickten ihm staunend nach.

»Das war alles?«, fragte der mit dem Barett enttäuscht.

Schiller nickte.

Einen Moment später klingelte sein Telefon. *Nele* verriet ihm sein Display. Man hatte drei weitere Plastikherzen gefunden.

17.

Wenn Schiller wütend war, schwieg er, begriff Birte Jessen. Auf der Fahrt zurück ins Präsidium sprach er kein Wort, schlug nur, während sie an einer Ampel warten mussten, mehrmals heftig auf das Lenkrad und drehte im Radio einen Jugendsender herein, der laute Rap-Musik brachte, für die sie beide zu alt waren. Als sein Handy schrillte, nahm er das Gespräch zwar an, sagte aber: »Therese, ich kann jetzt nicht sprechen. Ich melde mich heute Abend.«

In ihrem Büro kochte er Kaffee und setzte sich sofort an den Computer.

»Dieser Scheißkerl hält uns zum Narren«, sagte er und kontrollierte seine E-Mails.

»Aber er geht ein großes Risiko ein«, erwiderte Birte Jessen. »Zum ersten Mal hat er Leute für sich eingespannt. Es ist eine Frage der Zeit, wann er einen Fehler macht und eine verwertbare Spur hinterlässt.«

»Oder wann er seinen nächsten Mord begeht. Fast sieht es aus, als stecke eine richtige Dramaturgie hinter seinen Taten.« Schiller begann auf der Tastatur seines Computers zu schreiben.

Sie mussten die elegante Frau mit den halblangen schwarzen Haaren finden – falls es sie denn gab.

Birte Jessen formulierte eine Pressemitteilung, dass eine Zeugin gesucht wurde, die einem Mann am Hauptbahnhof ein rotes Plastikherz übergeben habe, und schickte sie per E-Mail an Hinrichs weiter, den Pressesprecher.

Vorsichtig blickte sie Schiller dann über die Schulter. Sie hatte schon vorher gewusst, was er tat. Auf eine förmliche Anrede hatte er verzichtet.

Das Herz, las sie in der E-Mail, *ist ein Symbol der Liebe. Aber Sie verbreiten nur Hass, wenn Sie durch die Stadt laufen und Ihre furchtbaren Plastikherzen verteilen. Wir wissen noch nicht, welche kranken Motive Sie antreiben, aber wir werden es herausfinden. Das schwöre ich Ihnen. Und wir werden Sie finden, und dann wird niemand ein Herz für Sie haben, sondern alle werden sehen, wer Sie in Wahrheit sind: ein heimtückischer Mörder, der zwei unschuldige Leben ausgelöscht hat. Jan Schiller, Kriminalhauptkommissar*

»Glaubst du, dass er sich wirklich noch einmal meldet?«, fragte sie.

Schiller sandte seine E-Mail ab und blickte müde auf. »Ich hoffe es«, sagte er. »Auch wenn ich weiß, dass meine Mail viel zu schwach ausgefallen ist, um ihn zu provozieren, aber irgendwie fällt es mir schwer, meine Wut herauszulassen.« Er wischte sich über das Gesicht, und zum ersten Mal hatte sie das Gefühl, dass sie beide Freunde werden könnten und gut zusammenarbeiten würden.

In ihrem Eingangsfach auf dem Schreibtisch fand sie die Auswertung des Handys, das sie in Kahles Club mitgenommen hatte. Nele hatte sie eigens in einen Umschlag gesteckt. Als Birte Jessen den Umschlag öffnete, begriff sie, warum. Das Handy gehörte Roland Grauer, dem Polizeifotografen. Offenbar hatte er sein supermodernes Nokia erst am Abend vor ihrem Besuch verloren. Das Verzeichnis seiner Telefonate deutete auf keine Unregelmäßigkeiten hin, zumindest tauchten weder die Namen Mundt noch van Gaal auf. Allerdings hatte Grauer in den letzten vier Wochen dreimal mit Kahle telefoniert. Und er hatte über fünfzig Fotos geschossen. Einige zeigten die Pokerrunde – sie waren eindeutig heimlich aufgenommen worden, denn bis auf das Porträt einer gut aussehenden langhaarigen Frau waren nur sehr schemenhafte Gestalten zu sehen, die man lediglich auf Vergrößerungen würde erkennen können. Die meisten Fotos stammten jedoch von Trumps Verabschiedung im Präsidium. Birte Jessen entdeckte Schiller und sich selbst auf zwei Aufnahmen. Als wären sie miteinander vertraut, steckten sie ihre Köpfe zusammen. Schiller hielt ein Glas Orangensaft in der Hand und wirkte blass und abwesend.

»Ein neues Problem«, sagte sie und hielt ihm die Auswertung des Handys und die Abzüge der Fotos hin.

Schiller begriff sofort. »Grauer«, sagte er und stöhnte auf.

»Klar, Kahle braucht einen Maulwurf im Präsidium, um seinen Laden am Laufen zu halten.«

»Jedenfalls haben wir nun nicht mehr das Problem, dass wir dem Besitzer erklären müssen, wie wir an das Gerät gekommen sind«, sagte Birte Jessen. Dann blickte sie auf die Uhr. Es war fast siebzehn Uhr. »Erledigst du das allein? Ich habe noch einen Termin.«

Er nickte. »Grauer ist unser bester Fotograf, ein Verrückter ohne Anhang, der wie ich kein Heimspiel vom FC auslässt. Bisher wusste ich allerdings nur von ihm, dass er gelegentlich in irgendwelchen Wettbüros sitzt.«

Zehn Minuten später war sie bereits auf der Autobahn, Richtung Norden. Sie schaltete das Radio ein und steckte sich gegen die Müdigkeit eine Zigarette an. Das Gefühl, alles hinter sich zu lassen – es wollte sich nicht einstellen. Wo fuhr sie hin? Nach Hause? Nein, sie hatte kein Zuhause mehr, ihre Wohnung hatte sie aufgelöst, als Martin gestorben war, und die wenigen Möbel, die sie besessen hatte, verkauft. Ihre Eltern hatten zwar immer noch ihr kleines Haus in Eppendorf, aber seit ihr Vater pensioniert war und ihre Mutter sich als Malerin versuchte, lebten sie meistens in ihrer Ferienwohnung im ruhigeren Travemünde, und ihr Bruder war auf hoher See, beförderte kaputte Autos nach Afrika. Blieben Martha und das Grab.

Zuerst würde sie zum Grab gehen, würde am Ohlsdorfer Friedhof über die Mauer klettern und sich ihren Weg durch die Dunkelheit bahnen.

Kurz vor Münster klingelte ihr Telefon.

»Kommst du?«, fragte Martha bang. Sie war noch immer in der Hafenklinik.

»Ja«, sagte sie, »in zwei Stunden bin ich bei dir.«

Dann dachte sie an den Mörder mit dem roten Herzen. Was wäre, wenn sie sich irrten, wenn der Täter eine Frau war – eine einsame Frau, die sich an den Männern rächte, die sie einmal verletzt hatten? Sie mussten den Frauengeschichten der beiden ermordeten Männer nachgehen, da lag der Schlüssel.

»Das Herz«, sagte Hagen und verzog das Gesicht zu einem schmerzhaften Lächeln, »ist ein einsamer Jäger.«

»Ein Jäger?« Schiller hatte in dem zweiten Sessel in dem leeren Wohnzimmer Platz genommen. Hagen trug noch immer seine dunkle Brille und seinen weißen Anzug, seine Füße waren nackt.

»Oder ein einsamer Mörder – ganz, wie man es sieht«, erklärte Hagen. Heute sah er wie ein freundlicher älterer Mann aus. Schiller bemerkte, dass auf dem Schreibpult einige beschriebene Seiten lagen. Offenbar ging es mit dem Roman voran. Aus einem Nebenraum klang Klaviermusik, aber so leise, dass man sie beinahe nur erahnen konnte, wie das Plätschern eines fernen Bachs.

»Ich kann uns einen Kaffee machen«, sagte Hagen plötzlich und sprang überraschend gelenkig auf. Dann eilte er in den Nebenraum hinüber, wobei er die Fußballen aufsetzte, als würde er tatsächlich über heißen Sand laufen.

Schiller erhob sich gleichfalls und schlenderte über den blanken Parkettboden zu dem Schreibpult. Dabei versuchte er, kein Geräusch zu verursachen. Die Neugier eines Polizisten, sagte er sich. Hagen hatte eine winzige unleserliche Schrift, die Buchstaben zogen sich zusammen, gingen ineinander über, als würden sie sich vor der Welt verstecken wollen, und doch glaubte er in dem Gewirr von Wörtern seinen Namen zu lesen – »Jan Schiller« stand da. Vielleicht erfand Hagen gar nichts, sondern schrieb lediglich auf, was ihm am Tag widerfuhr.

Als Hagen mit zwei Tassen zurückkehrte, stand Schiller am Fenster und blickte in den Abend hinaus.

»Warum tut er das?«, fragte Schiller, während er die Tasse entgegennahm. »Läuft durch die Stadt und versteckt rote Plastikherzen.«

Hagen setzte sich in seinen Sessel und trank seinen Kaffee. »Das Herz«, sagte er dann, »ist ein sehr einfaches Symbol. Niemand wird es missverstehen. Daran können Sie ablesen, dass Ihr Mann nicht so kompliziert gestrickt ist, wie er tut. Seit dem Mittelalter bedeutet es ewige Liebe. Das Wort kommt übrigens aus dem Althochdeutschen – ›herza‹. Für Aristoteles war das

Herz noch der Sitz der Seele, und die Ägypter glaubten, alle Sünden würden sich im Herz ansammeln. Beim Totengericht haben sie dem Verstorbenen das Herz herausgerissen und es gewogen. Je schwerer das Herz war, desto sündiger war der Mensch in seinem Leben gewesen. Sollte man vielleicht wieder einführen – diese Art Gericht.«

»Woher wissen Sie so viel darüber?«, fragte Schiller. Der Kaffee war stark und süß und belebte ihn. Von unten meinte er Carlas Stimme zu erahnen. Wahrscheinlich war auch Ariane immer noch da. Aber nein, es klang, als würde sie telefonieren. Seit vier Tagen hatte er kein vernünftiges Wort mehr mit Carla gesprochen. Er konnte sich nicht vorstellen, wie sie mit diesem autistischen Mädchen ihre Zeit verbrachte und dabei noch ihre psychologische Praxis betrieb, aber das war ihm ohnehin ein Rätsel.

»Oh«, sagte Hagen, »mein Verleger hat einmal einen Liebesroman bei mir bestellt. Ich sollte eine Herzschmerzgeschichte schreiben, die es auf die Bestsellerlisten bringt. Hat natürlich nicht funktioniert.« Er lächelte wieder, als litte er Schmerzen. »Sie müssen Geduld haben«, fuhr er fort. »Oder versuchen Sie ihn zu reizen – schreiben Sie ihm die Geschichte von den alten Ägyptern, bedrohen Sie ihn, sagen Sie, Sie werden ihm das Herz aus der Brust reißen, wenn Sie ihn haben.« Eine ganz neue Lebendigkeit lag in Hagens Stimme.

»Großartige Idee«, erwiderte Schiller mürrisch. »Dann wird er erst recht die ganze Stadt mit seinen roten Herzen beglücken. Wir haben heute schon fast hundert Anrufe bekommen.«

»Er wird einen Fehler machen«, sagte Hagen freundlich. »Dann sind Sie am Zug.«

Schiller hörte, wie sein Telefon summte. Eine SMS war eingegangen. *Morgen um 8.30 Besprechung mit Fitschen und Neuendorf*, schrieb Cremer, *haben Profiler aus Düsseldorf angefordert. Schöne Scheiße!*

Die Wohnung roch nach ihrem Parfüm und der Handcreme, die sie benutzte – Lavendel. Das war eines ihrer Rituale – aus der Praxis nach Hause kommen und sich ganz selbstvergessen mit träumerischem Blick die Hände eincremen. Er liebte Carla für diese kleinen Dinge des Alltags.

Plötzlich, als er durch die Wohnung ging, ohne Licht zu machen, hatte er Sehnsucht nach ihr. Vor einer Woche noch hatten sie von einem Urlaub gesprochen, Teneriffa, Barcelona, irgendwohin, um wieder ein wenig Zeit füreinander zu haben. Es kam ihm vor, als wäre das vor einer Ewigkeit gewesen.

In der Erwartung, Ariane im Sessel sitzen zu sehen, die Augen auf ihren kreisenden Zeh gerichtet, blickte er ins Wohnzimmer. Diesmal würde er sie ignorieren und sofort zu Carla gehen. Aber da saß niemand im fahlen Laternenlicht, das von der Straße hereinfiel. Also hatte das Mädchen endlich einen Platz in einer Klinik bekommen. Erleichtert ging er ins Bad und zog sich aus. Dann schlich er ins Schlafzimmer. Er hörte Carlas regelmäßigen Atem und erahnte ihren schwarzen Haarschopf, auf dem ein zarter silberner Schimmer lag. Hier war der Duft, der von ihr ausging, noch intensiver. Vielleicht könnte er sie wecken, sie umarmen und neben ihr liegen – und von seinem Mörder sprechen. Nein, das war keine gute Idee.

Als er die Decke auf seiner Seite des Bettes anhob, hörte er ein anderes Geräusch – ein schläfriges Murmeln wie von einem Kind.

Er erschrak und verengte die Augen. Das konnte nicht wahr sein!

In der Dunkelheit erspähte er ihre langen, blonden Haare, hinter denen sich noch im Schlaf ihr Gesicht verbarg. Sie trug ein weißes T-Shirt, das am Hals ziemlich tief ausgeschnitten war und bleiche, zarte Haut offenbarte. Auch ihre kleinen Brüste ließen sich erahnen.

Die Überraschung wich bitterer Wut. Das war seine Wohnung. Wie konnte Carla zulassen, dass Ariane zu ihr ins Bett kroch?

Es war kurz vor Mitternacht. Er dachte an Birte Jessen. Vielleicht war in ihrem Hotel noch ein Zimmer frei.

Mit einer Decke unter dem Arm ging er ins Wohnzimmer und legte sich auf das Sofa.

18.

Sie hätte schon längst wieder auf der Autobahn sein müssen, aber sie konnte sich nicht losreißen. Die Vögel sangen in den Bäumen, ein Fuchs lief gemächlich zwischen den Gräbern davon, als er sie bemerkte. Dann wurde der Himmel glutrot, und wenig später kroch die Sonne den Horizont hinauf. Als die ersten Strahlen auf das helle Holzkreuz fielen, kamen ihr die Tränen. Martha, die sie bis gegen Mitternacht, bis ein Pfleger sie wegschickte, im Krankenhaus besucht hatte, ging es besser, aber Birte Jessen selbst fühlte sich am Ende ihrer Kräfte. Allenfalls drei Stunden hatte sie geschlafen, nicht in Martins Bett, sondern auf einem Sofa, das in der Werkstatt stand. Schatten waren um sie herumgeschlichen, Schatten, Töne und Stimmen. Sie hatte Martin vor sich gesehen, vom Krebs gezeichnet, im Bademantel, seine letzte selbst gebaute Geige an der Schulter. Er hatte »Air« von Bach gespielt, eines der Stücke, die er sich auch für seine Beerdigung ausgesucht hatte. Noch nie war jemand mit größerer Würde gestorben als er. »Der Tod tut nur denjenigen weh, die zurückbleiben«, hatte er gesagt. Vielleicht hatte er sogar recht.

Als ihr Telefon klingelte, war es halb sieben. Sie wusste gleich, wer es war.

»Schiller – ist es nicht reichlich früh für einen Anruf?«

»Ich dachte mir, dass du schon wach bist«, entgegnete er ungerührt. »Wo bist du? Rudern am Fühlinger See, weil du sonst nicht ausgelastet bist? Oder sitzt du schon im Präsidium und kochst für mich Kaffee?«

Sie sagte ihm die Wahrheit, und er verstummte für einen Moment.

»Schade.« Er klang nach ehrlichem Bedauern. »Ich wollte dich zum Frühstück einladen. Ich habe eine furchtbare Nacht auf dem Sofa verbracht.«

Sie lachte. »Ich auch.«

Dann erwähnte er, dass er Grauer um acht ins Präsidium bestellt hatte und sie eine halbe Stunde später eine Besprechung mit großer Besetzung haben würden, sogar der Polizeipräsident hatte sich angesagt.

»Ich werde dich entschuldigen – du bist krank, Frauenleiden, damit kommt eine Kommissarin immer durch«, sagte er, »aber du musst mir versprechen, dass du mich mit diesem Fall nicht hängen lässt.«

»Versprochen«, erwiderte sie.

Der Fuchs war zurückkehrt und blickte sie an – oder war es ein anderer? Wie viele lebten hier heimlich auf dem riesigen Friedhof? Sie flüsterte Martin einen letzten Gruß zu und lief dann zum Tor, kletterte leichtfüßig hinüber und eilte zu ihrem Alfa. Immerhin tat es gut, in Köln erwartet zu werden.

»Es tut mir leid«, sagte Carla am Telefon. Sie klang noch verschlafen, als hätte sie sich noch nicht einmal die Zähne geputzt, geschweige denn einen Kaffee getrunken. »Aber ich konnte Ariane gestern nicht zurückweisen. Es war das erste Mal, dass sie etwas von mir gewollt hat.«

»Macht eine professionelle Therapeutin so etwas? Lässt ihre Klientin zu sich ins Bett steigen?« Schiller spürte, wie sein Zorn noch heftiger als in der Nacht aufwallte. Während er telefonierte, schaltete er seinen Computer hoch, um seine E-Mails zu checken.

»Ariane ist ein vierzehnjähriges, verzweifeltes Mädchen, das gerade einen Selbstmordversuch hinter sich hat«, antwortete Carla kläglich. »Ich verstehe ja, dass du wütend bist.«

Er schwieg und blickte zur Tür, die sich langsam öffnete. Grauer steckte seinen Kopf herein und machte ein fragendes Gesicht.

»Ich muss auflegen«, sagte Schiller mürrisch.

»Wie wäre es heute Abend mit einem Essen – nur wir beide? Ich lade dich ein. Um acht in der ›Grünlilie‹? Bitte sei pünktlich.«

»Ich werde es versuchen«, erwiderte er. Ihr Täter hatte ihm nicht geantwortet – keine E-Mail war eingegangen.

»Ärger?«, fragte Roland Grauer und setzte sich.

Schiller nickte und nippte an seinem Kaffee. Er musterte Grauer und bedeutete ihm, sich auch einen Kaffee zu holen. Wenn es eine Handvoll Leute im Präsidium gab, mit denen er sich verstand, dann gehörte Grauer dazu – nicht nur weil sie beide zum FC gingen und gemeinsam litten, wenn ihr Verein mal wieder ein grottenschlechtes Spiel abgeliefert hatte. Grauer verstand sich als Künstler; wenn er nicht im Dienst war, fuhr er umher, fotografierte bizarre Stahlkonstruktionen oder Metallkunstwerke, die er einmal im Jahr in einer Galerie am Brüsseler Platz ausstellte. Er brachte dann sogar den Polizeipräsidenten dazu, zur Vernissage zu kommen und ein paar – im Grunde überflüssige – Worte zu sprechen. Schon äußerlich gab er sich unkonventionell, er trug seine mittlerweile fast ganz grauen Haare länger, war meistens unrasiert und zog nur alte Jeans und schwarze Hemden an. Einmal hatte er Fotos von Carla gemacht, hatte sie an einer Baustelle am Rheinauhafen fotografiert, während Schiller auf seinem Boot gewesen war und sie mit einem seltenen Gefühl von Eifersucht beobachtet hatte.

Grauer setzte sich, einen Kaffeebecher, aus dem Dampf aufstieg, in der Hand. Plötzlich wurde er unsicher. »Stimmt etwas mit meinen letzten Fotos nicht?«, fragte er. Seine Augen scannten Schillers Gesicht ab.

Schiller hatte sich entschieden, nicht lange um die Sache herumzureden. Er holte das Handy hervor, das Birte Jessen bei Kahle gefunden hatte, und legte es auf den Tisch.

»Ach, darum geht es«, erklärte Grauer und lehnte sich zurück.

»Reichen dir deine Abende in irgendwelchen Wettbüros nicht mehr aus?«, fragte Schiller mit harter Stimme.

Grauer schwieg. Über seine Tasse hinweg blickte er Schiller mit regloser Miene an.

»Bezahlt Kahle dich? Sollst du für ihn Informationen liefern, damit er nicht auffliegt?«

Grauer verzog das Gesicht und lachte dann – ein Lachen der Verlegenheit und Ratlosigkeit. »Kahle hält mich für einen erfolgreichen Werbefotografen. Ich habe ihm natürlich nicht gesagt, dass ich ein Bulle bin.«

»Wie oft spielst du? Einmal, zweimal in der Woche?«

»So oft, wie es geht«, erwiderte Grauer. »Ich fotografiere neuerdings am Wochenende auf Hochzeiten, um Geld zu verdienen, Hochzeiten, Geburtstage, Betriebsfeste. Ich arbeite, oder ich spiele. So sieht mein Leben aus.« Er kippte den Kaffee wie eine bittere Medizin hinunter. »So wie ich mich hier gebe, bin ich nicht«, stieß er dann hervor. »Bist du glücklich? Ich bin es nicht. Verfolgen dich nicht die Bilder, wenn du einen Mann mit zerschossener Brust siehst? Ich muss mir so einen Toten zwanzig, dreißig Mal ansehen – aus allen Perspektiven. Das macht mich fertig.«

»Darum spielst du?«

»Ja, auch darum.« Grauer wischte sich über die Augen. Seine Hände waren schmutzig, als hätte er vor ein paar Momenten noch in der Erde gegraben. »Aber wahrscheinlich gibt es noch tausend andere Gründe. Angelika, die mich verlassen hat, das Kind, das ich nie sehe, der erbärmliche Stand meines Kontos, die Tatsache, dass ich letztes Jahr keines meiner eigenen Fotos verkauft habe ... Willst du noch mehr hören?«

Schiller schüttelte den Kopf. Von all dem hatte er nichts gewusst, dabei hätte er vor zwei Minuten noch geglaubt, Grauer einigermaßen zu kennen. Hatte der ihm schon einmal erzählt, dass er ein Kind hatte? Nein, daran würde er sich erinnern können, aber vielleicht hatte er auch nie genau hingehört. Jedenfalls fielen ihm nun zum ersten Mal die Anzeichen auf, dass Grauer sich vernachlässigte. Sein Hemd war zerknittert und abgetragen, sein Haar ungepflegt.

»Hast du van Gaal bei diesen Pokerrunden gesehen?«

Grauer nickte. »Drei- oder viermal. Er war ein Gelegenheitsspieler und verlor meistens, aber das schien ihm nichts auszumachen. Kanonenfutter für die Könner. Beim letzten Mal hatte er seine Braut, diese geschwätzige Emma, im Schlepptau. Das hat Kahle gar nicht gefallen und uns auch nicht.«

»Warum hast du mir nichts davon erzählt? Es könnte eine Spur sein.«

»Es ist keine Spur«, entgegnete Grauer heftig. »Da kommen ein paar Leute privat zusammen und spielen, völlig diskret und ohne jede Aufregung. Ich habe noch nie in so angenehmer Gesellschaft am Tisch gesessen. Sind alles Gentlemen, die ein wenig Ablenkung brauchen.«

Schiller schob ihm das Handy zu. »Ich will Namen«, sagte er. »Bring mir die Namen der Leute, die da spielen, und ich lasse dich aus der Sache heraus.«

»Es sind Prominente dabei, Schauspieler, Sportler, sogar zwei Leute aus dem Stadtrat. Bisher hat jeder dichtgehalten – es gibt einen Ehrenkodex.«

»Ich will Namen«, wiederholte Schiller.

Cremer öffnete die Tür. Er hatte sich für die große Besprechung richtig elegant gekleidet, zumindest für seine Verhältnisse. Er trug ein weißes Hemd, ein sportliches Jackett und hatte seine blonden Haare streng gescheitelt.

Schiller winkte ab. »Bin gleich so weit.« Er dachte daran, dass er nichts vorbereitet hatte – kein Papier über den Stand der Ermittlung, mit dem er zumindest Neuendorf beeindrucken konnte, der es liebte, »Handouts«, wie er es nannte, zu bekommen und ein absoluter Verfechter von Powerpoint-Präsentationen war. Einen Mordfall hatten sie zwar fast beiläufig aufgeklärt, aber wenn Schiller es recht bedachte, war das ihr einziges Ergebnis, vor allem, da er seine E-Mails an den Mörder und Kahles Club nicht erwähnen wollte.

»Der Profiler ist weiblich, Anfang dreißig und trägt ein Kostüm, als würde sie in Paris einkaufen«, sagte Cremer mit seltener Ehrfurcht in der Stimme. »Die schönste Frau, die ich je bei der Kölner Polizei gesehen habe.«

»Da haben wir ja richtig Glück«, sagte Schiller. Er nickte Grauer zu, der sich daraufhin erhob und mit einem stummen Gruß hinausging.

»Aber das ist noch nicht alles«, erklärte Cremer wichtig und lächelte. »Unten steht eine andere Frau – die Frau mit den roten Herzen. Sie hat unseren Aufruf in der Zeitungen gelesen.«

Keith, der Mann vom Bahnhof, hatte recht gehabt, fiel ihm als Erstes ein. Die Frau hatte ein Mondgesicht, sie war korpulent, bewegte sich aber ziemlich hastig. Ihre Lippen hatte sie dunkelrot geschminkt, ihr rundes Gesicht war mit einer dicken Schicht Schminke überzogen, sodass sie unnatürlich bleich wirkte, und ihr Haar war von einem satten Schwarz. Ein wohl genährter weiblicher Vampir im Tageslicht.

»Sie sind der Leiter der Ermittlungen?«, fragte sie mit lauter Stimme und spießte Schiller mit ihren Augen, die beinahe so schwarz waren wie ihr Haar, förmlich auf.

»Ganz recht.« Er bot ihr an, sich zu setzen, doch sie hörte ihm gar nicht mehr zu, sondern riss eine Zeitung aus ihrer Handtasche und wedelte damit herum. Ihre Fingernägel waren in der Farbe ihrer Lippen lackiert.

»Das war ich!«, rief sie aus. »Ein lächerlicher Auftrag, aber man kann sich nicht alles aussuchen. Die Leute kommen heutzutage auf ziemlich verrückte Gedanken …«

»Vielleicht setzen Sie sich doch und sagen mir, wer Sie sind«, unterbrach Schiller sie. Hinter der Frau tauchte Cremer auf und bedeutete ihm, dass man ihn im kleinen Konferenzraum erwartete. Schiller hatte die Stimmen bereits gehört. Fitschen, Neuendorf, Staatsanwalt Soder, alle waren bereits angerückt und unterhielten sich angeregt. Mit einer ungeduldigen Handbewegung schickte er Cremer weg.

»Ich bin die Person, die Sie suchen«, stieß die Frau hervor, während sie den Stuhl herumzerrte und sich setzte. »Annette Wohlfahrt, Agentur für Events aller Art, Maternusstraße 13.« Sie war unverkennbar eine Freundin der lauten Töne.

»Südstadt«, sagte Schiller. »Keine schlechte Gegend. In der Nähe habe ich auch mal gewohnt.« Mit Hilde hatte er nach ihrem Frankreichurlaub ein paar Monate fast ohne Möbel und ohne Kühlschrank und Fernseher in einem Haus am Römerpark gehaust.

Die Frau lächelte gnädig, als hätte sie ein höfliches Kind vor sich, das ihr soeben ein Kompliment gemacht hatte. Dann erklärte sie mit unverminderter Lautstärke: »Wir sind zu zweit und organisieren Veranstaltungen, PR-Termine und so weiter. Neulich haben wir sogar einmal für den WDR gearbeitet, aber mitunter machen wir auch andere Sachen, verrückten Kleinkram für zwischendurch.«

»Und dieser Auftrag war verrückter Kleinkram?«, fragte Schiller.

Annette Wohlfahrt leckte sich kurz über die Lippen. Das schien ein Tick von ihr zu sein. »Ja, so kann man es sagen. Vor drei Tagen hat mich ein Mann angerufen. Er hole übermorgen seine Freundin vom Flughafen Köln ab, sie sei ein halbes Jahr in den USA gewesen, und dann wolle er mit ihr eine kleine amouröse Rundreise durch die Stadt unternehmen. Von einem Herz zum nächsten sozusagen. Am Ende, in seiner Wohnung wolle er ihr einen Heiratsantrag machen. Ich fand die Idee ungewöhnlich, aber auch ziemlich romantisch. Also habe ich den Auftrag angenommen. Ich konnte doch nicht wissen ...«

»Wie hat der Mann Kontakt mit Ihnen aufgenommen?«, fiel Schiller ihr ins Wort. »Haben Sie ihn getroffen?«

Ihr Brustkorb hob und senkte sich. So etwas hatte Schiller bisher nur bei Opernsängern gesehen, die sich auf der Bühne die Seele aus dem Hals sangen. »Nein, das lief alles telefonisch ab. Ich habe ihm unser Honorar genannt, und am nächsten Morgen, bevor ich ins Büro kam, stand ein Karton mit den Plastikherzen und dem Geld vor meiner Tür. Später hat er noch einmal angerufen und sich entschuldigt, dass er nicht auf mich habe warten können, aber er müsse noch die Wohnung dekorieren und einkaufen.«

»Und er hat Ihnen Anweisungen gegeben, wo er die Herzen verteilt haben wollte?«

Die Frau nickte und strich sich dann mit einer hastigen Bewegung über ihr Haar, als könnte es durcheinandergeraten sein. Zum ersten Mal war ihr eine gewisse Unsicherheit anzumerken, und sie sprach ein wenig leiser. »Eine Liste mit Orten hatte er dem Karton beigelegt. – Hören Sie, von diesen Morden habe ich erst heute Morgen erfahren. Meine Mitarbeiterin hat mich angerufen. Ich habe nicht jeden Tag Zeit, in den Express hineinzuschauen. Glauben Sie, dass dieser Mann der Mörder ist?«

»Ich brauche diese Liste«, sagte Schiller. »Und alles, was Sie sonst von dem Mann erhalten haben.«

Die Frau leckte sich erneut über die Lippen und zog aus ihrer Handtasche ein weißes, gefaltetes Papier heraus, das sie Schiller hinschob. »Mehr habe ich nicht. Den Karton mit den Plastikherzen habe ich weggeworfen.«

Schiller schlug das Papier mit einem Bleistift auf. Minutiös hatte der Täter aufgeführt, wo man das Herz überall anbringen sollte. Nele würde all diese Orte mit ihren Fundstellen abgleichen müssen, auch wenn es die Ermittlungen vermutlich keinen Schritt weiterbringen würde. Aber vielleicht würde ja der Telefonanschluss etwas ergeben, von dem der Mann angerufen hatte. Sie würden sich von der Telefongesellschaft die Verbindungen besorgen müssen. Schiller machte sich eine Notiz.

»Der Mann hat mich sogar auf die Idee gebracht, die Herzen nicht überall selber zu verstecken, sondern im Bahnhof Leute anzusprechen«, fuhr die Frau polternd fort. Wieder sah Schiller, wie sich ihr Oberkörper förmlich aufpumpte. »Er hatte nichts dagegen, wenn das auch ein anderer erledigte.«

»Das kann ich mir denken«, flüsterte Schiller vor sich hin.

Aus dem Konferenzraum waren gedämpfte Stimmen zu vernehmen. Offenbar hatte man die Tür geschlossen und nun mit der Besprechung begonnen. Er meinte zu hören, dass Soder das Wort ergriffen hatte. Die Stimmung nebenan würde auf dem Nullpunkt sein, und man würde einen Sündenbock brauchen. Keine Frage, dass er das sein würde, aber ihm bereitete etwas anderes Kopfzerbrechen: So einen Gegner hatten sie noch nie gehabt. Was tat der Mann nicht alles, um sie zu verwirren? Vermutlich hatte er sich umgehört und herausgefunden, dass die Geschäfte von Annette Wohlfahrt so schlecht liefen, dass sie keine Fragen stellen würde.

»War der Mann jung oder alt?«, fragte Schiller. »Hatte er einen Dialekt? Immerhin haben Sie mit ihm gesprochen.«

»Er war noch recht jung, ja, eher eine jüngere Stimme ohne Akzent.« Die Frau blickte an Schiller vorbei aus dem Fenster, als müsse sie nachdenken. »Ich habe ihn mir als dreißigjährigen, dunkelhaarigen Mann vorgestellt. Er war sehr höflich, und irgendwie klang er richtig verliebt und ziemlich glaubwürdig.« Ihre Zunge glitt wieder über ihre dunkelroten Lippen, und dann lächelte sie und entblößte schneeweiße Zähne und rosiges Zahnfleisch. »Höfliche Männer trifft man immer seltener. Ich habe schon gedacht, das könnte eine Marktlücke sein, Heiratsanträge für Männer inszenieren, die nicht so viel Stil haben …«

Schiller spürte, dass er immer ungehaltener wurde. Diese exaltierte, aufgetakelte Frau wäre eher ein Fall für Birte Jessen gewesen. Er nahm ihre Angaben auf und notierte sich auch den Namen ihrer Mitarbeiterin. Als er sie schon verabschieden wollte, merkte er, dass er die entscheidende Frage beinahe vergessen hatte.

»Der Mann muss sich Ihnen ja vorgestellt haben. Welchen Namen hat er Ihnen genannt?«

Sie lachte dröhnend auf und legte sich die Hand vor den Mund, als müsse diese Geheimnis eigentlich bewahren. »O ja«, sagte sie dann nach kurzem Zögern. »Seinen Namen habe ich mir gemerkt. Er hat sich Schiller genannt – Jan Schiller.«

Am liebsten hätte er die Jalousien herabgelassen und eine Weile im Dunkeln dagesessen, um nachzudenken. Dass der Täter seinen Namen benutzt hatte, war ein Schlag, der ihn eigentlich nicht überraschen sollte, der es aber dennoch tat. Der Mörder hatte ihn als Gegner auserkoren.

Schiller nahm sich noch einen Kaffee, betrachtete für einen Moment das Poster mit der Meistermannschaft vom FC aus dem Jahr 1978. Im Geiste ging er die Namen der Spieler durch. Gut, er kannte sie noch alle. Das beruhigte ihn irgendwie. Dann fühlte er sich gestärkt genug, um in den Konferenzraum hinüberzugehen. Für einen Moment wurde es still, als er den Raum betrat. Die Profilerin war in der Tat sehr attraktiv, sie trug ein cremefarbenes Kostüm und hatte halblange blonde Haare und musterte ihn gleich, als müsste sie zuerst sein Profil erstellen.

Nachdem Neuendorf ihn begrüßt hatte, fasste Schiller die Ermittlungsergebnisse zusammen und berichtete auch, was er soeben von Annette Wohlfahrt erfahren hatte. Ihm blieb nichts anderes übrig, als am Ende einzuräumen, dass der Täter sich mit seinem Namen gemeldet hatte, aber er schob es auf die Berichterstattung zum ersten Mord. Da sei sein Name bereits in einigen Zeitungsartikeln aufgetaucht. Zu seiner Verwunderung erhob niemand Einwände gegen diese Darstellung oder forderte Ergänzungen.

»Ich möchte, dass Sie möglichst eng mit Frau Dr. Doris Wenger zusammenarbeiten«, sagte Staatsanwalt Soder mit einem kalten Lächeln. »Sie ist unbestritten die beste Psychologin im Landeskriminalamt Düsseldorf. Wir stehen alle ziemlich unter Druck. Die Zeitungen sind voll von Spekulationen über diesen höchst ungewöhnlichen Fall.«

Schiller bemerkte die Kopien von Zeitungsartikeln, die jeder vor sich liegen hatte. Offenbar hatte man die Besprechung mit einer Art Presseschau begonnen. Nach Birte Jessen hatte niemand gefragt, und er hob an, sie zu entschuldigen, als die Profilerin ihn anschaute.

»Was glauben Sie – warum hat der Täter Ihren Namen angegeben?« Sie sprach wie eine Ansagerin, eine warme einschmeichelnde Stimme, die von einem routinierten Lächeln begleitet wurde. Alle Männer am Tisch wandten sich ihr zu, und Schiller sah, dass nicht nur Bert Cremer ganz bezaubert lauschte.

»Ich habe es schon erwähnt«, erwiderte Schiller mürrisch. »Mein Name stand in der Zeitung.«

»Es könnte ein Bekannter von Ihnen sein oder jemand, den Sie schon einmal verhaftet haben. Oder vielleicht« – sie lächelte wieder, und ihre blauen Augen leuchteten auf, als hätte sie auch dafür eine bestimmte Technik entwickelt – »ist es jemand aus Ihrem nahen Umfeld. Haben Sie darüber schon einmal nachgedacht?«

»Sie werden es vielleicht nicht glauben, aber ich denke Tag und Nacht über diesen Fall nach.« Schiller registrierte, wie Cremer das Gesicht verzog. Seine Antwort war nicht nur unfreundlich, sondern wie eine Kriegserklärung ausgefallen, aber Dr. Doris Wenger war damit nicht zu beeindrucken. Sie lächelte noch eine Spur freundlicher.

»Und zu was für Ergebnissen sind Sie gekommen? Könnte es jemanden in Ihrem Umfeld geben?«

»Nein«, erwiderte Schiller. »Das kann ich ausschließen.« Dann dachte er an Grauer, tat den Gedanken aber sofort als Hirngespinst ab.

Die Profilerin schien sein Zögern jedoch bemerkt zu haben. Sie verengte die Augen und bedachte ihn mit einem weiteren Ansagerinnenlächeln, das ihm allerdings ein wenig spöttisch vorkam. »Sie haben recht«, erklärte sie, als hätte er einen fundierten Einwand vorgebracht, »wir sollten gemeinsam erst einmal ein Profil erstellen, bevor wir uns zu Mutmaßungen hinreißen lassen.«

Schiller nickte, obwohl er wusste, dass er mit Doris Wenger nicht zurechtkommen würde. So viel kalkulierte Schönheit brachte stets Ärger, und das würde sich auch in diesem Fall erweisen.

Während Soder erneut das Wort ergriff und eine Besprechung für den nächsten Tag anberaumte, wurde die Tür geöffnet. Schiller erwartete, Birte Jessen zu sehen, abgehetzt eine Entschuldigung murmelnd, doch es war Nele, die ihm schüchtern einen Zettel hereinreichte.

»Unser Täter hat sich seine Event-Managerin gut ausgesucht«, erklärte Schiller mit Blick auf das Papier. »Eine miserable Zeugin: Annette Wohlfahrt ist mehrfach wegen Urkundenfälschung, Scheckbetrug und anderer Betrügereien vorbestraft. Für ihre Agentur musste sie vor einer Woche Insolvenz beantragen.«

»Na großartig«, rief Cremer aus.

Die Profilerin lächelte Schiller mit leuchtenden Augen an. »Die schwierigen Fälle sind immer die schönsten«, hauchte sie ihm zu. »Wo geht es in Ihr Büro?«

19.

Er hatte oft daran gedacht, sich die Pistole in den Mund zu schieben und abzudrücken. So viel Einsamkeit und Hass hatte er in sich. Er war noch nie ein Menschenfreund gewesen, aber bevor er Funny getroffen hatte, war sein Ekel vor anderen Menschen so überwältigend geworden, dass er bereit war, Passanten, die ihn anrempelten oder ihre Hunde auf den Gehweg scheißen ließen, ins Gesicht zu schlagen. Wie viel Schmutz es gab, den er täglich mit ansehen musste! Kinder raubten Rentner aus. Jugendliche überfielen andere Jugendliche, um ihre Handys zu stehlen. Erwachsene Männer prügelten sich auf offener Straße oder belästigten unschuldige Frauen. Ohne Mozart hätte er sich umgebracht, aber da war diese Musik, die ihn anrührte. Er hatte sich vorgenommen, sich jedes Stück anzuhören, das Mozart, dieses größte Genie aller Zeiten, jemals geschrieben hatte. Jeder Oper, jedem Violinkonzert, jeder Serenade wollte er nachspüren. Nächtelang lag er mit Kopfhörer da, und für ein paar Stunden brachte die Musik auch tatsächlich Linderung.

Er hatte gewusst, dass er zu viel allein war, dass nur ein Mensch ihm Rettung bringen könnte. Dennoch hatte er nie zu hoffen gewagt, dass er einer Frau wie Funny begegnen würde.

Mozart hatte sie zusammengeführt.

Er saß auf seinem Stammplatz in der Philharmonie, das Gürzenich-Orchester spielte Mozarts Requiem, und da schwebte sie plötzlich neben ihn: verlegen lächelnd, weil sie zu spät kam, mit getönten roten Haaren und offenkundig allein. Ein Engel, den die Musik herangetragen hatte. Er wagte kaum, sie anzuschauen, wie sie sich neben ihm auf ihrem Sitz rekelte. Ihr Geruch hüllte ihn ein, und er beobachtete verstohlen, wie sich ihr Mund manchmal bewegte oder sie die Augen schloss. Dass sie soeben ihre erste Krebsbehandlung hinter sich hatte, sah man ihr nicht an. Sie war die schönste Frau, die er jemals gesehen hatte.

In der Pause sprach sie ihn an. »Tut mir leid, wenn ich Sie gestört habe«, sagte sie mit einer warmen, freundlichen Stimme, und er war so verwirrt, dass er kaum antworten konnte. Er flüchtete sich in Bemerkungen über das Konzert, über Mozart und dessen letztes großes Werk.

So hatte es begonnen.

Und mit Mozart, fast zwei Jahre später, hatte es auch geendet. Als Funny starb, hatte sie ihn ein letztes Mal angeschaut. Für ein Lächeln war sie schon zu schwach gewesen, aber sie hatte ihm zugeblinzelt, und dann, mit einem leisen Stöhnen, hatte sie ihren letzten Atemzug getan. Er hatte ihre Hand losgelassen, hatte eine Kerze angezündet und hatte Mozarts Requiem gespielt. Dabei hatte er still geweint. Erst Stunden später hatte er ihre Herzkammer verlassen und die Ärztin angerufen, die Funny zuletzt mit Schmerzmitteln behandelt hatte.

Zu der Zeit hatte er noch nicht gewusst, was sie alles durchgemacht und wie viele Männer ihr Schmerzen zugefügt hatten.

Sechs Menschen waren ihrem Sarg gefolgt, zwei gute Freundinnen, die sie auch gelegentlich besucht hatten, zwei Kolleginnen aus der Konzertagentur, in der sie zuletzt gearbeitet hatte, ein alter Mann, der ihr einmal Gesangsunterricht gegeben hatte, und er – nicht eben viel, um einen Engel zu Grabe zu tragen.

Drei Tage später hatte er in der Herzkammer gesessen und sich die erste Wunde beigebracht – einen tiefen Schnitt mit dem Küchenmesser in den Unterarm. Es hatte höllisch wehgetan, aber der Schmerz hatte ihm gefallen, weil er sich Funny plötzlich nahe gefühlt hatte.

Den ganzen Tag war er von einer warmen, wohligen Ruhe erfüllt. Er wusste, dass die Polizei im Dunkeln tappte, sie hatte keine wirkliche Spur, weil er keinen Fehler gemacht hatte. Die Flut der roten Herzen würde sie zum Wahnsinn treiben. Jedes Herz war wie ein Lächeln von Funny – und würde für noch mehr Verwirrung sorgen. Schade, dass er ihren Namen nicht in die Herzen eingravieren konnte, aber vielleicht würde er das tun, wenn der letzte Akt gekommen war.

Er fuhr am Rhein entlang, genoss den Wind im Gesicht und dachte an Funny, an ihren Körper, der sich an ihn schmiegte. Gegen sechs Uhr machte er sich zur Neuenhöfer Allee auf. Ein paar Jogger waren unterwegs, Frauen, die ihre Hunde ausführten. Von dem nahen Hockey-Platz tönten Stimmen herüber, aber niemand beachtete ihn, als wäre er durchsichtig. Ein paar Momente hielt er sein Gesicht in die Sonne und genoss die Wärme.

Dann bemerkte er Schmidts blauen Passat. Der Arzt war noch früher als gestern und bog mit hohem Tempo auf den Garagenvorplatz ein. Auf der Straße fuhr ein kleiner weißer Kastenwagen vorbei, sonst war niemand zu sehen. Es war ein idyllischer Abend.

Er streifte seine Kapuze über den Kopf und steuerte mit seinem Rennrad auf den Hof. Ein kurzer Blick genügte, um zu registrieren, dass sie allein waren. Als Schmidt den zweiten Flügel der Garage geöffnet hatte, stieg er vom Rad. Sein Herz schlug nun schneller, aber er spürte es nicht wirklich. Er ging wie durch einen Tunnel, seine Augen waren auf Schmidt fixiert, während er gleichzeitig die Geräusche um ihn aufmerksamer wahrnahm. Er hörte seine eigenen zielstrebigen, rhythmischen Schritte, das monotone Geräusch des Motors, den der Doktor nicht ausgeschaltet hatte und der den Schuss beinahe übertönen würde, hörte einen Vogel ganz hoch am Himmel schreien, als wollte er eine Warnung ausstoßen, hörte Fetzen von klassischer Musik von einem der Balkone jenseits des Garagenhofes, und er hörte buchstäblich Schmidts Erschrecken, als er plötzlich drei Meter vor ihm stand.

Unwillig blickte Schmidt ihn an, offensichtlich ohne ihn zu erkennen, aber sie waren sich auch nur einmal kurz im Wartezimmer begegnet, ganz zu Beginn ihrer Krankheit, als Funny eine Überweisung zu einem Internisten gebraucht hatte. Der Wind zersauste sein blondes Haar, das sich an einigen Stellen bereits bedenklich lichtete. Die Sonne fiel auf sein bärtiges Gesicht. Er hatte sich am Morgen nicht rasiert.

»Was wollen Sie?«, rief Schmidt eigentümlich gereizt.

Er glaubte das ängstliche Rauschen des Blutes in den Adern seines Gegenübers wahrnehmen zu können. Vielleicht gab es so etwas tatsächlich – dass der Körper die Stunde seines Todes ahnte.

»Are you Doctor Schmidt?«, fragte er mit heiserer Stimme. Ohne eine Antwort abzuwarten, zog er rasch seine Waffe aus der Tasche seiner Kapuzenjacke hervor und feuerte.

Schmidt schaute ihn mit schreckgeweiteten Augen an, dann begann eine rote blutige Rose auf seiner Brust aufzublühen. Er schaffte es noch, die Hände hochzureißen, bevor er zusammensackte und mit einem dumpfen, endgültigen Geräusch zu Boden fiel.

Als er das Plastikherz aus seiner anderen Tasche hervorholte, hörte er den kurzen, dumpfen Schrei hinter sich.

Da wusste er, dass er seinen ersten schweren Fehler begangen hatte.

20.

Sie wusste, dass sie mindestens drei Stunden zu spät kommen würde. Kaum hatte sie den Friedhof verlassen und den Wagen gestartet, hatte Martha sie angerufen.

»Du musst die Geige mitnehmen«, hatte sie gesagt. »Ich habe davon geträumt, dass die Geige nun dir gehört – Martins letzte Geige.«

So dringend hatte Marthas Bitte geklungen, dass sie nicht gewagt hatte, abzulehnen. Also war sie zurückgefahren. Bei Tageslicht hatten die Wohnung und die Werkstatt so trostlos und verlassen gewirkt, als wären die Bewohner schon vor langer Zeit gegangen. Sie hatte die Geige in ein Tuch eingewickelt und auf den Rücksitz gelegt. Dann hatte sie sich wieder auf den Weg nach Köln gemacht.

Zweimal hatte sie versucht, Schiller zu erreichen, aber er hatte das Gespräch nicht angenommen. Vielleicht war er wütend auf sie, oder aber er saß immer noch in der Besprechung fest.

Sie fragte sich, wie Schiller reagieren würde, wenn er erfuhr, dass es noch einen anderen Grund gab, warum sie Hamburg verlassen hatte. Martin war der eine, private Grund, aber es gab noch einen zweiten, den sie tief in sich vergraben hatte. An Martins Tod hatte sie keine Schuld gehabt, im Gegenteil, sie hatte alles versucht, bis hin zu dem völlig vergeblichen Versuch, ihm Knochenmark zu spenden.

Eine Woche nach Martins Tod war es passiert. Alles hatte nach reiner Routine ausgesehen. Eine alte Frau war in ihrer Wohnung gestürzt und hatte sich so schwere Kopfverletzungen zugezogen, dass sie gestorben war. Eigentlich gar kein Fall für die Kriminalpolizei – nur dass eine Nachbarin kurz zuvor Schreie und einen Streit gehört haben wollte. Zusammen mit Patrick, dem Kollegen, mit dem sie am liebsten zusammenarbeitete, war sie zu dem Enkel der Frau gefahren, dem einzigen Verwandten der alten Dame.

Eine heruntergekommene Autowerkstatt in Uhlenhorst –

zwei alte Lieferwagen und drei rostige Wracks ohne Räder standen auf dem Hof. Radiomusik lief. Kein Mensch war zu sehen, aber es roch, als wäre da vor ein paar Momenten noch jemand gewesen und hätte gekifft. Dann deutete Patrick auf eine Gestalt im hinteren Teil der Werkstatt, die sich offensichtlich hinter einen Metallschrank verdrücken wollte. Er lächelte und rief: »Kriminalpolizei Hamburg! Es hat keinen Sinn, dass Sie sich verstecken! Und wir sind auch nicht wegen Ihrer Kifferei gekommen.«

Im nächsten Moment versuchte die Gestalt, ein hagerer Mann mit langen Haaren in einem ärmellosen Hemd, an ihnen vorbeizustürmen.

Sie brauchten keine drei Sekunden, um ihn zu stellen. Während Patrick den Mann an die Wand drückte, tastete sie ihn nach Waffen ab. Doch natürlich fand sie nichts, weil sie es ja nur mit einem elenden, hypernervösen Kiffer zu tun hatten.

An die nächsten Sekunden erinnerten sie sich nur noch wie an Filmszenen, die man falsch geschnitten hatte und die daher gar nicht zusammenpassten. War sie zu müde und unaufmerksam gewesen, weil sie wieder die halbe Nacht wach gelegen hatte? Hatte sie an Martin gedacht, an das schwarze Loch, das sich in ihrem Leben aufgetan hatte? War sie gar nicht wirklich da gewesen?

Der magere Kiffer riss den Mund auf, als wollte er etwas sagen, aber er brachte kein Wort hervor. Patrick wurde herumgeschleudert, er fiel gegen eine Werkbank und warf das Radio herunter, das plötzlich noch lauter spielte – »Starman«, einen alten Song von David Bowie. Die Unterarme des Kiffers wischten an ihr vorbei. Hässliche rote Tätowierungen und eine große weiße Narbe waren darauf zu sehen. Ein beigefarbener Lieferwagen mit Rostflecken raste mit dröhnendem Motor vom Hof, und sie hielt Patrick im Arm, der sie schwach und ängstlich anblickte, und flüsterte ihm zu, dass der Krankenwagen schon unterwegs sei.

Nur die Waffe, die der Kiffer aus seinem Hosenbund hervorgezerrt hatte, sah sie in ihren Erinnerungen nicht, und auch den einen ohrenbetäubenden Schuss hörte sie nicht.

Warum nur hatte der hirnlose Kiffer geschossen? Und warum hatte sie seine Waffe nicht entdeckt, als sie ihn durchsucht hatte?

Einen Tag nach der Tat hatte man den Kiffer in Dänemark festgenommen. Er hatte seiner Großmutter sämtliche Sparkonten geplündert und war deshalb mit ihr in einen tödlichen Streit geraten.

Patrick hatte ihr keine Vorwürfe gemacht, aber der Schuss in seine linke Schulter hatte wichtige Nervenbahnen so schwer verletzt, dass er seinen Arm nur noch eingeschränkt würde gebrauchen können. Er war neununddreißig, hatte zwei Kinder und eine schwangere Frau und würde ein Fall für den Innendienst oder die Frührente werden.

Eine Woche später, zwei Wochen nach Martins Tod, war sie an der Ampel vor Martins Werkstatt weinend zusammengebrochen. Das Ende ihrer Hamburger Karriere als Kommissarin. Eine dunkle Scham fühlte sie noch immer.

Um ein Uhr mittags geriet Birte Jessen vor Wuppertal in einen Stau. Schiller ging immer noch nicht ans Telefon, aber immerhin erreichte sie Nele.

»Dicke Luft«, sagte Nele mit ihrer fröhlichen Jungmädchenstimme. »Eine Stunde hat Jan mit der Profilerin in seinem Büro zusammengesessen. Dann ist er verschwunden. Niemand weiß, wo er ist. Bert ist zu van Gaals Büro gefahren, um noch mal mit der Managerin zu reden. Sieht so aus, als kämen wir nicht von der Stelle.«

»Ruf mich an, wenn Schiller wieder auftaucht«, sagte Birte Jessen.

»Ach ja«, fuhr Nele fort. »Er hat mir einen Zettel hingelegt. Ich soll dir eine Wohnung in Sülz oder Klettenberg besorgen. Zwei oder drei Zimmer, Küche, Diele, Bad. Ist das in Ordnung?«

Für einen Moment verschlug es Birte Jessen die Sprache. War das Schillers Art auszudrücken, dass er sie im Team halten wollte – dass er jemanden beauftragte, ihr eine feste Bleibe zu suchen?

»Hast du nicht andere Dinge zu erledigen?«, fragte sie unsicher.

»Ist schon in Ordnung«, erwiderte Nele. »Ich kenne ein paar Leute, die mit Immobilien zu tun haben. In dieser Stadt ist man ohne Beziehungen verloren. Eine Hand wäscht die andere.«

Kurz vor Köln hörte Birte Jessen, wie eine SMS einging. *Deutzer Rheinufer, Höhe Hyatt. Wann kannst du kommen? Jan.*

Sie parkte hinter dem Hotel und ging dann zum Fluss hinüber. Schon von Weitem sah sie ihn auf einer Mauer sitzen, aber er war nicht allein. Eine alte Frau war bei ihm. Therese, die Hebamme, fiel ihr ein. Die beiden saßen da und blickten aufs Wasser. Ein Dutzend Möwen segelte über ihren Köpfen dahin. Sie schienen nicht zu reden, sondern still die Sonne zu genießen, die nun hoch am Himmel stand. Es war warm geworden – T-Shirt-Wetter im September. So etwas wäre in Hamburg niemals vorgekommen – dass ein Polizist während der Ermittlungen zu einem Doppelmord zur Elbe fuhr und nichts tat.

Therese hatte dünne, lange Haare, die sie locker zu einem Zopf gebunden hatte. Ihre Kleider sahen aus, als wären sie mindestens dreißig Jahre alt – ein babyblauer, zerschlissener Mantel, unter dem ein verblichener schwarzer Rock hervorlugte. Ihre Nylonstrümpfe hatten zwei riesige Löcher, und ihre Füße steckten in ockerfarbenen Stiefeln.

Keine deutsche Hebamme, eher eine alte Indianerin, dachte Birte Jessen, während sie sich die letzten Meter näherte.

Schiller nannte ihren Namen und grüßte mit einem Lächeln, und Therese kicherte wie ein junges Mädchen.

»Wir genießen die Sonne und schauen uns die Möwen an«, sagte die alte Frau. »Stellen Sie sich das vor!«

»Und außerdem denken wir nach«, fügte Schiller hinzu. Dann bedeutete er Birte Jessen, neben ihm Platz zu nehmen.

»Wir denken über Broder nach«, fuhr Therese eifrig fort. Ihre Augen funkelten hinter einer dicken Hornbrille, die eindeutig für ein grobes Männergesicht entworfen worden war. Das Kichern schien zu ihr zu gehören. Jeder Satz endete mit einem heiteren Glucksen. »Wie wir ihn aus seiner Misere herausholen. Geht zur Polizei und sagt, er wäre ein Mörder. Der arme Junge!

Stellen Sie sich das vor! Endlich hat Jan kapiert, dass man einem alten Freund helfen muss.«

Schiller blickte Birte Jessen so ernst an, als wäre er ihr auf eine Frage eine gewichtige Antwort schuldig. »Ich habe nicht gewusst, dass Hilde, meine erste Freundin, tot ist. Das war ein echter Schock. Ich habe sie jahrelang nicht mehr gesehen – aber trotzdem ... als wäre mir ein Stück meines Lebens abhanden gekommen.«

Birte Jessen fühlte sich unbehaglich. Warum nur hatte er sie hierher bestellt, wenn es doch gar nicht um ihren Fall ging?

»Was halten Sie von der Idee?«, sagte Therese und legte Birte Jessen vertrauensvoll eine Hand auf den Arm. »Seit über einer Woche laufe ich dem langweiligen Pfarrer von St. Bruno hinterher, und nun habe ich ihn so weit, dass er einverstanden ist, seine hässliche graue Kirche anstreichen zu lassen – zumindest die eine Seite zur Straße. Broder soll da ein Bild auf die Fassade malen – aus der Bibel oder was ihm so einfällt. Hauptsache, es ist hell und schön. Dann gehen die Leute vielleicht auch wieder öfter in die Kirche.« Ihre Augen leuchteten voller Stolz auf diese Idee.

»Nun müssen wir Broder nur noch dazu bringen, dass er einwilligt und wieder zu malen anfängt, statt am Rhein Müll zu sammeln und in sein Zelt zu schleppen«, ergänzte Schiller.

Was sind wir für merkwürdige Polizisten!, dachte Birte Jessen plötzlich und musste unwillkürlich lächeln. Ich fahre die Geige meines toten Freundes durch die Gegend, und er denkt darüber nach, ob sein ältester Freund eine Kirche bemalen kann.

Als ein Mobiltelefon klingelte, griff Birte Jessen sofort in ihre Jacke, aber der Anruf galt Therese, die ein altertümliches Gerät hervorzog.

Lächelnd hörte sie einen Moment zu, dann kicherte sie und sagte: »Mein Herzchen, das ist nichts Ungewöhnliches – dann tut einem die Brust schon mal weh, und man bekommt leichtes Fieber. Ich nehme den Bus und bin ich in einer Stunde bei Ihnen.«

Sie legte auf und sah Birte Jessen augenzwinkernd an. »Erstgebärende Mütter! Eine komplizierte Spezies.« Dann küsste sie Schiller auf die Wange. »Heute Abend gegen neun bei Broder – komm nicht wieder zu spät!«

Er nickte, und dann ging Therese – hüpfend wie es schien – in ihrem babyblauen Mantel davon. Oben auf der Hohenzollernbrücke winkte sie ihnen noch einmal zu. Ein junges, fröhliches Mädchen im Körper einer Achtzigjährigen.

»Ohne Therese wäre ich nach dem Tod meiner Eltern verloren gewesen«, sagte Schiller, während er ihr nachsah. »Merkwürdig, dass mir nun Dinge wieder einfallen, an die ich viele Jahre nicht gedacht habe. Hilde war meine erste Liebe gewesen. Sie war ein Jahr jünger als ich, hübsch, flippig und ziemlich unkonventionell. Außerdem hat sie permanent irgendwelche Geschichten erzählt. Eine freundliche Spinnerin! Wir haben eine Weile zusammengelebt – bis …« Sein Telefon klingelte, aber er nahm das Gespräch nicht an. »Wie hältst du das aus?«, fragte er. »Dass dein Freund tot ist und du ihn niemals wiedersehen wirst.«

Gar nicht, wollte sie erwidern, ich halte es gar nicht aus, doch dann antwortete sie: »Ich habe seine Geige im Auto – das letzte Instrument, das er gebaut hat. Vielleicht sollte ich lernen, darauf zu spielen.«

»Gute Idee«, sagte Schiller. Dann holte er ein Stück weißes Papier aus seiner Jackentasche und reichte es ihr. Eine am Computer geschriebene Liste mit zwölf Namen, von denen ihr zwei bekannt vorkamen – ein mittelmäßiger Fernsehschauspieler und ein ehemaliger Stabhochspringer. Unten auf der Liste stand:

Wenn jemand erfährt, von wem die Namen kommen, bin ich tot.

PS: Die Wohnung an der Aachener Straße ist noch in der Nacht geräumt worden.

»Grauers Liste«, sagte sie und blickte Schiller an.

Er nickte. »Ich habe ihm sein Super-Handy zurückgegeben und ihn unter Druck gesetzt, mir Namen zu nennen. Die Liste hat er mir vor einer Stunde übergegeben. Darauf stehen nur höchst ehrenwerte Bürger Kölns. Kann sein, dass Grauer mit seiner Drohung übertreibt. Kann auch sein, dass er wirklich in Schwierigkeiten gerät, sollte er auffliegen.«

»Wir müssen uns Kahle genauer anschauen. Er hatte es ja mit der Auflösung dieser Wohnung mächtig eilig«, erklärte Birte Jessen.

»Ja«, stimmte Schiller zu, »auch wenn ich noch immer nicht erkennen kann, wo die Verbindung zu den Morden an Mundt und van Gaal liegen sollte. Mundt hat zu den Leuten von der Liste vermutlich keinen Zugang gehabt.«

»Vielleicht kann uns das die Profilerin sagen.« Birte Jessen lächelte ihn spöttisch an, doch er blieb ernst.

»Bestimmt nicht.«

Raimund Kahles Büro lag in einer unscheinbaren Straße in Klettenberg. Eine langweilige Gegend, fand Birte Jessen. Häuser mit gleichförmigen Fassaden, aber vielleicht genau das Richtige, um undurchsichtige Geschäfte zu machen. Neben dem Büro befand sich ein kleiner Weinladen. Schiller besah sich das Schaufenster und ging wortlos hinein. Nach zwei Minuten kehrte er mit zwei Flaschen echtem Champagner zurück. Eine drückte er Birte Jessen in die Hand.

»Die sollten wir demnächst auf deinen Einstand trinken«, sagte er.

Sie bedankte sich lächelnd. »Und die andere?«, fragte sie dann spöttisch. »Für einen zweiten Einstand?«

Er schien ihre Gedanken zu erraten. »Lass mich mit der Profilerin in Ruhe. Die zweite Flasche brauche ich heute Abend – ein Geschenk für meine Freundin, die auch ziemlich viel Ärger hat. Außerdem habe ich bei dieser Gelegenheit erfahren, dass Kahle sein Büro erst vor zwei Monaten hier aufgemacht hat. Er scheint Umzüge zu lieben.«

Sie gingen drei Stufen hinauf und klingelten. »Kahle – Immobilien« stand unprätentiös auf dem Klingelbrett. Zwanzig Sekunden später ertönte ein Summen. Birte Jessen hatte eine junge, elegante Sekretärin erwartet, die sie in Empfang nehmen und wahrscheinlich abwimmeln würde, doch Kahle selbst stand in der offenen Wohnungstür.

Er wirkte mäßig überrascht. »Wollen Sie mir doch Schwierigkeiten machen?«, fragte er zur Begrüßung. Heute sah er deutlich mehr nach Business-Man aus. Er trug zwar kein Jackett, aber ein weißes Hemd, eine rosafarbene Krawatte und eine zerknitterte dunkle Anzugshose.

Schiller hob die Hände, als müsse er zeigen, dass er unbewaffnet war. »Wenn ich es mir recht überlege, wollen wir nur wissen, was Sie mit der armen Frau Leszek gemacht haben«, sagte er.

»Entlassen«, erwiderte Kahle völlig ernst. »Hatte sie nicht anders verdient.« Dann drehte er sich um und kehrte in seine Wohnung zurück, ohne allerdings die Tür zu schließen.

Sie folgten ihm in sein Büro – einen großen, hellen Raum mit einem riesigen Schreibtisch aus Glas, der mit Papieren übersät war. Zwei Designerstühle aus Chrom standen davor. Kahle schob sich hinter den Tisch und nahm auf einem großen Lederstuhl Platz. Hinter ihm hing ein riesiges abstraktes Bild – ein Strudel aus Farben.

Schiller setzte sich, während Birte Jessen sich noch im Raum umsah. Im hinteren Teil gab es einen weiteren Tisch mit acht modernen Holzstühlen. Auf einem fahrbaren Beistelltisch standen ein Fernseher und ein DVD-Player. Eine Fensterfront wies auf einen überraschend prächtigen Garten hinaus.

»Wir wissen, dass Sie Ihre Pokerhöhle bereits verlegt haben«, sagte Schiller. »Roch nach unserem Besuch wahrscheinlich zu sehr nach Polizei. Aber im Prinzip interessieren uns Ihre Spielabende gar nicht.«

»Was interessiert Sie dann?«, fragte Kahle feindselig. Er wischte sich über seine dunklen, zurückgekämmten Haare. »Über meine Gäste kann ich nichts sagen. Und überhaupt sollte ich ohne meinen Anwalt gar nicht mit Ihnen reden.«

»Wir interessieren uns nicht für Ihre Gäste«, sagte Schiller, »wir wollen nur wissen, was es für eine Verbindung zwischen Mundt und van Gaal gab. Beide haben bei Ihnen gepokert. Haben die beiden sich jemals getroffen?«

»Mundt war ein Idiot«, erwiderte Kahle. Er zog sich seine Krawatte aus und legte sie auf den Schreibtisch. »Wenn ich mich recht erinnere, war er zweimal im Club. Einer aus seiner grandiosen Partei hat ihn mitgebracht, und er hat gleich das große Wort geführt. Hat das coole Poker-Ass gemimt, aber ich habe ihm am zweiten Abend die rote Karte gezeigt. Feldverweis noch vor der Halbzeit. Absolute Höchststrafe.« Er lächelte, ganz der eiskalte Geschäftsmann, der nun beschlossen hatte, dass es besser war, der Polizei ein paar möglichst unverfängliche Informationen hinzuwerfen.

»Wann genau war das?«, fragte Schiller. Er klang nun beinahe freundschaftlich, wie ein Kaufmann, der sich auf einen neuen, ein wenig schwierigen Kunden eingestellt hatte.

Kahle wischte sich erneut durch die Haare, doch das war keine Geste der Verlegenheit, erkannte Birte Jessen. »Das muss drei oder vier Jahre her sein. Ich kann ausschließen, dass er Roger bei mir über den Weg gelaufen ist.«

»Sie scheinen sich aber noch recht gut an Mundt zu erinnern, wenn Ihre letzte Begegnung bereits so lange zurückliegt«, sagte Birte Jessen, die sich immer noch nicht gesetzt hatte, sondern am Fenster lehnte. Sie überlegte, wie sie Kahle aus der Reserve locken konnte. Nele hatte ihnen auf dem Weg hierher mitgeteilt, dass absolut nichts gegen ihn vorlag. Nur einmal hatte er wegen einer angeblichen Insolvenzverschleppung Schwierigkeiten gehabt, die Angelegenheit aber rasch bereinigt. Fünf verschiedene Firmen waren auf seinen Namen eingetragen.

»Ich habe ein paar wichtige Fähigkeiten«, sagte Kahle und schaute sie zum ersten Mal offen an. »Ich vergesse zum Beispiel nie das Gesicht eines echten Arschlochs. Hat mir schon oft geholfen.«

»Und nach diesem Pokerabend haben Sie Mundt nie mehr getroffen?«, fragte Birte Jessen.

»Keineswegs. Mundt konnte man in dieser Stadt nie völlig aus dem Weg gehen. Im Karneval ist man sich begegnet oder bei irgendwelchen Charity-Veranstaltungen.« Kahle blickte auf seine teure Armbanduhr. »Hören Sie, ich habe gleich einen wichtigen Termin. Muss einem FC-Spieler eine neue Wohnung besorgen. Auftrag vom Präsidenten höchstpersönlich.«

Birte Jessen registrierte, wie Schiller sich vor Interesse anspannte, welcher Spieler das sein könnte, doch sie kam seiner Frage zuvor. »Herr Kahle, wir ermitteln in zwei Mordfällen. Da muss Ihr Fußballspieler leider ein paar Minuten warten. – Wie war Ihr Verhältnis zu van Gaal? Wie lange kannten Sie sich?«

Kahle warf Schiller einen Blick zu, der sowohl fragend als auch anklagend war, als müssten sich hier zwei Männer gegen eine Frau verbünden, die keine Ahnung hatte, was der 1. Fußballclub Köln in dieser Stadt bedeutete.

Bevor Kahle antworten konnte, hörten sie eine Tür klappen, dann schritt jemand ohne Hast den Flur hinunter. Eine Sekunde später stand Emma Sahler in der Tür – ein Handtuch in ihrer rechten Hand, mit dem sie sich das noch nasse Haar trocken rieb.

Ihr Mund formte ein lautloses O, und ihre Augen glitten überrascht und hilflos zu Kahle hinüber.

»Ich habe hier im Haus eine kleine Wohnung für Geschäftspartner und liebe Gäste«, erklärte Kahle ungerührt. »Emma hat sich einsam gefühlt, da habe ich ihr natürlich meine Hilfe angeboten.«

»Natürlich«, sagte Birte Jessen. »Sie sind schließlich ein Ehrenmann.«

Kahle schnaubte entrüstet. »Roger war einer meiner besten Freunde. Uns drei hat es nicht gestört, dass Emma und ich einmal ein Paar waren. Ist ja schon ein paar Jahre her, nicht wahr, Emma?«

Sie stand in der Tür und nickte. »Seit Rogers Tod kann ich nicht mehr schlafen. Warum fangen Sie nicht endlich seinen Mörder?«

21.

Er hatte sich seine alte Trainingshose und seine Laufschuhe angezogen und lief in Richtung Mülheim am Rhein entlang. Schon nach fünfhundert Metern wusste er, dass er den Köln-Marathon für dieses Jahr würde absagen müssen. Er fühlte sich unwohl und lief nur weiter, um sich zu beweisen, dass er nicht völlig außer Form war. Es lag an der Grippe, die er mit Tabletten unterdrückt hatte, dachte Schiller, an der kurzen, unbequemen Nacht auf dem Sofa, aber nein, das war es nicht. Dieser Fall oder vielmehr der nervtötende Stillstand strengte ihn an. Er war sicher, dass sie noch keinen blassen Schimmer hatten, welche Verbindung es zwischen den beiden Opfern gab – wenn überhaupt eine existierte. Die Profilerin hatte ihn gefragt, was für einen Täter er suche – einen Mann oder eine Frau. Als er erwidert hatte: »Eindeutig einen Mann«, hatte sie nur die linke Augenbraue angehoben, wie sie es in ihrem Gespräch mindestens fünfmal getan hatte, und hatte »interessant« vor sich hin gemurmelt. Er hatte von Annette Wohlfahrt und dem unbekannten Anrufer gesprochen, aber das hatte die Profilerin nicht gelten lassen. »Unsere Unbekannte könnte einen Komplizen haben, um eine falsche Spur zu legen«, hatte sie gesagt und von unterdrückter Emotionalität gesprochen, welche die beiden Morde verrieten – was eher auf einen weiblichen Täter hinweisen könnte. Ansonsten war sie betont vage geblieben, während er über den Fall gesprochen hatte. Zwischendurch war er sich vorgekommen, als säße er bei einer Therapeutin. Zum Glück hatte die Profilerin dringend nach Düsseldorf zurückfahren müssen, sie war nur für einen Tag nach Köln abkommandiert gewesen. Von den E-Mails, die der Täter ihm geschickt hatte, hatte er auch ihr gegenüber nichts erwähnt.

Es war halb sieben, als er das Präsidium verließ. Bert saß noch immer bei van Gaal im Büro und ging den Schriftverkehr der letzten Monate durch, und Birte war bei ihrer ersten Wohnungsbesichtigung – Nele hatte wie immer schnell gehandelt.

Dreizimmerwohnung am Hermeskeilerplatz, wahrscheinlich ein wenig zu teuer für eine unterbezahlte Hauptkommissarin.

Um zehn vor sieben hielt Schiller vor der »Grünlilie«. Ihm fiel ein, dass er die Flasche Champagner vergessen hatte. Zu seiner Überraschung saß Carla schon an einem Tisch am Fenster und winkte ihm zu. Schiller freute sich, sie zu sehen. Sie würden sich gegenseitig auf andere Gedanken bringen müssen. Er küsste sie auf den Mund, und sie hielt ihn einen Moment länger fest als gewöhnlich. Dann schaute er sich mit gespielter Überraschung im Restaurant um.

»Wo ist die Autistin?«

»Jan«, sagte Carla in einem nur scheinbar strengen Tonfall. »Sie heißt Ariane und ist ein hübsches, ein wenig ungewöhnliches Mädchen. Heute Abend ist sie bei ihren Eltern. Ich hoffe, dass es gut geht und ihre Mutter nicht wieder durchdreht. Ab nächsten Montag hat Ariane einen Therapieplatz. Dann werde ich mich nur noch begleitend um sie kümmern.«

»Ich hätte mich gestern Nacht fast neben sie gelegt«, sagte Schiller.

Carla lachte. »Vielleicht hätte ihr das gefallen.«

Marie, die Besitzerin des Lokals, kam, umarmte sie beide und nahm die Bestellung auf. Dann ergriff Carla plötzlich seine linke Hand und sagte: »Tut mir leid, dass wir uns so wenig gesehen haben.«

Er nickte, und ohne es zu wollen, sprach er plötzlich von Broder und der toten Hilde, obwohl Carla sie gar nicht kannte. Henning Broder war ihr vor zwei Jahren einmal über den Weg gelaufen.

»Therese hat wie immer recht«, sagte sie. »Du musst Broder helfen.«

Der Anruf kam, als Marie ihnen das Essen brachte.

Schiller erkannte Berts Stimme zuerst gar nicht, so ungewohnt aufgeregt klang er.

»Vor fünf Minuten ging der Notruf ein«, sagte er hastig. »Unser Täter hat wieder zugeschlagen. Doch diesmal gibt es einen Zeugen – den fünfjährigen Sohn des Opfers.«

Er ließ Carlas Hand nicht los. Gemeinsam gingen sie auf den Garagenhof. Acht Minuten waren seit Berts Anruf vergangen. Zwei Polizeiwagen sperrten die Zufahrt ab. Ein silberfarbener BMW und ein blauer VW-Passat standen da. An dem Passat war die Fahrertür geöffnet. Der Motor lief noch.

Schiller schaute Carla an. Er hatte sie noch nie mit zu einem Tatort genommen. Sie nickte ihm zu. Den Mund hatte sie voller Konzentration zusammenpresst. Ein uniformierter Beamter kam ihnen entgegen. Schiller zeigte ihm seinen Ausweis, aber der Mann hatte ihn bereits erkannt und nannte seinen Namen.

»Wo ist der Tote?«, fragte Schiller. Der Beamte deutete auf eine Garage, deren beide Tore geöffnet waren. »Und der Junge?«

»Hannes, mein Kollege, ist mit ihm hinter die Garagen gegangen. Der Junge hat sich nass gemacht. Muss ein unglaublicher Schock für ihn gewesen sein.«

»Meine Freundin ist Therapeutin«, sagte Schiller zu dem Beamten. »Bitte bringen Sie sie zu dem Jungen.« Er drückte Carla noch einmal die Hand und küsste sie auf die Wange.

Dann folgte sie dem Polizisten mit schnellen, entschlossenen Schritten.

Schiller näherte sich dem Toten, einem blonden, etwa vierzigjährigen Mann, der mit angewinkelten Beinen in einer Blutlache am Boden lag. Zwei andere Uniformierte standen da, starrten auf die Leiche herab, unschlüssig, was sie tun sollten. Von der Straße waren Sirenen zu hören. Weitere Polizei und wahrscheinlich ein Krankenwagen, obwohl hier niemand mehr etwas ausrichten konnte.

Schiller begriff sofort, dass dieser Tatort anders war – hier war keine Überlegenheit des Täters zu spüren, hatte keine sorgfältige Inszenierung stattgefunden. Der Mörder war kein Phantom, sondern ein Mensch aus Fleisch und Blut. Er hatte dem Toten das rot blinkende Plastikherz auf die Brust geworfen und war geflohen – an dem Jungen vorbei, der anscheinend hinten im Wagen in einem Kindersitz gesessen hatte.

Zum Glück hatte er es nicht gewagt, auch das Kind zu töten.

»Wissen wir schon, wer der Tote ist?«, fragte Schiller einen der Beamten.

Der Uniformierte nickte. »Laut Fahrzeugschein heißt er Emanuel Schmidt. Er wohnt hier in einem der Häuser.«

Immerhin gab ihnen das keine Rätsel auf. »Wer hat euch alarmiert?«, fragte Schiller weiter und richtete seinen Blick wieder auf den Garagenhof. Kameras schienen hier leider nirgendwo angebracht worden zu sein, und die großen, dicht belaubten Bäume verhinderten, dass man von den Häusern ringsherum etwas sehen konnte.

»Ein Nachbar«, sagte der Polizist. »Ist mit seinem BMW auf den Hof gefahren und hat den Toten entdeckt. Wir waren zwei Minuten später da.«

»Der Mann steht dort drüben.« Der zweite Beamte wies zur Straße. Da lehnte ein Mann in einer hellen blauen Jacke an einem Baum und rauchte mit fahrigen Bewegungen. Während Schiller zu ihm hinüberging, sah er, wie Birte Jessen mit ihrem Alfa heranraste. Auch Bert Cremer war mittlerweile angekommen. Grauer hatte mit ihm im Auto gesessen. Die erste Sicherung des Tatortes konnte beginnen.

»Ich möchte doppelt so viele Fotos wie sonst«, sagte Schiller zu Grauer, der einen abgehetzten Eindruck machte. »Von jedem Winkel brauchen wir Fotos. Unser Täter ist überstürzt aufgebrochen. Vielleicht finden wir endlich eine Spur.«

»Schuler von der Kriminaltechnik ist krank«, sagte Bert. »Es dauert noch ein paar Minuten, bis sie komplett sind.«

Schiller nickte. Dann lief er Birte entgegen, erklärte ihr kurz, was geschehen war, und bat sie, sich um den Mann in der blauen Jacke zu kümmern. Vielleicht hatte er etwas gesehen.

Birte verzog schmerzhaft das Gesicht. »Was ist das für ein Irrsinn«, sagte sie leise. Sie sah bleich und müde aus.

»Diesmal kriegen wir ihn«, erwiderte Schiller.

Weitere Polizisten trafen ein, die Bert einweisen sollte.

Schiller ging um den Garagenhof herum. Er schritt auf einem schmalen Kiesweg zwischen alten Bäumen hindurch auf einen Spielplatz mit Schaukel und Rutsche, der offenbar auch zu dieser exklusiven Wohnanlage gehörte. Am Rand, auf einem gepflasterten Weg verharrten ein paar Kinder, die zwischen fünf und elf Jahre alt waren, und blickten beinahe erwartungsvoll zu ihm herüber, auch die ersten Erwachsenen hatten sich eingefunden. Ein uniformierter Polizist versuchte sie mit ausgebreiteten Armen zurückzutreiben. Auf den Balkonen der Apartmenthäuser hatten sich ebenfalls die ersten Schaulustigen postiert. Jemand hielt ein Handy hoch, offenbar um Fotos zu machen.

Wie konnte er es wagen, dachte Schiller, zur frühen Abendzeit mitten in einer belebten Wohnanlage einen Mord zu begehen? Ihr Täter steuerte anscheinend neue Grenzen an, die er überschreiten wollte, und ging dabei immer größere Risiken ein. Oder die ersten Morde waren ihm zu leichtgefallen. Nun wurde er leichtsinnig.

Carla saß auf einer groben Holzbank vor einem Sandkasten. Der Junge hockte neben ihr. Er hatte blonde lockige Haare, trug einen gelben Pullover und eine blaue Jeans, die im Schritt, wo er sich eingenässt hatte, dunkel gefärbt war. Der Junge hielt sich mit den Händen an der Bank fest, als hätte er Angst, sie könnte auf einmal umfallen oder mit ihm davonfliegen.

Schiller überkam so ungeheueres Mitleid mit dem Kind, dass ihm für einen Moment Tränen in die Augen traten.

Carla redete sanft auf den Jungen ein. Sie schien ihre Worte genau abzuwägen, hielt ihn ständig im Blick, aber der Kleine beachtete sie gar nicht, er stierte lediglich vor sich hin, in Richtung der schaulustigen Erwachsenen, die ihn mit einer Mischung aus Neugier und Furcht angafften. Seine Miene war vollkommen erstarrt. Auch als Schiller in sein Blickfeld trat, zeigte er keine Regung.

Drei Meter vor ihnen blieb Schiller stehen. Er konnte sich nicht erinnern, sich je so hilflos gefühlt zu haben. Der Junge hatte vor ein paar Minuten beobachtet, wie sein Vater erschossen worden war, und er war vermutlich der Einzige, der den Täter gesehen hatte.

Plötzlich fiel Schiller etwas ein. Wenn Emanuel Schmidt hier in dieser Anlage wohnte und er mit seinem Sohn wahrscheinlich von der Arbeit nach Hause gekommen war – warum tauchte dann seine Frau nicht auf? Hatte sie noch nichts von der Ansammlung von Polizisten mitbekommen?

Er kehrte um und ging hastig auf den Streifenpolizisten zu,

der noch immer versuchte, die Kinder und Schaulustigen zurückzuhalten.

»Was ist mit dem Jungen?«, fragte eine ältere Frau, die ihre Hände schützend auf die Schultern eines blonden, etwa elfjährigen Mädchens gelegt hatte. »Hat man wirklich seinen Vater umgebracht?«

»Wir geben keinen Kommentar ab«, erwiderte Schiller. »Am besten lassen Sie uns in Ruhe unsere Arbeit tun. Wenn jemand meint, etwas gesehen zu haben, kann er sich gerne bei uns melden.«

Als niemand etwas sagte, wand er sich an den Schaulustigen vorbei und ging auf den ersten Eingang der Wohnanlage zu. Er entdeckte den Klingelknopf in der dritten Reihe. »Dr. Emanuel Schmidt und Jennifer Ryan« las er auf einem Messingschild.

Er atmete einmal tief durch und klingelte dann. Gleich würde er einer Frau sagen müssen, dass ihr Mann tot war und dass ihr Sohn unten wie leblos auf dem Spielplatz saß.

Niemand öffnete auf sein Klingeln. Er versuchte es noch einmal, ließ den Finger einige Sekunden auf dem Knopf.

Ein Mann mit kurzen grauen Haaren tauchte neben ihm auf und schob einen Schlüssel ins Schloss. Er blickte Schiller kurz an.

»Sie wollen zu Schmidt?«, fragte er mit mäßiger Neugier.

»Nein«, erwiderte Schiller. Anscheinend hatte der Mann noch nichts von dem Mord auf dem Garagenhof erfahren. »Ich möchte seine Frau sprechen.«

»Da haben Sie Pech«, erklärte der Mann »Jennifer hat ihre Kleine genommen und ist weg. Hat heute Mittag den Flieger nach Miami genommen.«

»Woher wissen Sie das so genau?«

Argwöhnisch sah der Mann ihn an. »Ich habe sie zufällig getroffen, als sie in ein Taxi gestiegen ist.«

Der Junge saß immer noch reglos auf der Bank, als Schiller auf den Spielplatz zurückkehrte. Carla hatte ihm mittlerweile eine Hand auf die Schulter gelegt, die er ertrug oder vielleicht in seiner Starre gar nicht bemerkte. Sie sprach mit ruhiger, leiser

Stimme auf ihn ein, doch ihre Miene verriet, wie hilflos auch sie sich fühlte. Schiller konnte nicht verstehen, was sie sagte; er meinte aus ihrem sanften Geflüster die Worte »Mutter« und »dein Zimmer« herauszuhören. Doch plötzlich, während Schiller langsam herankam, drehte sich der Junge herum und warf sich gegen Carla. Nein, begriff Schiller, was zuerst wie ein Angriff aussah, als wollte er sie wegschieben, war eine ungeschickte Umklammerung. Im nächsten Moment begann er, als hätte er Fieber und litte an Schüttelfrost, die Zähne aufeinanderzuschlagen und zu weinen.

Carla sah Schiller dunkel an. »Er steht unter Schock«, flüsterte sie ihm zu.

Er nickte. »Wir müssen ihn mitnehmen«, sagte er leise. »Seine Mutter ist nicht da.« Dann streifte er seine Jacke ab und legte sie dem Jungen um. »Warte hier! Ich hole unseren Wagen. Wir müssen achtgeben, dass niemand Fotos von ihm macht. Er ist unser Zeuge.«

Carla erhob sich mit dem Kind im Arm und begann auf und ab zu gehen, dabei summte sie vor sich hin.

Schiller eilte auf den Garagenhof zurück. Mittlerweile war ein Kriminaltechniker eingetroffen und hatte einen Scheinwerfer aufgebaut, der sein grelles Licht auf den Tatort warf. Wie eine Filmszene wirkte es plötzlich, als hätte gar kein Verbrechen stattgefunden, sondern als würde man es lediglich nachstellen.

Ein Taxi fuhr vor, aus dem ein wenig ungelenk und mit düsterer Miene Trump heraussprang.

Schiller eilte ihm entgegen und gab ihm die Hand. »War ja ein kurzer Ruhestand«, sagte er.

Trump trug einen hellen Trenchcoat über einer Trainingshose und hielt routiniert einen Metallkoffer in der Hand. »Bert hat mich gefragt, ob ich aushelfen kann. Ich hatte ohnehin nichts vor. – War es wieder der Irre mit dem Plastikherz?«

»Sieht so aus, aber wir haben einen Zeugen, den Sohn des Opfers. Der Junge steht unter Schock. Ich werde ihn mit zu mir nehmen.« Als Trump sich schon abwenden wollte, hielt Schiller ihn am Revers fest. »Diesmal müssen wir eine Spur finden«, sagte er eindringlich. »Das war noch nie so wichtig.«

»Wenn es eine Spur gibt, werden wir sie finden«, erwiderte Trump ungerührt.

Schiller beobachtete, wie der alte Kriminaltechniker, als könnte nichts ihn jemals aus der Ruhe bringen, seinen Koffer abstellte, ihn öffnete und dann einen Schutzanzug hervorholte. Plötzlich überkam ihn so etwas wie Zuversicht. Trump würde die Wende bringen, niemand im ganzen Präsidium hatte einen besseren Blick und mehr Erfahrung.

Ein zweites Taxi rauschte mit hoher Geschwindigkeit heran. Schiller erkannte die Silhouette von Göbel, dem Polizeireporter vom Express, der sich nach vorn beugte, um den Fahrer zu bezahlen.

Es wurde Zeit, den Jungen vom Tatort wegzubringen.

Wenn Schiller an seinen Vater dachte, dann roch er den Duft von Kölnisch Wasser, mit dem der sich morgens einrieb, dann sah er eine große, ein wenig schwielige Hand mit einem mächtigen goldenen Ehering vor sich, die seine viel kleinere Hand ergriff und ihn mit sich zog: Er war zum ersten Mal im Stadion, in diesem riesigen überdachten Oval mit der rot leuchtenden Laufbahn. Sein Vater verschaffte ihm einen Weg durch die Menschenmenge, hin zu ihren Plätzen, die so weit unten lagen, dass er das satte, sorgsam geschnittene Grün des Rasens sehen konnte. Dann kamen die Mannschaften, in Rot und Weiß der FC, und Musik erklang, eine mächtige Fanfare erfüllte das Oval, und sein Herz begann vor Aufregung zu beben. Vielleicht war das einer der glücklichsten Momente seines Lebens gewesen – so neben seinem starken, freundlichen Vater zu sitzen, neben dem Motorradpolizisten mit dem ewig gleichen Bürstenhaarschnitt.

Damals war er sieben Jahre alt gewesen – zwei Jahre älter als der Sohn von Dr. Emanuel Schmidt.

Der Junge hatte während der kurzen Fahrt zu ihrer Wohnung kein Wort gesagt. Carla hatte ihn wie einen Säugling im Arm gehalten und ihm langsam, mit sanften Worten erklärt, was sie nun tun würden.

In der Wohnung trug sie ihn sofort ins Badezimmer. Schiller hörte das Wasser rauschen. Vielleicht war Wärme jetzt das Wichtigste für ihn. Ein warmes Bad, das müde machte und zumindest seinen Körper beruhigte.

Schiller kochte sich einen Kaffee und rief Nele im Präsidium an. Sie hatte schon die ersten Erkenntnisse zusammengetragen. Emanuel Schmidt, 1967 in Hannover geboren, war Mediziner, praktischer Arzt, seit fünf Jahren verheiratet mit Jennifer Ryan, 1973 in Ford Lauderdale, Florida, USA, geboren. Sie hatte ihren Namen behalten. Die Kinder hießen Mark, fünf Jahre alt, und Josie, zwei Jahre alt.

Ein Hausarzt – großer Gott! Und wo war die Verbindung zu Mundt und van Gaal?

»Wir müssen die Mutter auftreiben«, sagte er zu Nele. »Wenn es stimmt, was mir ein Nachbar gesagt hat, dann ist sie auf dem Weg nach Miami. Ruf am Flughafen an – Köln und Düsseldorf. Sie soll sofort zurückkommen.«

»In Ordnung«, erwiderte Nele, die ganz gegen ihr Naturell gedrückt klang.

»Außerdem müssen wir herausfinden, ob Schmidt Verwandtschaft hat – Eltern, Geschwister. Der Junge bleibt heute Nacht bei uns, aber wir müssen alles tun, dass er seinen Schock überwindet. Er ist unser Zeuge. – Ist der Rechtsmediziner schon am Tatort?«

»Ich habe gerade mit Birte gesprochen. Alles an Bord. Die ersten Anwohner werden befragt. Bisher allerdings Fehlanzeige. Auch der Nachbar, der den Notruf angerufen hat, war keine Hilfe.«

Schiller hatte nichts anderes erwartet. Ihr Täter ging große Risiken ein, aber er war kein Dummkopf.

»Wir müssen in die Wohnung des Arztes – und in seine Praxis«, fuhr Schiller fort. Wie viele Feinde konnte ein Arzt haben? Hunderte, Tausende – jeder, der sich falsch behandelt fühlte, konnte zum Feind werden.

»Der Schlüsseldienst ist schon angefordert«, erklärte Nele. »Ist in zehn Minuten da. Birte nimmt ihn in Empfang.«

»Und der Junge muss aus allem herausgehalten werden. Er darf in keiner Erklärung an die Presse auftauchen. Bert soll das an alle Kollegen vor Ort weitergeben.«

»Alles klar.« Nele stöhnte auf.

»Morgen früh um neun geben wir unsere erste Presseerklärung heraus. Vorher gibt es nichts. Totale Nachrichtensperre.«

Schiller verabschiedete sich und unterbrach die Verbindung. Die Erschöpfung kam von einem Moment auf den anderen, als wütete noch immer die Grippe in seinen Knochen oder nein, als hätte man ihm während des Telefonats flüssiges Blei in die Venen gespritzt. Er hörte Carla im Bad reden. Offenbar war sie dabei, den Jungen abzutrocknen. Von dem Kleinen war noch immer kein Laut zu hören. Schiller versuchte sich zu erheben, doch es gelang ihm nicht. Stattdessen schloss er die Augen.

Ein seltsamer, schwarzer Gedanke flog heran: Jetzt aufstehen und aus der Wohnung gehen und niemals wieder zurückkehren. Sein Leben wie ein altes Haus für immer verlassen.

Er erinnerte sich, dass er diesen Gedanken drei-, viermal in seinem Leben gehabt hatte – zum ersten Mal als er von der Schule zurückgekehrt war und vor seinem ausgebrannten Elternhaus gestanden hatte. Er hatte sofort gewusst, dass seine Eltern tot waren – sein trauriger Vater, seine unzufriedene Mutter, eine harmlose, heimliche Trinkerin, die abends irgendwelche Kurse belegte und vergeblich versuchte Yoga, Französisch oder Schreibmaschineschreiben zu erlernen. Sich umdrehen und gehen. Aber wo ging ein Vierzehnjähriger hin? Oder ein Vierzigjähriger, der gerade in seinem schwersten Fall steckte.

Als er die Augen wieder öffnete, hatte er den Eindruck, dass es draußen mit einem Schlag dunkel geworden war. Carla stand mit dem Jungen an der Hand in der Tür. Sie hatte ihm eines ihrer weißen T-Shirts angezogen und ihn zudem in ein gelbes Badetuch gewickelt. Der Junge erforschte ihn mit dunklen blauen Augen. Schiller fiel ein, dass er nun seinen Namen wusste.

»Hallo, Mark«, sagte er, dann verstummte er abrupt. Welche Worte gab es für diesen Jungen noch?

Carla kam ihm zu Hilfe. »Und das ist Jan«, hauchte sie dem Jungen ins Ohr. »Er ist Polizist – der beste Polizist, den es gibt.«

Mark musterte ihn weiter. Ein Königreich für deine Gedanken, dachte Schiller. Wahrscheinlich war es schon ein Fortschritt, dass der Junge nicht mehr an Schüttelfrost litt und weinte. Hätten sie einen Arzt rufen müssen? Nein, Carla verstand sich auf solche Grenzsituationen.

Schiller fand seine Sprache wieder. »Deine Mutter ist heute Morgen nach Amerika geflogen, nicht wahr?« Als der Junge nicht reagierte, fuhr er fort: »Sie wird bald zurückkommen. Aber gibt es noch jemanden, den wir anrufen können? Eine Tante? Einen Onkel?«

Er bemerkte, wie Carla kaum merklich den Kopf schüttelte. Ja, vielleicht war es zu früh, dem Jungen Fragen zu stellen, vielleicht sollte er sich erst an den Gedanken gewöhnen, bei ihnen die fürchterlichste Nacht seines Lebens zu verbringen.

»Magst du etwas essen?«, fragte Carla leise. »Ich habe eine Idee. Ich mache Pfannkuchen, und du schaust mir dabei zu.«

Der Junge wandte den Blick nicht von Schiller. Er war hübsch, ein wenig bleich, hatte weiche, makellose Haut, blonde, halblange Locken, ein Kind wie aus einer Fernsehreklame für Kinderschokolade.

Plötzlich öffnete er den Mund. Milchzähne tauchten auf. Die zarten Lippen bewegten sich, doch Schiller brauchte eine Weile, um zu verstehen. Welche Sprache sprach der Junge?

»Monchichi«, sagte er mit zittriger Kinderstimme. »Monchichi.« Und Carla lächelte.

Schiller schickte einen Polizeiwagen in die Wohnung von Emanuel Schmidt, um Kleidung für den Jungen zu bringen und irgendwelche Stofftiere, die man möglicherweise in seinem Zimmer fand. Carla war sicher, dass »Monchichi« der Kosename für einen Teddy, einen Stoffhasen oder irgendetwas in der Art war.

Sie setzte den Jungen auf den Küchentisch und begann Pfannkuchen zu machen.

Schiller rief Birte Jessen an. Irgendwie hatte er die Hoffnung, dass man schon etwas gefunden hatte, das sie weiterbrachte.

»Die Leiche ist in die Rechtsmedizin abtransportiert worden«, sagte Birte. »Die Kriminaltechnik ist bei der Arbeit. Trump ist kein Wort zu entlocken. Wie es aussieht, haben sie aber noch nichts. Zeugen gibt es wohl auch keine. Zwei Anwohner wollen einen kurzen Knall gehört haben, wie eine Fehlzündung. Mehr haben wir nicht.«

»Ich bin sicher, dass der Junge den Täter gesehen hat«, erklärte Schiller. »Leider hat er bisher noch kein Wort gesagt. Ich bleibe noch hier, bis Carla ihn ins Bett gebracht hat. Dann treffen wir uns in der Wohnung des Toten.«

»In Ordnung«, sagte Birte Jessen kraftlos. Einen Moment später legte sie auf.

Schiller ging in die Küche und postierte sich, ohne ein Geräusch zu verursachen, in der halb geöffneten Tür. Der Junge kehrte ihm den Rücken zu, er hatte begonnen mit den Beinen zu wedeln, vielleicht ein erstes Anzeichen, dass er aus seiner Erstarrung erwachte, und sah Carla aufmerksam zu. Sie hantierte mit Mehl und Eier, ein Hauch von Zimt und Zucker lag in der Luft; es roch wie vor einem Kindergeburtstag.

Ich liebe sie, dachte Schiller plötzlich, weil sie so etwas kann – die Welt mit ein paar Kleinigkeiten verändern, die sogar ein verängstigtes Kind beeindrucken.

Während sie den Teig zubereitete, kommentierte sie jeden ihrer Handgriffe, erklärte alles genau und erwähnte, wie sie mit fünf Jahren ihren ersten eigenen Pfannkuchen backen durfte.

Schiller begriff, dass er nicht gebraucht wurde – und dass noch keine Zeit dafür sein würde, sich mit Carla zu verständigen, wie und wann er den Jungen würde befragen können.

Als es an der Tür klingelte, öffnete er und nahm von einem uniformierten Polizisten zwei Plastiktüten in Empfang. In einem befanden sich Kleider des Jungen, in dem anderen ein Teddy und ein kleiner Affe, der eine rote Hose und einen rot-weiß gestreiften Pullover trug.

»Der Affe hat in dem Bett des Jungen gelegen«, erklärte der Polizist.

Das also musste Monchichi sein, der Talisman des Jungen.

Schiller deponierte die Sachen im Flur auf einer alten Spiegelkommode, sodass Carla sie nicht übersehen konnte. Den Affen setzte er wie einen Wächter auf die Tüte mit den Kleidern. Dann verließ er, ohne sich zu verabschieden, die Wohnung, doch statt hinunter zu seinem Wagen ging er ein Stockwerk höher.

Gabriel Hagen war zu Hause, jedenfalls war ein Streifen Licht unter der Tür zu sehen.

Schiller klingelte, ohne eigentlich genau zu wissen, was er wollte. Hatte die Profilerin ihn verwirrt, weil sie in Frage gestellt hatte, dass ihr Täter wirklich ein Mann war, obwohl doch alles dafürsprach? Nein, das war es nicht.

Hagen öffnete. Er war barfuß und trug noch immer den weißen Anzug, als hätte er sich seit Schillers letztem Besuch nicht von der Stelle bewegt – nur seine dunkle Brille hatte er abgelegt, stattdessen hatte er einen ebenfalls weißen Hut aufgezogen, sodass seine Augen im Schatten lagen.

»Ah, der Polizist!«, stieß er wie eine Frage hervor. »Habe ich Sie wieder gestört? Sind meine dunklen, absolut sinnlosen Gedanken, die ich nicht aufschreiben kann, durch die Decke zu Ihnen heruntergedrungen?«

Schiller schüttelte den Kopf, und der Schriftsteller öffnete einladend die Tür.

»Kommen Sie«, sagte er. Sein Mund verschob sich zu einem Lächeln. »Ich mache mir gerade etwas zu essen. Leisten Sie mir ein wenig Gesellschaft. – Hat Ihr Mörder Ihnen wieder geschrieben?«

»Nein, leider nicht«, entgegnete Schiller. »Aber er hat seinen dritten Mord begangen.« Er folgte Hagen in eine kleine, jedoch gut ausgestattete Küche. Ein antiker blanker Holztisch, drei Stühle, zwei Hängeschränke an den Wänden, ein amerikanischer Kühlschrank mit einer gebogenen Tür, ein moderner Gasherd – der Schriftsteller schien sich aufs Kochen zu verstehen. Zwei Stücke rosiges Fleisch lagen auf einem Holzbrett – es roch nach Gewürzen. Aus einem Radiowecker klang leise Musik. Eine Mozart-Sinfonie, wenn er sich nicht irrte.

Ganz wie ein versierter Koch würzte Gabriel das Fleisch. Dann holte er eine Pfanne hervor, gab Öl hinein und stellte sie auf den Herd.

»Brot und ein Stück gut durchgebratenes Fleisch – mehr habe ich nicht zu bieten«, sagte er und blickte Schiller an. »Ein dritter Mord?«

Mit wenigen Worten berichtete Schiller von der Tat. Gegen

jede Regel erwähnte er sogar das Kind. Allein dass der Junge sich ein Stockwerk tiefer bei Carla aufhielt, verschwieg er.

»Und nun sitzt das Kind da und sagt kein Wort, nicht wahr?« Hagen wendete das Fleisch und sah ihn wieder an.

»Woher wissen Sie das?«

»Das ist nicht schwer zu erraten.« Hagen lächelte, als würde er sich voller Wehmut an etwas erinnern. »Als Kind habe ich beobachtet, wie meine Katze vom Auto überfahren wurde, mitten auf einer Dorfstraße in der Eifel. Sie hat noch gelebt, aber ihre Hinterläufe waren zerschmettert. Ganz vorwurfsvoll hat sie mich angesehen, bevor sie innerlich verblutet ist. Eine Woche lang habe ich kein Wort gesagt, so schockiert war ich. Noch heute, über fünfzig Jahre später, kann ich keine Katze anschauen, ohne an diesen vorwurfsvollen Blick zu denken.«

Hagen holte zwei Teller aus einem Schrank, und Schiller fiel ein Bilderrahmen an der Wand auf, in dem kein Foto mehr steckte, nur noch vergilbtes weißes Papier. Womit verbrachte Hagen seine Zeit?, fragte er sich. Was tat er, wenn er offenbar tage- oder wochenlang verschwand? Als sein Telefon klingelte, sah er auf dem Display, dass es Therese war. Er hatte sie versetzt – eigentlich hätte er mit ihr Broder aufsuchen sollen. Mit einem schlechten Gewissen drückte er den Anruf weg.

Lächelnd wie ein Koch, der seinen liebsten Gast bedient, kam Hagen mit zwei Tellern an den Tisch.

»Wie bringt man ein stummes Kind zum Reden?«, fragte Schiller, auch wenn er wusste, dass Hagen ihm darauf wahrscheinlich keine Antwort geben konnte. Vermutlich hatte er selbst keine Kinder.

Hagen hatte das Fleisch mit Petersilie garniert. Er stellte die Teller ab und holt dann noch einen Korb mit aufgeschnittenem frischen Brot.

»Versuchen Sie es mit Quantenphysik«, sagte er.

Schiller stellte fest, dass er hungrig war. Carla war Vegetarierin. Wann hatte er zuletzt so ein Stück Fleisch gegessen? In der Kantine ließ man besser die Finger davon. Er probierte einen Bissen und sah den Schriftsteller an. »Wieso Quantenphysik?«

Hagen hatte sich gesetzt. Er neigte kurz den Kopf, wie für

ein Sekundengebet. Dann blickte er Schiller unter seinem weißen Hut an. »Bevor ich erfolgloser Schriftsteller wurde, hatte ich etliche andere Jobs. Ich war Geiger, Aushilfslehrer, Lastwagenfahrer, Möbelpacker und so weiter. Aber nach der Schule habe ich Physik studiert – drei Semester, bis ich mich heillos verliebte. – Na egal. Quantenphysik beschreibt die Welt der Möglichkeiten. Sie haben ja wohl schon von Schrödingers Katze gehört – bevor sich entscheidet, ob sie lebt oder tot ist, befindet sie sich in einem Zustand zwischen Leben und Tod. Als Polizist haben Sie auch immer mit den Möglichkeiten zu tun. Was kann gewesen sein? Was kann werden? Es geht um die Möglichkeiten. Unser Gehirn tut im Übrigen nichts anderes, da wird in jedem Moment Quantenphysik praktiziert. Was Sie einmal gesehen haben, können Sie in Ihrem Kopf immer wieder abrufen. Ich kann die Augen schließen und sehe meine sterbende Katze vor mir – in meinem Gehirn herrscht dann die Gegenwart von vor fünfzig Jahren vor. Im nächsten Moment kann ich mir vorstellen, wie ich als alter, sterbender Mann im Krankenhaus liege. Dann bin ich, sagen wir, zwanzig Jahre in der Zukunft – wenn es einigermaßen gut für mich läuft.«

Schiller begann das Fleisch zu essen. Er verstand nichts von dem, was Hagen da redete, aber er fühlte sich wohl. Es war, als bekäme er zum ersten Mal ein wenig Abstand zu seinem Fall.

Hagen seufzte, bevor er sich ein Stück Fleisch in den Mund schob. »Ich weiß, ich rede zu viel«, sagte er, während er kaute. »Wenn Sie einen Rat von mir hören wollen … Ihr Mörder wird Ihnen nicht mehr schreiben. Er hat jetzt ein ernstes Problem. Entweder ist er noch nicht am Ende und wird sich ein paar neue Tricks und Finten ausdenken, oder er wird jetzt abtauchen und warten, ob Sie ihm auf die Spur kommen. Sie müssen sich auf den Jungen konzentrieren. Wenn Sie es schaffen, dass er die Augen schließt und Ihnen beschreibt, was er sieht, haben Sie vielleicht eine Chance.«

Schiller hielt inne. »Was wird er mir dann beschreiben?«

Hagen schob sich seinen Hut ein Stück weiter ins Gesicht. »Na, den Mörder«, flüsterte er, »den Mann, den er gesehen hat. In dieser Gegenwart lebt er in seinem Kopf.«

22.

Sie hatte nun eine Wohnung, drei Zimmer, plus Küche und Bad, in einer Anlage, die man beinahe als luxuriös bezeichnen konnte. Vierstöckige neue Apartmenthäuser gruppierten sich um einen Teich, in dem fette, leuchtende Karpfen schwammen und über den sich eine Holzbrücke spannte. Eine Oase in der Großstadt, mit achthundert Euro Kaltmiete eigentlich zu kostspielig für eine Hauptkommissarin. Trotzdem hatte sie kurz entschlossen Ja gesagt, als müsse sie sich nach einer Nacht in Martins Werkstatt beweisen, dass sie in Köln angekommen war. Von einem schmalen Balkon aus konnte sie über die Wipfel alter Eichen in den Himmel sehen und die Vögel singen hören. In Hamburg wäre so eine Wohnung in einer vergleichbaren Lage wahrscheinlich doppelt so teuer gewesen. Zur Not würde sie ihren Alfa verkaufen und mit der Straßenbahn ins Präsidium fahren, sagte sie sich.

Ihr kurzes Glück verflog schnell, als Cremer sie anrief.

Die dritte Leiche – man konnte fast glauben, dass mit ihr ein Serienkiller in Köln Einzug gehalten hatte.

Sie ließ Martins Geige in einem abschließbaren Wandschrank in der Wohnung und fuhr zum Tatort, der nur drei Minuten entfernt lag.

Dass der fünfjährige Sohn des Opfers die Tat mit angesehen hatte, erfuhr sie erst, nachdem sie die ersten Sicherungsmaßnahmen einleitet hatte. Davon hatte Jan ihr nichts gesagt. Für einen Moment war sie wütend, dass er sich mit dem Jungen und seiner Freundin, die anscheinend Kindertherapeutin war, verdrückt hatte. Dann versuchte sie die Sache professionell zu sehen. Vermutlich war es besser, dass niemand von dem Jungen wusste. Doch was war so ein Zeuge wert? In Hamburg hatte Patrick einmal einen achtjährigen Jungen dazu bringen wollen, seine Mutter zu identifizieren, die sie vier Tage nach ihrem Verschwinden aus der Elbe gefischt hatten. Natürlich hatte das zu nichts geführt – der Junge hatte einen Schock erlitten und sich übergeben. Später hatte man Patrick schwere Vorwürfe gemacht.

Während sie zehn uniformierte Beamte einteilte, um Nachbarn in den umliegenden Häusern zu befragen, hatte Birte Jessen das Gefühl, unaufhörlich beobachtet zu werden, als wäre der Täter noch in der Nähe und verfolgte jeden ihrer Schritte, doch sie konnte nichts Auffälliges erkennen. Die unvermeidlichen Schaulustigen hatten sich auf der anderen Seite der Straße eingefunden, die man mittlerweile abgesperrt hatte. Auch der Polizeireporter vom Express tauchte auf und versuchte, von Cremer Informationen zu bekommen. Die drei Kriminaltechniker, unter ihnen der alte Trump, gingen ohne Hast ihrer Arbeit nach.

Dann fiel ihr Grauer, der Polizeifotograf, auf. Entgegen aller Gepflogenheiten hatte er sich keinen Schutzanzug übergestreift. Die Leiche hatte er anscheinend schon fotografiert, nun schlich er über den Hof und machte seine Aufnahmen auch von der Zufahrt zur Straße. Doch zwischendurch blickte er immer zu ihr herüber, argwöhnisch, als erwarte er, dass sie ihn vom Hof scheuchen oder ihn sonst wie zurechtweisen könnte. Als Birte Jessen ihn anlächelte, wandte er den Kopf ab. Ein paar Minuten später sah sie ihn hastig in ein Mobiltelefon hineinsprechen und zur Straße gehen. Offenbar verschwand er kurz danach, denn als sie sich bei nächster Gelegenheit nach ihm umschaute, war er verschwunden.

Sie überließ es Bert Cremer, sich mit dem Rechtsmediziner um die Leiche zu kümmern, und ging dann mit einem Mann vom Schlüsseldienst in die Wohnung des Toten hinauf. In weniger als dreißig Sekunden öffnete er die Tür, ein junger Kerl mit schiefen Zähnen, kaum zwanzig Jahre alt, der mit eleganten Bewegungen, beinahe wie ein Zirkusartist, zu Werke ging. Verschwörerisch blinzelte er ihr zu. »Da glauben die Leute, was für tolle, sichere Türen sie haben – dabei ist das alles kein Problem.« Galant hielt er ihr die Tür auf und lächelte sie an, als hätte er ihr einen besonderen Gefallen getan.

Fast hätte sie ihn noch gefragt, ob er mit ihr in die Wohnung kommen würde, doch da war er schon die ersten Stufen heruntergesprungen.

Dass die Wohnung verlassen war, spürte sie beim ersten Schritt in den Flur. Hier war nichts als Stille und Dunkelheit. Sie tastete nach einem Lichtschalter, und als sie ihn gefunden hatte, stand sie sich selbst in einem großen Spiegel gegenüber. Ihre Augen waren zu groß für ihr bleiches Gesicht, der Mund zusammengekniffen, die Haare zerzaust. So hatte sie nie aussehen wollen, dachte sie, eine müde, uninspirierte Polizistin.

Dann, während sie sich aus dem Spiegelbild entfernte, dachte sie an den Moment, als Martin ihr von seiner Krankheit erzählt hatte. Die endgültige Diagnose – Leukämie, unheilbar – es sei denn, es finde sich ein Knochenmarkspender, aber selbst dann sei es sehr unwahrscheinlich ... Ein heißer Schrecken hatte sie erfasst, der ihr den Atem nahm und ihren Hals hinaufkroch, aber vorher hatte sie noch etwas anderes gespürt: eine ungeheuere Leere, als wäre sie in einen Raum getreten, der nur für sie bestimmt war, in den niemand je hineingehen würde.

Sie durchlief die Wohnung eilig, schaltete überall die Lampen an und blickte dann von einem Balkon in den Garten hinunter. Man konnte das Licht vom Garagenhof sehen, das durch die Bäume fiel, und man konnte Stimmen vernehmen, eine gewisse Aufregung, die in der Luft lag.

Nacheinander schaute sie sich die Zimmer an – ein Schlafzimmer, ganz in Weiß gehalten, das ihr deutlich verriet, dass hier jemand ausgezogen war. Kein Kleidungsstück lag herum, nirgendwo ein Hauch von Staub, ein blankes Kissen ohne Bezug war auf einen Hocker drapiert. Vor dem Schrank hingen zwei leere Bügel. Dann die Kinderzimmer – der Junge schien sich schon für Fußball zu interessieren. Ein Mannschaftsfoto des 1. FC Köln hing an der Wand. Spielzeug verteilte sich auf einem Teppich, der eine Stadtlandschaft mit Straßen und Häusern darstellte – kleine Metallautos, Plastikfiguren, Legosteine. Alles machte einen ganz normalen Eindruck. Die nächste Tür führte in das Zimmer des kleinen Mädchens. Es war vollkommen aufgeräumt – die Regale leer. Über dem Gitterbett hing vergessen eine Spieluhr. Als Birte Jessen daran zog, erklang »Der Mond ist aufgegangen«.

Sie spürte, wie sie sentimental wurde – eine Todsünde für eine Polizistin. Nachdem Martin ihr die Nachricht von seiner

Krankheit überbracht hatte, war sie abends an die Alster gefahren und hatte bis zur völligen Erschöpfung gerudert. Ihre Hände waren blutig gewesen, ihre Lungen hatten so sehr gebrannt, dass ihr jeder Atemzug wehgetan hatte. Dann hatte sie gedacht, dass sie ein Kind bekommen musste – noch war Zeit dafür, ein Kind, in dem Martin weiterleben würde. Später hatte sie sich nicht getraut, ihm diesen Gedanken zu unterbreiten – und geschlafen hatten sie auch nur noch selten miteinander.

Neles Anruf riss sie aus ihren Erinnerungen. Sie hatten es geschafft, mit der Mutter in Kontakt zu treten, die noch im Flugzeug nach Miami saß. Jennifer Ryan würde so bald wie möglich zurückkehren, aber sicherlich nicht vor morgen Abend in Köln eintreffen.

Eine erste Nachricht, die man als gut bezeichnen konnte.

Schiller kam eine gute Stunde später. Er sah aus, als hätte er drei Tage lang nicht geschlafen. Die Bartstoppeln auf seinen Wangen schimmerten silbrig, und seine Augen waren blutunterlaufen und glitten hin und her, als hätte er Schwierigkeiten, etwas genauer in den Blick zu nehmen.

»Was ist mit dem Jungen?«, fragte Birte Jessen. »Hat er etwas gesagt?«

Er schüttelte den Kopf. »Carla kümmert sich um ihn. Hast du etwas gefunden, das uns weiterhelfen könnte?«

»Nein«, sagte sie, »falls du irgendwelche Drohbriefe oder so etwas meinst.« Gegen ihren Willen klang sie sarkastisch.

Schiller winkte ab und begann sich ebenfalls in den Zimmern umzusehen. Birte Jessen folgte ihm zögernd.

Sie hatte die letzte halbe Stunde im Arbeitszimmer des Arztes verbracht und ein paar Ordner durchgeblättert. Schwierige Fälle hatte Emanuel Schmidt anscheinend mit nach Hause genommen, um zu recherchieren und in Handbüchern nachzuschlagen. Auch ein paar lose Notizen hatte sie gefunden. Darunter einen Zettel mit einem Namen »Gabriele Rose«, dazu die Daten »15.10.1994 – 6.9.2008«. Vermutlich war das Kind eine Patientin gewesen.

Im Hof erloschen die Scheinwerfer der Kriminaltechniker. Es war kurz nach elf Uhr abends.

»Was ist mit dem Computer?«, fragte Schiller und deutete auf einen Laptop auf dem Schreibtisch des Arztes.

»Ist mit einem Passwort gesichert«, erwiderte Birte Jessen. »Überhaupt scheint der Tote sehr gewissenhaft gewesen zu sein. Ein mustergültiger Arzt. Keine Schränke voller Medikamente, keine Drogen, keine Waffen. Nicht einmal Bargeld habe ich gefunden.«

»Nur dass seine Frau ihm heute Mittag abgehauen ist«, sagte Schiller, »trübt das Bild ein wenig – und dass unser Täter einen Grund gehabt hat, ihn zu töten.«

»Ich brauche ein paar Stunden Schlaf«, sagte Birte Jessen. »Ich werde gegen acht im Präsidium sein.«

Schiller nickte.

Wie aus weiter Ferne hörte Birte Jessen das Klingeln eines Handys. Sie beobachtete, wie Schiller sein Nokia aus der Tasche zog und einen dunklen Blick auf das Display warf. Neles blecherne Stimme war zu hören, ohne dass zu verstehen war, was sie genau sagte.

Schiller erbleichte. »Ich fahre sofort hin«, sagte er.

Ein vierter Mord wäre Irrsinn, dachte Birte Jessen, so etwas konnte es nicht geben, doch bei diesem Fall war offenbar nichts ausgeschlossen. Außerdem hatte es eine gewisse Logik, wenn der Täter noch einmal zuschlug, während sie noch den Tatort sicherten und versuchten, den einzigen Zeugen zu vernehmen, ein fünfjähriges Kind.

»Grauer ist ins Krankenhaus eingeliefert worden«, sagte Schiller. »Sieht aus, als hätte er versucht, sich umzubringen.«

23.

Das Entsetzen verlieh ihm neue Kräfte. Auch Birte Jessen wirkte nun wieder hellwach. Es war nach Mitternacht, als sie auf den Parkplatz des Marienhospitals einbogen. Die vierspurige Uferstraße war verlassen, nur auf dem dunklen Rhein fuhr ein schwach erleuchtetes Schiff vorbei. Schiller hatte plötzlich Sehnsucht nach seinem Boot, nach dem Geruch von Wind und Wasser. Vor ein paar Wochen war er in der Morgendämmerung allein den Rhein hinaufgefahren, in das Licht hinein. Das war eine beinahe mystische Erfahrung gewesen.

Von Nele, die immer noch im Büro gewesen war, hatten sie erfahren, dass sein vorlauter Kater Grauer gerettet hatte. Eine Nachbarin hatte das Tier vor der Balkontür ungewöhnlich penetrant jaulen gehört, und da sie einen Schlüssel hatte und fürchtete, der Kater würde die ganze Nacht lang keine Ruhe geben, war sie ganz gegen ihre Gewohnheit hinübergegangen, um ihn hereinzulassen. Da hatte sie Grauer ohnmächtig auf seinem Sofa gefunden, vor sich ein leeres Glas und mehrere Tablettenröhrchen.

»Wie kann das sein?«, fragte Birte Jessen laut vor sich hin. »Er wird zum Tatort gerufen, macht hektisch und voller Unruhe seine Fotos, und dann fährt er nach Hause und versucht, sich umzubringen?«

Sie schritten einen langen hellen Flur entlang und blieben dann vor der letzten Tür stehen, zu der eine asiatisch aussehende Nachtschwester sie geschickt hatte. Kein Geräusch war dahinter zu vernehmen.

»Glaubst du, dass Grauer etwas mit der Mordserie zu tun hat?«, fragte Birte Jessen weiter.

»Ich weiß es nicht«, erwiderte Schiller. Nein, wenn er ehrlich war, konnte er es sich nicht vorstellen. Er klopfte an, und sie traten eilig ins Zimmer, als hätten sie gemeinsam beschlossen, diesen nächtlichen Besuch schnell hinter sich zu bringen.

Roland Grauer lag in einem Bett, das ein wenig schief, als

wäre es hektisch hinein geschoben worden, mitten in einem viel zu großen Zimmer stand. Er sah zehn Jahre älter aus, aber das war wohl kein Wunder. Es mochte kaum eine Stunde her sein, dass man ihm den Magen ausgepumpt hatte.

Der Kriminaltechniker hob kraftlos die Hand und versuchte zu lächeln. Seine langen grauen Haare schienen am Laken zu kleben, die bärtigen Wangen waren eingefallen.

»Ich hoffe, wir stören nicht«, sagte Schiller mit sanfter Ironie, die es Grauer und ihnen leichter machen sollte. Das Zimmer war so leer, dass seine Stimme nachhallte.

»Besuch ist immer willkommen«, erwiderte Grauer mit heiserer Stimme. »Selbst wenn es die Polizei ist. Außerdem habe ich dich erwartet.«

Schiller zog zwei schmucklose Holzstühle heran. Er bemerkte, wie Grauer die Augen zusammenkniff und Birte Jessen argwöhnisch musterte. Dass sie auch dabei war, gefiel ihm eindeutig nicht.

»Nele hat uns angerufen«, sagte Schiller. »Es spricht sich schnell herum, wenn es bei einem Polizisten zu Hause zu einem Einsatz kommt. Rettungswagen, Notarzt ... die große Besetzung. Hat uns nicht gefallen.«

Grauer stöhnte auf und legte dann eine Hand über sein Gesicht. »Was soll ich sagen?«, presste er hervor.

Birte Jessen schenkte ihm ein Glas Wasser ein, das auf dem kahlen Nachtschrank stand, und hielt es ihm hin. »Wir müssen leider Fragen stellen, wenn jemand von einem Tatort nach Hause fährt und versucht ...« Die letzten Worte sprach sie nicht aus.

Grauer hob die Hand, beinahe wie ein Schüler, der sich zu Wort meldete, doch bevor er etwas sagen konnte, begann er zu husten und krümmte sich zusammen.

Birte Jessen sah Schiller an. Mitleid schwang in ihrem Blick. Da lag ein menschliches Wrack vor ihnen, angespült in einem trostlosen Krankenzimmer.

»Wir möchten es verstehen«, sagte Schiller leise. »Hat es etwas mit unserem Fall zu tun?«

Grauer strich sich über den Hals und schluckte auffällig. »Es ist, als hätte man mir die Eingeweide ausgeschabt«, sagte er wie zur Erklärung.

»Hast du den Toten gekannt?«, fragte Schiller. »Warst du deshalb so nervös?«

»Nein.« Grauer schüttelte den Kopf. »Darum geht es nicht – ich habe den neuen Toten noch nie gesehen ... Kahle hat mich angerufen und mir gedroht, mich dem Polizeipräsidenten auszuliefern, wenn ich auch nur einen Namen preisgebe. Er hat immer gewusst, dass ich bei der Polizei bin. Ich war gewissermaßen sein Seismograph. War ich in seinem Laden, hatte er das Gefühl, es könne nichts passieren ...« Grauer schluckte wieder. Dankbar nahm er dann das Glas, das Birte Jessen ihm reichte.

»Ich werde mit Neuendorf reden«, sagte Schiller. »Wenn das alles ist ... Kahle wird dich nicht fertigmachen.« Er sah, wie Grauer schmerzhaft das Gesicht verzog. »Hast du Schulden bei Kahle? Hat er noch etwas gegen dich in der Hand?«

Grauer ließ sich von Birte Jessen das Glas abnehmen und sank dann in das Kissen zurück. »Meine Liste! Ich muss diese Liste zurückhaben, bevor Kahle davon erfährt und gewisse Dinge überdenken kann ...« Er verstummte abrupt.

Schiller erkannte, dass die Verzweiflung seines Kollegen echt war. »Diese Liste könnte ich auch von einem anderen Gast bekommen haben. Kahle wird außerdem nichts davon erfahren – das verspreche ich dir. Birte und ich sind die Einzigen, die ...«

»Keiner weiß besser als Kahle, was vor sich geht«, fiel Grauer ihm ins Wort. »Seine Leute sind überall. Er macht mit jedem Geschäfte und ist viel einflussreicher, als man denkt ...« Wieder quälte ihn ein Hustenanfall.

Birte Jessen berührte Schiller an der Hand, das Signal, dass es wohl besser war zu gehen, doch er schüttelte kaum merklich den Kopf. »Was ist es noch? Es geht doch nicht nur um diese Liste?«, fragte er, nachdem Grauer sich wieder beruhigt hatte.

»Ich habe Kahle hier und da eine kleine Gefälligkeit erwiesen. – Nein«, Grauers Augenbrauen zuckten panisch in die Höhe, »ich habe ihm keine Polizeiformationen verraten, aber ich habe Fotos gemacht ... das gehörte zu meiner Tarnung als Werbefotograf ... heimliche Fotos von seinen Gästen ... Kahle wollte sich absichern, etwas in der Hand haben, falls es mal Probleme geben sollte.«

Schiller dachte an die Fotos, die noch auf dem Handy gewesen waren – Fotos einiger Gäste. Kahle schien an alles gedacht zu haben, und Grauer war offensichtlich ein größerer Idiot, als man sich vorstellen konnte.

Birte neben ihm atmete tief ein. »Wie heißt das in Köln? Man kennt sich – man hilft sich! Gilt offenbar auch für die Polizei und … gewisse Geschäftsleute.« Ihr Lächeln wirkte bitter.

»Ich werde Neuendorf bitten, dass er dir für vier Wochen eine Kur bewilligt«, sagte Schiller. »Du musst eine Weile aus dem Präsidium und der Stadt verschwinden.« Die Müdigkeit, die vehement zurückkehrte, ließ sein Mitleid für Grauer mit einem Schlag gegen null gehen. »Wo sind die Fotos vom Tatort? Hast du sie noch ins Präsidium gebracht?«

»Nein«, erwiderte Grauer schuldbewusst. Er hatte bemerkt, wie geschäftsmäßig Schiller geworden war. »Die Kamera liegt in meiner Wohnung. In meiner Jackentasche findest du die Schlüssel.« Er begann zu röcheln und schloss die Augen.

Schiller erhob sich. Er überlegte, noch etwas Tröstendes zu sagen, doch ihm fiel nichts ein. Vielleicht konnte er Trump bitten, sich um Grauer zu kümmern. Die beiden waren irgendwie befreundet gewesen, zumindest bevor Grauer begonnen hatte, in Wettbüros zu rennen.

Birte Jessen beugte sich zu Grauer vor. »Sollen wir jemanden Bescheid sagen, dass Sie hier sind? Gibt es jemanden, der helfen kann?«

Grauer schlug die Augen auf, als hätte ein heftiger Schmerz ihn getroffen. »Angelika sollte es wissen – meine Exfrau, aber sagt ihr nichts von den Tabletten … erzählt ihr von einem Schwächeanfall, Überarbeitung, so etwas …«

Birte Jessen nickte, während Schiller zum Kleiderschrank hinübergegangen war und Grauers Schlüssel aus dessen Jacke nahm. Mit den Schlüsseln in der Hand wandte er sich um. »Du solltest dich bei deinem Kater bedanken. Eine Extraportion Whiskas, irgendetwas … Ich fahre jetzt in deine Wohnung, hole die Fotos vom Tatort und nehme alle Tabletten mit, die ich noch finde. Morgen komme ich wieder und bringe den Schlüssel zurück – oder ich bitte, Trump dich zu besuchen.«

Grauer hob wieder die Hand. »Wäre schön, wenn Angelika Zeit hätte«, rief er ihnen nach.

»Was ist mit seiner Frau?«, fragte Birte Jessen, während sie zu seinem Wagen zurückgingen. »Kennst du sie?«

»Ich habe sie zwei- oder dreimal gesehen. Ich glaube, sie hat ihn schon vor zwei Jahren verlassen, da hat er jedenfalls mit seinem Glücksspiel begonnen.«

»Du glaubst nicht, dass sie sich um ihn kümmern wird?«

»Nein«, sagte Schiller. »Wenn Grauer deshalb die Tabletten genommen hat, als eine Art Hilferuf an seine Frau, dann glaube ich nicht, dass es funktioniert.«

Er holte sein Telefon hervor und sah, dass eine SMS eingegangen war. Therese – natürlich, sie gab nie auf, schon gar nicht, wenn man sie versetzt hatte. *Wo warst du?*, hatte sie geschrieben. *Broder braucht dich!!!*

Schweigend fuhren sie zu Grauers Wohnung, die in einer kleinen Seitenstraße am Ebertplatz, nur zwei Minuten entfernt, lag. Schiller hatte einen bitteren Geschmack im Mund. Die Nacht war zu lang. Er hatte schon beinahe das Gefühl, die Scheinwerfer der wenigen Autos, die noch unterwegs waren, doppelt zu sehen.

Schiller parkte in einer Einfahrt. »Ich gehe nur kurz hoch, hole die Kamera, und dann fahre ich dich nach Hause.«

»Ich möchte sehen, wie er lebt«, sagte Birte Jessen und stieg noch vor ihm aus.

Die Hausnummer 12 war ein einfaches dreistöckiges Haus mit einer Backsteinfront. Am Klingelknopf standen die Namen »Angelika und Roland Grauer«. Schiller schloss auf, und sie gingen in die dritte Etage hinauf. Für einen Moment erwartete Schiller, dass ihnen der Kater aufgeregt entgegenkam, als er die Haustür öffnete. Aber da regte sich nichts.

Die Verwundungen, die Grauer aus der Bahn geworfen hatten, waren auch auf den ersten Blick in seiner Wohnung festzustellen. Schmutzige Schuhe lagen neben zwei großen blauen

Müllsäcken in der Diele. Ein weißer Fleck an der Wand verriet, dass da mal ein Bild oder ein Spiegel gehangen hatte. In der Küche, in die sie einen kurzen Blick warfen, stapelten sich leere Pizzakartons und Dosen für Katzenfutter. Es roch nach saurer Milch. In einer Ecke stand ein leerer schmutziger Plastiknapf.

»Mein Gott«, stöhnte Birte auf. »Hier kann man ja nicht einmal eine Katze halten.«

Schiller verzog das Gesicht. Er wollte nur die Kamera und dann ein paar Stunden schlafen. Der nächste Raum war das Wohnzimmer – oder das, was davon übrig geblieben war. Ein winziger Fernseher, der aussah, als sei er mindestens dreißig Jahre alt; ein Tisch, auf dem Zeitungen, Kontoauszüge und Rechnungen lagen, ein weißes Leinensofa, ein klapprig aussehender Liegenstuhl und ein Regal aus schwarzem Spanplatten, auf dem sich ein paar Bücher verloren. An der Wand hing ein einziges Foto, seltsam für einen Fotografen. Ein blondes Mädchen auf einem Pferd, möglicherweise Grauers Tochter.

»Wie hält er es hier aus?«, fragte Birte. Sie ließ sich auf das Sofa fallen. »Ich habe selten eine Wohnung gesehen, die mehr nach Einsamkeit und Unglück aussah.«

Schiller nickte, aber eigentlich wollte er nicht mehr über Grauer nachdenken. Er ging in den nächsten Raum – das Schlafzimmer. Eine Matratze mit Bettzeug lag in einer Ecke, daneben eine Art Kleiderschrank aus Stoff, der eher an einen großen Koffer erinnerte.

Auf der Fensterbank entdeckte Schiller die Kamera, vermutlich der einzige Wertgegenstand, der sich in der Wohnung befand. Er griff nach der Kamera, und da sah er einen Stapel Fotos in einer durchsichtigen Plastikhülle. Sein eigenes Gesicht schaute ihn an. Was hatte Grauer da getan? Heimlich Fotos von ihm gemacht? Schiller zog die Fotos hervor. Grauer hatte das gesamte Kommissariat fotografiert – wie ein Paparazzo, der Prominenten auflauerte. Alle Fotos waren am Präsidium gemacht worden. Cremer, Fitschen, Neuendorf waren zu sehen, die gesamte Mannschaft vom Einbruchsdezernat, die Kriminaltechnik. Von Schuler und Trump gab es vier Fotos – auf einem trug der alte Spurensucher eine Baskenmütze und sah wie ein waschechter Franzose aus. Wozu brauchte Grauer diese Fotos? Reichte er es an gewisse Leute weiter, die wissen wollten, wie die einzelnen Beamten der Kölner Polizei aussahen? Oder wollte er nur Aufnahmen von seinen Kollegen haben, die so etwas wie seine Familie darstellten? Nun war Schiller versucht, sich etwas genauer in der Wohnung umzusehen.

Er näherte sich einer alten Kommode und machte Anstalten, sie zu öffnen, als sein Mobiltelefon klingelte. Carla, dachte er. Sie wollte wissen, wo er blieb. Vielleicht hatte sie auch Nachrichten von dem Jungen.

»Schiller«, sagte eine Frauenstimme vorwurfsvoll. »Du enttäuschst mich. Was war mit unserem Termin? Heute zweiundzwanzig Uhr – nach meinem Kurs! Bin ich jetzt völlig abgemeldet?«

»Sylvie«, sagte er, »es ist nach Mitternacht.« Er stellte sich ihre breiten, roten Lippen vor, die sie zusammenpresste, wenn sie beleidigt war.

»Ist doch egal. – Komm herüber, und wir tanzen noch ein wenig.«

Er hatte Sylvie Roche, seine Tangopartnerin, vollkommen vergessen. In jeder zweiten Woche tanzten sie abends zusammen, wenn die letzten Schüler ihrer Tangoschule gegangen waren. Sie war fast sechzig und hatte sich vor zehn Jahren von ihrem Mann, einem gut verdienenden Bankdirektor, getrennt, um ihrer Leidenschaft, dem Tango, zu frönen.

»Ich stecke mitten in einer Ermittlung«, sagte er, aber plötzlich hatte er das Gefühl, dass Sylvie recht hatte. Er sollte wieder mit ihr tanzen, den Kopf frei bekommen, nicht in dieser Nacht, aber morgen oder übermorgen.

»Ich sorge dafür, dass du dich ein wenig entspannt«, sagte sie mit einem leisen Lächeln, aber ohne anzüglich zu klingen. Sie hatte eine erotische Stimme, die sogar Carla ein wenig verstört hatte, die eigentlich überhaupt nicht zur Eifersucht neigte.

»Vielleicht morgen Abend«, sagte er. »Ich habe zwei Nächte nicht mehr richtig geschlafen.«

»Pass auf, dass du nicht alt wirst«, sagte Sylvie mit heiterer Ironie und legte auf.

Die Kamera mit den Tatortfotos in der Hand kehrte Schiller in das kahle Wohnzimmer zurück. »Lass uns gehen«, sagte er laut.

Birte Jessen lag auf dem Sofa. Sie rührte sich nicht, als er eintrat. Ihr Blick war starr auf die Decke gerichtet. War das eine Entspannungsübung, um die Müdigkeit zu vertreiben? Er hätte ihr solche Kenntnisse zugetraut. Dann hörte er Birte langsam ein- und ausatmen, und er erkannte, dass sie die Augen geschlossen hatte. Sie schlief. Ihre Nasenflügel bewegten sich rhythmisch, und ihr Gesicht wirkte vollkommen entspannt, allerdings war ihr die Erschöpfung anzumerken. Eine Hand hatte sie unter ihren Körper geschoben, die andere hing schlaff herab.

Ratlos stand Schiller da. Sollte er sie wecken? Oder einfach gehen und sie in der Wohnung zurücklassen? Über dem klapprigen Lehnstuhl hing eine Decke, die er nahm und vorsichtig über Birte Jessen breitete. Sie rührte sich nicht. Im Schlaf wirkte sie ein wenig puppenhaft. Man konnte sehen, wie ebenmäßig ihr Gesicht war. Er begriff, dass sie ihm gefiel, dass er sie mochte, und wenn nicht da Carla und die Sache mit dem toten Freund gewesen wäre ... Nein, er verbot sich weiterzudenken. Er löschte das Licht, und dann setzte er sich in den Liegenstuhl. Er konnte Birte nicht allein in einer fremden Wohnung zurücklassen. Er würde warten, bis sie aufwachte, zehn, zwanzig Minuten, vielleicht eine halbe Stunde. Carla würde wahrscheinlich ohnehin neben dem Jungen im Bett liegen.

24.

Die Erschöpfung war so groß, dass er sicher war, nicht schlafen zu können. Doch dann flog ein trostreicher Traum heran, kaum dass er die Augen geschlossen hatte. Funny lag neben ihm, er roch an ihrem Haar, atmete ihren Duft ein. Er war ein fieberndes Kind, und sie hielt seine Hand, flüsterte auf ihn ein. Es wird alles gut, sagte sie zu ihm. Wir laufen zum Fluss, und dann segeln wir mit einem Schiff davon. Das war immer ihr Wunsch gewesen, noch einmal die Segel zu hissen und übers Meer zu fahren.

Als er mitten am frühen Morgen in ihrer Herzkammer erwachte, klebte seine Zunge am Gaumen, dass er glaubte, keine Luft mehr zu bekommen. Schwankend ging er ins Bad und hielt seinen Kopf unter den Wasserhahn. Er hatte einen Fehler gemacht, der unverzeihlich war, aber vor allem erschreckte ihn seine eigene Schwäche. Beinahe hätte er den Kopf verloren und alles kaputt gemacht. Zum Glück hatten die Beruhigungstabletten in seiner Tasche gesteckt. Drei Stück hatte er trocken hinuntergeschluckt.

Er versuchte sich zu konzentrieren und musterte sich im Spiegel. Der Drang, mit einer scharfen Klinge über seinen Unterarm zu fahren, wurde schier übermächtig. »Komm schon!«, zischte er seinem Spiegelbild zu und kniff die Augen zusammen. Funny hatte keinen Schwächling geliebt, der sich in die Hose machte, sobald die ersten Schwierigkeiten auftauchten. Sie wollte ihn auf die Probe stellen – bisher war alles viel zu glatt gelaufen.

Das Kind hatte ihm ins Gesicht gesehen, für eine Sekunde hatten sich ihre Blicke getroffen, aber was bedeutete das schon? Ein Kind war kein guter Zeuge. Wegen dieses Zwischenfalls musste er seine Pläne nicht ändern, und doch schien dieser stumme, vorwurfsvolle Blick an ihm zu haften … Er hatte dem Jungen den Vater genommen.

Zum ersten Mal begriff er, dass die Morde ihm nicht nur

Kräfte verliehen. Seine Mission verlangte auch etwas von ihm. Funnys Reinheit hatte ihren Preis.

Jan Schiller, dachte er. Dann würde er Schluss machen, dann würde Funny in Frieden ruhen können, auch wenn in ihrem Tagebuch noch ein paar andere Männer aufgeführt waren, die ihr übel mitgespielt hatten. Jan Schiller war der Erste gewesen, der sie gequält hatte, und mit ihm würde es aufhören. Dann hätte er seine Aufgabe erfüllt und wäre frei – frei vom dem Gedanken, für Gerechtigkeit sorgen zu müssen.

Er kochte sich einen starken Kaffee und legte die Ouvertüre zur »Zauberflöte« auf. Diese Musik schaffte es immer, ihn aufzumuntern. Er kannte die Stellen in ihrem Tagebuch über Jan Schiller auswendig. Neid und Hass hatte er gefühlt, als er sie zum ersten Mal gelesen hatte. Wie hatte ihr jemand, den sie so liebte, so viele Schmerzen zufügen können?

Nie habe ich einen Menschen mehr geliebt als diesen Verrückten, der manchmal so tat, als könnte er übers Wasser laufen, und der dann wieder so traurig war, dass niemand ihn trösten konnte. Wir waren durch das Schicksal verbunden – das habe ich sofort bei unserer ersten Begegnung gespürt. Seine Eltern waren bei einem Brand ums Leben gekommen, meine Mutter bei einem Autounfall … Ich hatte geglaubt, dass wir uns nie mehr trennen würden, aber dann hat er mich gezwungen, das Kind abzutreiben. Er ist nicht einmal mit zur Praxis gekommen, ein hässlicher Neubau in Ossendorf. Wie hatte er mich nur hier hinschicken können? Kaum war ich aus der Straßenbahn getreten, stand ich schon vor der Tür. Er wird kommen, habe ich gedacht, er wird mich retten. Der Arzt hatte ein sonnengebräuntes Gesicht, er war freundlich und tat beinahe, als wäre er ein Schönheitschirurg, der nur einen kleinen Mangel beseitigen würde. Auf den Schmerz hatte er mich nicht vorbereitet. Ich weinte drei Tage und drei Nächte lang, in denen ich meinem Kind Namen gab und mich selbst verfluchte. Danach habe ich Jan gehasst und fühlte mich zum ersten Mal wie vergiftet.

Er musste alle Zweifel beiseite schieben, durfte sich nun keine Schwäche erlauben. Die Männer, die er getötet hatte, hatten Funny gekränkt und betrogen. Sie hatten Schuld auf sich geladen und waren für ihren Tod verantwortlich. Hätte es diese Männer nicht gegeben, würde Funny noch leben und an seiner Seite sein. Er hatte sie zu Recht liquidiert, und anders als Funny hatten sie nicht einmal gelitten.

Der starke Kaffee klärte seinen Kopf. Er schluckte zwei Tabletten, und dann fasste er einen Entschluss. Drei Tage würde er verstreichen lassen, drei Tage, in denen sich Schiller wappnen konnte. Aber bis es so weit war, würde er ihm noch ein kleines Geschenk machen, das ihm ein Rätsel aufgeben würde.

25.

Sie sah, wie das Licht ins Zimmer spülte, so als käme die Flut, ganz langsam, erst eine zarte Welle, dann eine schon kräftigere. Dazu sangen die Vögel, laut und ungestört. Martin war ein Frühaufsteher gewesen. Was gab es Schöneres als die Elbe im Morgenlicht? Wenn sie vom Nachtdienst kam, hatte er manchmal dagestanden und auf sie gewartet. Dann hatten sie an der Tankstelle einen Kaffee getrunken und waren zum Fluss gefahren. Wut überkam sie. Warum war Martin gestorben? Was war das für eine gemeine, heimtückische Krankheit, die einem das Liebste nahm?

Als sie sich herumdrehte, fiel ihr auf, dass sie noch ihre Jacke anhatte. Sie lag gar nicht in ihrem Hotelbett. Dann entdeckte sie Jan Schiller. Er saß in einem Liegestuhl, den Kopf zur Seite gedreht. Sie waren in Grauers Wohnung, und sie war eingeschlafen. Es war zehn Minuten vor sechs.

Birte Jessen erhob sich, und dann trat sie zu Schiller und strich ihm mit ihrer rechten Hand über die Wange. Er schlug sofort die Augen auf.

»Unsere erste gemeinsame Nacht«, sagte er leise und lächelte.

Schiller fühlte sich seltsam erfrischt, obwohl die paar Stunden Schlaf im Liegestuhl nicht wirklich bequem gewesen waren. Er holte an einer Tankstelle an der Neusser Straße zwei Kaffee und zwei frische Croissants, und dann fuhr er Birte zu ihrem Hotel. In zwei Stunden wollten sie im Präsidium sein. Um neun war die Pressekonferenz angesetzt. Sie wollten sich zumindest eine Strategie zurechtlegen, was sie der Presse mitteilen konnten.

In seiner Wohnung war alles still. In der Küche roch es noch nach den Pfannkuchen, die Carla am Abend gemacht hatte. Sie hatte nicht mehr abgewaschen. Neben den schmutzigen Plastikschüsseln standen zwei benutzte Teller in der Spüle. Also hatte der Junge auch etwas gegessen. Ein erstes hoffnungsvolles

Zeichen, dass man vielleicht doch mit ihm sprechen konnte. Schiller duschte sich, dann schlich er ins Schlafzimmer. Der Junge lag tatsächlich in seinem Bett, aber verkehrt herum. Seine blonden Locken verdeckten seine Augen. Wie ein Säugling hatte er seinen rechten Daumen in den Mund geschoben. Den angezogenen Affen, seinen Talisman, hielt er mit der anderen Hand an sich gedrückt. Carla schaute Schiller an, als er ein paar Sachen aus dem Schrank nahm, aber sie blinzelte ihm nur kurz zu und sank dann müde und ohne ein Wort gesagt zu haben ins Kissen zurück.

Birte Jessen war bereits eingetroffen, als er ins Präsidium kam. Sie rümpfte die Nase. »Hast du in Kölnisch Wasser gebadet?«, fragte sie, doch er winkte nur ab. Bei Gelegenheit würde er ihr mal etwas von Johann Maria Farina, dem großen Kölner Parfümeur, erzählen.

Auch Bert und Nele saßen schon an ihrem Schreibtisch. Überhaupt war auf den Gängen höchste Betriebsamkeit zu spüren. Alle schienen buchstäblich unter Strom zu stehen.

»Was ist mit dem Kind?«, fragte Bert. »Hat der Kleine etwas gesagt?«

»Er hat noch geschlafen«, erwiderte Schiller. »Wir werden ihn mit keinem Wort erwähnen. Wenn es eine undichte Stelle gibt, werde ich mich persönlich darum kümmern.« Es sollte wie eine Drohung klingen, dann berichtete er kurz von Grauer, ohne allerdings zu erwähnen, dass er mit Birte in dessen Wohnung übernachtet hatte.

Anschließend telefonierte er mit Hinrichs wegen der Pressemitteilung, und dann teilten sie die Aufgaben für den Vormittag auf. Bert Cremer sollte sich um die Arztpraxis von Emanuel Schmidt kümmern. Wussten die Arzthelferinnen etwas? Existierten Unterlagen, die sie bei den Ermittlungen vielleicht weiterbrachten? Wenn ein Arzt getötet wurde, konnte eventuell ein Patient dahinterstecken. Birte wollte sich noch einmal in der Wohnung des Toten umsehen, und Schiller selbst beschloss nach der Pressekonferenz nach Hause zu fahren, um mit dem Jungen zu reden.

Neuendorf, Fitschen und Staatsanwalt Soder trafen ein. Ihren ernsten Gesichtern war zu entnehmen, wie unbehaglich sie sich fühlten, nun der Presse gegenüberzutreten.

»Zu den aktuellen Dingen nehmen am besten Sie Stellung«, erklärte der Polizeipräsident und blickte Schiller an.

Schiller unterrichtete sie kurz, dass er kein Wort über den Jungen verlieren würde.

»Aber reden Sie ruhig von einer heißen Spur.« Soder wirkte so missgelaunt, als hätte auch er eine unangenehme Nacht verbracht. »Wir müssen zumindest den Eindruck erwecken, dass wir gewisse Erkenntnisse haben, um uns die Meute vom Hals zu halten.«

Kurz bevor er in den großen Konferenzsaal ging, schaffte Schiller es noch, Trump anzurufen und ihn zu bitten, sich um Grauer zu kümmern. Außerdem ließ er den Schlüssel zu Grauers Wohnung von einem Beamten ins Krankenhaus bringen.

Vor dem Konferenzsaal hatte sich ein Kamerateam postiert, ein Mann mit einem Mikrofon schien ihnen aufzulauern. Neuendorf schritt forsch voran, gefolgt von Soder und Fitschen. Der Polizeipräsident hielt kurz inne, um dem Reporter mit dem Mikrofon ein kurzes Statement zu geben. Hinrichs tauchte aus dem Saal auf. Ihm schien nicht zu gefallen, dass Neuendorf schon vorab Informationen gab.

Plötzlich bemerkte Schiller die alte Frau hinter dem jungen, geschniegelten Journalisten, der beflissen seine Fragen auf den Polizeipräsidenten abfeuerte. Therese lachte wie über ein herrliches Spiel. Ihre Augen hinter den dicken Brillengläsern strahlten, und ein helles Kichern glitt über ihren Lippen. Sie trug wieder ihren alten babyblauen Wollmantel.

Schiller schob sich vor, an Fitschen und Soder vorbei. »Therese, was tust du hier?«, zischte er der alten Hebamme zu.

Als sie ihn anschaute, wurde sie schlagartig ernst. »Du warst wieder nicht da«, sagte sie vorwurfsvoll. »Gestern Abend um neun. Wenn du nicht zu mir kommst, komme ich zu dir.«

Schiller hörte, wie Neuendorf etwas von einer heißen Spur sagte, dann nickte der Polizeipräsident bekräftigend seinen Worten nach und ging endlich, dirigiert von Hinrichs, in den Saal.

»Ich hatte einen Einsatz«, entgegnete Schiller.

»Erst war Broder nicht da«, sagte Therese mit zusammengekniffenem Mund. »Dann, als ich gegen elf noch einmal zu ihm ging, lag er wie tot auf seiner Pritsche.«

»Vermutlich war er betrunken«, sagte Schiller. Er beobachtete durch die offene Tür, dass Neuendorf, Fitschen und Soder sich anschickten, auf einem kleinen Podium Platz zu nehmen. Hinrichs hatte alles arrangiert. Auch sein Namensschild stand da, der vierte Platz ganz rechts war für ihn vorgesehen.

»Nein, war er nicht«, entgegnete Therese trotzig. »Erst habe ich geglaubt, er wäre tot, so starr lag er da. Ich glaube, er nimmt irgendwelche Mittel.«

Schiller sah, dass Hinrichs ihm ein Zeichen machte, nun endlich zu kommen. Der Saal war voll, Stimmengewirr drang herüber.

»Und ich habe etwas bei ihm gefunden«, fügte Therese hinzu. Aus ihrer brauen Tasche, ohne die sie niemals aus dem Haus ging, holte sie ein rotes Plastikherz hervor.

Schiller nahm das Herz, küsste sie hastig auf die Wange und eilte dann zu seinem Stuhl.

Hinrichs eröffnete die Pressekonferenz. Sein erster Satz lautete: »Fragen sind aus ermittlungstaktischen Gründen leider nicht zugelassen.«

Schiller sah, wie Therese ihm zuwinkte und sich dann durch etliche Journalisten wand, die keinen Platz mehr gefunden hatten, und Richtung Ausgang strebte. Da drehte sie sich noch einmal um und hob die Hand, als wäre er ein kleiner Junge, der zum ersten Mal von zu Hause wegfuhr.

Drei Minuten später war er an der Reihe.

Er hörte nur Carlas Stimme aus der Küche. Als er die Tür ein Stück aufschob, sah er einen Hinterkopf mit langen blonden Haaren, dann, der Gestalt gegenüber, den Jungen. Er hatte sich über ein Stück Papier gebeugt und malte etwas. Seine Zunge schien jede seiner kreisenden Bewegungen mitzumachen. Er war sehr konzentriert und hatte die ganze Welt um sich ausgeblendet.

»Mein Lieblingstier ist der Delphin«, sagte Carla. Sie hatte auch einen großen weißen Bogen Papier vor sich.

Unschlüssig trat Schiller in die Tür. Die zweite Gestalt war das autistische Mädchen – Ariane. Vor ihr lagen Papier und Malutensilien, doch sie machte keine Anstalten, sich zu rühren. Sie schien den Jungen zu beobachten.

Carla hatte ein blaues Meer mit weißen Wellen gemalt, aus dem drei lächelnde Delphine blickten. Sie konnte so etwas, ohne dass es peinlich oder zu kindlich wirkte.

Schiller blickte auf die Uhr. Es war elf Uhr – in sieben oder acht Stunden würde Marks Mutter wieder in Köln eintreffen, wie Nele in Erfahrung gebracht hatte.

Der Junge versuchte sich an einem Nashorn, erkannte er, ein riesiges Tier mit einem langen schwarzen Dorn, das ihm aus dem Maul ragte.

Unvermittelt blickte Carla auf und entdeckte ihn. Sie lächelte. »Oh, da ist ja Jan«, sagte sie freudig. Sie stand auf und küsste ihn auf den Mund. Sie tat ein wenig wie eine sehr gute Schauspielerin, die vollkommen ungekünstelt wirken wollte.

Schiller spürte, dass ihn der Jungen mit zusammengekniffenen Augen anschaute, als hätte er Schwierigkeiten, sich an ihn zu erinnern. Die Autistin regte sich nicht, aber er war überzeugt, dass sie ihn aus den Augenwinkeln beobachtete.

»Ariane ist wieder bei uns«, sagte Carla, als wäre das eine gute Nachricht. »Ich habe mir für heute frei genommen. Mark geht es auch ein wenig besser – nicht wahr, Mark?« Sie bedachte ihn mit einem zärtlichen Blick.

Der Junge nickte langsam. Seine Augen waren dunkel, aber er schien nicht geweint zu haben.

»Wir überlegen, ob wir in den Zoo fahren sollen«, fuhr Carla mit leichter Stimme fort. »Aber nun muss ich für einen Moment allein mit Jan sprechen.«

Sie schob ihn aus der Küche. Kaum hatte sie einen Schritt in den Flur gemacht, glitt ein Ausdruck tiefer Erschöpfung über ihr Gesicht. »Es ist schwer«, sagte sie und lehnte sich gegen ihn. »Mark hat nur kurz nach seinem Vater gefragt. Ich bin mir nicht sicher, ob er wirklich weiß, dass sein Vater tot ist. Dann ist Ariane wiedergekommen. Die Eltern verzweifeln und wissen nicht mehr, wie sie mit ihr umgehen sollen.«

Durch die halb offene Tür hielt Carla den Jungen im Blick. »Mir ist nichts Besseres eingefallen, als ihn ein Bild malen zu lassen. Nicht sehr originell, aber immerhin hat er angefangen.«

Schiller nahm sie in den Arm und küsste sie auf ihr schwarzes Haar. »Du bist großartig«, sagte er. Dann erzählte er von Grauer und wo er die Nacht verbracht hatte.

»Heute Abend kommt Marks Mutter«, fuhr er fort. »Glaubst du, ich kann vorher mit ihm reden?«

Carla drehte sich wieder um. »Keine Ahnung, ob er schon so weit ist«, sagte sie. »Vielleicht gehe ich mit ihnen wirklich in den Zoo. Könntest du mitkommen?«

»Später vielleicht«, erwiderte Schiller vage. »Wir müssen uns die Praxis anschauen. Möglicherweise gibt es in den Patientenkarteien eine Spur.« Er zögerte und küsste sie wieder. Er liebte ihren Geruch. »Ach, wir wissen auch nicht, wie wir weitermachen sollen ...«

»Da ist noch etwas anderes«, sagte Carla, als wäre ihr plötzlich etwas eingefallen. »Jemand hat einen Brief für dich eingeworfen.« Sie deutete auf einen leuchtend weißen Umschlag, der auf der Kommode im Flur lag. »War im Postkasten, aber es klebt keine Briefmarke darauf.«

Therese, dachte er, hatte sie ihm etwas zu Broder eingesteckt? Aber das hätte sie ihm auch im Präsidium geben können.

Nach kurzem Überlegen streifte er sich einen Handschuh über und öffnete den Umschlag, der nur nachlässig zugeklebt war und auf dem in harten Blockbuchstaben sein Name stand. »Jan Schiller« – nichts sonst.

Carla beobachtete ihn, wie er in den Umschlag spähte. Er war leer, kein Blatt Papier, keine Fotos, nichts. Nein, dann segelte doch etwas heraus – ein Stück dünne rote Pappe, wie man sie zum Basteln mit Kindern verwendete. Schiller hob die Pappe auf. Jemand hatte sie aus einem größeren Stück herausgeschnitten, sie war viereckig, ein schiefes Quadrat, und auf der Rückseite war ein Buchstabe aufgemalt – ein großes schwarzes U.

»Was hat das zu bedeuten?«, fragte Carla. Sorge schwang in ihrer Stimme mit.

Schiller zuckte mit den Schultern. Jemand wollte ihm da etwas mitteilen, doch viel bedeutsamer als die Form und der Buchstabe war die Farbe der Pappe – ein helles Rot, wie die Plastikherzen, die der Mörder in der Stadt verteilt hatte.

»Hat es mit deinem Fall zu tun?«, fragte Carla.

»Ich weiß nicht«, erwiderte Schiller, obwohl es nicht stimmte. Er hatte Post von dem Täter bekommen. Erst eine E-Mail, und nun offenbarte der Mörder, dass er wusste, wo Schiller wohnte, aber wusste er auch, dass der Junge hier war?

Ein U kam in dem Namen Mark nicht vor. Trotzdem würde Schiller eine Streife anfordern müssen, um sie vor der Tür zu postieren, solange der Junge sich bei Carla aufhielt.

Als er aufsah, erblickte er den Jungen, der aufmerksam zu ihnen herüberschaute. »Du musst wieder zu Mark gehen – er wird unruhig«, flüsterte er Carla zu. »Ich versuche in zwei Stunden zurück zu sein.«

Carla nickte. »Heute Nacht halte ich das Bett neben mir frei«, flüsterte sie lächelnd zurück.

Schiller drückte ihre Hand und sah, wie sie in die Küche ging. Von einem Moment auf den anderen hatte sie sich wieder in der Gewalt und strahlte Wärme und Zuversicht aus.

Der Junge beugte sich über sein Nashorn. Er hatte dem Tier Schuhe angezogen, erkannte Schiller, schwarze Turnschuhe mit zwei weißen Streifen. Es sah aus, als wollte das Nashorn gar nicht mit seinem schwarzen, furchtbaren Horn zustoßen, sondern am liebsten davonlaufen.

26.

Ich fahre zu ihm – bin auf dem Weg!, schrieb er Therese per SMS, während er das Haus verließ. Mit dem roten Plastikherzen hatte sie ihn an den Haken gekriegt. Wo hatte Broder dieses verdammte Herz her? Es enthielt keine Batterie, mit der man es zum Leuchten bringen könnte, aber ansonsten glich es dem Herzen, das der Mörder seinen Opfer in den Schoß gelegt und in der ganzen Stadt hatte verteilen lassen.

Könnte der Täter jemand aus Ihrer Umgebung sein?, hatte die Profilerin gefragt. Er hatte die Frage als absurd empfunden, aber nun gab es immer mehr Gründe anzunehmen, dass der Mörder ihn kannte.

Aufmerksam schaute er sich um. War da jemand, der das Haus im Blick behielt? Eine Straßenbahn rauschte vorbei, zwei Fahrradfahrer fuhren bei Rot hinterher, einer von ihnen war Hagen in seinem weißen Anzug und mit einem unförmigen Helm. Er trug einen schwarzen Rucksack und grüßte mit großer Geste jemanden auf der anderen Straßenseite. Für einen Moment war Schiller versucht, ihm heimlich zu folgen. Verschwand Hagen wieder für ein paar Tage? Hatte er für eine Reise Sachen gepackt? Doch als Schiller bei seinem Wagen angelangt war, war Hagen längst aus seinem Blickfeld verschwunden. Außerdem hätte Therese es ihm übel genommen, wenn er nicht zu Broder gefahren wäre.

Ohne Broder hätte er es wahrscheinlich keine zwei Tage im Kinderheim ausgehalten, damals, eine Woche nach dem Tod seiner Eltern, als man nicht wusste, wohin mit dem schweigsamen Jungen. Vielleicht wäre er dann doch zu seiner feinen, stets mürrischen Tante nach Bad Godesberg geflohen, die sein Vater nie hatte leiden können. Mitten in seiner ersten Nacht hatten sie ihn aus dem Bett gezerrt, drei ältere Jungen, die ein paar Wochen später verschwanden und deren Namen er längst vergessen hatte. Zuerst hatten sie ihn unter die kalte Dusche gestoßen, dann hatten sie ihn, nass und frierend, in einen winzigen Abstellraum gesperrt. Ein paar alte Stühle, ein seltsames Stehpult und ein paar Plastiksäcke, auf die man sich legen konnte, standen da, und ein Stromzähler surrte leise vor sich hin. Nackt hockte er in der Kammer, bis gegen morgen Broders Gesicht in einem winzigen Fenster auftauchte. Wortlos hatte Broder ihm einen Schraubenzieher hereingeworfen, mit dem Schiller dann die Tür von innen geöffnet hatte. Später hatte er gesehen, dass Broder an einem windigen Regenrohr bis in die zweite Etage hinaufgeklettert war. Er hatte den schweren Weg gewählt – statt die Tür von außen zu öffnen, hatte er Schiller die Chance gegeben, sich selbst zu befreien, was ihm mit einem Schlag die Achtung der anderen eingetragen hatte. Danach waren Broder und er unzertrennlich gewesen.

Broder war schon früh ein Künstler gewesen, jemand, der wusste, wie man Dinge auch ganz anders betrachten konnte. Mitten in der Nacht hatte er einen wunderschönen blonden Frauenkopf an seine Tür gemalt, sein erstes Fahrrad hatte er sich aus rostigen Teilen zusammengebaut, und einmal hatte er sich auf dem Spielplatz von Schiller bis zum Kopf in den Sand eingraben lassen. Da hatte er dann Stunden verbracht, bestaunt von Müttern und Kindern, von Hunden beschnüffelt, bis irgendwann gegen Abend Dr. Kluge, der Leiter des Kinderheims, höchstpersönlich gekommen war und ihn fluchend befreit hatte. Vier Wochen hatten sie danach keinen Ausgang mehr gehabt, offiziell zumindest.

Broder hatte ihm auch geraten, dass er mit seinen Eltern sprechen sollte, wenn der Verlust und der Schmerz ihn wieder einmal übermannten. Rede mit ihnen, und sie werden dir antworten – nichts ist wirklich tot. Sogar meine Mutter spricht nachts mit mir. Und so war es tatsächlich gewesen! Kurz bevor Schiller einschlief, hörte er manchmal seinen Vater, freundlich, mit tiefer Stimme flüstern. Es geht mir gut, sagte sein Vater, es ist alles in Ordnung.

Schiller nahm das rote Plastikherz und stieg aus dem Wagen. Langsam ging er auf Broders Zelt zu. Plötzlich fragte er sich, ob Broder es gewesen sein könnte, der ihm bei seinem ersten Besuch das Plastikherz an seinen Wagen gehängt hatte. Aber was hätte er damit bezwecken wollen? Konfusion verursachen – Verwirrung, die er so sehr schätze? Einen alten Freund, der ihn im Stich gelassen hatte, in die Irre führen?

Ein weißer Lieferwagen rumpelte vorüber, und dann war es für einen Moment totenstill in der Straße, als lebten hier gar keine Menschen mehr oder als würden sie alle den Atem anhalten.

Broder stand in einem blauen, schmutzigen Trainingsanzug am Eingang zu seinem Zelt und rauchte. Er zog nur geringschätzig die Augenbrauen hoch, als er Schiller entdeckte.

Wie passiert es, dass jemand aus seinem Leben fällt?, dachte Schiller plötzlich. Auf der einen Seite war er, der ordentliche Polizist, und auf der anderen war Broder, der gescheiterte Maler, Trinker und Müllsammler.

»Therese macht sich Sorgen um dich«, sagte Schiller. Er streckte Broder nicht die Hand entgegen, sondern nickte ihm lediglich zu. »Sie war gestern hier, aber da hast du schon im Delirium gelegen.«

Nein, »Delirium« war das falsche Wort, wie Schiller sogleich begriff – es deutete auf Alkohol oder Drogen hin.

»Therese ist eine Heilige«, entgegnete Broder erstaunlich friedfertig und leise. »Ich habe etwas genommen. Konnte nicht schlafen – zu viele Gedanken, Geister ...« Er machte eine Handbewegung und wandte dann den Blick ab, als fühle er sich verfolgt.

Schiller sah Broder an. Irgendwo in diesem bärtigen, verwilderten Gesicht steckte noch eine Spur des Jungen, der ihn damals gerettet hatte. Dann, nach einem kurzen Zögern, zog er das rote Plastikherz hervor. »Das hat Therese bei dir gefunden – sie hat es mir gegeben.«

Broder holte tief Luft und betrachtete das Herz, als hätte er es noch nie gesehen. Oder nein, Wehmut stand in seinen Augen, eine schmerzhafte Erinnerung.

»Du weißt, dass wir einen Mörder suchen, der rote Herzen als Erkennungsmerkmal hinterlässt«, fuhr Schiller fort. »Ich habe die Zeitungsartikel bei dir gesehen, aufgehängt an einer Wäscheleine ...« Sein Mobiltelefon klingelte, doch er wandte den Blick nicht von Broder.

Broder nahm ihm das Herz aus der Hand. Seine Finger waren schmutzig, an einem schien er sich verletzt zu haben. Blut klebte an der Kuppe.

»Es hat ihr gehört – Hilde«, sagte er. »Wir sollten zu ihrem Grab fahren – dauert nur ein paar Minuten.« Broders helle graue Augen blitzten ihn an.

Schiller unterdrückte den Impuls, auf seine Armbanduhr zu schauen, und nickte. Ohne sein Zelt zu schließen oder irgendetwas mitzunehmen, ging Broder zur Straße. Er trug schneeweiße Turnschuhe, die vollkommen unbenutzt aussahen. Schiller hätte noch gerne einen Blick in das Zelt geworfen, aber ihm blieb nichts anderes übrig, als Broder zu folgen. Zumindest war nun eine gute Gelegenheit, über Therese und ihren Plan für Broder zu sprechen – dass er die hässliche Bruno-Kirche in Klettenberg anmalen sollte.

Doch als sie nebeneinander im Wagen saßen, fragte er: »Wieso lebst du in diesem Zelt – warum das alles?«

Broder lächelte vor sich hin und berührte mit seinen Händen vorsichtig das Armaturenbrett, als säße er nicht in einem VW Passat, sondern in einem besonders teuren Wagen. »Es geht nicht anders«, erwiderte er, und als Schiller schon glaubte, er würde nichts mehr sagen, fügte er hinzu: »Seit dem Unglück habe ich manchmal Erstickungsanfälle – nachts … da brauche ich Luft um mich und das Gefühl, jederzeit zum Rhein laufen zu können.«

Schiller wusste nicht genau, von welchem Unglück Broder sprach – meinte er den Unfall, als er ein Kind überfahren hatte, oder den Selbstmord seiner Mutter? Er unternahm aber keinen Versuch, es herauszufinden.

Zehn Minuten später waren sie am Melatenfriedhof angekommen. Zweimal hatte Schillers Telefon wieder geklingelt. Als er ausstieg, sah er auf dem Display, dass Nele und Grauer versucht hatten, ihn zu sprechen.

Broder lief unter dichten Bäumen stumm den Hauptweg mit den mächtigen Gruften entlang. Der Himmel hatte sich bewölkt. Schiller fiel ein, dass er schon mehrere Wochen nicht mehr am Grab seiner Eltern gewesen war, aber da, an diesem dunklen Flecken Erde, hatte er sich ihnen ohnehin nie nahe gefühlt.

Kurz nachdem Broder in einen schmalen Nebenweg eingebogen war, deutete er auf ein schlichtes Holzkreuz, auf dem ihr Name eingraviert war. Frische Blumen standen in einer Vase, daneben flackerte eine Kerze in einer Lampe.

Broder hat sie geliebt, viel mehr, als ich es getan habe, dachte Schiller. »Kümmerst du dich um das Grab?«, fragte er.

Broder schüttelte den Kopf. »Ich habe das Grab nur zufällig entdeckt – Hilde hat mich nicht mehr besucht. Ich habe nichts von ihrer Krankheit gewusst.« Trauer lag in seiner Stimme – und so etwas wie Vernunft, als wäre er doch nicht ganz in seiner seltsamen Welt verloren gegangen.

»Die Zeit mit ihr und dir war die schönste in meinem Leben ...«, fügte er hinzu. »Als ich sie zum ersten Mal gesehen habe, hatte sie diesen alten Kassettenrekorder im Arm. Es lief nur ein Lied, immer und immer wieder – ›Heart of Gold‹ von Neil Young – das Lieblingslied ihrer toten Mutter. Darum war das Herz ihr Zeichen. Jedes Mal, wenn sie ihren Namen geschrieben hat, hat sie ein Herz dazu gezeichnet. In ihr Zimmer habe ich ein goldenes Herz an die Tür gemalt ... Warum weißt du das alles nicht mehr?«

Weil ich nicht in der Vergangenheit leben will, dachte Schiller, ohne etwas zu erwidern. Er dachte daran, dass Hilde seine erste Frau gewesen war. Als sie schwanger geworden waren, war er neunzehn gewesen, und sie stand kurz vor ihrem achtzehnten Geburtstag. Sie hatten überlegt, ob sie das Kind behalten sollten, aber dann hatte Hilde sich dagegen entschieden – sie hatte so viele Pläne gehabt. Maskenbildnerin am Theater hatte sie werden wollen, dann wieder Sozialarbeiterin oder Kamerafrau.

Sein Telefon klingelte erneut, und er nutzte die Gelegenheit, sich ein paar Schritte vom Grab zu entfernen. Er nahm sich vor, herauszufinden, wann Hilde genau gestorben war und wer sich um ihr Grab kümmerte. Nahe Angehörige hatte sie nach dem Tod ihrer Mutter nicht mehr gehabt, und ihren Vater hatte sie niemals kennengelernt.

»Hast du ihn gesprochen?«, fragte Therese.

»Ja«, erwiderte Schiller.

»Hast du ihm von der Bruno-Kirche erzählt?«

Schiller blickte Broder an, der die Hände gefaltet hatte und auf den Grabstein blickte. Nun erst fiel ihm auf, dass seine Trainingshose an einem Bein voller Blut war.

»Er freut sich darauf, die Kirche anzumalen«, log Schiller. »Ich habe ihm fünfhundert Euro dafür versprochen.«

Therese kicherte. »Tausend Euro – darunter macht er es nicht, habe ich dem geizigen Pfarrer gesagt. Er soll nächste Woche anfangen.« Sie kicherte wieder und legte auf.

Als sie zurückfuhren, sagte Broder plötzlich: »Manchmal breche ich noch in einen Kiosk ein – für Zigaretten und ein bisschen Kleingeld. Nichts Großes.« Er schaute Schiller herausfordernd an. »Alte Gewohnheit.« Dann machte er plötzlich das Krächzen einer Krähe nach und lächelte.

»Damit wirst du jetzt aufhören müssen«, sagte Schiller tonlos. Allmählich wurde er ungeduldig. Schon wieder versuchte jemand ihn anzurufen. Er musste zurück ins Präsidium. »Therese hat dir einen Job besorgt. Du sollst die Bruno-Kirche anstreichen. Nächste Woche geht es los.« Er beobachtete, wie Broder das Gesicht verzog, aber er widersprach nicht. »Tausend Euro für eine Fassade. Kannst dir irgendein Bild ausdenken.«

»Gut«, sagte Broder, als Schiller vor seinem Zelt hielt. »Vielleicht mache ich es.« Er stieg aus, und Schiller holte sein Mobiltelefon hervor und rief Nele an.

»Wo steckst du?«, fragte Nele aufgeregt. »Wir haben zwei Neuigkeiten. Richard Moll hat zu Schmidts Patienten gehört, er war erst in der letzten Woche bei ihm. Bei Mundt und van Gaal aber Fehlanzeige.«

»Und die zweite Neuigkeit?«, fragte Schiller, während er beobachtete, wie Broder in seinem Zelt verschwand und kurz danach auf seinem neuen Fahrrad auftauchte und grußlos an ihm vorbeifuhr.

»Der Erkennungsdienst hat die Spuren vom Garagenhof ausgewertet«, sagte Nele. »Sie haben eine kleine Flasche Schnaps gefunden – Marke Mariacron. Die DNA an der Flasche gehört einem gewissen Paul Hofer. Er wurde vor zwei Monate aus der JVA Verl entlassen, saß dort wegen Raubes und schwerer Körperverletzung.«

»Hat dieser Hofer einen festen Wohnsitz?«, fragte Schiller.

»Ja«, sagte Nele. »Er wohnt in Kalk, an der Hauptstraße.«

Dort, dachte Schiller, an der Kalker Hauptstraße hatte ihr Täter seine E-Mails abgeschickt.

Der Makler rief sie an und fragte, wann sie den Mietvertrag unterschreiben wolle. »Und danach schicke ich noch einen Maler durch die Wohnung, und Sie können nächste Woche einziehen.« Er lachte, als habe er einen Scherz gemacht, und sie versprach am Nachmittag vorbeizukommen. Sie dachte daran, dass Martins Geige noch in dem Wandschrank lag. Wie war sie nur auf den Gedanken verfallen, ein so kostbares Instrument da zu deponieren? Es war der Schrecken nach dem dritten Mord gewesen, die Hektik, die alle – sogar Schiller – erfasst hatte.

Von der Wohnung des ermordeten Arztes fuhr Birte Jessen nach Klettenberg. Sie hatte gleich gewusst, dass sie nichts finden würde. Dreimal hatte das Telefon geklingelt, besorgte Patienten, die Erkundigungen einziehen wollten. Dreimal hatte sie ausweichend geantwortet; gleichwohl hatte jeder der Anrufer aus ihren Antworten schließen können, was geschehen war.

»Er war der beste Arzt, den ich jemals hatte«, hatte eine ältere Frau schluchzend gesagt. »Niemand auf der Welt hatte einen Grund, einen Mann wie Dr. Schmidt umzubringen.«

Birte Jessen hatte nichts erwidert, sich lediglich mit knappen Worten verabschiedet und aufgelegt.

In Schmidts Wohnzimmer hatte sie rührende Liebesbriefe an seine amerikanische Frau gefunden, dazu ein Fotoalbum, das ein typisches Familienleben offenbarte. Urlaubsreisen nach Florida, an die Nordsee, Besuche im Zoo und im Botanischen Garten, Kindergeburtstage mit Topfschlagen und Eisessen.

Es hatte sie deprimiert, all das zu sehen.

Iris Moll, die Fitness-Königin, öffnete ihr, nachdem sie dreimal geklingelt hatte. Die Neugier stand ihr ins Gesicht geschrieben. Gab es etwas Neues? Hatte man eine Spur?

Birte Jessen äußerte sich vage und fragte dann nach Richard Moll. An dem antiken Schrank mit seinen Fernsehtrophäen und an seiner Sammlung von Plastikwaffen vorbei wurde sie in den Keller geleitet. Es sah beinahe so aus, als hätte Moll seinen Keller seit ihrem letzten Besuch gar nicht verlassen. Er saß vor seinem Computer und schien etwas zu schreiben.

»Morgen wird Roger beerdigt«, sagte er wie zur Erklärung. »Ich soll ein paar Worte sprechen.«

Er trug wieder ein Hawaiihemd. Wie ein altes Kind sah er aus.

Birte Jessen nickte. »Es hat einen dritten Mord gegeben – Dr. Emanuel Schmidt.«

Moll runzelte die Stirn, aber Birte Jessen war beinahe sicher, dass er diese Nachricht bereits kannte.

»Und nun suchen Sie nach einem Muster, nicht wahr?« Mit einem Klicken verschwand der Text vom Bildschirm. Moll bedeutete ihr mit seiner verkrüppelten rechten Hand, sich zu setzen. »Nach der Verbindung zwischen den Morden.«

»Ganz recht«, sagte Birte Jessen. Sie nahm in einem Sessel Platz »Bisher ist nur auffällig, dass Sie alle drei Opfer gekannt haben.«

»Mundt war ein Idiot, den ich kaum kannte, Roger van Gaal war mein bester Freund, und Schmidt war mein Arzt«, erwiderte Moll ungerührt. »Mehr war da nicht.«

»Haben Sie nicht Angst, dass auch Sie ins Visier geraten könnten?«, fragte Birte Jessen, um ihn aus der Reserve zu locken.

Moll lachte laut auf. »Ich bin ein kleiner, unbedeutender Fernsehproduzent. Ich schlafe nur mit meiner eigenen Frau, ich trinke in Maßen besten französischen Rotwein, ich betrüge niemanden, nicht einmal meine Angestellten, ich bin sogar katholisch. Weihnachten finden Sie mich in der Christmette in der ersten Reihe, da kann ich das Weiße im Auge unseres geschätzten Erzbischofs sehen.«

So einfach ließ Moll sich nicht provozieren, musste Birte Jessen erkennen.

»Sie sehen keine Verbindung zwischen den drei Mordopfern?«, fragte sie.

Er schüttelte den Kopf. »Schmidt habe ich nur in seinem weißen Kittel gekannt. Er wusste über die Nachwirkungen von Contergan-Schädigungen Bescheid, hatte sich kundig gemacht, nachdem ich das erste Mal bei ihm war. Ein gewissenhafter, fleißiger Mann, ohne Zweifel.« Er streckte seine verkrüppelten Arme aus. »Wissen Sie, mir macht es längst nichts mehr aus, wenn die Leute einen angaffen oder wenn sie einen mitleidig anschauen ... Das ist nicht mehr schlimm. Außerdem habe ich ein großes Maul, für den Fall, dass mir jemand dumm kommt. Aber beinahe unerträglich sind die Schmerzen in den Gelenken. Manchmal kann ich mich vor Schmerzen nicht mehr rühren. Bei uns stimmt die Balance nicht – unser Körper ist verschoben, hat kein Gleichgewicht. Kein Arzt ist in der Lage, einem zu sagen, wie alt man mit diesen Schädigungen überhaupt werden kann.« Zum ersten Mal wirkte er ernst und bedachte sein Gegenüber nicht nur mit purer Ironie.

Sie schwiegen für einen Moment. Dann sagte Birte Jessen: »Sind Sie auch in dem Pokerclub an der Aachener Straße gewesen?«

Nach einem kurzen Zögern nickte Moll. »Manchmal, wenn ich das Gefühl hatte, mich ein wenig ablenken zu müssen, aber Kahle fand ich immer lächerlich. Er versuchte viel zu offensichtlich, ein Netzwerk aufbauen, wollte überall dabei sein, aber wer weiß, vielleicht gelingt es ihm ja auch. Doch mit Ihren Morden hat dieser Club nichts zu tun. Da bin ich mir ganz sicher.« Er ruderte mit den Armen, und dann griff er nach einem Glas mit einer roten Flüssigkeit, das neben dem Computer stand.

Moll trank einen Schluck. »Ich weiß nicht, ob ich je wieder so einen Freund wie Roger finden werde – mit ihm konnte man alles machen. Wir wollten zusammen ein Buch schreiben, über berühmte Männer und ihre Affären – merkwürdig, nicht wahr? Vermutlich hat ihn eine seiner Affären das Leben gekostet.«

»Sie glauben, dass eine Frau dahintersteckt?«, fragte Birte Jessen.

»Keine Ahnung, aber ich habe nachgedacht. Von den Fernsehleuten hatte keiner einen Grund, Roger umzubringen. Er war zu wichtig, er hat Karrieren ruiniert, aber er hat Leute auch wieder aufgebaut. Für mich liegt der Schlüssel in seinen Affären. Da hat es immer Ärger gegeben.« Moll beugte sich vor. Er zog aus einer Schublade einen Zettel hervor und reichte ihn Birte Jessen.

Sieben Namen standen da in einer krakeligen Schrift.

Rosa Leufgen, Musical-Sängerin (1998–99)
Charlotte Baumann (?), Cutterin (1993–96)
Mary Ryman, Choreographin (1999–01)
Elisa Lazar, schlechte Komikerin, hat R. mit Anrufen drangsaliert
Hilde (?), Praktikantin, hat R. eine Gabel in die Hand gestochen
Mechthild Mühlenberg, Übersetzerin, kurze heftige Affäre (2003), bis der Ehemann Verdacht schöpfte, gab wohl eine Prügelei mit ihm
Nora Wasner, Produktionsleiterin, (2006–?)

Birte Jessen blickte von dem Zettel auf. »Mit diesen Frauen hat van Gaal Affären gehabt?«, fragte sie.

»Nein, es waren natürlich viel mehr, und es waren auch nicht nur Affären. Manchmal war Roger richtig engagiert, hat übers Heiraten nachgedacht – mit Kutsche und weißen Tauben, wie in einem Kitschroman – so war es zuletzt mit der minderbemittelten Emma.« Moll lächelte. Nun kehrte die alte Ironie zurück. »Nein, mit diesen Damen ging es ein wenig kompliziert auseinander, soviel ich weiß. Ich habe Elke, unsere Sekretärin, gebeten, sie alle zur Beerdigung einzuladen. Mal sehen, wer kommt.«

»Wer ist diese Hilde?«, fragte Birte Jessen. Zu ihr hatte Moll keinen Nachnamen geschrieben.

»Die einzige der Damen, der ich nie begegnet bin. Die Sache liegt etliche Jahre zurück. Einmal habe ich Roger nach der Narbe auf dem Rücken seiner linken Hand gefragt, da hat er mir von dieser Hilde erzählt. Eine kleine Affäre, die blutig auseinanderging. Sie hat bei einem Essen in der Kantine der Studios in Hürth eine Gabel genommen und zugestochen.« Moll lachte.

»Leider konnte ich diese Hilde nicht ausfindig machen, aber vielleicht kommt sie ja auch so zur Beerdigung.«

Birte Jessen steckte den Zettel ein und erhob sich. »Wir werden das überprüfen.«

»Wie das alles zu den Morden an Mundt und Schmidt passt, kann ich Ihnen natürlich nicht sagen.« Nun klang er gönnerhaft.

Birte Jessen streckte ihm zum Abschied die Hand entgegen.

»Kommen Sie auch?«, fragte er mit einem leicht süffisanten Unterton. »Wird einen ordentlichen Auftrieb geben. Morgen, leider ziemlich früh, neun Uhr, Melatenfriedhof. Roger hat sich da vor ein paar Jahren eine Grabstelle gekauft. Hat mich wirklich überrascht, dass er so weitsichtig war. Über den Tod hat er nie gesprochen.«

»Ich werde meinen Kollegen Jan Schiller bitten zu kommen«, entgegnete Birte Jessen. Sie war sicher, dass sie mitten auf dem Friedhof in Tränen ausbrechen würde. Bei Martins Beerdigung waren über dreihundert Menschen gewesen – Freunde, Musiker, Angehörige, auch ihre Eltern und Patrick, ihr ehemaliger Partner, hatten sich eingefunden.

Als sie zurück an ihrem Wagen war, rief sie Martha im Hafenkrankhaus an, doch sie war nicht in ihrem Zimmer. Ein gutes Zeichen, redete Birte Jessen sich ein. Dann versuchte sie Schiller zu erreichen. Ein Kaffee im Theater am Bauturm wäre nun genau das Richtige. Sie begann ein paar seiner besseren Gewohnheiten zu übernehmen.

Paul Hofer wohnte in einer Pension, einem hässlichen Gebäude aus den fünfziger Jahren. Graue Fliesen bedeckten das Haus bis in die zweite Etage, dann hatte man sich aus unerfindlichen Gründen entschlossen, einen gelben Verputz aufzutragen. Vor drei Fenstern hingen Satellitenschüsseln. Das sah alles verdächtig nach Dauermietern aus.

Schiller klingelte, da die Tür aus Milchglas nicht geöffnet war. Ein Summer ertönte wenig später, und er betrat eine dunkle Halle mit einem winzigen Schalter aus braunem Holz. Links an der Wand hing eine Hausordnung. Aus den Augenwinkeln las er den Satz »Drogen und Alkohol verboten!« Der Boden war grau gefliest. Anscheinend hatte man von der Fassade noch ein paar Fliesen übrig gehabt.

Niemand war zu sehen, nur ein fetter Dackel schlurfte auf ihn zu, schnüffelte kurz und verlor dann jedes Interesse.

Schiller rief: »Hallo«, ohne dass jemand reagierte.

Nach einigem Zögern ging er um den Schalter herum. Eine halb volle schmutzige Kaffeetasse stand da, ein großes Buch, in das jemand Notizen eintragen hatte, dazu ein paar Briefumschläge, offenbar die Post, die am Morgen eingegangen war. Zwei Briefe für Paul Hofer befanden sich darunter – einer von einem Anwalt namens Siemensmeyer, der andere kam von der Staatsanwaltschaft.

»Sie interessieren sich für die Post meiner Gäste«, sagte eine Frau in breitem Kölsch. Sie mochte um die sechzig sein, hatte die gelbliche, faltige Haut einer Kettenraucherin. Ihre Haare waren in dem schrillsten Rot gefärbt, das Schiller jemals gesehen habe.

»Eigentlich interessiere ich mich eher für Ihre Gäste«, erwiderte Schiller ungerührt. Er zog seinen Ausweis hervor. »Polizei Köln. Wo finde ich Paul Hofer?«

Die Frau verzog das Gesicht. »Ich dachte, der Paul ist sauber«, sagte sie. In ihrer linken Hand hielt sie eine brennende Zigarette. »Zimmer 17, erste Etage, am Ende des Ganges. Sagen Sie ihm, dass es Zeit wird, aufzustehen. Er soll meinen Wagen in die Werkstatt fahren. Hat er versprochen.« Mit einem Seufzen kehrte die Frau in den Raum, offenbar die Küche, hinter dem Schalter zurück.

Schiller hörte Stimmen im Haus, während er die schmale Treppe hinaufging. Da redete ein Mann auf eine Frau ein, aber nicht auf Deutsch. Er sprach Russisch, und die Frau antwortete lediglich mit abfälligen Lauten. Hinter einer anderen Tür war ein Radio zu hören, Verkehrsnachrichten. Schiller klopfte an die Nummer 17. Schritte waren zu hören, dann wurde geöffnet. Ein Mann in einem weißen Unterhemd und einer grauen Cordhose stand da. Er mochte Anfang fünfzig sein und hatte ausgeprägte Geheimratsecken. Er roch nach Rasierwasser.

Schiller zeigte erneut seinen Ausweis. »Wenn Sie Herr Paul Hofer sind, habe ich ein paar Fragen an Sie.«

»Kommen Sie«, murmelte der Mann und ließ ihn eintreten.

Der Raum war peinlich sauber, ein Bett, ein schmaler Schreibtisch, zwei Stühle, ein Kleiderschrank – alles aus billigem braunen Holz. Dazu ein winziger Fernseher. Wie eine Zelle, dachte Schiller, als hätte Hofer eine Zelle mit der anderen getauscht. Fehlte nur die Toilette aus poliertem Stahl in einer Ecke des Raumes.

Hofer setzte sich auf das Bett, auf dem er anscheinend gelegen hatte. Er war muskulös, hatte Tätowierungen an beiden Armen. Abwartend sah er Schiller an.

»Ich möchte nur eine Auskunft von Ihnen«, sagte Schiller. »Reine Routine.«

Hofer nickte, dann griff er nach seinen Zigaretten, die auf einem Sperrholzbrett neben dem Bett lagen, und steckte sich eine an. Ein randvoller Aschenbecher verriet, dass Rauchen offenbar seine Hauptbeschäftigung war.

»Ich möchte gerne wissen, wo Sie gestern Abend waren, so gegen neunzehn Uhr?«, fragte Schiller.

Der Russe war wieder zu hören. Nun schrie er die Frau an, die daraufhin ein hohles, übertriebenes Lachen ausstieß.

»Ich war hier«, sagte Hofer. »Ich bin meistens hier. Manchmal helfe ich Rosie. Ich brauche Tabletten, Herzmedikamente, aber die richtigen. Mein Arzt hat mir die falschen, die billigen verschrieben. Können Sie nicht dafür sorgen, dass man mir das Richtige verschreibt?«

Für einen Moment war Schiller überrascht. Es passierte nicht jeden Tag, dass ihn ein Verdächtiger bat, ihm Medikamente zu beschaffen. »Haben Sie keinen Bewährungshelfer?«, fragte er matt.

»Doch schon …«, erwiderte Hofer und zuckte resignierend mit den Achseln. »Haben alle zu viel zu tun.«

»Gehen Sie manchmal in ein Internetcafé, ein Stück die Straße herunter?«

Hofer nickte. »Ja. Auch wenn es keiner glaubt, ich kenne mich mit so was aus. Im Knast hatten wir auch Internet … Ich suche einen Job … ist nicht so einfach. Außerdem chatte ich manchmal – mit Frauen …«

Er wischte sich über die Augen, ein müder Mann ohne jeden Antrieb. Vielleicht lag es doch an den falschen Medikamenten.

»Trinken Sie Alkohol – Mariacron etwa?«

Plötzlich wurde Hofer misstrauisch. Er kniff die Augen zusammen. »Warum fragen Sie so etwas? Ich weiß, dass der Alkohol mir viel geschadet hat … Ich trinke nicht mehr, und ich habe auch nichts getan, das mich wieder in den Knast bringen könnte.« Er nahm einen tiefen Zug aus seiner Zigarette und begann unvermittelt zu husten.

Schiller wartete ab. Er würde sich nach dem Bewährungshelfer erkundigen, nahm er sich vor.

»Aber vielleicht gönnen Sie sich doch gelegentlich einen kleinen Schluck, etwa wenn Sie am Computer sitzen? Eine winzige Flasche, um den Kopf frei zu bekommen?« Irgendwo schrillte nun ein Wecker, bemerkte Schiller erstaunt. Die Wände waren wie graues Papier.

»Kann schon sein«, erwiderte Hofer unwillig.

»Wann waren Sie zuletzt in diesem Internetcafé?«, fragte Schiller.

»Ich bin jeden Tag am Nachmittag da, aber wenn Sie das so genau wissen wollen, gehe ich vielleicht nicht mehr hin.«

»Gehen Sie ruhig wieder hin«, erwiderte Schiller, während er die zwei Schritte zur Tür machte, »aber am besten lassen Sie Ihre Flaschen nicht mehr überall stehen. Sie könnten in die falschen Hände geraten.«

Als er im Flur war, hörte er, dass Hofer den Fernseher anschaltete. Er rief Nele an und bat sie, den Bewährungshelfer ausfindig zu machen. Hofer brauchte die richtigen Medikamente, ansonsten würde er in dieser Absteige vor die Hunde gehen.

27.

Kurz bevor er den zweiten Umschlag einwerfen wollte, sah er sie. Er schaffte es noch rechtzeitig, das Gesicht abzuwenden. Sie trat mit zwei Kindern aus der Tür – einem blonden Mädchen mit einem verschlossenen Gesicht und dem Jungen, der nun eine helle Jeansjacke trug. Er spürte sein Erschrecken als einen heißen Schmerz, der ihn durchzuckte. Diesem Kind hatte er den Vater genommen. Dann überraschte es ihn, dass Schiller den Jungen seiner Frau oder Freundin in Obhut gegeben hatte und niemand ihn bewachte. Wie schätzte man ihn ein – dass er einem kleinen Jungen, der ihn nach dem Mord gesehen hatte, nicht gefährlich werden konnte?

Er sah die drei die Straße hinuntergehen. Schillers Frau sprach unentwegt auf den Jungen ein. Mit kleinen, unsicheren Schritten lief er neben ihr her, ein schmächtiges, zerbrechliches Kerlchen, das ihm ehrlich leid tat, aber die Dinge waren nun einmal, wie sie waren. Sein Vater hatte sich schuldig gemacht und sein Schicksal verdient. Das Mädchen wurde von der Frau gar nicht beachtet, es war nicht mehr als ein Anhängsel und wirkte krank und abwesend. Fast war er versucht, den Weg der drei zu kreuzen, um zu sehen, was passieren würde. Würde der Junge ihn erkennen?

Dann riss er sich zusammen. Das wäre eine Verrücktheit gewesen! So ein Risiko durfte er nicht eingehen. Er musste vernünftig bleiben. Seine Mission war noch nicht zu Ende. Erst wenn alles erledigt war, konnte er sich jede Art von Unvernunft erlauben. Sich der Polizei stellen, zum Himalaja fahren, eine Luxusfahrt den Nil hinauf machen ... was auch immer. Darüber hatte er noch keinen Gedanken verloren.

Er beobachtete, wie die drei in eine Straßenbahn stiegen, die Richtung Innenstadt fuhr. Er dachte an Funny. Wenn die Dinge anders gelaufen wären, dann hätten sie noch ein Kind zusammen gehabt; einen Jungen, der vielleicht auch blond geworden wäre. Funny wäre dafür noch nicht zu alt gewesen. Er spürte, wie der Schmerz zurückkehrte. Ein Kind in seinem Leben – das wäre wahrscheinlich die Rettung gewesen gegen all den Schmutz und die Sinnlosigkeit. In einem Kind hätte Funnys Reinheit weitergelebt und sein Wille, diesem allgegenwärtigen Schmutz zu begegnen.

Er könnte sich töten, wenn seine Mission zu Ende war. Das wäre eine andere Möglichkeit.

Als er den Umschlag einwerfen wollte, kam ihm ein Gedanke, der ihn belustigte. Jeder Tag sollte ein paar Überraschungen für Jan Schiller bereithalten – rote Plastikherzen, Fotos vom Tatort, E-Mails.

Lächelnd holte er seinen Schlüsselbund heraus.

Funny hätte sein nächster Schachzug gefallen. Sie mochte solche spontanen Einfälle. Da war er ganz sicher.

28.

Am liebsten wäre Schiller sofort wieder ins Präsidium gefahren. Anscheinend hatte ihr Täter aus dem Internetcafé in Kalk eine kleine Flasche Mariacron, die Paul Hofer gehört hatte, mitgenommen und sie am Tatort hinterlegt. Aber warum hatte er das getan? Um sie zu beschäftigen und zu verwirren? Hatte er vielleicht sogar gewusst, dass Hofers DNA gespeichert war? Er ist noch lange nicht am Ziel, dachte Schiller, und irgendwie schien er es auf ein Duell angelegt zu haben – Täter gegen Ermittler. Deshalb hatte er ihm auch diese seltsame Post nach Hause geschickt, die Carla tatsächlich Angst eingejagt hatte.

Als er am Zoo aus dem Auto stieg, spürte er, dass er beobachtet wurde. Auf dem Vorplatz vor dem Eingang waren eine Menge Leute mit Kindern unterwegs. Es war wärmer geworden, und gelegentlich lockerten die Wolken auf. Kein schlechtes Wetter für einen Besuch im Zoo. Um einen Mann, der riesige Luftballons verkaufte, scharte sich eine Gruppe Kinder. Von der Straßenbahnstation sah er Carla mit dem Jungen und dem autistischen Mädchen auf sich zukommen. Carla winkte, und selbst der Junge hob zaghaft die Hand. Dann registrierte Schiller, wer ihn beobachtete: Hanno, der Saxophonspieler, stand unter dem Dach zum Aquarium und starrte ihn an. Sein Instrument hing ihm wie ein Mühlstein um den Hals. Sein langes graues Haar wirkte noch fettiger als gewöhnlich. Er grüßte nicht, während Schiller auf ihn zuging.

»Was machst du hier, Hanno?«, fragte Schiller.

Der alte Saxophonspieler verzog das Gesicht. »Kleines Zookonzert – bringt bei diesem Wetter sicher mehr als fünfzig Euro.«

»Du bist viel unterwegs.« Aus den Augenwinkeln sah Schiller, dass Carla zu einem der Kassenhäuschen gegangen war. »Warum hast du mir nicht gesagt, dass du auch in Kahles Pokerclub gespielt hast?«

»Habe ich da gespielt?«, fragte Hanno und zog übertrieben

verwundert die Augenbrauen in die Höhe. »Kann mich nicht erinnern, aber es stimmt: In letzter Zeit bin ich wieder gut im Geschäft.« Er lächelte, nahm dann das Saxophon an die Lippen und blies ein paar schräge Töne, sodass die Passanten ihn neugierig anschauten.

Schiller wandte sich ab. Plötzlich wusste er, was Hanno war – ein alter Saxophonist und ein Spitzel. Fragte sich nur, für wen er gelegentlich spionierte. Hatte er vielleicht die Wahrheit über Grauer gewusst und ihn an Kahle verraten? Schiller nahm sich vor, herauszufinden, ob eine Akte über Hanno Gäb existierte.

Carla hielt ihm eine Eintrittskarte entgegen. Er küsste sie auf die Wange. »Hallo, Mark«, sagte er dann zu dem Jungen. Dem autistischen Mädchen nickte er zu. Ihre Augen suchten sein Gesicht ab, als versuchte sie sich an ihn zu erinnern.

»Hallo«, antwortete der Junge kaum hörbar.

»Deine Mutter kommt bald. Heute Abend holt sie dich ab.«

»Mark ist sehr tapfer«, sagte Carla und strich ihm über den Kopf. Der Junge versteifte sich ein wenig, lächelte aber gleichzeitig, als täte dieses Lob ihm gut. »Er hat auch noch zwei andere, richtig schöne Bilder gemalt.«

Sie gingen durch die Sperre und gaben einem uniformierten Mann ihre Eintrittskarte, sogar Ariane streckte mechanisch ihre Hand aus. Als eine junge Frau mit Pferdeschwanz sich mit einer großen Kamera vor ihnen aufbaute, um ein Andenkenfoto zu schießen, das man auf dem Rückweg aus dem Zoo kaufen konnte, schickte Schiller sie weg. Kaum hatte Mark drei Kamele erspäht, die kauend vor sich hin stierten, lief er los.

Carla berührte Schiller am Arm. »Jan«, sagte sie ernst. »Er redet nicht über das, was er gestern gesehen hat, aber er hat noch zwei Bilder gemalt.« Sie zog zwei weiße, in der Mitte gefaltete Blätter aus ihrer Handtasche. Auf einem waren ein blaues Auto zu sehen und ein Mann, der davor stand, als wolle er dem Wagen den Weg versperren. Auf dem anderen hatte Mark einen schwarzen Himmel mit einem gelben Blitz gemalt, in den ein riesiger, dunkel gekleideter Mann hineinragte.

»Es gibt nur eine Gemeinsamkeit«, fuhr Carla fort.

»Die Schuhe«, sagte Schiller. Auf allen drei Bildern trug die Gestalt schwarze Schuhe mit zwei weißen Streifen.

»Ja, genau«, erwiderte Carla.

Mark kam zu ihnen zurückgelaufen. »Das Kamel hat mich angeschaut«, rief er mit großen runden Augen. »Sind Kamele böse?«

»Nein«, entgegnete Carla und lachte.

Schiller bemerkte, dass sogar Ariane nun zu den Kamelen hinüberblickte.

In der Ferne begann ein Saxophon zu spielen. Dann klingelte sein Telefon.

»Danke«, sagte Grauer leise und unsicher. »Danke, dass du gestern gekommen bist.«

»Keine Ursache«, entgegnete Schiller. Sie gingen an dem Gehege der Erdmännchen vorbei, und plötzlich begannen die Augen des Jungen zu strahlen. Carla hatte wieder einmal die beste Idee gehabt. Ein simpler Zoobesuch lenkte den Jungen ab.

»Es war alles eine große Dummheit«, fuhr Grauer fort. »Ich muss mich entschuldigen – bei allen. Trump kommt gleich. Er hat mir angeboten, dass ich eine Zeit lang sein kleines Haus in der Eifel bewohnen kann, bis sich ein paar Dinge geradegerückt haben. Ich bin für zwei Wochen krankgeschrieben.«

»Eine gute Idee«, erwiderte Schiller. »Ich werde die Sache mit Fitschen besprechen – damit wir alle Schwierigkeiten aus dem Weg räumen und du bald zurückkommen kannst. Außerdem glaube ich nun zu wissen, wer dich für Kahle ausspioniert hat.«

»War es einer unserer Leute?« Plötzlich gewann Grauers Stimme ihre Kraft zurück.

»Nein, aber ich habe noch keinen Beweis für meine Annahme. Reine Intuition.« Als Schiller sich schon verabschieden wollte, fiel ihm etwas ein. »Wir haben eine Flasche Weinbrand mit verwertbaren DNA-Spuren am Tatort gefunden. Weißt du noch, wo die Flasche gelegen hat?«

Grauer dachte einen Moment nach. »Nein«, sagte er dann. »Ich habe die Bilder wie in Trance geschossen. Kann mich an nichts mehr erinnern.«

Schiller versprach, Grauer zu besuchen, bevor er die Verbindung unterbrach.

Über zwei Stunden blieben sie im Zoo. Bei den Elefanten schien sogar Ariane Interesse für die Tiere zu entwickeln. Carla beobachtete sie besorgt. Der Tod ihres Pferdes lag noch nicht lange zurück. Schiller spürte, wie seine Ungeduld wuchs. Er telefonierte mit Nele und Birte Jessen und erfuhr von der Liste, die Moll ihr gegeben hatte, aber er getraute sich nicht, Carla mit Mark, ihrem einzigen Zeugen, allein zu lassen. Dem Jungen ging es mit jeder Minute besser. Mit Heißhunger machte er sich über eine Tüte Pommes frites her, und einmal, vor dem Gehege der Nashörner, ergriff er aus einem Impuls heraus Arianes Hand und zog sie mit. Statt ihn abschütteln, ließ sie es sich gefallen.

Als sie den Zoo verließen, hielt der Junge abrupt inne und starrte einen Mann an, der an ihnen vorbeiging. Der Mann schob ein funkelndes Rennrad und schaute sich wie ein gleichmütiger Tourist um. Er trug eine Sonnenbrille und einen blauen Sportdress, der seinen muskulösen Oberkörper betonte, aber das war es nicht, was den Jungen aufgeschreckt hatte. Es waren die Schuhe, begriff Schiller, schwarze Lederschuhe mit zwei weißen Streifen, die gleichzeitig den Verschluss bildeten. Sie suchten einen Mann, der auf einem Rennrad gekommen war.

»Er hat solche Schuhe getragen, nicht wahr?«, sagte Schiller so leise, dass niemand sie sonst hören konnte.

Der Junge nickte, dann rannen ihm die Tränen über die Wangen.

29.

Sie war so müde, dass sie in einer Einfahrt parkte, den Motor abstellte und die Augen schloss. Die Dinge liefen nicht so, wie es sein sollte. Es war noch nie vorgekommen, dass sie während einer Ermittlung in einer fremden Wohnung eingeschlafen war. Sie versuchte einen Gedanken zu finden, der ihr wieder Kraft gab – sie stellte sich den grauen Wolkenhimmel über der Alster vor; sie saß in ihrem Einer und ruderte, und am Himmel flogen ein paar Wildgänse. Es roch nach Wasser, und sie hörte Musik, die Ouvertüre von »Rienzi«, gespielt von den Wiener Philharmonikern unter Karl Böhm, glasklare, wunderbare Musik, die Martin ihr zu ihrem ersten Jahrestag geschenkt hatte.

Sie spürte den sanften Druck seiner Hand. Wie konnte das gehen? Ein Mensch war tot und war doch da, viel lebendiger und spürbarer als all die anderen Personen um sie herum.

Einen Moment später klopfte jemand an die Scheibe, weil sie die Einfahrt versperrte, und dann klingelte ihr Telefon.

»In drei Tagen werde ich entlassen«, sagte Martha. Ihre Stimme klang fest und entschlossen. »Dann werde ich alle Geigen verkaufen und eine Kreuzfahrt durch das Mittelmeer machen.« Sie schickte ihrer Ankündigung ein leises, zögerndes Lachen hinterher.

»Eine gute Idee«, erklärte Birte Jessen. Sie bedeutete dem Mann, der gegen ihr Fenster geklopft hatte, dass sie in einer Minute wegfahren würde.

»Willst du nicht auch mitkommen?«, fragte Martha zaghaft.

Birte Jessen begriff, dass diese Frage der Grund ihres Anrufs war.

»Wir würden nach Nizza fliegen, und dann …«

»Martha«, sagte sie ernst, »wir ermitteln in drei Mordfällen. Ich kann hier nicht so einfach Urlaub einreichen. Ich habe erst am letzten Montag angefangen.« Mit wenigen Worten berichtete sie von dem Mord an Emanuel Schmidt.

»Das habe ich damals auch gedacht«, sagte Martha, »dass man

den Arzt umbringen müsste, der Martin nicht helfen konnte. Solche Ärzte sind Mörder, Schwätzer, Schönredner, Weggucker ... Wenn ich damals eine Waffe gehabt hätte, vielleicht hätte ich ...«

»Nein«, sagte Birte Jessen, »du hättest so etwas nicht getan.« Plötzlich begriff sie, dass Martha recht hatte. Der Mörder von Emanuel Schmidt hatte auch Mundt und van Gaal getötet, doch sein Motiv war ein anderes gewesen. Deshalb passte auch das Profil der Mordopfer nicht. Schmidt war kein Aufreißer gewesen.

Sie verabschiedete sich von Martha so höflich sie konnte, und dann rief sie Bert Cremer an, der noch immer in der Praxis des ermordeten Arztes saß, um Unterlagen durchzusehen, und gab ihm die Namen von der Liste durch, die Moll angefertigt hatte.

»Wir müssen wissen, ob eine der Frauen Patientin bei Dr. Schmidt ist oder gewesen ist«, sagte sie.

»Alles klar«, entgegnete Cremer, »aber ich bin hier mehr der Sozialarbeiter als der Ermittler. Die Sprechstundenhilfen sind nur am Flennen, und ständig rufen Leute an. Scheint, als hätte der Arzt eine Menge Fans gehabt, vor allem Frauen. Allerdings hat es in den letzten zwei Jahren auch drei Beschwerden bei der Ärztekammer gegen ihn gegeben.«

»Wie lange wird es dauern, bis ihr alle Namen gecheckt habt?«, fragte Birte Jessen. Langsam fuhr sie aus der Einfahrt heraus.

»Ein paar Minuten«, erwiderte Cremer. »Sie müssen nur die Namen aus dem Computer ziehen. Die drei Damen hier sind ziemlich gut organisiert.«

Sie unterbrach die Verbindung und rief Schiller auf seinem Mobiltelefon an, aber er ging nicht an den Apparat. Sie hinterließ in seiner Mailbox eine kurze Nachricht. Seine Alleingänge störten sie; nie wusste man genau, was er tat oder wo er unterwegs war. Ermittelte er, oder war er wieder mit privaten Dingen beschäftigt? Auch dass er den Sohn des Opfers so unter Verschluss hielt und nicht einmal einen Psychologen hinzugezogen hatte, ärgerte sie. In Hamburg wäre so ein eigenmächtiges Verhalten nicht möglich gewesen.

Zehn Minuten später, während sie das Präsidium bereits in der Entfernung sehen konnte, klingelte ihr Handy, doch statt Cremer meldete sich eine Frauenstimme. Sie stellte sich als Regina Hasler vor, Arzthelferin bei Dr. Schmidt.

»Ich habe die Namen überprüft, die mir Ihr Kollege aufgeschrieben hat«, sagte sie so zittrig, als könnte sie gleich in Tränen ausbrechen. »Wir haben eine Übereinstimmung gefunden. Eine Frau mit Namen Rosa Leufgen ist ein paar Mal hier gewesen. Ist aber einige Zeit her. Ich kann mich an die Frau nicht mehr erinnern.«

»Haben Sie die Adresse dieser Patientin?«, fragte Birte Jessen. Sie hörte, wie die Frau am Computer etwas eintippte, dann nannte sie ihr als Adresse Mainzer Straße 23.

»Und was ist mit einer Frau namens Hilde?« Birte Jessen glaubte, dass diese Spur viel interessanter war.

»Wir haben eine Hilde Petry und eine Hildegund Grahl gefunden«, erklärte die Arzthelferin.

Birte Jessen ließ sich von beiden die Adresse geben. Dann fiel ihr etwas ein. »Können Sie mir von beiden die Geburtsdaten nennen? Welche ist die Jüngere?«

»Hildegund Grahl ist 1929 geboren. Bei Hilde Petry haben wir leider kein Geburtsdatum eingetragen.«

»Ist das nicht ungewöhnlich?«

Im Hintergrund waren das Läuten eines zweiten Telefons und dann Cremers sonore, gleichmütige Stimme zu hören. Offenbar versuchte er, einen Reporter abzuwimmeln. »Doch, das ist sehr ungewöhnlich«, sagte die Arzthelferin zaghaft, als müsste sie einen persönlichen Fehler zugeben. »Das dürfte normalerweise nicht vorkommen, da würde der Chef ...« Abrupt verstummte sie, und für einen Moment schien die Leitung tot zu sein. Graues Rauschen schwebte hin und her. Dann holte Regina Hasler tief Luft. »Möchten Sie noch etwas wissen?«

»Was ist mit den Verstorbenen?«, fragte Birte Jessen. »Wie lange werden bei Ihnen die Daten gespeichert? Vielleicht ist die Hilde, die wir suchen, schon tot.«

»Wenn wir von dem Ableben eines Patienten Kenntnis erhalten«, erwiderte die Arthelferin tonlos, »dann machen wir uns einen Vermerk. Nach vierundzwanzig Monaten werden die Daten aus unserer aktuellen Patientendatei entfernt, aber natürlich haben wir eine Gesamtdatei und unsere Back-ups. Die kompletten Daten liegen bei der Firma, die unseren Server betreut. Soll ich da mal nachfragen?«

»Ja«, erwiderte Birte Jessen, »wir brauchen alle Informationen, die wir bekommen können. Rufen Sie mich bitte an, wenn Sie etwas herausgefunden haben.« Bevor sie auflegen konnte, hörte sie die Arzthelferin sagen: »Wir verstehen das alles nicht ... Unser Chef ... Er hat allen Menschen immer nur geholfen.«

Der Besuch bei Rosa Leufgen erwies sich als völliger Fehlschlag. Wenn sie tatsächlich ein Musical-Star gewesen war, wie Moll gesagt hatte, mussten in den letzten Jahren einige Dinge gründlich schiefgelaufen sein. Eine hagere, vorzeitig gealterte Frau, die einen gelben Kimono trug und ihr dünnes blondes Haar unter einem schwarzen Kopftuch verbarg, hatte Birte Jessen in eine düstere, verqualmte Wohnung eingeladen und ihr die Narben an den Stellen zeigen wollen, wo einmal ihre Brüste gewesen waren. »Schmidt, der Scheißkerl, hat mich viel zu spät zu einem Spezialisten geschickt. Da war nichts mehr zu retten.« Offenbar hatte der ehrenwerte Doktor doch nicht nur Fans. Als Täterin aber kam Rosa Leufgen nicht in Frage. Sie verließ ihre Wohnung augenscheinlich nur noch, um in der Uniklinik eine weitere Chemotherapie über sich ergehen zu lassen, von der sie selbst wusste, dass sie vergeblich sein würde.

Birte Jessen registrierte den Fahrradfahrer erst, als er ihr beinahe in die Seite gefahren wäre. Aus einer Ausfahrt raste er heraus, ohne nach rechts und links zu schauen. Sie erkannte ihn an dem schmutzigen Trainingsanzug und den sauberen Schuhen. Es war Schillers seltsamer Schulfreund, der vor ihr mit einem halsbrecherischen Tempo durch die Straße raste. Sie beschloss, ihm zu folgen. Für ihn schienen keine anderen Autos oder Verkehrsampeln zu existieren. Auf dem Rücken trug er einen Rucksack, der hektisch auf und ab wippte.

An einer Kreuzung hätte sie ihn beinahe aus den Augen verloren, als er in selbstmörderischer Weise eine Straßenbahn schnitt. Dann erkannte sie endlich, wo sie sich befand. Broder war in die Neuenhöfer Allee eingebogen. Er fuhr zum Tatort, dorthin, wo gestern Abend Emanuel Schmidt mit einem Schuss in die Brust getötet worden war.

Sie beobachtete, wie er die Straße kreuzte, sich dann dem Garagenhof näherte und von seinem Rennrad stieg. Unschlüssig, als wüsste er nicht, ob der Zugang verboten war, betrat er das Gelände. Ein Auto hinter ihr hupte, und Broder wandte kurz den Kopf, aber ohne sie zu entdecken.

Birte Jessen ließ ihren Alfa auf den Radweg rollen und stellte den Motor ab. In nächsten Moment war Broder aus ihrem Blickfeld verschwunden. Hatte er sich wieder davongemacht? Nein, sein Rad stand noch da, glänzte wie neu im letzten Sonnenlicht des Tages. Sie stieg aus und lief über die Straße.

Broder kauerte vor einer der Garagen. Er hatte eine Hand flach auf den Boden gelegt, als wollte er etwas ertasten. Dann nahm er sie hoch und führte sie an seine Nase, um nacheinander an allen Fingern zu riechen. Es sah aus, als wollte er Witterung aufnehmen, als wäre er eine Art Zauberer, der nach einem besonderen Duft suchte.

Langsam ging sie auf ihn zu. Als sie fünf Meter von ihm entfernt innehielt, blickte er auf und lächelte sie an. »Hier ist es passiert, nicht wahr?«, fragte er ohne jede Verlegenheit.

Birte Jessen nickte. Sie hatte keine Ahnung, ob er sie erkannt hatte. Er kniff die Augen zusammen und blickte wieder zu Boden. Seine Hände waren schmutzig, als hätte er in der Erde gewühlt oder irgendeine schwere Arbeit getan.

»Ich bin Polizistin«, sagte Birte Jessen. »Wir haben uns neulich getroffen – mit Schiller, unten am Rhein.«

Broder erhob sich und nickte. »Ich tue das manchmal«, sagte er leise, als würde er ein Geheimnis verraten. »Gehe an Orte, von denen ich weiß, dass da kürzlich jemand gestorben ist. Ich spüre das noch – diese verwehende Aura … diese dunkle Verwirrung, wenn jemand plötzlich aus dem Leben gerissen wurde … wie bei meiner Mutter damals, obwohl sie ja …«

Sie sah, wie er mit einem verklärten Ausdruck in den Augen lächelte, und es kam ihr vollkommen unwirklich vor, als wäre sie in ein bizarres Theaterstück geraten. Lag das an ihrer Müdigkeit – oder an der Verrücktheit, die dieser kauzige Mann ausstrahlte?

Als Broder an ihr vorbei zurück zur Straße ging, wollte sie ihn festhalten, aber sie streckte nur halbherzig die Hand aus.

Broder schaute sie kurz an, dann bewegte sich sein Mund in dem struppigen Bart, und er sagte: »Schiller soll sich nicht so wichtig nehmen – bestellen Sie ihm das!« Mit einer schnellen Bewegung griff er in seine rechte Hosentasche und holte ein Stück Papier heraus, das er ihr im Vorbeigehen zuschnippte.

Eine Visitenkarte, begriff sie. »Broders Kunst«, stand da, »jeden Mittwoch von 17–23 Uhr, Deutzer Straße 10 – fünfmal klingeln«. Dazu gab es sogar eine Handynummer. So ganz aus der Bahn geraten, wie Schiller angenommen hatte, war sein alter Freund offenbar gar nicht.

Schiller spürte, dass ihm der Besuch im Zoo gut getan hatte. Für ein paar Momente war nicht nur der Junge, sondern war auch er auf andere Gedanken gekommen, aber nicht die Elefanten, Löwen oder Seehunde hatten ihn beeindruckt, sondern ein Geier, der in seinem Gehege auf einem abgestorbenen Baum gehockt hatte, doch dann, als wäre er aus einem tiefen Schlaf erwacht, hatte er seine Flügel ausgebreitet und war unter seinem Himmel aus Maschendraht dahingesegelt. Majestätisch hatte es ausgesehen und kein bisschen devot, so als mache es ihm in Wahrheit nichts aus, hier in einem winzigen Gehege eingesperrt zu sein. Selbst Ariane hatte das Besondere gespürt. Sie hatte ihre linke Hand vor den Mund gelegt, als fürchtete sie, sie könnte schreien oder lachen, und hatte den Geier mit ihren Augen verfolgt.

Von dem Mann, der seinen Vater getötet hatte, hatte der Junge nicht mehr gesprochen. Während sie sich auf den Rückweg machen, schien er Schiller eher auszuweichen und sich an Carla zu drücken.

Nele rief an, als sie an Schillers Wagen angekommen waren.

»Die Mutter des Jungen ist in Frankfurt gelandet. Sie steigt gleich in den Zug. In einer Stunde ist sie in Köln.«

»Sehr gut«, sagte Schiller. Er spürte, dass der Junge ihn ansah, als wüsste er, dass es um ihn ging. »Sag ihr bitte, sie soll ein Taxi nehmen und zu meiner Wohnung fahren. Ich glaube, es ist besser, wenn wir sie nicht am Flughafen abholen. Ich will nicht irgendwelchen Reportern in die Hände laufen.«

»Glaubst du, es weiß jemand, dass sie kommt?«, fragte Nele.

»Keine Ahnung, aber ich möchte auf keinen Fall, dass man auf den Jungen aufmerksam wird.«

Carla setzte sich zu den zwei Kindern auf die Rückbank und redete leise mit ihnen, ohne dass sie eine Antwort erhielt. Der Junge schwieg mit abwesendem Gesichtsausdruck, und Ariane blickte mit leeren Augen aus dem Fenster. Als Schiller den Wagen startete, hatte er für einen Moment das Gefühl, er wäre nur der Chauffeur und würde eine seltsame, ihm völlig unbekannte Familie durch die Gegend fahren.

Dass ihre Wohnungstür einen Spalt offen stand, bemerkte Schiller gleich, als er die letzte Stufe hinter sich gelassen hatte. Fragend blickte er erst Carla an, dann das autistische Mädchen, als hätte sie einen Fehler gemacht und die Tür nicht richtig geschlossen.

Carla legte ihm eine Hand auf den Arm. »Ich bin sicher, dass die Tür geschlossen war«, flüsterte sie ihm zu. »Ich bin als Letzte gegangen.«

Schiller betrachtete das Schloss. Da waren keine Spuren zu entdecken, dass jemand mit einem Werkzeug die Tür aufgebrochen hatte. Vorsichtig trat er einen Schritt vor und lauschte in die Wohnung hinein. Nichts – nur Stille, dann das Rauschen der Straßenbahn, die draußen vorbeifuhr. Seltsamerweise dachte er zuerst an einen Reporter, der von dem Jungen gehört hatte und sich nun Informationen hatte beschaffen wollen.

»Wartet einen Moment!«, sagte er ruhig zu Carla und den beiden Kindern. Ariane schien den Atem anzuhalten, und der Junge schaute ihn angstvoll an.

Die Wohnung war absolut unverändert. Nichts war durchsucht worden, keine Schränke aufgerissen, keine Schubladen durchwühlt. Offenbar hatte der Eindringling auch nichts gestohlen. Carlas Computer, sein Laptop, der Fernseher, die Hi-Fi-Anlage – alles war unberührt.

»Es ist alles in Ordnung«, rief er Carla im Treppenhaus zu. Dann ging er in die Küche und entdeckte einen weißen Umschlag, der auf dem Tisch lag. Er erschrak. Ein Entsetzen, das nicht größer hätte sein können, wenn da jemand mit einer Waffe gestanden und auf ihn gezielt hätte. Der Täter war in seine Wohnung eingedrungen, um eine Botschaft dazulassen. E-Mails, rote Herzen in der Stadt, ein Umschlag im Briefkasten – all das reichte ihm nicht mehr.

Während Schiller hörte, wie Carla in der Diele beruhigend auf die Kinder einsprach und sie bat, sich im Bad die Hände zu waschen, streifte er sich einen Plastikhandschuh über und öffnete den Umschlag, der nur nachlässig zugeklebt war.

Zwei rote Stücke Pappe fielen heraus – identisch mit jenen, die auch der erste Brief enthalten hatte. Auf der Rückseite waren zwei Buchstaben aufgemalt – ein F und ein Y.

Was hatte das zu bedeuten?

Dann begriff er etwas, das er schon am Morgen hätte begreifen müssen. Er zog den ersten Umschlag aus seiner Jackentasche und ließ die beiden anderen ausgeschnittenen Pappen auf den Tisch gleiten. Es war ein albernes Kinderspiel, das der Mörder mit ihm spielte. Die vier Stücke ließen sich aneinanderlegen und ergaben ein halbes, rotes Herz. Blieb lediglich die Frage, was die Buchstaben F, U und Y zu bedeuten hatten.

Carla kam herein und blickte ihm über die Schulter.

»Er ist in die Wohnung eingedrungen, nicht wahr?«, flüsterte sie. »Er hat uns die ganze Zeit beobachtet …«

»Vermutlich.« Schiller nickte und zog sein Mobiltelefon aus der Tasche.

»Ein Irrer«, sagte Carla mit schwankender Stimme. So fassungslos und erschöpft hatte er sie noch nie gesehen. »Ein genialer, absolut verrückter Mörder, der uns Angst einjagen will. Was soll der Unsinn mit diesen verdammten Herzen?«

»Wir werden ihn kriegen«, sagte Schiller. Sein Entsetzen war in blanke Wut und Entschlossenheit umgeschlagen. »Lange wird er dieses Spiel nicht mehr treiben können.«

Als Nele sich meldete, bat er sie, jemanden vom Erkennungsdienst zu schicken – Schuler oder besser Trump, falls der Alte noch im Einsatz war. Es war zwar unwahrscheinlich, dass der Täter eine Spur hinterlassen hatte, aber sie mussten jede Möglichkeit nutzen.

30.

Schiller bat Carla, mit Mark und dem autistischen Mädchen in den hinteren Teil der Wohnung zu gehen. Er bemerkte, wie schwer es ihr fiel, sich zusammenzureißen und ganz unverfänglich mit den beiden Kindern zu reden.

»Ist etwas passiert?«, fragte Mark sie ängstlich.

»Wir waren etwas durcheinander, aber ich glaube, ich habe nur vergessen, die Tür zuzuziehen«, erwiderte Carla in einem unverfänglichen Tonfall. Dann schlug sie vor, sich in ihr Arbeitszimmer zu begeben. Sie wollte am Computer ein paar Bilder zeigen, die sie selbst fotografiert hatte. Schiller wusste, wovon sie sprach: Sie hatte für ihre Patienten eine Art Köln-Tour entwickelt – Fotos von den Sehenswürdigkeiten –, um auf spielerische Weise deren kognitive Fähigkeiten zu testen.

Schiller besah sich noch einmal die Eingangstür, aber da war nicht der kleinste Kratzer zu sehen, als hätte der Eindringling einen Schlüssel gehabt. Was wollte ihm der Täter sagen? Dass er ihm nahe war, dass es keine Grenzen zwischen ihnen gab? War er – und waren Clara und der Junge in Gefahr? Einmal hatte ein Mann, gegen den er ermittelt hatte, ihn nachts mit Anrufen belästigt und wüste Drohungen ausgestoßen, sonst jedoch hatte ihn noch nie ein Täter bis in die eigene Wohnung verfolgt. Schiller sah kein Motiv des Mörders – darin lag das Problem. Wo waren die Gemeinsamkeiten der drei Morde, worin bestand der Sinn, in die Wohnung des ermittelnden Polizisten einzudringen und einen im Grunde harmlosen Umschlag zu hinterlegen?

Als es an der Tür klingelte, rechnete er mit einem Beamten von der Spurensicherung, doch da stand eine unglaublich schöne Frau mit langen blonden Haaren, die ein kleines Mädchen auf dem Arm hielt.

Er zögerte einen Moment. Das Mädchen war gleichfalls blond, hatte blaue Augen und war seiner Mutter wie aus dem Gesicht geschnitten.

»Hallo«, sagte die Frau. »Ich bin Jennifer.« Sie hatte einen leichten amerikanischen Akzent. Ihre Zunge glitt langsam über ihre Lippen, auf denen ein roter Glanz lag. Ihre Augen taxierten ihn. »Ich komme wegen Mark.«

Schiller stellte sich vor, und dann schob er ein paar fade Beileidsworte nach. Die Frau nickte und folgte ihm in die Wohnung. Sie bewegte sich elegant und vollkommen lautlos in teuren weißen Slippers, die perfekt zu ihrer weißen Leinenhose passten. Eine Frau wie ein Fotomodell oder eine Schauspielerin, die auf Liebesdramen spezialisiert war.

Nachdem er sie in das Wohnzimmer geleitet hatte, sagte Schiller: »Mark ist bei meiner Frau in ihrem Arbeitszimmer. Er ist sehr tapfer, obwohl er alles mit angesehen hat. Haben Sie eine Ahnung, ob Ihr Mann in letzter Zeit mit jemandem in Streit geraten war?«

Die Frau schaute ihn fragend an, dann setzte sie sich in einen Sessel. Ihr Blick irrte durch den Raum. Das Kind klammerte sich an sie und drückte sein Gesicht an ihre Schulter. Offenbar wusste die Kleine bereits, was geschehen war.

»Nur mit mir«, sagte Jennifer Ryan leise und schuldbewusst. »Er hatte immer nur mit mir Streit.«

Es gab einen Einbruch ohne Spuren, wie Schuler vom Erkennungsdienst einräumen musste, es gab eine Frau, die hilflos ihren Mann betrauerte und die keine Ahnung hatte, wer ihn getötet haben konnte, und einen Jungen, der stumm seiner Mutter folgte und in jedem seiner Bilder Turnschuhe mit zwei weißen Streifen gemalt hatte.

Nachdem auch Ariane von ihren Eltern abgeholt worden war, saßen Carla und er sich gegenüber und waren unfähig, ein Wort zu sagen. Schiller war müde und unzufrieden. Was hatte er an diesem Tag erreicht? Nichts! Einmal hatte er noch mit Birte Jessen telefoniert, die ihm von der Liste erzählte, die Moll ihr gegeben hatte, aber es hatte ihn nicht wirklich interessiert. Sie hatten verabredet, dass sie gemeinsam morgen zu van Gaals Beerdigung gehen würden; später am Tag war eine Besprechung mit Staatsanwalt Soder und Fitschen angesetzt. Man würde Ergebnisse von ihnen erwarten.

Als Schiller um halb zehn ins Schlafzimmer ging, lag Carla angezogen auf dem Bett und schlief. Ihr Gesicht war tief in ein Kissen gesunken. Sie hatte es noch geschafft, sich ihre dunkelgrüne Hose auszuziehen, aber die Bluse hatte sie anbehalten. Er deckte sie vorsichtig zu und legte sich neben sie. War es unvorsichtig gewesen, den Jungen nach Hause zu schicken? Hätte er eine Kamera anbringen lassen sollen, um seinen eigenen Briefkasten zu überwachen? Es gab so viele Dinge, die er hätte bedenken müssen, aber für die er nun keine Kraft mehr hatte, ein Zustand, den er nicht kannte.

Gegen vier Uhr schreckte Schiller aus dem Schlaf hoch. Geräusche drangen aus dem Treppenhaus; ein dumpfes Poltern, dann schwere Schritte und ein Stöhnen. Er zog sich seine Jeans über und eilte in den Flur. Das Licht im Treppenhaus brannte. Vorsichtig öffnete er die Tür und sah eine weiße Gestalt auf den Stufen sitzen.

Gabriel Hagen blickte ihn müde an. Er hob kraftlos die Hand, er trug wie üblich einen weißen Anzug, ein dunkler Rucksack, der nur nachlässig zugebunden war, lag neben ihm.

»Keine Sorge«, sagte Hagen heiser, »nichts passiert. Musste nur ein wenig Pause machen.«

Schiller taxierte ihn. War Hagen so betrunken, dass er die letzten Stufen nicht mehr hinaufkam? Er roch nach Zigaretten, nach einer langen Nacht, aber er wirkte nicht alkoholisiert.

»Sie ist tot«, sagte Hagen und deutete einladend auf die Stufen neben sich.

Schiller nickte und setzte sich. Es war kalt im Treppenhaus und still, eine alles einhüllende nächtliche Stille hatte sich ausgebreitet.

»Gestern Abend gestorben – um acht Uhr«, fuhr Hagen fort, »während ich an der Tür stand und mit der Frau vom Pizzadienst gesprochen habe. Kannst du dir das vorstellen? Zwei Jahre pflegen wir sie, sorgen dafür, dass immer jemand an ihrer Seite ist, und dann stirbt sie in einem unbeobachteten Moment, während ich mit dem Pizza-Mädchen plaudere, mich nach ihrem Namen erkundige und ihr tief in die Augen schaue. Absurd!« Hagen lachte heiser, und als das Treppenhaus erlosch, stand er auf und schaltete es wieder an.

»Ich verstehe nicht«, sagte Schiller. »Wer ist gestorben?« Ihm fiel auf, dass Hagen ihn geduzt hatte.

»Meine Mutter«, erklärte Hagen. »Meine Schwester und ich haben sie gepflegt. Haben uns abgewechselt. Mal habe ich in der Wohnung gelebt, mal sie. Zuletzt hat meine Mutter nur noch dagelegen und geraucht, achtzig Zigaretten bis zuletzt.« Er hustete, als würde allein die Erinnerung an diesen Zigarettenqualm ihm die Kehle zuschnüren.

»Deshalb sind Sie manchmal wochenlang nicht in Ihrer Wohnung?«, fragte Schiller.

Hagen wischte sich über das Gesicht. »Sie war neunundachtzig, eine alte, tyrannische Frau, die niemanden leiden konnte – trotzdem war sie meine Mutter.«

Als das Licht erneut ausging, sagte Hagen: »Trinkst du noch einen Schluck mit mir? Auf den ewigen Frieden meiner Mutter! Hoffentlich gibt es da, wo sie jetzt ist, was zu rauchen. – Was macht eigentlich dein Mörder?«

Gemeinsam standen sie auf, um in Hagens Wohnung hinaufzugehen. Schiller berichtete kurz von dem Einbruch und dem Umschlag auf seinem Küchentisch.

Hagen lachte erneut, während er Schiller ein Glas mit einer dunklen roten Flüssigkeit hinstellte. »Dein Mann ist eitel. Am liebsten würde er die ganze Stadt plakatieren: Seht her, ich bin der Mörder ohne Gesicht, und das ist mein Motiv. – Hat er dir noch eine E-Mail geschrieben?«

»Nein, ich glaube nicht.« Schiller nippte an der Flüssigkeit. Es war süßer Kirschlikör. »Was ist sein Motiv? Kannst du es mir sagen? Wir wissen es immer noch nicht.«

»Geh auf die Grundmotive zurück. Liebe und Hass, Eifersucht und Verrat. Ich würde auf die Liebe tippen – da liegt man eigentlich immer richtig. Eine schräge, verrückte Liebe.« Hagen trank sein Glas mit dem Kirschlikör in einem Zug aus. Dann zog er sich seine Schuhe aus und warf sie in den Raum. »Ich werde mir einen Plan machen, jetzt, wo meine Mutter tot ist«, sagte er. »Meinen Roman zu Ende schreiben, eine Woche barfuß gehen oder auf dem Kopf stehen und niemals mehr einen Zigarettenraucher in meiner Nähe dulden. So etwas in der Art.«

Für einen Moment wurde Schiller von Wehmut überschwemmt. Hier saß jemand, der anscheinend froh war, dass seine Mutter endlich gestorben war und ihn von ihrer Anwesenheit erlöst hatte, und er ... Er dachte an das letzte Bild, das er von seiner Mutter hatte: eine mürrische, unzufriedene Frau, die noch keine vierzig und der noch nie im Leben etwas wirklich gelungen war. Darunter hatte sie gelitten, darum hatte sie die Familie verlassen wollen.

Er verabschiedete sich von Hagen und ging in seine Wohnung hinunter. Carla schlief noch immer tief und fest. Er unterdrückte den Wunsch, sie zu wecken, ihr einen Kuss auf den Mund zu drücken und ihr zu sagen, dass er sie liebte. Stattdessen wusch er sich gründlich, rieb sich mit Kölnisch Wasser ein, zog sich an und fuhr ins Präsidium. Er musste einen verlorenen Tag wieder ausgleichen, sich um die Turnschuhe kümmern, die der Junge gemalt hatte, die Ergebnisse der Spurensicherung nachlesen, sich Birtes Liste ansehen, überprüfen, ob Cremer schon einen Bericht über seine Ermittlungen in der Praxis von Dr. Schmidt geschrieben hatte. Außerdem hatte er selbst noch keine Zeile über Jennifer Ryan und seinen Besuch bei Paul Hofer verfasst. Später würde er sich um Grauer kümmern müssen, der vielleicht schon einsam oder zusammen mit Trump in dessen Ferienhaus in der Eifel saß.

Als er am Präsidium ankam, ging allmählich die Sonne auf. Es würde ein schöner, blauer Tag werden. Der Pförtner nickte ihm zu, anscheinend nicht verwundert, dass er schon so früh auftauchte. Von seinem Büro aus sah er, wie der Dom sich aus der Dunkelheit materialisierte.

Schiller schaltete den Computer an. Plötzlich war er sicher, dass der Täter ihm wieder eine E-Mail geschickt hatte. Viel zu lange hatte er nicht nachgesehen, doch in seinem Postkasten fand er nur die übliche interne Post. Dazu ein Schreiben Neuendorfs, das lediglich an ihn adressiert war und in dem er seinen Unmut über die schleppenden Ermittlungen ausdrückte. »Wir haben einen der spektakulärsten Kriminalfälle in der jüngeren

Kölner Geschichte, und wir brauchen ebenso spektakuläre Ergebnisse. Ich darf Sie daran erinnern«, schrieb er zum Schluss, »dass wir uns das Ziel gesetzt haben, bis zum Jahr 2010 die sicherste Stadt Deutschlands zu werden. Morde sind da kontraproduktiv.«

Morde sind da kontraproduktiv – was für ein absurder Satz.

Schiller machte sich mit Birtes Maschine einen Kaffee, und dann entdeckte er Grauers Kamera auf der Fensterbank. Er hatte sich noch nicht einmal die Tatortfotos angesehen. Dabei hatte er sich vorgenommen, genau zu lokalisieren, wo der Täter die Flasche mit den DNA-Spuren von Paul Hofer hinterlegt hatte. Offensichtlich hatte er den Tatort doch nicht so überstürzt verlassen, wie sie angenommen hatten.

Siebenundachtzig Fotos hatte Grauer geschossen, viel mehr als üblich. Schiller nahm den Chip aus der Kamera und rief die Fotos einzeln auf seinem Rechner auf. Als er den Toten sah, sein starres, irgendwie trauriges Gesicht, verstand er plötzlich, warum Grauer so aus der Bahn geraten war. Menschen zu betrachten, die gewaltsam aus dem Leben gerissen worden waren, war niemals leicht, aber sie durch den Sucher einer Kamera anzuschauen, war noch um ein Vielfaches schwerer. Schmerz und Entsetzen malten sich in den starren Augen Emanuel Schmidts ab, während die Wunde selbst, das Loch in der Brust gar nicht so entsetzlich wirkte, ein blutiger Fleck in einem blauen Jackett. Die Einschusswunde sah genauso aus wie bei Roger van Gaal, als würde der Täter immer auf die gleiche Stelle zielen.

Dann erblickte Schiller die kleine Flasche Mariacron, sie war tatsächlich da, auf dem schmalen Streifen Gras neben der ersten Garage, die mit der Rückseite zur Straße lag. Sie war stehend und damit sehr auffällig, mit dem Etikett nach vorn da platziert worden. Aber nein! Schiller ging die Bilder noch einmal durch. Grauer hatte sofort die Kamera betätigt, als er aus dem Auto gestiegen und sich dem Garagenhof genähert hatte. Das erste Bild umfasste den gesamten Tatort, wie er von der Straße zu sehen war. Der blaue Passat mit der offenen Fahrertür im Hintergrund, zwei Beamte, die ratlos dastanden. Auch die erste Garagenfront war zu sehen, aber wo war die Flasche? Schiller vergrößerte das Bild, ging auf die maximalen zweihundert Prozent. Da wurde das Foto pixelig, man verlor den Überblick, konnte aber nach bestimmten kleineren Gegenständen Ausschau halten. Die Flasche war nicht da.

31.

Zwei Tage, sagte er zu Funny, zwei Tage noch, dann wird Schiller sterben, dann wird er seinen Blutzoll entrichten. Das war der Plan.

Er wusste, dass Funny ihn hörte. Seit er seine Mission begonnen hatte, war sie wieder ständig um ihn. Er hörte ihre Stimme, wenn Regen gegen das winzige Fenster ihrer Herzkammer prasselte, wenn er die Tür ihres Kleiderschranks öffnete und an ihren Sachen roch, wenn Teewasser auf dem Herd kochte, selbst in den Geräuschen, welche die Reifen seines Fahrrads auf dem Asphalt machten, erklang ihre warme, zarte Stimme.

Es ist alles gut, sagte sie leise, du hast es gut gemacht. Ich bin sehr zufrieden mit dir.

Trotzdem begriff er, dass eine Veränderung mit ihm vorgegangen war. Wie ein Geist war er durch Schillers Wohnung geschlichen. Die Tür war kein Problem gewesen. Er hatte den Umschlag auf den Tisch gelegt und ein paar Minuten nur dagestanden. Sich zu setzen hatte er nicht gewagt.

Hier lebt er, hatte er zu Funny gesagt, hier leben er und seine Freundin – glückliche Menschen, die jeden Abend nebeneinander im Bett liegen, die sich umarmen und lieben.

Funny hatte ihm nicht geantwortet, als fühlte sie sich in Schillers Wohnung nicht wohl.

Er hatte den Kühlschrank geöffnet und hineingeschaut, hatte das Wasser an der Spüle angedreht, die Lichter und sogar kurz das Radio über dem Herd angeschaltet.

Funny, hatte er gesagt, sie sind glücklich, und ich bin allein.

Funny hatte immer noch geschwiegen, und plötzlich waren ihm Zweifel gekommen.

Würde er Schiller tatsächlich töten können? Ihm wie den drei anderen in die Brust schießen und ihm das rote Herz in den Schoß legen? War er nicht längst zu weit gegangen? Drei tote Männer – hatte er Funny und sich damit tatsächlich Ruhe und Frieden verschafft? Oder war das alles ein Wahn gewesen?

Ein wahnhafter Kampf gegen eine Welt, in der es zu viel Schmutz, zu viele Krankheiten und viele andere Hässlichkeiten gab?

Er wusste es plötzlich nicht mehr.

Die Tür hatte er nicht hinter sich zugezogen. Wie ein alter Mann war er die Treppen hinuntergegangen, und es hätte ihm nicht einmal etwas ausgemacht, wenn ihm jemand begegnet wäre, aber niemand hatte ihn gesehen.

Funny, sagte er, was soll ich tun?

Nein, das war eine alberne Schwäche, sagte er sich. Er musste seine Mission erfüllen – er war einen langen Weg gegangen und hatte ihn zu Ende zu gehen.

Nach dem letzten Mord würde er sich auf eine Reise begeben. Ja, morgen würde er im Reisebüro eine Schiffsreise zum Nordkap buchen. Zwei Wochen bis ans Ende der Welt. Er würde nicht viel mitnehmen, einen Koffer mit Kleidern, ein paar Mozart-CDs und Funnys Tagebücher. Nach dem Mord an Schiller würden ohnehin alle verrückt spielen. Vielleicht sollte er dann seine alte Walther ans Präsidium schicken, mit einem kleinen Zettel: *Nun ist es genug.*

Er lächelte und betrat Funnys Herzkammer. Wie jeden Morgen setzte er sich in ihren Stuhl, blickte zum leeren Bett und las in ihrem Tagebuch.

Über ihn hatte Funny nur eine kurze Passage geschrieben: *Habe einen schüchternen, sympathischen Mann kennengelernt. Während ich in der Philharmonie neben ihm saß und Mozart hörte, bewegte er den Kopf, als würde er dirigieren und ganz in der Musik aufgehen. Er hat blaue, warmherzige Augen und trug rote, total glänzende Schuhe. Die Schuhe sind mir zuerst aufgefallen, und deshalb habe ich ihn angesprochen. Er hatte eine heisere Stimme, als würde er sie nicht oft benutzen. Er hat nur von Musik gesprochen. Ich glaube, dass er ziemlich einsam ist.*

Später war in ihrem Tagebuch fast nur noch von ihrer Krankheit die Rede, und viele Dinge gerieten ihr durcheinander. Sie schrieb von ihrer Mutter, von dem verlorenen Vater, der Zeit im Kinderheim. Schiller tauchte auf, manchmal auch van Gaal und Schmidt. Ihn hatte sie nur R genannt, als wäre er eine Nebenfigur. *R ist bei mir. R kümmert sich. Ich glaube, R liebt mich. Ohne R wäre ich verloren.*

Ob sie ihn geliebt hatte, hatte er nie erfahren.

Aber er hatte nach ihrem Tod schmerzhaft begriffen, dass auch er ohne sie verloren war.

Einmal nur war er wirklich egoistisch gewesen – indem er ihr den Wunsch nicht erfüllt hatte, zu ihrer Mutter ins Grab gelegt zu werden. Doch er hatte nicht anders gekonnt: Der Nordfriedhof war nichts für Funny, da gab es nur Gräber für gewöhnliche, einfache Leute. Er hatte es geschafft, eine Grabstelle auf dem alten Melatenfriedhof zu kaufen, sogar ganz in der Nähe der Millionärsallee, wo man viele berühmte Kölner in aufwendigen Gräbern bestattet hatte.

Er legte das Tagebuch zur Seite. Die roten Schuhe von ihrer ersten Begegnung standen unter ihrem Bett. Sie würde er auch mit auf seine Reise nehmen.

Plötzlich begriff er, dass alles gut werden würde.

Funny hatte recht. Schiller musste er noch töten – dann würde er Frieden haben und alles hinter sich lassen.

Als er die Herzkammer verließ, klingelte es an der Haustür.

Es war acht Uhr siebzehn, Samstagmorgen. Keine Zeit, in der für gewöhnlich jemand klingelte.

Er spürte, wie sich sein Herzschlag beschleunigte. Hatte er einen Fehler gemacht? Hatte man ihn gefunden? Er ging in die Küche und blickte auf die Straße. Da war nichts Ungewöhnliches zu entdecken – der übliche morgendliche Verkehr an einem Samstag auf der Severinstraße: Lieferwagen, ein Postauto, Anwohner, die zum Einkaufen fuhren. Auch in den Fenstern auf der anderen Straßenseite rührte sich nichts. Desgleichen auf den Dächern. Er hatte einen Blick für so etwas.

Beim dritten Klingeln trat er lautlos an die Tür und blickte durch den Spion.

Im Treppenhaus stand Jan Schiller, eine Fotokamera über der Schulter.

32.

Hilde Petry schien nicht zu Hause zu sein. Die Jalousien waren heruntergelassen, der Postkasten quoll über – eine ruhige Seitenstraße in Sülz, nur ein paar hundert Meter von der Stelle entfernt, wo Emanuel Schmidt getötet worden war. Birte Jessen beschloss, auch bei dem anderen Türschild, auf dem »Mahnel« stand, zu klingeln, doch da rührte sich gleichfalls nichts. Sie schrieb »Bitte um Rückruf« auf ihre Visitenkarte und klemmte sie hinter den Türgriff. Über die Einwohnermeldedatei würde sie zuerst die genauen Angaben zu Hilde Petry herausfinden müssen, bevor sie etwas unternahm.

Der Tag hatte nicht gut begonnen. Um sechs Uhr war sie aufgeschreckt, als jemand grölend durch die Gasse unter ihrem Fenster gezogen war. Wenig später war eine Kehrmaschine gekommen. Sie hatte von Martin geträumt. Er war vor ihr hergelaufen, als wolle er vor ihr fliehen. Jedes Mal, wenn er sich umdrehte, hatte sie gesehen, dass er an seiner Jacke ein rotes Plastikherz befestigt hatte, das aufreizend lässig hin und her schwang.

Es war Samstag, eigentlich ihr erster freier Tag. Sie entschied sich, nicht ins Präsidium zu fahren, sondern sich im Café am Bauturmtheater ein ausgiebiges Frühstück zu gönnen und Schiller anzurufen, ob er ihr Gesellschaft leisten wolle. Sein Telefon war abgeschaltet, nicht einmal die Mailbox sprang an. Sie würde ein ernstes Wort mit ihm reden müssen. Auch Nele im Präsidium hatte keine Ahnung, wo er war.

»Er ist schon früh hier gewesen«, erklärte sie mit tonloser Stimme, die ihre Erschöpfung verriet, »aber gesehen habe ich ihn noch nicht.«

»Was ist mit dem Jungen?«, fragte Birte Jessen.

»Ich glaube, er ist jetzt bei seiner Mutter. Sie sollte ihn gestern Abend bei Jan abholen. Soll ich sie anrufen?«

»Nein«, sagte Birte Jessen. »Ich fahre gleich zu van Gaals Beerdigung. Dann bespreche ich mit Schiller, ob es Sinn hat, noch einmal mit dem Jungen zu reden.«

Sie unterbrach die Verbindung. Nicht einmal ein guter Kaffee vermochte es, sie in bessere Stimmung zu bringen. Sie hatten nichts, keine Spur, aber auch keinen Plan, und obendrein schien Schiller neuerdings mit ihr Verstecken zu spielen und ins Präsidium zu gehen, wenn garantiert niemand sonst da war.

Im Café steuerte sie einen Tisch am Fenster an. Es roch nach abgestandenem Zigarettenqualm und Bier. Ich sollte vielleicht doch nicht Schillers Gewohnheiten annehmen, dachte sie, und mir lieber ein anderes, schöneres Café suchen.

Die blonde Kellnerin, die sie auch bei ihrem ersten Besuch bedient hatte, kam und starrte sie mit blutunterlaufenen Augen an, als hätte sie die Nacht durchgemacht.

»War mein Kollege Schiller heute schon hier?«, fragte Birte Jessen.

»Der Polizist? Nein, war er nicht«, sagte die Blonde gelangweilt, als müsste sie zur Schau stellen, dass Schiller sie keinen Deut interessierte.

Kaum hatte Birte Jessen sich gesetzt, beobachtete sie, wie Hanno, der alte Saxophonspieler, eintrat. Er hob kurz die Hand, als er sie entdeckte, und wandte sich in den hinteren Teil des Cafés, doch dann drehte er wieder bei und kam auf sie zu. Sein langer grauer Zopf wippte auf und ab, und sein zerschrammtes Instrument trug er über der Schulter.

»Was dagegen, wenn ich mich zu Ihnen setze?«, fragte er und beugte sich in einer Weise vor, die wohl galant wirken sollte.

»Bitte.« Sie deutete auf den Stuhl vor ihr.

Gehen Sie eigentlich nie ohne Ihr Instrument aus dem Haus?, wollte sie ihn fragen, aber dann sah sie seine grobe, rissige Haut, sein schiefes Lächeln und seine wässrigen Augen und begriff, dass sie eigentlich gar nicht mit ihm reden wollte.

Er machte der Kellnerin ein Zeichen, dann sagte er: »Es ist nicht so, wie Sie denken.«

Birte Jessen blickte zum Fenster. Aus dem Haus gegenüber trat ein Mann, in dem sie den Komiker Kafka erkannte. Er trug einen Trenchcoat, an dem er den Kragen hochgeschlagen hatte. »So, was denke ich denn?« Sie schaute den alten Mann wieder an.

Die Kellnerin brachte ihr einen Milchkaffee und zwei Croissants, dem Saxophonspieler stellte sie eine große Tasse schwarzen Kaffee hin, den er sofort hinunterstürzte, als enthielte er nicht nur reichlich Koffein, sondern auch Alkohol.

»Schiller denkt so manches«, erklärte Hanno, »und er liegt nicht immer richtig. Überhaupt macht er einiges falsch. Kahle wird wütend sein, dass er seinen Club schließen musste.«

»Kahle interessiert uns nicht«, erwiderte Birte Jessen. Sie trank ihren Kaffee. Die Wärme tat ihr gut.

»Köln ist ziemlich klein«, sagte Hanno mit einem spöttischen Lächeln, »da läuft man sich oft über den Weg, Schiller sollte aufpassen, dass er gewissen Leuten nicht zu oft in die Quere kommt. Sonst könnten sie beschließen, ihn eine Weile aus dem Verkehr zu ziehen – so oder so.« Er machte eine wedelnde Handbewegung.

Abrupt stellte Birte Jessen ihre Tasse ab. »Soll das eine Drohung sein?«, sagte sie mit schneidender Stimme. »Ich dachte, Sie wären ein harmloser Musiker und nicht der Laufbursche irgendwelcher Leute, die offenbar den Mund sehr voll nehmen.«

»Bin ich auch.« Hanno nickte ihr zu und erhob sich. Dann kramte er aus seiner Hosentasche ein Zwei-Euro-Stück hervor und legte es auf den Tisch. »Ich mag Schiller«, sagte er, bevor er sich zur Tür wandte. »Es hätte ein guter Bassist aus ihm werden können.«

Von Schiller war nichts zu sehen. Vor dem Friedhof gab es einen mächtigen Auftrieb, sogar zwei Polizisten waren da, die den Verkehr regelten. Birte Jessen brauchte eine Weile, bis sie einen Parkplatz fand. Drei schmucke Geländewagen parkten in einer Reihe, dazu auch ein nagelneuer Jaguar und ein schwarzer Porsche. Eine Menge Fernsehleute schienen gekommen zu sein. Sie ärgerte sich, dass die Drohung des Saxophonspielers sie beunruhigte. Wo war Schiller? Als sie zum Eingang des Friedhofs hinüberging, rief sie noch mal Nele an und bat sie, ihn zu Hause anzurufen. Vielleicht war wieder zu seiner Freundin gefahren und gönnte sich eine kleine Auszeit. So ein Verhalten war ihm zuzutrauen.

Zwei Minuten später, nachdem Birte das Eingangstor des Melatenfriedhofs betreten hatte, rief Nele zurück.

»Fehlanzeige«, sagte Nele. »Zu Hause ist er nicht. Seine Freundin hat ihn seit gestern Abend nicht mehr gesehen. Carla ist völlig fertig, weil der Junge sie so angestrengt hat.«

»Wenn Schiller auftaucht, soll er mich sofort anrufen«, sagte Birte Jessen. Sie war wütend. Warum bestellte er sie zu dieser Beerdigung, wenn er selbst nicht kam? Glaubte er, dass der Mörder hier auftauchte, um ein rotes Plastikherz auf den Sarg zu legen?

Immer mehr Trauergäste schritten mit ernsten Mienen auf den Friedhof. Birte meinte, ein paar vom Fernsehen zu kennen: eine Komikerin, die eine eigene TV-Show hatte, ein in Ehren ergrautes Schauspielerehepaar, das sich aufeinander stützte, und einen ehemaligen Meisterboxer, der sein halbes Gesicht hinter einer Sonnenbrille verbarg. Auch Richard Moll erspähte sie. Neben seiner Frau, die ein elegant geschnittenes schwarzes Kleid trug, sah er in einem unförmigen schwarzen Anzug wie ein trauriger Winzling aus, der sich nur mühsam hinkend fortbewegen konnte. Er blinzelte ihr zu und lächelte kurz, während seine Frau starr vor sich hin blickte. Birte Jessen nickte grüßend.

Vor der Kapelle hatte sich Elke Winterscheid aufgebaut und kontrollierte die Trauergäste, die offenbar alle eine besondere Karte vorweisen mussten. Alles war perfekt arrangiert. Ein Filmteam – zwei Männer und eine Frau mit einem Mikrofon, die unpassend ganz in Rot gekleidet war – hatte sich links des Eingangs postiert. Mit angespanntem Gesichtsausdruck lag die Frau auf der Lauer und sprang vor, sobald sie einen Prominenten entdeckt hatte, um ihm eine Frage zu stellen. Bereitwillig blieben die meisten stehen und gaben ein kurzes Statement ab. Nur Moll ging weiter, als hätte er die Frau gar nicht bemerkt. Birte erkannte an ihrer Miene, dass Iris Moll gerne für ein Interview stehen geblieben wäre.

Warum hatte sie hier herkommen sollen?, fragte Birte Jessen sich. Welche Schlüsse konnten sie aus dem Auftrieb dieser Leute ziehen?

Sie schaute sich nach Emma Sahler um, doch sie war offenbar noch nicht eingetroffen.

Auch Kafka näherte sich der Kapelle. Er schien sich von den anderen Trauergästen unterscheiden zu wollen und trug noch immer den weißen Trenchcoat, in dem sie ihn auf der Aachener Straße gesehen hatte. Hinten auf seinem Mantel hatte er in riesigen Lettern seine Internetadresse aufgedruckt. Vielleicht sollte das eine Art Rache an dem toten van Gaal sein. Mit gesenktem Kopf lief er auf Elke Winterscheid zu, aber er bewegte sich seltsam hüpfend, rollte bei jedem Schritt seine Füße ab, sodass es unernst wirkte – als übe er eine Art Pantomime. Mit wütender Miene starrte van Gaals Sekretärin ihn an, und als er ihr ein Papier entgegenstreckte, schlug sie es ihm aus der Hand und schob ihn weg. Kafka protestierte und rief etwas, das Birte Jessen nicht verstehen konnte. Dann sprangen zwei Männer hinzu, denen das Wort »Security« förmlich ins Gesicht gemeißelt war, und zogen ihn so schnell und diskret beiseite, dass er keine Gelegenheit fand, lautstark zu protestieren, wie er es offenbar vorgehabt hatte.

Birte Jessen überlegte, ob sie zu Kafka hinübergehen sollte, als sich ihr eine Hand auf die Schulter legte.

Therese, die alte Hebamme, schaute sie an.

»Schön, dich zu sehen, Liebchen«, sagte sie kichernd, und ihre wasserblauen Augen hinter den dicken Brillengläsern funkelten.

»Hat Schiller Sie auch herbestellt?«, fragte Birte Jessen.

»Ach nein!« Therese winkte ab. »Ich bin neugierig und gehe gerne auf Beerdigungen – besonders auf Melaten. Außerdem habe ich hier ein paar Freunde, die ich häufig besuche, um ihnen ein paar Dinge zu erzählen – Rene Deltgen, einen meiner Lieblingsschauspieler, und den alten Millowitsch natürlich.«

Birte Jessen beobachtete, wie eine elegant in Schwarz gekleidete Frau, deren Gesicht hinter einem Schleier verborgen lag, in hochhackigen Pumps auf den Friedhof stolzierte. Sie brauchte einen Moment, um zu erkennen, wer es war: Emma Sahler hatte ihren Auftritt. Hinter ihr schritt Kahle, der sie aufmerksam anblickte, als fürchtete er tatsächlich, sie könnte zusammenbrechen.

Therese blickte auch zu Emma Sahler hinüber und pfiff leise. »Eine schöne schwarze Witwe«, sagte sie und kicherte erneut.

Birte Jessen wandte sich zu ihr um. »Haben Sie heute schon mit Schiller gesprochen? Ich warte auf ihn.«

»Jan hat eine schlechte Phase«, sagte Therese voller Mitgefühl, als spräche sie über ein Kind. »Auch wenn er immer anders tut – er ist sensibel. Den Tod seiner Eltern und die Zeit im Heim hat er nie überwunden.« Sie berührte Birte am Arm und beugte sich zu ihr vor. »Jan ist manchmal ein Rüpel«, fuhr sie leiser fort, »aber daraus musst du dir nichts machen. Ich glaube, er ist froh, dass du da bist.«

Dass kann er aber richtig gut verbergen, dachte Birte Jessen und spürte, wie ihre Wut auf Schiller immer mehr in ihr aufwallte. So konnte man keine Ermittlung führen – allein, chaotisch, ohne Absprachen. Laut sagte sie: »Haben Sie keine Ahnung, wo er sein könnte? Zu Hause und im Präsidium ist er nicht.«

Therese verzog das Gesicht zu einem wehmütigen Lächeln, das sie für eine Sekunde zu einem schönen achtzigjährigen Mädchen machte. »Ich wette, er ist auf seinem Boot. Er hört Tangomusik und fährt den Rhein hinauf – so schnell es geht an den riesigen Tankern und Containerschiffen vorbei. Schade, dass er mich dabei nie mitnimmt.« Sie stöhnte übertrieben und unernst auf.

Mittlerweile trafen keine Trauergäste mehr ein. Es war neun Uhr dreizehn. Die große Trauerfeier konnte beginnen. Das Filmteam hatte auch schon eingepackt, und Elke Winterscheid stand vor der Kapelle und blickte sich suchend um. Fünfzig Meter weiter schlich Ralf Kafka zwischen den Gräbern dahin.

Was sollte sie nun tun?, fragte Birte Jessen sich.

Im nächsten Moment klingelte ihr Mobiltelefon.

»Jan hat angerufen«, erklärte Nele aufgeregt. »Seine Nummer war auf meinem Display, aber er hat nichts gesagt. Da war nur eine dumpfe Stimme im Hintergrund, dann ein lautes Poltern. Einen Moment später war die Leitung tot.«

33.

»Hallo, Robert«, sagte Schiller förmlich und so offiziell, wie er es gar nicht vorgehabt hatte. Er begriff, wie früh es noch für jemanden war, der nicht mehr jeden Tag aufstehen und zur Arbeit gehen musste. Nein, es fiel ihm ein, es war ja sogar Samstagmorgen.

Trump schaute ihn verwirrt an, als müsse er sich erinnern, wer er sei. Der alte Kriminaltechniker trug ein weißes T-Shirt, das verriet, wie athletisch er immer noch war, und eine dunkle, verblichene Trainingshose. Seine nackten Füße steckten in Plastiksandalen.

»Ich hoffe, ich störe nicht«, fuhr Schiller fort, als Trump nicht reagierte, sondern ihn nur anstarrte.

»Du kommst wegen Grauer?«, fragte Trump leise und blickte an ihm vorbei ins Treppenhaus, als würde er noch jemanden erwarten. »Er ist nicht hier – ich habe ihm den Schlüssel für mein Haus gegeben. Ich glaube, er ist gestern Mittag gefahren.«

»Darf ich hereinkommen?«, fragte Schiller. Er bemühte sich, gleichmütig zu klingen, dabei spürte er, dass etwas mit ihm geschah. Sein Herzschlag beschleunigte sich leicht. Unruhe hatte ihn ergriffen. Er sah sich in der Diele um. Eine Garderobe, auf der ein orangefarbener Fahrradhelm lag; an den Haken hingen eine Regenjacke, ein schwarzer Mantel – und darunter standen Schuhe – schwarze Fahrradschuhe mit zwei Streifen. An der Wand ein Druck des Kölner Doms ganz in Rot.

Trump deutete ihm einzutreten. »Ich kann uns einen Kaffee machen, wenn du willst.« Er schien seine Verwirrung abzulegen.

Schiller nickte. Was konnte Trump, der beste Kriminaltechniker und der anständigste Mensch, den er kannte, mit den Morden zu tun haben?, dachte er. Noch einmal blickte er zu den Schuhen hinüber. Hatte der Junge tatsächlich solche Schuhe gemalt? Er wurde unsicher. Es konnte alles Zufall sein.

»Kommst du damit zurecht, nun nicht mehr arbeiten zu müssen?«, fragte Schiller. Er hatte seine Stimme in der Gewalt und klang weiter gleichmütig und unaufgeregt. Ihm fiel ein, dass er Trump niemals besucht hatte. In der Kantine hatten sie manchmal zusammen gesessen, aber niemals nach dem Dienst. Er kannte Trump im Grunde nicht, obwohl sie Jahre lang Kollegen gewesen waren, wusste nur, dass er ein Schachliebhaber war, in einem Verein spielte, dass er ein Ferienhaus in der Eifel besaß und dass seine Frau vor etlichen Jahren gestorben war – ein Autounfall in Frankreich oder Italien.

»Ich habe die Wohnung aufgeräumt«, sagte Trump. »Sachen aussortiert, den Keller entrümpelt. Außerdem war ich in meinem Schachclub. Und dann habt ihr mich ja gerufen.«

Die Küche wies zum Hof hinaus. Klein, aber geschmackvoll, dunkles Holz, ein moderner Herd, Regale mit vielen Kochbüchern und Gesundheitsratgebern. War Trump ein Gourmet, oder wohnte er hier gar nicht allein?

»Ja«, sagte Schiller, »wir kommen mit unserem Fall nicht weiter. Wissen nichts – kein Motiv, keine richtige Spur ...« Er setzte sich. Grauers Kamera, die er über der Schulter getragen hatte, legte er vor sich auf den blanken Holztisch.

Trump begann Kaffee zu kochen. »Und dann auch noch die Sache mit Grauer ... Ihn hat es wirklich aus der Bahn geworfen ...«

Der Kalender an der Wand zeigte einen Tag aus dem letzten Jahr – den 14. Dezember. An einer Pinnwand neben dem Kühlschrank waren Eintrittskarten für die Philharmonie befestigt und das Foto einer blonden Frau auf einem Schiff, die Schiller jedoch auf die Entfernung nicht erkennen konnte.

Trump kochte den Kaffee auf dem Herd. Der Duft frisch gemahlener Kaffeebohnen breitete sich aus.

Schiller hatte das Gefühl, nicht allzu lange schweigen zu dürfen. »Ich würde Grauer gerne besuchen«, sagte er. »Kannst du mir den Weg zu deinem Haus beschreiben? Ich glaube, er sollte jetzt nicht alleine sein.«

»Klar«, sagte Trump. Er stellte zwei Tassen parat und schüttete das Wasser, als es brodelte, langsam und bedächtig auf das Kaffeepulver. »Bist du wegen Grauer gekommen?« Er nahm die Kamera in den Blick, die auf dem Tisch lag.

»Grauer bereitet mir Kopfzerbrechen«, sagte Schiller. »Ich fühle mich irgendwie verantwortlich …« Er wusste nicht, ob er tatsächlich von den Fotos sprechen sollte – von der Flasche, die einmal da war und dann wieder nicht. »Ist dir beim Tatort etwas aufgefallen?«, fragte er vage.

»Was sollte mir aufgefallen sein?« Trump kam mit den beiden Tassen an den Tisch. Der Kaffee war schwarz, kleine Dampfwolken stiegen auf. »Milch habe ich leider nicht.«

Schiller nahm eine Tasse entgegen. »Hast du bei der Spurensuche etwas entdeckt, was dem Täter gehört haben könnte?«

»Wir haben unseren Job gemacht«, sagte Trump. »Ein paar Dinge sichergestellt – Kippen, Papier, eine Dose, das übliche … Der Garagenplatz war ziemlich sauber. Die Arbeit war in zwei Stunden erledigt. Ich habe nichts Auffälliges entdeckt. Willst du auf etwas Bestimmtes hinaus?«

»Nein.« Schiller schüttelte den Kopf. Er spürte Trumps forschenden Blick und hatte plötzlich das Gefühl, ihm ausweichen zu müssen. Der alte Kriminaltechniker hielt seine Tasse fest umklammert. Seine Hände wirkten rau und grob, und dann sah Schiller die Narben auf seinen Unterarmen – dünne, weiße Striche, die seine Haut an den Innenseiten bedeckten. Rasch wandte er den Blick ab.

»Kannst du mir den Weg zu deinem Haus aufschreiben? Ich glaube, ich fahre gleich zu Grauer. Heute Nachmittag bin ich bei Fitschen und Neuendorf vorgeladen. Rapport – könnte ziemlich ungemütlich werden.«

»Tue ich gern«, sagte Trump. »Ich würde selbst hinfahren, doch wir haben nächstes Wochenende ein Schachturnier, und ich habe versprochen mitzumachen und mich bei den Vorbereitungen sehen zu lassen.« Er sprang hastig auf und holte ein Stück Papier aus einer Schublade.

Auch Schiller erhob sich. »Kann ich mir kurz die Hände waschen?«, fragte er.

»Zweite Tür links«, erwiderte Trump, ohne aufzuschauen, während er vom Kühlschrank einen Kugelschreiber griff.

Schiller ging an den Schuhen mit den zwei Streifen vorbei – eindeutig Sportschuhe für Fahrradfahrer. Er widerstand der

Versuchung, sie in die Hand zu nehmen. Dann schritt er den Flur entlang in den hinteren Teil der Wohnung, die überraschend groß war – zumindest für eine einzelne Person.

Er öffnete nicht die zweite, sondern die letzte Tür. Sein Herz klopfte – obwohl es doch gar keinen Grund dafür gab. Sicher, da waren die ungewöhnlichen Schuhe, die der Junge auf jedem Bild gemalt hatte, und die Tatsache, dass es sein konnte, dass jemand die Flasche später, während der Spurenermittlung an den Tatort gelegt hatte, um die Polizei in die Irre zu führen ... Aber Trump war ein guter Kollege, ein alter Polizist ohne Fehl und Tadel, ein Freund beinahe, und was für einen Grund sollte er haben ...

Das Zimmer war vollkommen in Rot gehalten, ein dunkles Rot, auf dem in Abständen in einem helleren leuchtenden Rot Herzen aufgemalt waren ... In der Mitte stand ein Bett mit roten Kissen und einer roten Decke, auf der als Muster ebenfalls rote Herzen aufgebracht waren. Ein Spiegel mit einem verschnörkelten goldenen Rahmen hing über dem Bett. Auf der anderen Seite des Bettes befand sich ein Glasregal mit einer Hi-Fi-Anlage, mit einigen Büchern und einer Reihe weißer Porzellanfiguren. Ein Mobile aus Papierherzen schwebte über dem Regal. Ein kleines Fenster wies auf eine Kastanie hinaus, und an der anderen Wand hing ein Foto. Schiller spürte, wie sein Herz buchstäblich aussetzte. Hilde war älter geworden, nein, nicht älter, sondern reifer. Sie sah gut aus, eine attraktive Frau Anfang vierzig, ein wenig geschminkt, die Haare kürzer, mit blonden Strähnen, die blauen Augen hinter einer randlosen Brille – vielleicht brauchte sie ja nun wirklich eine Brille, nicht so wie damals ... Sie lachte, ihre großen Schneidezähne, für die sie sich immer ein wenig geschämt hatte, blitzten fröhlich.

Schiller zog sein Telefon hervor, stellte fest, dass es ausgeschaltet war, und wählte Neles Nummer. Dann hörte er ein Geräusch hinter sich.

»Das war ihr Zimmer«, sagte Trump. »Ihre Herzkammer – hier hat sie sich erholt, und hier ist sie gestorben.« Er drückte Schiller grob eine Waffe an die Schläfe. »Lass das Handy fallen!«, zischte er. »Sonst muss ich leider schießen.«

Schiller öffnete seine rechte Hand. Das Nokia segelte zu Boden. Eine Sekunde später trat Trump mit dem rechten Fuß einmal kräftig zu. Das Handy zerbarst krachend.

»So war das alles nicht geplant«, flüsterte Trump ihm ins Ohr. »Aber bei dir muss man ja immer mit Überraschungen rechnen.«

»Ich sollte das nicht tun«, sagte Trump. »Dich ausgerechnet in ihrem Zimmer einsperren, aber es ist sicherste Raum, leider.« Er lächelte gezwungen, die Walther P38 hielt er immer noch in der Hand. »Du hättest nicht herkommen dürfen! Weiß jemand, dass du hier bist?«

Schiller hockte am Boden, beide Hände an die Heizung gekettet. »Birte Jessen und Nele wissen Bescheid«, erwiderte er und starrte Trump an. »Sie werden kommen und nachsehen.«

Trump beugte sich ganz nah an sein Gesicht. Schiller konnte die Falten um seine Augen sehen, rote Äderchen, die sich über seine Wangen zogen – ein alter, ausgemergelter Marathonläufer, der nun mächtig unter Strom stand. »Ich bin sicher, dass du lügst.« Dann griff er in seine Jackentasche und holte den Schlüssel von Schillers Passat hervor. »Erst mal werde ich deinen Wagen aus dem Verkehr ziehen. Dann sehen wir weiter.«

Er wandte sich ab und verließ den Raum. Schiller rüttelte an der Heizung, doch die Rohre wirkten absolut fest; da ließ sich nichts herausreißen. Sollte er um Hilfe rufen? Niemand wusste, wo er sich befand. Bei Trump würde ihn keiner seiner Kollegen vermuten.

Eine Minute später kehrte Trump zurück. Er wirkte angestrengt, aber keineswegs panisch. In der Hand hielt er ein weißes Tuch. »Ich muss dich leider knebeln – tut mir leid«, sagte er vollkommen ernst. »Damit du nicht auf dumme Gedanken kommst. Die Nachbarin oben ist zwar schwerhörig, aber man kann ja nie wissen …«

»Du hast ein paar Fehler gemacht«, sagte Schiller hastig. »Warum hast du die Flasche Mariacron da hingelegt? Das war wirklich dumm … und was hat das alles mit Hilde zu tun?«

»Das musst du nicht verstehen«, erwiderte Trump gleichmütig. Er legte die Walther neben sich und begann das weiße Tuch aufzuwickeln.

»War sie deine Freundin? Sie ist tot, nicht wahr?« Schiller versuchte Trump in die Augen zu schauen. Er verstand immer noch nicht, warum sein alter Kollege hinter diesen Morden stecken sollte, aber die Beweise lagen auf der Hand ... und nun dieses merkwürdige Zimmer mit den Herz-Motiven. War das Herz wirklich Hildes Zeichen gewesen, wie Broder ihm gesagt hatte? Er wusste es nicht.

»Ihr habt sie getötet«, sagte Trump mit tonloser Stimme, als spräche er mehr zu sich selbst. »Du, Mundt und van Gaal, ihr habt sie nur betrogen und ausgenutzt. Deshalb ist sie krank geworden und schließlich elendig am Krebs krepiert.«

»Aber das ist doch Irrsinn!«, rief Schiller aus.

Trump zerrte an seinem Kopf und legte ihm das Tuch um. Dann hielt er ihm die Nase zu und wartete geduldig ab, bis Schiller durch den Mund einatmen musste. Im selben Moment, als er den ersten Atemzug tat, stopfte Trump ihm den Stoff zwischen die Zähne und verknotete das Tuch hinter seinem Kopf. Er bewegte sich routiniert, als gehörte es zu seinen leichtesten Aufgaben, jemanden zu knebeln.

Schiller spürte Übelkeit in sich aufsteigen. Außerdem wurde er wütend – auf Trump und vor allem auf sich selbst. Wie ein Idiot war er in die Falle gelaufen.

»Wir unterhalten uns später«, sagte Trump. Er tätschelte Schiller die Schulter und erhob sich. Dann ging er zum Regal und schaltete den CD-Player an. Klassische Musik erklang. »Damit du ein wenig Unterhaltung hast. – Und vielleicht solltest du darüber nachdenken, was du Funny angetan hast. Denk an die Abtreibung – du hast sie gezwungen, euer Kind wegmachen zu lassen, hast sie allein zum Arzt geschickt, ein junges, unschuldiges Mädchen ... Das hat sie nie verwunden.«

Trump warf ihm einen letzten Blick zu, bevor er die Tür hinter sich schloss.

Aber das stimmt doch gar nicht! wollte Schiller ihm nachrufen. Was hatte Hilde da erzählt? Sie hatte das Kind nicht gewollt – er hatte sie überzeugen wollen, doch sie hatte an ihre Zukunft gedacht, an Dinge, die sich jeden Tag ändern konnten. Sie hatte Architektin werden wollen, dann wieder wollte sie zum Fernsehen, Schauspielerin werden, Kamerafrau oder Maskenbildnerin. Immer hatte sie solche Spinnereien im Kopf gehabt. Kannte Trump sie denn nicht, wenn sie seine Freundin gewesen war? Wusste er nicht, dass sie es liebte, Geschichten zu erzählen und Pläne zu machen, von denen sie wusste, dass sie niemals Wirklichkeit werden würden? Und warum überhaupt hatte er sie Funny genannt? Was für ein alberner Name! Als wäre sie eine Witzeerzählerin gewesen.

Schiller rüttelte erneut an der Heizung. Die Arme taten ihm bereits weh, und er mühte sich, eine bequeme Lage zu finden. Er musste einen Ausweg finden. Birte würde sich Gedanken machen, wenn er nicht bei van Gaals Beerdigung auftauchte, aber wo würden sie ihn suchen?

Nicht bei Trump, fiel ihm ein. Trump konnte ihn hier in der Wohnung verdursten lassen. Nein, das Risiko würde er nicht eingehen. Er würde baldmöglichst versuchen, ihn aus der Wohnung zu bringen.

Schiller war sich darüber im Klaren, dass Trump ihn töten musste. Sein alter Kollege befand sich auf einem verrückten Kreuzzug. Er war offenbar ausgezogen, um Hildes Tod zu rächen – als hätten Mundt, van Gaal, Schmidt und er tatsächlich Schuld daran, dass sie nicht mehr lebte.

Das alles war so abwegig, dass niemand darauf gekommen war.

Er wandte sich um, so gut es ging, um sich die Heizungsrohre genauer anzuschauen. Konnte er sich irgendwie befreien, indem er ein Stück Rohr freilegte? Nein, das schien aussichtslos zu sein, aber zumindest konnte er eine Spur hinterlassen.

Schiller begann seine Initialen in den Putz zu gravieren – langsam, bis seine Finger zu bluten begannen.

34.

Therese redete von Geburten – wie es in den schrecklichen fünfziger Jahren zugegangen war. In riesigen gefliesten Sälen hinter Wandschirmen lagen Frauen, die von herrischen Hebammen in Kittel und Haube eingeschüchtert und beschimpft wurden, sobald eine Geburt einmal etwas länger dauerte oder komplizierter wurde. Schmerzmittel gab es keine, dafür jede Menge Appelle, sich nicht so anzustellen. Die Zahl der Todgeburten sei viel größer gewesen als heutzutage, und die Väter hatten gar keinen Zutritt gehabt.

»Jans Geburt war auch sehr schwierig. Seine Mutter war eine kleine zierliche Frau, die ihr Kind unbedingt zu Hause auf die Welt bringen wollte. Sein Vater hat unaufhörlich Schnaps getrunken und ist mit sauberen Handtüchern hinter mir hergelaufen. Im Geburtskanal hing der Junge plötzlich fest. Da habe ich ganz schön das Zittern gekriegt. Zum Glück ist alles gut gegangen. Vielleicht hänge ich deshalb so an dem Jungen. Am liebsten hätte ich ihn nach dem Tod seiner Eltern zu mir genommen, aber mein Mann war dagegen. Du bist Hebamme, hat er gesagt, keine Pflegemutter.«

Therese kicherte, dann steckte sie sich eine Zigarette an. »Ich rauche genau eine Zigarette am Tag, und zwar seit vierundsechzig Jahren. Mehr hätte ich mir auch gar nicht leisten können. Außerdem war mein Mann Sportler – Fußballer bei Fortuna, war richtig gut. Der durfte mich nie mit einer Zigarette erwischen.«

Birte Jessen spürte, wie unruhig sie fuhr. Es war frustrierend. Statt einen Mörder zu jagen, suchte sie nun einen Polizisten. Schiller blieb verschwunden. Kein Lebenszeichen, sein Mobiltelefon war abgeschaltet, und den letzten seltsamen Anruf hatte man auch noch nicht lokalisieren können.

Sie hatte Cremer und Nele gebeten, sich umzuhören, wo Schiller sein konnte.

»Die Profilerin hat angerufen und sich angekündigt«, hatte

Nele am Telefon erklärt. »Vielleicht hat er sich verdrückt, um ihr nicht zu begegnen.«

Nein, das meinte Nele nicht im Ernst – vor einer Profilerin würde Schiller niemals Reißaus nehmen.

Sein Boot lag im Hafen, wie Therese bereits von der Uferstraße aus erkennen konnte, sodass sie nicht einmal aussteigen mussten. Ein Außenborder mit einer dunkelblauen Persenning, der neben zwei mächtigen Jachten winzig wirkte.

»Vielleicht ist er bei Broder«, sagte Therese. »Oder vielleicht übt er für den Marathonlauf oder …« Auch die alte Hebamme wurde allmählich unruhig.

Birte war sicher, dass etwas passiert sein musste.

Sie fuhr noch einmal an Schillers Wohnung vorbei und hielt nach seinem Wagen Ausschau. Merkwürdigerweise verspürte sie wenig Neigung, seiner Freundin zu begegnen.

Der schwarze Passat war nirgends zu sehen.

Dann rief sie wieder Nele an. »Gib bitte das Kennzeichen von Schillers Wagen an alle Streifenwagen weiter. Ich bekomme wirklich ein ungutes Gefühl. Und fragt noch mal bei der Telefongesellschaft nach, ob sie sein Handy orten können.«

»Jan wird das nicht gefallen«, erwiderte Nele. »Vielleicht hat er tatsächlich nur sein Handy ausgeschaltet und sitzt irgendwo auf einer Bank, um nachzudenken. Heute ist Samstag …«

»Das ist mir gleichgültig«, unterbrach Birte Jessen sie unwirsch. Wenn er sich auf diese Art ein paar freie Stunden verschaffte, hatte er es verdient, in Handschellen aufs Präsidium geschleppt zu werden.

»Sollen wir Fitschen und Neuendorf informieren?«, fragte Nele weiter. »Eigentlich war um elf eine Besprechung angesetzt. Ich habe die hohen Herren schon vertröstet. Die sind extra ins Haus gekommen.«

»Ich bin in einer halben Stunde im Präsidium«, antwortete Birte Jessen. »Dann halten wir unsere Besprechung ohne Schiller ab.« Sie startete den Wagen und fuhr Richtung Innenstadt.

Therese schaute sie an. »Jan ist als Jugendlicher häufiger abgehauen – meistens kam er zu mir. War ein ziemlicher Weg vom Kinderheim in Sülz zu meinem Bungalow nach Heimersdorf.

Einmal hatte er seine Freundin dabei. Da sind sie in unser Gartenhaus nachts eingestiegen. Ich glaube, er hat Hilde da auf einer alten Matratze entjungfert.« Sie stieß ihr typisches Kichern aus.

»Wie alt war Schiller damals?«, fragte Birte Jessen und war über ihre eigene Neugier überrascht.

»Sechzehn oder siebzehn. Ich habe so getan, als hätte ich nichts bemerkt. Bei seinem nächsten Besuch habe ich ihm eine Packung Kondome in die Hand gedrückt. Da hat er natürlich verstanden.« Sie lachte wieder wie ein junges Mädchen.

Als ihr Mobiltelefon eine laute Melodie von sich gab, zog Therese es aus der Innentasche ihres babyblauen Mantels hervor. Hastig meldete sie sich und schaute Birte dabei erwartungsvoll an. Doch schon im nächsten Moment winkte sie ab.

»Nein, liebes Mariechen«, sagte sie. »Eine leichte Gewichtsabnahme ist kein Grund zur Besorgnis. Hauptsache, der Kleine trinkt gut. – Ich komme nachher mal vorbei.«

Nach einigen weiteren beruhigenden Worten steckte sie ihr Telefon wieder ein.

»Kann ich Sie irgendwo absetzen?«, fragte Birte Jessen.

Therese seufzte. Für einen Moment wirkten ihre Augen hinter den dicken Brillengläsern matt und müde. »Ich muss eine Liste machen, was ich noch tun will, bevor ich sterbe«, sagte sie, als wäre ihr gerade dieser Einfall gekommen. »Ein Buch für junge Mütter schreiben – das ist Punkt eins. Dann muss ich unbedingt eine bestimmte Kapelle in der Eifel besuchen, die ein berühmter Schweizer Architekt gebaut hat, und genau eine Stunde beten, und ich möchte mit Schiller bis Boppard den Rhein hinauffahren und …«

»Erst müssen wir ihn finden«, warf Birte Jessen ein. Ihr Telefon klingelte, während sie an einer Ampel halten musste.

Therese stieg aus und warf ihr eine Kusshand zu.

»Ist da die Kommissarin?«, fragte eine leise Frauenstimme.

»Ja, Hauptkommissarin Jessen.« Birte schaute Therese nach, die überaus flink auf ein Taxi zulief. Eine riesige Laufmasche zierte ihr linkes Bein.

»Ich habe ein paar ältere Unterlagen durchgesehen«, fuhr die

Stimme fort, ohne ihren Namen zu nennen. »Wir haben noch eine andere Patientin gehabt, die Hilde mit Vornamen hieß. Hildegard Flohs – sie hat sich mit dem Doktor einmal fürchterlich gestritten und ist dann nicht mehr gekommen. Letztes Jahr im Dezember ist sie gestorben, mit knapp vierzig – Darmkrebs.«

Birte Jessen erkannte, dass es die Sprechstundenhilfe von Emanuel Schmidt war, die sie anrief. »Haben Sie die Adresse, wo die Frau zuletzt gewohnt hat?«

Regina Hasler nannte eine Hausnummer in der Severinstraße.

Erst als Birte Jessen auflegte, fiel ihr ein, dass auch Therese von einer Hilde gesprochen hatte – von Schillers erster Freundin.

Ihm war übel, und er hatte Durst, und die Musik ging ihm auf die Nerven. Mozart – irgendeine Symphonie, die er nun bereits zum vierten Mal hörte. Aber vor allem war er wütend. Wie nur hatte er sich in eine solche Lage bringen können? Ein Häuflein Mensch an eine Heizung gekettet. War das Hildes Rache – viele Jahre später? Hatte er sich tatsächlich etwas zuschulden kommen lassen? Nein, nach der Abtreibung, die Hilde gewollt hatte, war das Band zwischen ihnen zerschnitten gewesen; es hatte einfach nicht mehr geklappt. Menschen trennen sich, verlieren sich und ihre gemeinsame Geschichte aus den Augen, besonders wenn sie zwanzig sind – so einfach war das damals gewesen.

Er musste versuchen, diese Gedanken aus seinem Kopf zu bekommen. Was konnte er tun? Abwarten, was Robert Trump als Nächstes tat. Aber Trump würde nicht die Nerven verlieren, damit konnte er nicht rechnen.

Schiller schloss die Augen; er würgte den ekelhaften Geschmack hinunter, den das Tuch in seinem Mund ihm bereitete. Er dachte an Carla und den Jungen, und dann sah er den Geier im Zoo vor sich. Scheinbar völlig ungerührt hockte er auf seinem kahlen Baum, hatte keinen Blick für die Dinge um ihn, die Menschen, die ihn begafften, doch plötzlich breitete er seine Flügel aus und flog, drehte seine Kreise unter einem Himmel aus Maschendraht. Es hatte majestätisch und würdevoll ausgesehen; da war ein Tier, das sich von seiner Gefangenschaft nicht unterkriegen ließ. So musste er das sehen. Seine Chance würde kommen. Trump würde versuchen, ihn aus dem Haus zu schaffen. Dann musste er auf der Hut sein, etwas unternehmen. Birte und Cremer würden ihn suchen, ahnen, dass etwas nicht in Ordnung war.

Nachdem er die Mozart-Symphonie zum sechsten Mal gehört hatte, wurde die Tür geöffnet, und Trump kam herein. Er hatte sich gekämmt, als ginge er zu einem offiziellen Termin, trug ein Baumwollhemd und Jeans und roch nach Aftershave; ein drahtiger älterer Mann, der kein Wässerchen trüben konnte – so sah er aus.

Trump lächelte ihn an. Die Walther hielt er in der Hand. »Schiller, dein Wagen parkt nun in meiner Garage. Die Kollegen können gerne eine Fahndung herausgeben. Da wird ihn so schnell niemand finden.«

Er trat an ihn heran und überprüfte mit einem schnellen Griff, wie fest der Knebel noch saß, dann registrierte er die Zeichen im Putz an der Wand und schüttelte spöttisch im Kopf.

»Jan«, sagte er beinahe vertraulich, »das hat doch alles keinen Sinn. Funny und ich haben über dein Schicksal längst entschieden – genauso wie wir das bei dem Mistkerl Mundt, bei van Gaal und Dr. Schmidt getan haben. Es muss Gerechtigkeit geben, verstehst du?«

Er stellte den CD-Player ab, dann streifte er seine roten Turnschuhe ab, die so modern waren, dass sie überhaupt nicht zu ihm passten, und legte sich auf das Bett. Unter dem Kopfkissen zog er ein Buch hervor und klappte es auf.

Schiller mühte sich, ein paar Worte zu sprechen, aber nur jämmerliche, dumpfe Laute drangen hinter dem Knebel hervor. Nicht einmal diese Möglichkeit besaß er – Trump zum Reden zu bringen, herauszufinden, was er vorhatte. Trump war sein Freund gewesen, ein guter, ehrbarer Kollegen, zumindest hatte er das immer angenommen.

»Hör auf«, erklärte Trump seelenruhig. »Ich verstehe dich doch nicht – und du weißt ja, ich kenne alle diese Strategien. Wie verhält man sich bei Geiselnahme? Wie kann man auf den Geiselnehmer Einfluss nehmen? All diesen Unsinn, den sich irgendwelche Superpolizisten in endlosen Sitzungen ausdenken und dann auf dreißig Seiten aufschreiben. Aber ich bin kein gewöhnlicher Geiselnehmer ... Ich bin ein Mann, der gegen den Schmutz in der Welt kämpft.« Er begann in dem Buch zu blättern. Er hatte die Pistole neben sich gelegt. Aus der Brusttasche seines Hemdes angelte er eine Lesebrille.

»Ich werde dir ein wenig vorlesen«, fuhr er seelenruhig fort. »Aus Funnys Tagebuch ... Ihr habt euch ja wohl aus den Augen verloren, nachdem du sie abserviert hast ... Hast dich nicht mehr für sie interessiert. Soll ich dir die Stelle vorlesen, wie schamlos und brutal van Gaal sie ausgenutzt hat? Dieser Scheißkerl hat so getan, als wäre er in sie verliebt, und sie heimlich filmen lassen ... Hinterher hat sie sich wochenlang nicht mehr auf die Straße getraut ... Nun, ich habe ihm Funnys Rechnung präsentiert.«

Ganz selbstvergessen redete Trump vor sich hin, die Brille war ihm fast auf die Nasenspitze gerutscht. So wirkt ein Mann, der ganz bei sich ist, dachte Schiller bitter, ein Mörder, den nichts von seinem Weg abbringen kann. Er fühlte eine Welle der Resignation, als Trump mit monotoner ungeübter Stimme anfing vorzulesen, Worte aneinanderreihte, die er gar nicht verstehen wollte. Was sollte dieses Gerede von Funny, von ihrem Leiden?

Plötzlich war seine Wut so groß, dass er mit dem Kopf gegen die Wand hinter sich schlug, immer und immer wieder, bis er tatsächlich Sterne sah, die vor seinen Augen tanzten. Bisher hatte er geglaubt, das sei nur eine Redewendung, aber nun sah er sie wirklich – helle, funkelnde Sterne, die durch den Raum schwebten, um Trump herum und über ihn hinweg.

Trump hörte gar nicht auf zu lesen, warf ihm nur hin und wieder einen beiläufigen Blick zu, aus dem keine Aufregung, allenfalls ein kühles, distanziertes Interesse sprach.

Der alte Kriminaltechniker spielte nicht, er fühlte sich absolut sicher in seiner Wohnung.

Dann sah Schiller wieder den Geier vor sich, stumm und erhaben auf seinem Baum, und er hielt abrupt inne. Es war falsch, was er tat, er verlor die Nerven, ließ sich gehen – so würde er es Trump noch leichter machen.

Trump blickte auf, als hätte ihn etwas gestört. Über die Brille hinweg sah er ihn an.

»Schiller«, sagte er, »ich hätte gedacht, dass du es ruhiger aufnimmst, dass du dir etwas überlegst, versuchst, an einen Ausweg zu denken. – Kennst du den Melatenfriedhof? Da liegt Funny begraben – und da werde ich dich richten. Heute Nacht. Ich habe erst gedacht, ich töte dich auf dem Richtplatz, an der Stelle, wo Kölns letzte Hexe getötet worden ist, aber der Gedenkstein gefällt mir nicht. Nun habe ich eine andere Stelle für dich ausgewählt. Im hinteren Teil steht der Sensenmann, eine alte Skulptur, die den Tod darstellt. Da werde ich dich töten und dir das rote Herz in den Schoß legen.«

Trump erhob sich leichtfüßig, er war anscheinend gut in Form. Im nächsten Moment verharrte er, ein ernster Ausdruck legte sich auf sein Gesicht.

Dann hörte Schiller es auch durch das Dröhnen in seinem Kopf.

Irgendwo klingelte es.

Jemand drückte mehrmals ungeduldig auf den Klingelknopf.

35.

Martin, dachte sie, ich vermisse dich. Ich bräuchte nun deinen Rat, müsste mich neben dich setzen, ein Glas Rotwein in der Hand, und einfach nur deine ruhige, sanfte Stimme hören.

Es war niemand mehr da, der ihr einen Rat geben konnte.

Birte Jessen sah sich Schillers Computer an, ob sie irgendwelche Aufzeichnungen über seinen Verbleib fand, aber wie sie erwartet hatte, entdeckte sie nichts von Belang. Er hatte nicht einmal protokolliert, was mit dem Jungen geschehen war.

Dann ging sie in den Konferenzraum hinüber. Nele und Cremer hatten schon Platz genommen und einen Wust Papiere wie ein Schutzschild vor sich aufgebaut, ebenso schweigsam hockte Schuler, der Mann vom Ermittlungsdienst, auf seinem Plastikstuhl und zwei weitere Männer, die sie nicht kannte. Auch Fitschen, Neuendorf, Dr. Soder und Hinrichs saßen bereits da, checkten ihre Mobiltelefone, als würden sekündlich wichtige Nachrichten eintreffen, oder hantierten umständlich mit Kaffeekannen. Eine seltsame Spannung lag im Raum.

Birte Jessen nickte in die Runde. Sie hatte sich vorgenommen, die Besprechung auch ohne Schiller sauber über die Bühne zu bringen. Doch sollte sie ihre Ratlosigkeit über sein Verschwinden offenbaren oder zu tun, als wäre er auf einem Außentermin?

Eine elegante gekleidete Frau, die sich als die Profilerin herausstellte, nahm ihr diese Frage ab. Kaum hatte sie mit einem jungen Mann im Schlepptau den Konferenzsaal betreten, schaute sie sich ostentativ nach Schiller um.

»Nanu, hat sich unser werter Kollege Hauptkommissar heute frei genommen?«, fragte sie ein wenig spöttisch und schickte ein kühles Lächeln in den Raum. Unter dem Arm trug sie einen Stoß Kopien, den sie offensichtlich verteilen wollte. Sie trug ein dunkelrotes, eng geschnittenes Kostüm, das sie wie eine Geschäftsfrau wirken ließ.

»Wir wissen nicht genau, warum er noch nicht im Haus ist«, erwiderte Birte Jessen eine Spur zu zaghaft.

»Was soll das heißen?«, fragte Fitschen. »Wieso ist der leitende Ermittler nicht da?«

Birte Jessen versuchte ein paar allgemeine Erklärungen zu finden, doch Neuendorf und Soder fielen ihr ins Wort und empörten sich über Schillers notorische Unzuverlässigkeit.

»Haben Sie jemanden zum Trainingsplatz vom FC geschickt?«, fragte Fitschen und schaute Nele wütend an, als wäre sie für Schillers Ausbleiben verantwortlich. »Da haben wir ihn einmal aufgetrieben, während wir hier eine wichtige Pressekonferenz vorbereiten wollten«, bemerkte er mit einem Blick zu Neuendorf.

Nach einer Dreiviertelstunde gingen sie missmutig auseinander. Immerhin gelang es Birte Jessen noch, ihre dürftigen Ergebnisse vorzutragen. Die Auswertung der Dokumente von Dr. Schmidt, den Hinweis Molls auf eine Hilde, die van Gaal einmal tätlich angegriffen hatte, den Fakt, dass der Junge wieder bei seiner Mutter war und nun in ihrem Beisein eingehend befragt werden konnte …

Als der Raum sich bis auf Hinrichs leerte, blieb sie reglos auf ihrem Stuhl sitzen. Zusammen mit dem Pressesprecher sollte sie noch eine Mitteilung formulieren, die nicht zu lapidar, aber auch nicht zu konkret ausfallen sollte. Placebo für die Öffentlichkeit. Dass der leitende Ermittler spurlos verschwunden war, sollte nicht erwähnt werden.

»Wenigstens hat diese schreckliche Profilerin nicht ihr Pamphlet verteilt«, sagte Hinrichs. Dann rückte er an Birte heran und griff nach ihrem Arm. Er bemühte sich, bedeutungsvoll zu blicken – als hätte er so eine Art Flirtschule besucht oder als bemühte er sich, besonders tiefgründig zu wirken. »Ich würde mir um Jan keine Sorgen machen«, fuhr er in einem vertraulichen Tonfall fort. »Ich bin sicher, er taucht spätestens Montag früh auf und versöhnt alle mit einer großartigen Idee. – Vielleicht sollten wir uns heute Abend auf ein Kölsch oder auch zwei verabreden. Ich kenne da ein hübsches Lokal am Brüsseler Platz.«

»Hübsche Idee«, erwiderte Birte Jessen mit einem kühlen und zugleich spöttischen Lächeln, das ihre Worte Lügen strafte.

Eine Sekunde später zog sie ihren Arm zurück. »Aber leider bin ich gerade nicht in Stimmung, um aus Reagenzgläsern Bier zu trinken. Zuerst einmal sollte Schiller wieder aufgetaucht sein. Und dann wartet da noch ein dreifacher Mörder auf uns, den wir finden müssen.«

Schiller blieb verschwunden. Auch seine Freundin war mittlerweile in Sorge, als Birte Jessen sie anrief. Carla Mohn hatte am Telefon eine freundliche, interessant klingende Stimme.

»Ich habe keine Ahnung, wo er ist«, sagte sie. »Ich habe sogar schon seine Pflegemutter, eine alte Hebamme, angerufen, aber sie weiß auch nichts.«

»Therese?«

»Sie kennen diese besondere Dame also auch schon?« Carla lachte müde. »Passen Sie auf, dass Sie ein wenig Distanz halten. Therese bringt es fertig, sich um Mitternacht bei Ihnen zum Kuchenessen einzuladen oder Ihnen sonntags ihre Wäsche anzuschleppen, um stundenlang Ihre Waschmaschine in Beschlag zu nehmen.«

Die beiden Frauen verabredeten, am späten Abend wieder zu telefonieren.

Das Haus, in dem Hilde Flohs zuletzt gewohnt hatte, lag in der Kölner Südstadt, einer Gegend mit vielen kleinen Geschäften und Cafés, die Birte Jessen an die Lange Straße in Sankt Georg erinnerte, einer ihrer Lieblingsplätze in Hamburg.

In einem türkischen Imbiss holte sie sich einen schwarzen Kaffee, der die Müdigkeit vertreiben sollte, und ging dann zum Haus Nummer sechzehn hinüber. Eigentlich hatte sie keine Ahnung, was sie hier wollte. Hilde Flohs war offenbar tot – was konnte sie also mit den drei Morden zu tun haben? Aber vielleicht war sie immerhin die Frau von Molls Liste gewesen, die dann sowohl zu van Gaal als auch zu Emanuel Schmidt in Verbindung gestanden hatte.

An einem goldenen, blank polierten Klingelbrett waren nur vier Parteien aufgeführt – wenig für ein altes, stuckverziertes Haus, das eine mächtige Toreinfahrt aufwies. Den Namen »Flohs« suchte Birte Jessen vergeblich. Als sie sich schon abwenden wollte, entdeckte sie den Namen »Trump«, und ihr fiel der Kriminaltechniker ein, der an ihrem ersten Arbeitstag in Köln in Pension gegangen war, ein wortkarger, hagerer Mann, der offenbar ein Schachgenie war, wenn sie sich an Schillers Worte richtig erinnerte.

Es war achtzehn Uhr zweiunddreißig. Sie musste mehrmals klingeln, bis ihr geöffnet wurde.

Das Treppenhaus war mit roten Läufern ausgelegt, die jeden Laut verschluckten. Von der Straße fiel kaum Licht durch schmale Fenster herein. Über der Tür in der zweiten Etage hing ein kunstvolles Holzkreuz. Beinahe kam sie sich vor, als wäre sie in einem Kloster, jedenfalls in einem Ort jenseits von Lärm und Hektik gelandet. Trump stand hinter seiner nur einen Spalt geöffneten Tür und spähte misstrauisch hinaus – wie ein alter Mann, der ahnte, dass um diese Zeit nur unangenehmer Besuch kommen konnte.

»Herr Trump, tut mir leid, wenn ich störe – Birte Jessen, Kriminalpolizei Köln, ich habe bloß eine Frage.« Sie schob sich näher an ihn heran, weil er sie in dem dunklen Treppenhaus anscheinend nur als Schatten wahrnahm.

»Ach, Sie sind es«, sagte er dann. »Was kann ich für Sie tun?« Er öffnete die Tür ein wenig, ohne sie allerdings hereinzubitten. Sie sah eine ordentliche Garderobe ohne viel Kleidung, ein Paar Sportschuhe und nahm einen eigentümlichen Geruch wahr.

»Wir suchen noch immer nach dem Zusammenhang zwischen den drei Morden. Hat hier im Haus eine Frau mit Namen Hilde Flohs gewohnt?«, fragte Birte Jessen. Sie glaubte ein dumpfes Geräusch aus der Wohnung zu hören, oder vielleicht kam es auch aus dem Hof.

Trump leckte sich über die Lippen, dann räusperte er sich und schaute sie nachdenklich an. Er trug ein beigefarbenes Baumwollhemd und Jeans, er wirkte tatsächlich wie ein Pensionär, doch irgendetwas schien ihn zu beunruhigen. Einmal wandte er den Kopf, als hätte er dieses dumpfe Geräusch auch gehört.

»Ja«, sagte er ein wenig heiser, als würde er zum ersten Mal an diesem Tag mit jemandem sprechen, »sie hat hier mal gewohnt, eine blonde, etwas schüchterne Frau, recht hübsch, aber sie ist irgendwann ausgezogen. Ich habe nur selten im Treppenhaus ein paar Worte mit ihr gewechselt.«

»Wissen Sie, wohin sie gezogen ist? Hatte sie vielleicht einen Mann oder einen Freund?«

»Nein, mehr kann ich leider nicht sagen.« Trump wandte er sich noch mal um. »Bedaure, aber ich habe Besuch – eine Dame.« Er lächelte ein wenig anzüglich. »Wir kennen uns noch nicht so lange – Sie verstehen?«

»Alles klar«, erwiderte Birte und hob die Hand zum Gruß. »Ihre Freundin benutzt aber ein strenges Parfüm. Verraten Sie mir die Marke?«

Trumps Lächeln erlosch. »Keine Ahnung«, sagte er, »ehrlich gesagt, habe ich bei ihr bisher auch auf andere Dinge geachtet.«

Birte Jessen machte Anstalten, zur Treppe zu gehen, doch bevor er die Tür geschlossen hatte, drehte sie sich noch einmal um. Sie bedachte ihn mit einem forschenden Blick. »Hat Schiller sich vielleicht bei Ihnen gemeldet? Wir suchen ihn schon den ganzen Tag.«

»Nein. Tut mir leid«, erklärte der alte Kriminaltechniker unwillig. »Ich habe Jan zuletzt vorgestern am Tatort in der Neuenhöfer Allee gesehen. Grüßen Sie ihn herzlich von mir, wenn Sie ihn treffen.«

Schiller spürte, wie ihn seine Kräfte verließen. Diesmal war er besonnener vorgegangen, hatte er nicht mit dem Kopf gegen die Wand geschlagen, sondern versucht, mit seinen zusammengebundenen Füßen so viel Lärm wie möglich zu veranstalten. Immer wieder hatte er die Sohlen seiner Füße auf den Parkettboden fallen lassen. Er bekam kaum noch Luft, und der Geschmack in seinem Mund wurde so ekelerregend, dass er glaubte, sich übergeben zu müssen.

Wer war da an der Tür gewesen? Ein Nachbar? Unerwarteter Besuch? Oder vielleicht doch einer seiner Kollegen? Er hatte nur undeutlich eine Stimme gehört, die auch nicht näher gekommen war.

Er registrierte, wie wütend Trump war, als er hereinkam – so hatte er ihn noch niemals gesehen, vorgebeugt, die blauen Augen zusammengekniffen und den Mund verzerrt.

»Was sollte das?«, zischte Trump und drückte ihm den Lauf der Walther an die Stirn. »Ich sollte dir sofort eine Kugel in den Kopf jagen.«

Schiller schloss die Augen. Er spürte, wie die Pistole in Trumps Hand zitterte. Ein Schauer lief durch seinen Körper. Mit einem Schlag begann er zu frieren. War das der Tod? Eine eisige Welle, die über einen hinwegspülte und mitriss? Sein Herz pumpte laut und schmerzhaft in dieser Eiseskälte. Gleichzeitig brach ihm der Schweiß aus. Es war, als würden alle seine Körperfunktionen verrücktspielen. Er versuchte an Carla zu denken, der letzte Gedanke in seinem Leben, aber dann sah er plötzlich diesen würdevollen, stoischen Geier vor sich, als hätte sich dieses Bild in seine Netzhaut eingebrannt. Was war das für ein Leben in einem winzigen Gehege, den Himmel unerreichbar über sich? Aber lebten nicht alle Wesen im Grunde so – unter einem Himmel, in den sie niemals vorstoßen konnten?

Nach einer halben Ewigkeit ließ der Druck der Pistole auf seiner Stirn nach und wich schließlich ganz.

Schiller hielt trotzdem die Augen geschlossen. Er saß da und wartete, dass der Geier sich bewegte, und das tat der Vogel dann auch, er erhob sich von seinem abgestorbenen Baum, doch auf einmal war kein Maschendraht mehr über dem Gehege, nun konnte er in einen wolkenlosen Himmel davonfliegen.

Was war das? Ein letzter Gedanke, der sich verselbstständigte, der ein eigenes Leben zu entfalten begann?

Schiller spürte eine Verwirrung wie noch nie zuvor. Was geschah mit ihm? Die Kältewelle verebbte langsam, und ein Zittern folgte, das ihm den Atem nahm. Ein Beben fuhr durch seinen Körper, und gleichzeitig hatte er das Gefühl zu ersticken. Trump brauchte sich gar nicht mehr die Mühe zu machen, ihn zu töten.

Er öffnete die Augen, als Trump ihm den Knebel abnahm. Mit Lichtgeschwindigkeit schien er in die Wirklichkeit dieses roten, merkwürdigen Zimmers zurückzurasen. Er riss den Mund auf und sog tief die Atemluft ein.

Trump starrte ihn an. In seinen Augen glühte der Zorn. Dann presste er ihm einen Plastikbecher an die Lippen.

»Trink das!«, zischte er drohend.

Schiller blickte auf eine farblose Flüssigkeit, die in dem Becher schwappte. Schlaftabletten – da war er ganz sicher. Er wandte den Kopf ab, doch im nächsten Moment drückte sich ihm wieder die Walther an die Schläfe.

»Trink!«, wiederholte Trump noch schneidender.

»Robert, du hast dich da in etwas hineinbegeben ... Du hast ...«

In der nächsten Sekunde stieß die Pistole schmerzhaft zu. Dann wurde ihm die Nase zugehalten, und Trump kippte ihm die bitter schmeckende Flüssigkeit in die Mund. Schiller spürte, wie er gegen seinen Willen schluckte – einmal, zweimal. Schließlich schien sein Körper sogar nach dieser Flüssigkeit zu gieren, so groß war sein Durst. Er trank das Glas beinahe aus und rang erneut nach Atem.

»Ich muss noch mehr trinken, richtiges Wasser«, keuchte Schiller. Er versuchte der Pistole auf seiner Stirn auszuweichen. »Und ich muss aufs Klo. Du kannst mich nicht ...«

Trump hockte vor ihm, das Gesicht verzerrt, als würde ein Schmerz ihn schier zerreißen, und stieß ihm die Pistole in den Mund. »Sei still«, flüsterte er. »Halt einfach nur den Mund!«

Birte Jessen ging durch die Einfahrt um das Haus herum. Im Hinterhof, der viel mehr Fläche einnahm, als sie erwartet hatte, gab es vier Garagen auf der einen Seite und eine kleine Computerwerkstatt auf der anderen. Die Werkstatt war geschlossen, durch eine Glastür konnte man einen Schreibtisch sehen, auf dem sich Papiere und kleinere Kartons stapelten. Nicht einmal die Geschäftszeiten waren an der Tür angebracht, lediglich ein ausgebleichtes Pappschild klebte da, auf dem gerade noch die Worte »Fuxx Data« zu lesen waren. Vor einer Backsteinmauer, die mit Efeu bewachsen war, parkte ein alter silberfarbener Volvo Kombi. Sie schrieb sich das Kennzeichen auf. Dann ging sie zum Hintereingang, doch die Tür hatte einen Messingknauf und ließ sich offenbar nur von innen öffnen. Das Haus ragte weit in den Hinterhof hinein, was bedeuten musste, dass die vier Wohnungen alle gut und gerne sieben oder acht Zimmer haben mussten. Mächtig viel Platz für einen alten Kriminaltechniker, der keine Familie hatte.

Als sie auf die Straße zurücklief, fiel ihr ein, was sie an ihrem Besuch am meisten irritiert hatte. Es war nicht Trumps Zurückhaltung gewesen, die schon an Unfreundlichkeit grenzte, nicht die Tatsache, dass an der Garderobe kaum Kleidung gehangen hatte, obwohl er doch angeblich Besuch hatte, sondern der Geruch, der in der Luft gelegen hatte. Kölnisch Wasser – danach hatte es gerochen, nicht aufdringlich, aber für eine feine Nase eindeutig wahrnehmbar.

Sie zog ihr Mobiltelefon hervor und rief Bert Cremer an.

Er meldete sich nach dem dritten Klingeln. Es war zwanzig Minuten vor sieben.

»Gibt es was Neues von Jan?«, fragte er. Allerdings verriet seine Stimme kein übermäßiges Interesse.

»Nein«, erwiderte Birte. »Wo bist du?«

»Im Präsidium. Ich habe die Mutter und den Jungen besucht. So hatten wir es doch besprochen«, fügte er hinzu, als müsse er sich verteidigen. »Ich habe sie für morgen aufs Präsidium bestellt. Ich glaube aber nicht, dass dabei viel herauskommen wird. Gleich bin ich mit meiner Frau verabredet. – Privatleben, falls dir dieses Wort etwas sagt. Ich weiß, dass so etwas im Moment nicht gerne gesehen wird, aber wenn ich mich nicht dann und wann bei meiner Frau sehen lasse …«

»Kennst du Trump, den alten Kriminaltechniker, näher?«, unterbrach ihn Birte Jessen.

»Er ist der beste Mann im Ermittlungsdienst, den wir jemals hatten«, erklärte Cremer. »Zuverlässig, kam zu jeder Tages- und Nachtzeit. Warum fragst du?«

Birte Jessen berichtete kurz von ihrem Besuch, von Hilde Flohs und Trumps Einsilbigkeit.

Einen Moment zögerte Cremer, nachdem Birte ihren Bericht beendet hatte. »Trump hat nie viel geredet und nie Aufhebens um seine Person gemacht, schon gar nicht nach dem Tod seiner

Frau vor ein paar Jahren. Er hat sein Ferienhaus in der Eifel und seinen Schachverein. Das ist alles.«

»Also wisst ihr eigentlich gar nichts über ihn?«, fragte Birte Jessen. »Bist du jemals in seiner Wohnung gewesen?« Sie postierte sich auf der anderen Straßenseite und blickte zum Haus Nummer 16 hinüber, aber da tat sich nichts, auch nicht hinter den Gardinen in der dritten Etage, wo Trump wohnte.

»He«, sagte Cremer, »was soll diese Fragerei? Wir haben mit Trump gearbeitet, manchmal Tag und Nacht an verdammt schwierigen Fällen. Er ist immer ein zuverlässiger Kollege gewesen, ohne Fehl und Tadel. Ich glaube, solche korrekten Polizisten wie ihn gibt es heute gar nicht mehr ... Worauf willst du eigentlich hinaus?«

»Ich habe mich nur gefragt, wie Trump so wohnt«, erwiderte Birte Jessen ausweichend. »Weißt du vielleicht, wie sein Schachverein heißt?«

»Nein, keine Ahnung«, sagte Cremer. »Schach finde ich ungefähr so langweilig wie Orchideen züchten oder Schmetterlinge sammeln. – Ich fahre jetzt nach Hause. Schickst du mir eine SMS, wenn Jan sich meldet?«

Im nächsten Moment hatte Cremer aufgelegt.

Hatte Trump bei einer ihrer Begegnungen nach Kölnisch Wasser gerochen?, fragte Birte Jessen sich. Wie lange hielt sich so ein Duft, bevor er verwehte?

Sie ging die Straße entlang, an einer geschlossenen Metzgerei, an einem Buchladen vorbei. Nach etwa zweihundert Meter fand sie ein Café, das mit dem Schild »Wireless Lan free« warb.

Das Café war nur mäßig besucht, zwei junge Frauen, die sich angeregt unterhielten, ein älteres Ehepaar, das amtlich aussehende Dokumente vor sich ausgebreitet hatte. Eine junge Frau mit langen roten Haaren hatte einen Laptop vor sich auf dem Tisch stehen.

Birte Jessen entschied, es auf die freundliche Art zu versuchen und erst ihren Ausweis zu zücken, wenn sie nicht mehr weiterkam. Sie lief geradewegs auf die Frau zu, die sofort irritiert aufblickte.

»Pardon«, sagte sie. »Ich habe ein Problem. Ich muss dringend im Internet etwas nachschauen – dauert höchstens fünf Minuten. Ich würde Ihnen fünf Euro dafür geben, wenn Sie mir Ihren Laptop überlassen.«

»Zehn Euro«, erwiderte die Frau ungerührt und rückte schon bereitwillig ein Stück zur Seite. »Und einen alkoholfreien Cocktail.«

»In Ordnung.« Birte setzte sich auf den Stuhl neben der Rothaarigen. Sie konnte noch erkennen, dass sie offenbar eine Seminararbeit schrieb – irgendetwas über psychologische Studien bei Migrantenkindern der zweiten und dritten Generation –, dann hatte die Frau ihre Datei gespeichert und sich ins Internet eingeloggt.

»Fünf Minuten«, sagte sie und erhob sich. Mit dem Mobiltelefon am Ohr ging sie auf die Straße hinaus.

Birte Jessen gab bei Google das Stichwort »Robert Trump« ein. Über hunderttausend Einträge wurden angezeigt, eine Zahl, die sie sofort entmutigte, doch bereits der erste Eintrag war ein Treffer. Sie las die Pressemitteilung zur Verabschiedung des verdienten Kriminaltechnikers. Dann folgten Auszüge aus Zeitungsartikeln über Kriminalfälle, an deren Auflösung Trump mitgewirkt hatte. Ein Namensvetter musste irgendwo in einem kleinen Ort im Süddeutschen wohnen und bei der Freiwilligen Feuerwehr aktiv sein.

Die Rothaarige war von der Straße zurückgekehrt und hatte sich an der kleinen Bar neben dem Eingang einen Cocktail geben lassen. Sie blickte zu Birte herüber. Mittlerweile schien sie ein wenig misstrauisch geworden zu sein.

»Brauchen Sie noch lange?«, rief sie voller Ungeduld. »Wir hatten fünf Minuten abgemacht.«

»Eine Minute noch«, erwiderte Birte, den Blick wieder auf den Bildschirm gerichtet.

Der Eintrag, den sie suchte, kam erst auf der dritten Seite. Ein Schachturnier in einem Gymnasium in Köln-Porz. Robert Trump hatte in der Kategorie Senioren den fünften Platz belegt – der Eintrag stammte aus dem Jahr 2005. Einen jüngeren Eintrag fand Birte Jessen in der Eile nicht. Anscheinend hatte

Trump seine Schachkarriere still und leise an den Nagel gehängt, jedenfalls hatte er nicht mehr an Turnieren teilgenommen, wie er Schiller und den anderen im Präsidium wohl weisgemacht hatte.

Birte Jessen klickte sich aus dem Internet aus und holte einen Zehn-Euro-Schein aus ihrem Portemonnaie hervor, den sie neben den Computer legte.

»Alles gefunden, was Sie so dringend gesucht haben?«, fragte die Rothaarige. »Der Cocktail kostet übrigens fünf Euro achtzig.«

»Ich glaube schon.« Birte drückte ihr sechs Euro in die Hand. »Spielen Sie Schach?«

Die Frau zog überrascht die Augenbrauen in die Höhe. »Früher, mit meinem Vater. Warum fragen Sie?«

»Was ist das Wichtigste beim Schach?« Birte Jessen erhob sich. »Können Sie mir das sagen?«

»Beim Schach muss man möglichst viele Züge im voraus durchdenken«, erwiderte die Rothaarige wie eine gelehrige Schülerin. »Und man muss auf alle Aktionen seines Gegners vorbereitet sein.«

»Genau. – Haben Sie vielen Dank.« Birte nickte der Frau zu und ging zur Tür.

Trump war tatsächlich ein Schachspieler, aber offenbar hatte er schon lange nicht mehr an einem Turnier teilgenommen. Konnte sie daraus einen Schluss ziehen? Vielleicht hatte er die Lust an solchen Turnieren verloren und spielte nur noch für sich – oder er hatte sein Interesse vor einiger Zeit anderen Dingen zugewandt. Sie dachte kurz an Kahles Pokerclub. Aber nein, auf den Fotos war er nicht zu sehen gewesen.

Trotzdem hatte sie das Gefühl, dass ihr Misstrauen plötzlich einen guten Grund hatte.

Auf der Straße blickte sie wieder zu Trumps Haus hinüber. Nichts regte sich. Wenn er tatsächlich Damenbesuch hatte, dann war der wohl nicht nur wegen Kaffee und Kuchen gekommen.

Nach kurzem Überlegen nahm sie ihr Mobiltelefon und kramte eine Visitenkarte hervor. Sie hatte keine Ahnung, ob die

Nummer wirklich funktionieren würde. Erst nach dem zehnten Klingeln, als sie schon aufgeben wollte, nahm jemand ab.

»Ja?«, sagte eine dunkle, gleichmütige Stimme.

Birte Jessen räusperte sich. »Ich brauche Ihre Hilfe, Herr Broder. Könnten Sie sofort in die Severinstraße kommen?

36.

Der Geier saß im Nebel und rührte sich nicht. Konnte es einen so dichten Nebel geben, den nichts sonst durchdrang? Schiller versuchte, gegen die Müdigkeit und Dumpfheit anzukämpfen, versuchte, Dinge wahrzunehmen, aber er hatte immer nur diesen Geier vor Augen, und gelegentlich meinte er, Trumps Stimme zu hören. Unentwegt redete Trump, was ihm etwas Unwirkliches verlieh. Er, der sonst kaum ein Wort verlor, sprach auf Schiller ein, faselte von Funny und seinen Morden. Schiller verstand kaum etwas. Funny sei immer so lustig gewesen, noch in ihren letzten Tagen habe sie Witze gemacht und Geschichten erzählt, im Rollstuhl habe er sie zum Rhein gefahren ... Wie durch einen Schleier nahm Schiller wahr, dass Trump ihn befreite, ihn hochhob und offenbar in jenen Rollstuhl bugsierte, der Funny gehört hatte. Dann wurde er ins Bad verfrachtet, auf die Toilette gesetzt und mit einem Erfrischungstuch abgerieben.

Schiller wollte etwas sagen, doch seine Stimme gehorchte ihm nicht – er war ein Greis, hundert Jahre alt, dem dann und wann ein Licht über die Augen wischte. Ein einziger klarer Gedanke wäre ein Halt gewesen, aber es gelang ihm nicht, in all der Dumpfheit, die ihn erfasst hatte, auch nur ein Wort, einen Namen festzuhalten.

Als Schiller später wieder zu sich kam und es sogar schaffte, den Kopf zu heben, bemerkte er, dass er immer noch in dem Rollstuhl saß. Er befand sich in dem roten Zimmer; es war dunkel. Nur eine Lampe auf dem Nachttisch brannte. Trump lag auf dem Bett und schlief. Das Buch, aus dem er vorgelesen hatte, und seine Lesebrille waren neben ihn gerutscht. Seine Wangen waren eingefallen, und er atmete unruhig ein und aus.

Schiller war dankbar, dass seine Augen offenbar wieder funktionierten, er glaubte sogar Geräusche zu vernehmen, die real waren; Autolärm von der Straße und einmal, weit entfernt, Hundegebell und laute Stimmen. Vorsichtig bewegte er sich in dem Rollstuhl. Er erkannte, dass er in einem schwarzen Papieranzug steckte und seine Arme mit Handschellen an die Lehne gekettet waren. Eine Flucht wäre jedoch ohnehin nicht möglich gewesen. Die Müdigkeit steckte noch viel zu tief in seinem Körper. Doch sollte er schreien – so laut es ging, um Hilfe rufen? Er leckte sich über seine trockenen rissigen Lippen.

Trump schreckte auf. Er brauchte eine Sekunde, um sich zu orientieren, dann wischte er sich über sein Gesicht und erhob sich. Er sah Schiller an, und seine Gesichtszüge verhärteten sich.

»Die Dinger gibt es auch in Schwarz«, sagte er und zupfte an Schillers Papieranzug herum. »Wir werden gleich einen kleinen Ausflug machen, aber vorher werde ich dir noch einen schönen Schlummerdrink bereiten.«

Trump wandte sich ab, und Schiller hatte plötzlich das Gefühl, dass seine letzte Chance gekommen war, etwas zu sagen, mit ein paar Worten sein Schicksal abzuwenden.

»Du hast dich geirrt«, flüsterte er heiser, »sie war ganz anders … So war sie nicht … sie war Hilde, nicht Funny … Das war alles Irrsinn …«

Trump kehrte mit ein paar schnellen Schritten zurück. Er legte Schiller die Hand auf die Kehle, und dann hatte er die Pistole in der Hand und schlug zu.

Broder brauchte zweiunddreißig Minuten, bis er auf seinem Rennrad in die Severinstraße einbog. Er sah verändert aus, gewaschene Haare, ein gestutzter Bart und ordentliche Jeans, die nur quer über dem rechten Oberschenkel einen langen Riss aufwies. Sogar seine Hände waren sauber. Förmlich begrüßte er Birte Jessen mit einem Handschlag. Er hatte kaum noch etwas mit dem schweigsamen Verrückten gemein, den sie mit Schiller am Rheinufer getroffen hatte.

»Ich hoffe, ich halte Sie nicht von wichtigen Geschäften ab«, erklärte sie ein wenig spöttisch.

»Ich war in meinem Atelier, aber die Kunst, die ich mache, hat Zeit«, erwiderte Broder vollkommen ernst.

Sie berichtete mit wenigen Worten von Schillers Verschwinden und von Trumps merkwürdigem Verhalten.

»Ich möchte wissen, ob Trump heute noch das Haus verlässt«, sagte sie. »Allein oder in Begleitung.«

Broder nickte. »Ich verstehe nur nicht, warum Sie da nicht einen Ihrer Kollegen holen – ein kurzer Anruf müsste doch genügen, und wir hätten hier einen Auflauf in Grün.«

»Meine lieben Kollegen halten Trump für den Superbullen schlechthin.« Birte lächelte, um ihre Antwort möglichst beiläufig klingen zu lassen. »Und ich bin die Neue aus Hamburg, und wenn ich mich mit meinem Verdacht irren würde, könnte ich gleich wieder meine Sachen packen und mir einen Job an der dänischen Grenze suchen. Wäre vielleicht sogar besser so.«

Sie verabredeten abwechselnd den Eingang des Hauses Nummer 16 im Auge zu behalten, wenn es sein musste, bis spät in die Nacht. Erst als sie wieder in ihrem Wagen saß, fiel Birte Jessen ein, dass sie Broder ein wenig Geld hätte geben sollen, dann hätte er zu einem Kiosk oder in ein Café gehen können.

Sie fuhr in ihre neue leere Wohnung, duschte dort und saß dann, Martins Geige im Schoß, auf einem Klappstuhl, dem einzigen Mobiliar, um ein wenig nachzudenken und zu telefonieren.

Martha klang krank und so weinerlich, dass es ihr einen Stich versetzte. Auf einmal kam es ihr wieder wie Fahnenflucht vor, dass sie nach Köln gegangen war. Als Martha von ihrem leeren Tag im Krankenhaus erzählte und Martin erwähnte, beendete sie das Gespräch, indem sie eine Verabredung vorschob, zu der sie aufbrechen müsse. Sie hörte, wie Martha am Telefon seufzte, bevor sie auflegte.

Ihr nächstes Telefonat galt Carla Mohn. Immer noch gab es kein Lebenszeichen von Schiller. Carla hatte alle seine Freunde angerufen, die ihr einfielen, und hatte sich die Nummern der Cafés und Restaurants besorgt, die er manchmal aufsuchte. Niemand hatte ihn gesehen.

»Ich bin sogar auf dem Nordfriedhof gewesen, wo seine Eltern gegraben sind, aber auch da war er nicht. Zumindest waren keine frischen Blumen am Grab«, erklärte Carla.

»Wenn er morgen früh noch nicht aufgetaucht ist, werden

wir nach ihm fahnden«, sagte Birte Jessen und versprach, Carla zu jeder Tages- und Nachtzeit über alle neuen Entwicklungen zu informieren.

Um kurz vor zehn fuhr Birte in die Severinstraße zurück.

Broder saß in dem türkischen Imbiss. Vor sich hatte er einen Zeichenblock. Mit Bleistift gab er einem weiblichen Gesicht Konturen. Für einen Moment glaubte Birte, dass er sie zeichnete, aber dann sah sie, dass die Frau auf dem Papier eine Brille trug. An einem hinteren Tisch hockten drei ältere schnauzbärtige Männer und blickten zu einem Fernseher hinauf, auf dem eine türkische Quizshow lief. Sonst war der Imbiss leer.

Broder drehte die Zeichnung um, als sie sich setzte. »Nichts los in diesem Haus. Wohnt da überhaupt jemand? Die Tür ist nicht einmal geöffnet worden.«

Sie bestellte sich bei einem jungen Türken, der sie freundlich anlächelte, einen Kaffee. Die Männer an dem hinteren Tisch begannen zu klatschen, und eine Fanfare ertönte. Offenbar hatte eine schwarzhaarige Frau, auf die ein Konfettiregen niederging, den Hauptpreis abgeräumt.

»Vielleicht ist es ganz sinnlos, was wir tun«, gab Birte Jessen zu. »Möglicherweise habe ich mich getäuscht. Trump ist schon immer ein Sonderling gewesen. Wenn Sie wollen, können Sie jetzt wieder fahren. Ich werde noch bis zwölf bleiben.«

Broder trank aus der Flasche Bier, die vor ihm stand. »Wenn Sie so ein Gefühl hatten, wird etwas dran sein. Bei so etwas irrt man sich nicht – selbst wenn man eine Polizistin ist.« Es schien ihm zu gefallen, ein paar spitze Bemerkungen über die Polizei loszuwerden.

»Erzählen Sie mir von Ihrer Kunst«, sagte Birte Jessen. »Was machen Sie so – außer geheimen Bleistiftzeichnungen?« Sie deutete auf das Papier.

»Ich beschäftige mich mit Dingen, die niemand mehr sehen will. Manche nennen es Müll, für mich ist es Kunst – das Verlorene, das, was angeblich keinen Wert mehr hat.« Broder blickte auf die Straße hinaus. »Leute wie Schiller sehen so etwas nicht mehr. Sie rennen nur noch umher, wollen wichtig und effizient sein. Ich hasse so etwas.« Er setzte die Flasche an und trank sie aus.

Düster blickte er vor sich hin. Entschlossenheit las Birte Jessen in dunklen Augen, als würde er mit Menschen wie Schiller nie mehr etwas gemein haben wollen.

»Sie haben nicht einmal mit ihm geredet, als er auf Sie zugelaufen ist«, sagte sie vorsichtig.

»Weil er nicht mehr mein Freund ist, weil er auf der anderen Seite steht.«

»Trotzdem helfen Sie mir jetzt.«

»Ja«, sagte Broder, »aber ich helfe Ihnen, nicht ihm.«

Sie überlegte, ob sie weiter über Schiller reden sollten. Wollte sie die gemeinsame Geschichte von Broder und Schiller wirklich erfahren?

»Vielleicht«, sagte sie, »muss man die Menschen nicht nach ihren Stärken und Wünschen, sondern nach ihren Schwächen beurteilen.«

»Schiller hat keine Schwächen – das ist es ja gerade. Er hat nur die Schwäche, dass er die Menschen ausnutzt: Wer ihm nicht mehr nutzen kann, wird beiseitegeschoben. So ist es seiner ersten Freundin Hilde ergangen, so hat er es mit mir gemacht.«

»Wie hieß diese Freundin mit Nachnamen?« Birte Jessen ärgerte sich, dass sie nicht schon früher auf die Idee gekommen war, diese Frage zu stellen.

»Hildegard Flohs – das war ihr Name. Ihre Mutter ist bei einem Unfall gestorben, ihren Vater hat sie nie kennengelernt. Deshalb ist sie wie wir in das Kinderheim gekommen. Sie hat sich gleich am ersten Tag in Schiller verliebt – ein großer, scheuer Junge, dem kein Wort über die Lippen kam. Wenn ich ihn nicht gerettet hätte, wäre er untergegangen und hätte es keine Woche lang bei uns ausgehalten. Eigentlich habe ich es für Hilde gemacht. Ich dachte, ich könnte ihr imponieren – aber das konnte ich nie.«

»Wann haben Sie Hilde zuletzt gesehen?«

»Vor drei Jahren. Sie war damals irgendwo Sekretärin oder Assistentin – ich weiß es nicht mehr.«

»Und wissen Sie, wo sie gewohnt hat? Hat sie mit jemandem zusammengelebt?«

»Nein«, entgegnete Broder ernst. »Ich glaube nicht. Gewohnt

hat sie wohl irgendwo in Niehl, aber sie war jemand, der gerne und oft umzog.«

Sie blieben bis zwanzig vor eins in dem Imbiss sitzen. Dann trat der fröhlich lächelnde Türke an ihren Tisch und erklärte, er würde gleich schließen. Im Haus Nummer 16 war alles dunkel. In der dritten Etage hatte den ganzen Abend lang kein Licht gebrannt. Trump musste in einem Zimmer sitzen, das zum Hof hinauswies, oder er liebte die Dunkelheit.

Hilde Flohs, dachte Birte Jessen, wo hatte diese Frau in diesem Haus gewohnt? Sie hätte früher am Abend bei anderen Parteien klingeln und nachfragen müssen.

Sie gingen die Straße entlang. Broder hatte sein Rennrad an einem Laternenpfahl angebunden.

»Wenn Sie wollen, zeige ich Ihnen meine Kunst. Morgen in meinem Atelier ...«

Aus den Augenwinkeln registrierte sie plötzlich ein Gesicht am Fenster, ein heller Fleck hinter einer Gardine. Trump blickte forschend auf die Straße hinunter. Hastig hakte sie sich bei Broder ein und zog ihn mit sich.

»Drehen Sie sich nicht um!«, raunte sie ihm zu.

»Eine merkwürdige Art der Anmache.« Er lächelte amüsiert.

»Trump war am Fenster ... Er hat hinuntergesehen, als würde er jemanden erwarten oder als ...« Sie sprach nicht weiter. Als würde er nachschauen, ob ihm jemand auflauerte, dachte sie.

»Wir sollten noch bleiben«, erklärte Broder ernst. »Sie glauben tatsächlich, dass er etwas mit Ihren Mordfällen zu tun hat, nicht wahr? Ein Polizist als Mörder?«

»Ich bin mir nicht ganz sicher«, sagte Birte Jessen, während sie in eine Seitenstraße einbogen und sie ihren Arm zurückzog.

»Ist es eigentlich erlaubt, in Anwesenheit einer Polizistin Marihuana zu rauchen?« Broder holte einen kleinen Beutel aus seiner Hosentasche und begann sich eine Zigarette zu drehen.

»Nein«, entgegnete Birte Jessen förmlich, »Marihuana zu rauchen ist streng verboten, allerdings kann es sein, dass die Polizistin dieses Vergehen nicht ahndet, weil sie es nicht bemerkt.«

»Okay.« Broder steckte sich den Joint in den Mund. »Dann

entscheiden wir uns für dieses kölsche Lösung. – Sie werden in dieser Stadt zurechtkommen, Frau Kommissarin. Da bin ich mir ganz sicher.«

Broder rauchte genüsslich, während Birte Jessen das Haus Nummer 16 im Auge behielt. Nur noch vereinzelt lief jemand die Straße entlang. Trump zeigte sich nicht mehr, oder er tat es so geschickt, dass sie ihn aus diesem Winkel nicht erkennen konnte.

»Er kommt nicht«, sagte sie zu Broder. »Wir können zurückgehen.«

Langsam schlenderten sie zurück, auf Broders Rennrad zu.

»Stimmt es, dass Sie in einem Zelt wohnen, neben einer Kirche …?«

Broder nickte. »Meine Wohnung ist zu klein für all die Kunst, die ich sammle. Außerdem fühle ich mich wohler, wenn ich atmen kann, wenn ich nicht zwischen vier harten Wänden sitze …« Seine Stimme klang nun wärmer, als würde er sich in ihrer Anwesenheit immer wohler fühlen, oder vielleicht tat das Marihuana seine Wirkung. »Es gibt noch eine andere Geschichte«, fuhr er leiser fort. »Ich bin ein Künstler – und ich bin ein Mörder. Ein Kind … ich habe ein Kind überfahren. Noch heute höre ich das metallisches Dröhnen, als ich den Jungen erwischte, und sehe sein entsetztes Gesicht, wie er auf dem Pflaster lag, verrenkt, mit offenen Augen. Er blickte mich an und wusste, dass er gleich sterben würde. ›Halt mich‹, hat er gesagt. Seine letzten Worte …«

Schweigend gingen sie weiter, vorbei an dem Fahrrad, die dunkle Straße hinunter. Hier schien auch an einem Samstagabend nicht viel los zu sein. Nur noch in wenigen Fenstern brannte Licht. Ein Mann verrammelte seinen Kiosk und ging grüßend an ihnen vorbei. In einiger Entfernung lag ein mächtiges Stadttor, auf das der gelbe Schein einer Laterne fiel.

Birte Jessen suchte nach ein paar tröstenden Worten, aber dann begriff sie, dass es besser war zu schweigen. Sie verstand, dass es leicht war, aus dem Leben zu fallen – ein Unglück, ein Unfall, ein Kind, das starb … Es konnte so vieles geben, das einen umwarf, auch wenn man glaubte, stark zu sein.

»Ich bin hier, weil mein Freund gestorben ist – Leukämie«, sagte sie. »Er war siebenunddreißig. Es hat mich schier um den Verstand gebracht. Ich habe seine alte Mutter in Hamburg zurückgelassen, aber ich habe die Stadt nicht mehr ausgehalten.«

An dem Stadttor kehrten sie wie auf ein geheimes Kommando um und liefen zurück. In einer Kneipe neben dem Tor wurden die Lichter gelöscht. Ein paar letzte Gäste verschwanden lachend in einer engen Gasse und entfernten sich. Nun waren sie ganz allein auf der Straße.

Der Volvo Kombi raste mit dröhnendem Motor aus der Einfahrt. Ein Gesicht hinter der Windschutzscheibe wischte an ihr vorbei.

»Da war er«, zischte sie Broder zu. »Das war Trump.« Er war allein gewesen, ohne Beifahrer. Jedenfalls hatte da niemand neben ihm gesessen.

Broder lief los und war zehn Sekunden später an seinem Rennrad. Während Birte Jessen noch nach ihrem Wagen Ausschau hielt, hatte er schon die Verfolgung aufgenommen. Als schwarzer Schatten jagte er auf seinem unbeleuchteten Rad die Straße hinunter, den zwei roten Rücklichtern hinterher.

Sie brauchte eine Minute, um ihren Wagen zu starten, doch Broder und der silberfarbene Volvo waren bereits verschwunden.

37.

Es war nur ein Traum, sagte er sich, ein Fiebertraum, wie er ihn zuletzt als Kind gehabt hatte, wo ihm alle Dinge durcheinandergeraten waren. Dämonen hatten um sein Bett getanzt, hatten Fratzen geschnitten und gekeucht, und unaufhörlich hatte er Angst gehabt, in schwarze Löcher zu fallen, die um sein Bett geschwebt waren. Sein Vater hatte die Dämonen schließlich vertrieben, ganz einfach, mit ein paar Zauberworten und einem sanften, vertrauensvollen Händedruck.

Die Zunge klebte ihm am Gaumen. Schiller hatte Mühe, die Augen zu öffnen, doch als es ihm gelang, sah er, dass er noch immer in dem Rollstuhl hockte und Trump ihn in einen Flur schob, der nach hinten in die Wohnung führte.

Da war ein Fahrstuhl, erkannte er, so winzig, dass sich Trump ganz nah an ihn heranschieben musste.

»Nachts habe ich auch Funny manchmal auf die Straße geschoben«, sagte er. »Sie mochte das – den Mond und die Sterne anschauen. Außerdem wollte sie niemandem begegnen. Sie hasste diese glotzenden Menschen, die rein gar nichts verstanden …«

Der Fahrstuhl setzte sich in Bewegung, ein altes, knarrendes Ding. Dann umfing ihn frische Luft, die er dankbar einatmete. Ein düsterer Hof, auf dem Trumps Schritte leise knirschten. Eine Autotür wurde geöffnet, und Trump packte ihn und wuchtete ihn in den Wagen. Er fiel auf eine dicke Plastikfolie, mit der Trump offenbar die hintere Sitzbank ausgelegt hatte.

Für einen Moment trafen sich ihre Blicke, und Schiller begriff, dass Trumps Augen wahrscheinlich genauso leer waren wie seine eigenen – ein alter Mann, der eine Dummheit an die andere gereiht hatte.

Schiller wollte etwas sagen, doch nicht einmal seine Zunge konnte er bewegen.

Kaum lag er auf der Seite, fielen ihm die Augen wieder zu.

Trump startete den Motor.

Schiller versuchte seine rechte Hand zu bewegen und sich über das Gesicht zu wischen, er versuchte sich an Carla zu erinnern, an ihren ersten Abend – aber es gelang ihm nicht. Jeder Gedanke entglitt ihm, zerfaserte und löste sich auf.

Er sank zusammen, schreckte dann wieder auf, weil Trump laut fluchte.

Dann waren sie offensichtlich am Ziel, das Geräusch des Motors erstarb, doch Trump rührte sich nicht. Er saß hinter dem Steuer und starrte vor sich hin, als würde er auf etwas warten.

Schiller wollte nach der Tür greifen, aber er schaffte es gerade mal seinen rechten kleinen Finger zu bewegen. Wenn er jetzt alle seine Kräfte zusammennahm – dann könnte er vielleicht die Tür öffnen und herausspringen, aber danach? Was sollte er danach tun?

Unvermittelt schreckte er auf, weil zwei grobe, muskulöse Hände ihn umklammerten. Anscheinend hatte er nicht mitbekommen, wie Trump ausgestiegen war und den Rollstuhl aus dem Kofferraum geholt hatte.

»Gleich ist es so weit«, sagte Trump und lachte leise. »Gleich haben wir unser Ziel erreicht.«

Schiller wurde eine düstere Straße entlanggeschoben, dann durch ein Tor, das sich überraschenderweise öffnen ließ. Zwischen hohen Bäumen glitt er dahin, viel zu schnell, um überhaupt zu begreifen, wo er sich befand. Irgendwann jedoch erhaschte er einen flüchtigen Blick auf einen riesigen weißen Grabstein.

Der Friedhof! Dieses Wort zog ihm wie ein greller Schmerz durch den Kopf. Melaten – davon hatte Trump gesprochen.

Sein Herz pumpte, und er spürte, wie ihm der Schweiß ausbrach. Trump hatte ihn nicht mal an die Lehne gekettet. Trotzdem konnte er sich nicht rühren. Er war hilflos, gelähmt, ein müder Geist in einem paralysierten Körper.

Dann wurde er zu Boden geworfen. Trump hatte ihn einfach aus dem Rollstuhl gekippt, begriff Schiller. Irgendwo über ihm schwebte der Sensenmann, eine bleiche Steinskulptur, die ihre Arme ausgebreitet hatte. Nur dass er gar keine Sense hielt, sondern eine Geste machte, als würde er einen unheiligen Segen erteilen.

Trump zerrte an ihm herum und brachte ihn am Sockel der Figur in eine halbwegs sitzende Position.

Dann sah Schiller in dem wenigen Mondlicht, das durch die hohen Bäume fiel, zwei rote Schuhe, die sich entfernten. Ein paar Schritte vor ihm stellte Trump sich auf.

Schiller versuchte den Kopf zu heben, um seinen Mörder anzuschauen, den er einmal für seinen Freund und Kollegen gehalten hatte, aber allein diese Bewegung erforderte eine schier übermenschliche Kraft.

»Schade, dass du mich nicht wirklich verstehen kannst«, sagte Trump. Verwaschen drang die Stimme zu ihm. »Du warst ein guter Polizist, aber als Freund warst du ein echter Scheißkerl.«

Birte Jessen brauchte eine Weile, bis sie aus einem Gewirr von Baustellen herausgefunden hatte. Hier wurde eine U-Bahn gebaut, fiel ihr ein. In Köln schienen die Baustellen wie Pilze aus dem Boden zu schießen. War sie hier schon einmal gewesen? Nein, sie konnte sich nicht erinnern.

Von Broder und Trumps Volvo war nichts mehr zu sehen. Zum Glück herrschte nicht viel Verkehr. Ein Polizeiwagen raste mit Blaulicht die Straße entlang, aber in die entgegensetzte Richtung. Dieser Einsatz konnte nichts mit ihrem Fall zu tun haben.

Wohin konnte Trump verschwunden sein? Aus der Stadt heraus? Um zwei Uhr nachts? Mehr und mehr erlangte sie die Gewissheit, dass sie auf einer richtigen Spur war.

Sie rief bei der Leitstelle an und gab Trumps Kennzeichen durch, ohne allerdings zu sagen, wer der Halter war. Der Kollege am Mikrofon versprach die Fahndung gleich weiterzugeben.

Langsam ließ Birte sich Richtung Innenstadt treiben, ohne große Hoffnung, wieder auf Broder zu stoßen. Hatte er ihre Handynummer? Sie wusste es nicht. Als sie an einer Ampel halten musste, um eine leere Straßenbahn vorbeizulassen, rief sie ihn an. Irgendwo klingelte es, doch es ging niemand an den Apparat. Sie stellte sich Broders dunkles leeres Atelier vor: haufenweise alte Bretter und Müllberge im Raum und ein vergessenes Telefon auf der Fensterbank.

Wohin sollte sie sich wenden? Sie hatte keine Ahnung, wo sie war, und nicht einmal der Dom, der ihr tagsüber als Orientierung diente, war zu sehen.

War eben noch Adrenalin durch ihren Körper gejagt, so spürte sie nun ihre Erschöpfung. Vier Morde und ein verschwundener Kollege. So sah wohl eine Pechsträhne aus.

»Martin«, sprach sie laut und tonlos vor sich hin, »verdammt, ich schaffe das nicht ohne dich.«

Im nächsten Moment klingelte ihr Mobiltelefon. Zuerst hörte sie nur ein Keuchen, dann ein abgehacktes »Hallo«. Es war Broder. Schlagartig war sie wieder wach.

»Sie hatten mich angerufen?«, sagte er um Atem ringend, aber irgendwie glaubte sie auch wahrzunehmen, dass er lächelte.

»Ja, wo sind Sie?«

»Ich habe den Kerl.« Er hustete leise. »Am Melatenfriedhof, Eingang Piusstraße, und ich glaube, er ist nicht allein.«

Schiller sah, dass die Schuhe noch einmal näher kamen. Sie waren tatsächlich rot, so rot, wie der Raum gewesen war, in dem Trump ihn eingesperrt hatte.

Trump beugte sich vor und legte ihm ein blinkendes Herz in den Schoß, dann strich er ihm in einer ironischen Geste über die Wange.

»Du solltest lächeln, Schiller«, flüsterte er ihm zu.

Das Herz leuchtete pulsierend. Er wollte es nehmen und wegwerfen. Mühsam kroch seine rechte Hand auf das Plastikding zu, konnte es aber nicht ergreifen.

Dann hörte er den Schrei – das Krächzen einer Krähe. Gab es Krähen, die durch die Nacht flogen? Wie lange hatte er so einen Schrei nicht mehr gehört? Seit über zwanzig Jahren – das war ihr Zeichen gewesen. Der Schrei der Krähe hieß: Die Luft ist rein – wir können abhauen.

Schiller schaffte es, den Kopf zu heben – und tatsächlich rauschte da eine Krähe heran, wie im Tiefflug über den Weg. Noch ein Schrei – ein heiseres Krächzen.

Trump wandte sich um, und dann sprang eine schwarze Gestalt, die aussah, als hätte sie Flügel, von einem Rennrad und stürzte sich auf ihn.

In der nächsten Sekunde fiel ein Schuss, und jemand stöhnte auf.

Sie hörte den Schuss, als sie vor dem Friedhof aus ihrem Alfa sprang. Von den drei Streifenwagen, die sie angefordert hatte, war noch nichts zu sehen. Mit einer Taschenlampe, die im Handschuhfach gelegen hatte, in der einen und ihrer Waffe in der anderen Hand lief sie zum Tor, das jemand mit einem Bolzenschneider geöffnet hatte.

Birte Jessen versuchte sich zu orientieren. Woher war der Schuss gekommen? Der Friedhof schien riesig zu sein, mächtige Bäume rauschten im Wind. Sie ließ den Schein ihrer Lampe über einen breiten gepflasterten Weg gleiten. Zwei Augen lugten für einen Moment aus einem Gebüsch hervor, aber die hatten eindeutig einem Tier gehört.

Dann meinte sie eine Stimme zu vernehmen, undeutlich und weit entfernt, doch immerhin hatte sie nun eine Richtung.

»Broder!«, rief sie. Ihre Stimme zitterte. »Sind Sie da?«

Es dauerte einen Moment, bis er antwortete.

»Alles klar!«, rief er.

Plötzlich glaubte sie sein Rad zu sehen, das auf einem Grab lag. Atemlos lief sie heran. Broder hockte neben Schiller und versuchte ihm auf die Beine zu helfen. Jan Schiller sah entsetzlich aus, aber er war offenbar unverletzt. Die Zunge hing ihm aus dem Mund, als wäre er sturzbetrunken, kurz vor dem Koma. Mit glasigen Augen starrte er sie an. Sein Mund verzog sich. Wollte er etwas sagen? Kein Laut drang ihm über die Lippen.

Hektisch blickte Birte sich um.

»Wo ist Trump?«, rief sie. »Und wo ist die Waffe?«

Broder deutete auf eine Blutspur, die den schmalen Weg hinunter in die Dunkelheit führte. »Die Pistole – ich habe nicht gesehen, dass er eine Pistole hatte.« Nun klang er doch aufgeregt. Er stützte Schiller, der sich an ihn lehnte und mühevoll atmete.

Birte Jessen ließ den Schein ihrer Lampe über den Weg wandern und sah die roten Tropfen. Trump musste es schwer erwischt haben, aber seine Waffe hatte er augenscheinlich nicht verloren. Sie waren alle noch in großer Gefahr. Er müsste sich nur umdrehen und auf sie zielen.

»Bringen Sie Schiller hinter den nächsten Grabstein«, raunte sie Broder zu.

Dann schaltete sie die Taschenlampe aus und machte zwei, drei vorsichtige Schritte in die Richtung, in welche die Blutspur führte.

»Trump!«, rief sie mit fester Stimme. Vor ihr schien sich die Dunkelheit zu verdichten. »Werfen Sie die Waffe weg und kommen Sie mit erhobenen Händen heraus ...«

Niemand antwortete ihr.

Sie lauschte. Hörte sie irgendwo vor sich ein schweres, rasselndes Atmen? Nein, sie täuschte sich. Es war der Wind, der aufgefrischt war. Wolken trieben am Himmel entlang und verdeckten den halben Mond.

Als sie sich umwandte, registrierte sie, dass Broder mit Schiller aus dem Sichtfeld verschwunden war. Man hörte nur noch schlurfende Schritte und raues Flüstern. Immerhin – die beiden waren in Sicherheit.

»Trump!«, rief sie noch einmal.

Dann wurde es wieder heller, weil der Mond zwischen den Wolken hervorlugte.

Sie spürte, dass ihr die Waffe in der Hand schwer wurde. Sollten sie auf Verstärkung warten? Lange konnte es nicht dauern ...

Ein zweiter Schuss dröhnte los, so nah, dass sie sich zu Boden warf. Hatte Trump auf sie gezielt? Sie wusste es nicht. Sie hatte das Gefühl, auf dem Präsentierteller zu liegen. Der Mond stand genau über ihr, warf Licht genug, dass man auf einen Menschen anlegen und ihn treffen konnte.

Hastig rappelte sie sich auf und suchte hinter einem Grabstein Schutz.

Zielte Trump erneut? Feuerte er ein zweites Mal?

Alles blieb still, nur weit entfernt schrillten Martinshörner. Die Verstärkung kam endlich.

Vorsichtig schlich sie weiter. Ein Ast schlug ihr so schmerzhaft ins Gesicht, dass sie aufstöhnte. Es roch nach feuchter Erde. Ein kleines Tier huschte vor ihr davon.

Dann sah sie einen rötlichen pulsierenden Schein vor ihr, und sie begriff, was passiert war.

Trump lehnte an einem Holzkreuz, den Kopf herabgesunken. Die Pistole hielt er noch in der Hand. Seine Jacke war in Brusthöhe zerfetzt und blutgetränkt. In seinem Schoß lag ein rotes Plastikherz und blinkte rhythmisch.

Erst als sie unmittelbar vor ihm stand und ihm die Waffe aus der Hand nehmen wollte, konnte sie den Namen auf dem Kreuz lesen. »Hildegard Flohs – 2.4.1968–14.12.2007«.

Epilog

Schiller konnte sich nicht erinnern, wann er das letzte Mal in einer gewöhnlichen Pfarrkirche gewesen war – im Dom schon, aber das zählte nicht. In dieser Kirche war es hell und viel weniger ehrwürdig: weiße hohe Wände, wenig Schmuckwerk. Er steckte eine Kerze an und stellte sie in den Ständer zu den anderen. Dann verneigte er sich in dem Gang, der zum Altar führte, und ging langsam zum Ausgang.

Es hatte drei Tage gedauert, bis er wieder einigermaßen klar denken konnte – so starke Schlafmittel hatte Trump ihm verabreicht. Carla hatte sich um ihn gekümmert. Zum Glück hatte man ihn nicht ins Krankenhaus gebracht. Als er erwachte, hatte ihn die Freude übermannt, am Leben zu sein, aber auch die Scham; sie hatten einen dreifachen Mörder gestellt, aber er hatte sich dabei wie ein Anfänger aufgeführt, der glaubte, nichts könne ihm passieren. Außerdem hatte er unentwegt an Hilde denken müssen – die ferne, tote Hilde, die er aus seinem Leben verbannt hatte – und an den Satz, den Trump ihm ins Gesicht gespien hatte: »Du warst ein guter Polizist, aber als Freund warst du ein echter Scheißkerl.«

Trump war tot – der Fall abgeschlossen. Fitschen und Neuendorf hatten sich feiern lassen. Ein Triumph der Kölner Polizei, auch wenn der Täter einer ihrer Leute gewesen war.

Und doch ... er zumindest empfand keine Erleichterung.

Schiller verließ die Kirche und trat auf den grauen, schmucklosen Vorplatz. Die Sonne schien, Autos fuhren vorbei. Ein gewöhnlicher freundlicher Septembertag in Köln. Vorsichtig stieg er die Leiter hinauf. Noch immer fühlte er sich ein wenig unsicher auf den Beinen. Als er das Gerüst entlanglief, musste er sich an dem Gestänge festhalten.

Broder wandte sich kurz um, als er neben ihn trat. Er hatte einen blauen Trainingsanzug an, der voller Farbflecken war. Seit drei Tage stand er hier und arbeitete von morgens bis abends.

»Ich muss mich bei dir bedanken«, sagte Schiller. Sie waren

sich seit den Schüssen auf dem Friedhof noch nicht wieder begegnet. »Ohne dich würden wohl heute ein paar Leute an meinem Grab stehen ...«

Broder lächelte, er hielt einen groben Pinsel in der Hand, an dem weiße Farbe klebte. »Könnte sein«, sagte er nur. Dann blickte er wieder prüfend zur Wand und arbeitete mit großer Ruhe an seinem Bild weiter. Ein halbes Gesicht, das offenbar einer Frau gehörte, entstand dort – kurze blonde Haaren, eine makellose Nase, stechend blaue Augen ... Schiller atmete tief ein. Broder brachte doch nicht etwa riesengroß Birtes Gesicht an die Fassade dieser Kirche auf?

Broder lächelte vor sich hin, als er Schillers erstaunten Blick bemerkte. »Warum sollte Maria Magdalena nicht auch mal blond sein?«, sagte er und begann lauthals zu lachen.

Schiller schlug ihm auf die Schulter. »Danke«, sagte er noch einmal und ging wieder über die wackligen Planken zurück zur Leiter.

Therese und Birte saßen unten in der Sonne und blickten zu dem Gerüst hinauf.

»Na, bist du wieder schwindelfrei?«, rief Therese und kicherte.

Schiller winkte ab und setzte sich neben Birte.

»Broder kann echt malen«, sagte sie, ohne ihn anzuschauen. Sie hatte einen Becher Kaffee in der Hand, den sie ihm reichte.

»Wie bist du eigentlich darauf kommen, dass ich bei Trump in der Wohnung sein könnte?« Er trank einen Schluck. Diese Frage hatte ihn schon beschäftigt, als er noch von den Schlafmitteln benebelt gewesen war. Hatte sie einen sechsten Sinn? Bei Trump hätte ihn eigentlich niemand vermuten können. Der Kaffee war heiß, aber bitter.

»Es war dieser Geruch von Kölnisch Wasser«, erwiderte sie. »Die Wohnung roch danach. Da habe ich noch nicht gewusst, dass auch Trump diese altmodischen Erfrischungstücher benutzt.«

»Ist das Zeug also doch zu etwas gut«, sagte er.

Sie lächelte, und dann stand Therese in ihrem babyblauen

Wollmantel auf und machte drei energische Schritte auf das Gerüst zu, als wäre ihr ganz plötzlich etwas eingefallen.

»Wenn du schon Birte malst«, rief sie zu Broder hinauf, »dann will ich auch Jan und mich in deinem Bild sehen.«

Broder drehte sich um und reckte ihr den Daumen entgegen. Dann krächzte er laut wie eine Krähe.

Danksagung

Mein Dank für ihre freundliche und professionelle Betreuung gilt Christel Steinmetz und Marion Heister.

Ebenso danke ich Joachim Jessen für seine Unterstützung und Rene Strien für seinen nimmermüden Zuspruch.

Der größte Dank aber gebührt wie immer Michaela, Jan und Lars.